Lao She

Eine Erbschaft in London

ROMAN

Aus dem Chinesischen
von
Irmtraud Fessen-Henjes

Verlag
Volk und Welt
Berlin

Anmerkungen am Schluß des Bandes

ISBN 3-353-00374-6

1. Auflage

L. N. 302, 410/153/88
Originalausgabe: *Er Ma* aus: Lao She wenji
(Gesammelte Werke, Band 1),
erschienen bei Renmin Wenxue Chubanshe
(Verlag für Volksliteratur), Peking 1980
Printed in the German Democratic Republic

Einbandentwurf: Gerhard Medoch
Satz, Druck und Einband: Karl-Marx-Werk Pößneck V 15/30
LSV 7281
Bestell-Nr. 648 944 6

00920

ERSTES KAPITEL

1

Mit gesenktem Kopf ging Ma Wei auf das Marble Arch im Hyde Park zu. Nach ein paar Schritten blieb er stehen, hob geistesabwesend den Kopf, blickte bald nach links, bald nach rechts. Was suchte er? Nichts. Er nahm überhaupt nichts wahr. Er war beansprucht von einer Sache, die ihn ganz ausfüllte, die wie Fischleim bis in den tiefsten Winkel seines Innern eingedrungen war und verhinderte, daß die Außenwelt zu ihm vordingen konnte. Selbst die Bewegung seiner Muskeln hatte er nicht mehr unter Kontrolle. Sein Blick ging stur geradeaus und kehrte ebenso stur zurück, ohne etwas zu bemerken. Die Welt ringsum hatte er ganz und gar vergessen, von ihm aus hätte sie untergehen können und er mit ihr, sofort, wozu noch warten ...

Plötzlich blieb er abermals stehen, verharrte reglos zwei, drei Minuten, bis er die Dinge um sich herum wieder wahrzunehmen begann. »Ach ja, heute ist Sonntag«, murmelte er.

An Sonntagnachmittagen war am Marble Arch immer viel los. Auf dem grünen Rasen und den kiesbedeckten Wegen standen die Menschen in dichten Trauben. Unter einer roten Fahne hoben Arbeiter ihre groben dunklen, behaarten Fäuste und schrien mit vorgerecktem Hals aus Leibeskräften: »Nieder mit der Bourgeoisie!« Für alles Schlechte auf der Welt machten sie die Kapitalisten verantwortlich, selbst dafür, daß sie nachts schlecht geschlafen hatten. Unmittelbar neben der roten Fahne hatten sich die Konservativen unter der britischen Flagge, dem Union Jack, versammelt. Sie reckten die Hälse noch höher – sie trugen zwei Zoll breite Kragen, in denen sie den Hals nicht einziehen konnten –, hoben ihre schmalen, hellen, behaarten Fäuste und schrien, was das Zeug hielt: »Nieder mit den Sozialisten, nieder mit den Vaterlandsverrätern!« Alle Verbrechen dieser Welt legten sie den Arbeitern zur Last, den Regen ebenso wie den mißlichen Umstand, daß sie beim Frühstück ein faules Ei erwischt hatten. Dicht daneben sang ein Trupp der Heilsarmee, eine blaue Fahne schwenkend, tamburinschlagend und flötespielend, endlose Psalmen. Je enthusiastischer diese Leute Gott priesen, desto lauter brüllten die Arbeiter unter der roten Fahne. Manchmal allerdings, wenn sie so recht vom Heiligen Geist erfüllt waren, sangen sie so himmel- und erderschütternd, daß die Freunde unter der roten Fahne nur noch Flüche ausstießen, die man in keinem Wörterbuch findet. Neben der Heilsarmee predigten die Katholiken, und ein Stück weiter regten sich andere Gruppen. Die einen forderten die Unabhängigkeit Indiens, die anderen die sofortige Vernichtung Chinas, wieder andere die Wiederzulassung der Liberalen. Einige forderten gar nichts, sie umringten nur einen rotbärtigen alten Mann und wechselten lächelnd Blicke.

Die Männer unter der roten Fahne hatten fast ausnahmslos Tonpfeifen im Mund, ihre Hände waren in den Hosentaschen vergraben. Zu allem, was von der Tribüne verkündet wurde, nickten sie zustimmend. Die unter dem Union Jack Versammelten trugen zumeist steife schwarze Melonen, sie murmelten nickend und schnalzend: »Richtig! Genau!« Passierte es, daß zwei von ihnen gleichzeitig riefen, so zwinkerten sie sich zu und verzerrten die Mundwinkel zu einem Lächeln. Was die kleinen Gruppen betraf, so waren diese lange nicht so wohlgeordnet wie die großen. Ihnen ging es vor allem ums Diskutieren und Polemisieren, sie steckten die Köpfe wie Schafe zusammen und legten mit leiser Stimme ihre Argumente dar. Es gab auch junge Burschen, die Mützen schief auf dem Kopf, mit hochgezogenen Brauen und weitaufgerissenen Augen; sie attakkierten die Leute mit frechen Bemerkungen, um sie zum Lachen zu bringen und die Aufmerksamkeit auf sich zu lenken. Außerhalb all dieser Gruppen sah man Polizisten. Zu dritt oder zu fünft standen sie beieinander, alle von gleichem Wuchs, mit gleich großen Händen und Füßen, wie Brüder, die von der gleichen Mutter abstammten.

Die meiste Aufmerksamkeit und den meisten Beifall unter all diesen Gruppen fanden die Gardesoldaten in ihren roten Uniformen. Ihre Rücken waren glatter und straffer als eine Malerleinwand, und die Bügelfalten ihrer Hosen saßen so schnurgerade, als seien sie über einen Metallstab gespannt. Sie waren geschniegelt und gebügelt, trugen ein ewiges Lächeln zur Schau und zeigten ihre schneeweißen Zähne; von ihrem akkurat gestutzten Haar war nur der dunkle Ansatz zu sehen. Sie hörten niemandem zu, hatten sich aber so postiert, daß sie von überallher ins Auge fielen, und ließen ihre Blicke schweifen. Nach entsprechend langer Musterung nahm einer nach dem anderen, wie von unsichtbarer Kraft getrieben, den Arm eines Mädchens und zog von dannen, um sich auf der Wiese zu tummeln.

Viele Pärchen bevölkerten den Rasen, man saß sich gegenüber oder lag eng umschlungen im Gras. Vereinzelte Männer hielten eine Abendzeitung in der Hand und blickten darunter hervor auf die Beine der Mädchen. Hunde tollten rudelweise herum und schnappten aus unerfindlichen Gründen wild um sich. Kleine Kinder tapsten auf ihren dicken Beinchen über den Rasen, manche ganz in weißen Flausch gehüllt, andere in roten Strampelhöschen. Kinderfrauen in weißen Sonnenhüten rannten eifrig schwatzend hinter ihren kleinen Engeln her.

Ma Wei blieb lange so stehen. Er hatte keine Lust, sich die Reden anzuhören, und wußte auch nicht, wohin er sich wenden sollte. Er war zweiundzwanzig, dreiundzwanzig Jahre alt, nicht gerade klein von Wuchs, aber sehr mager. Ein blaßgelbes Gesicht, schmal, aber nicht verhärmt. Die langen Brauen waren leicht nach oben geschwungen, ebenso die Augenwinkel. Ohne die stets lächelnden großen Augen hätte sein Gesicht furchterregend ausgesehen, er hatte ungewöhnlich schwarze, ungewöhnlich glänzende Pupillen. Dank der Harmonie von Schwärze und Glanz wirkten die Ränder seiner Pupillen etwas heller, so daß das Schwarz-Weiß der Augäpfel nicht so stechend kontrastierte wie bei Papierfiguren für die Begräbniszeremonie. Seine Nase war flach, paßte aber gut zu seinem Gesicht, das keineswegs rund war. Die leicht geschürzten Lippen bildeten zusammen mit den lächelnden Augen ein harmonisches Ganzes.

Aussehen und Alter sprachen eigentlich gegen den Kummer, der ihn bedrückte, doch mit den gerunzelten Brauen, dem gesenkten Kopf und dem gebeugten Rükken verlor er wirklich etwas von seinem jugendlichen Ungestüm. Er trug einen Anzug aus grauem Wollstoff und darüber einen schwarzen Mantel. Seine Kleidung war durchaus geschmackvoll, aber da sie lange nicht gebürstet worden war, minderte das, ebenso wie die Kummerfalten in seinem Gesicht, den ursprünglichen Glanz erheblich. Im Vergleich zu den rotuniformierten jungen Burschen mit den Mädchen am Arm wirkte er in der Tat sehr unglücklich.

Selbstvergessen fuhr er sich mit einem Taschentuch übers Gesicht und blieb geistesabwesend stehen.

Die Sonne stand schon tief, rote Wolkenfetzen färbten den samtgrünen Rasen violett. Die rote Fahne der Arbeiter schien sich in geronnenes violettes Blut zu verwandeln. Die Zuhörermenge begann sich zu zerstreuen. Ma Wei vergrub die Hände in den Manteltaschen, ging nur wenige Schritte weiter und lehnte sich dann an das eiserne Geländer, das den Rasen umgab.

Die roten Wolken im Westen hatten inzwischen auch die allerletzten Sonnenstrahlen zerteilt. Zuerst hatten sich Schichten von zartem Weintraubengrau übereinandergelegt, im Gegenlicht der letzten Sonnenstrahlen wirkte das Ganze wie mit Grau durchzogener taubenblauer Reif. Das Grau wurde immer dunkler, es verschmolz nahtlos mit den Nebelschwaden und verschlang alle Farben der Erde. Die rote Arbeiterfahne war nur noch ein schwarzer Punkt. Die hohen Bäume in der

Ferne umhüllten unmerklich all diese schwarzen Schatten und entführten sie in die Nacht.

Die Menschenmenge hatte sich zerstreut. Ringsum gingen die Gaslampen an. Die roten und grünen Busse, die im großen Bogen das Marble Arch umfuhren, wirkten im Nebel wie ein flackernder Regenbogen. Der Rasen war nun menschenleer, nur an dem eisernen Geländer lehnte ein schwarzer Schatten.

2

Li Zirong war bereits zu Bett gegangen. Gerade als er die Beine nach links streckte und die Arme nach rechts, vernahm er im Halbschlaf ein Klingeln an der Tür. Er versuchte die Augen zu öffnen, aber sein Kopf fiel wie von selbst auf das Kissen zurück. Mühsam versuchte er sich zu erinnern: Da war doch eben ein Geräusch . . .

»Rrrrr!« Die Klingel rasselte erneut.

Er hob die schweren Lider, drückte aber das Ohr wieder in das Kissen.

»Rrrrr!«

Mitten in der Nacht, das kann doch nur ein Geist sein . . . Wer ist das bloß . . .? Mit einer Hand die Decke festhaltend, setzte er sich auf und schob mit der anderen die Gardine beiseite. In der Gasse gab es zwar Gaslaternen, aber der Nebel war so dicht, daß er in der Dunkelheit nichts erkennen konnte.

»Rrrrr!«

Diesmal klingelte es lauter und länger.

Li Zirong stand auf. Im Dunkeln tastete er nach seinen Schuhen, und als er mit den warmen Füßen die eiskalten Sohlen berührte, überlief ihn eine Gänsehaut. Es war zwar Ende April, aber nachts noch immer empfindlich kalt.

Er machte Licht, warf sich den Mantel über und ging, nicht gerade gut gelaunt, auf Zehenspitzen die Treppe hinunter. Die Wirtin schlief, wenn man sie aufweckte, gäbe es unweigerlich Ärger. Vorsichtig öffnete er die

Tür und fragte: »Wer ist da?« Er sprach so leise, als fürchtete er, den Nebel draußen zu erschrecken.

»Ich bin's.«

»Lao Ma? Warum klingelst du wie ein Verrückter?«

Ma Wei antwortete nicht. Er trat ein und ging sofort nach oben. Li Zirong schloß die Haustür wieder sorgfältig und stieg dann ebenso lautlos hinter Ma Wei die Treppe hinauf. Kurz vor seiner Zimmertür blieb er stehen und horchte. Als sich unten nichts regte, dachte er: Bloß gut, die Alte ist nicht aufgewacht. Sonst gäbe es morgen zum Frühstück Brot mit Schelte!

Als beide im Zimmer standen, zog Ma Wei den Mantel aus und hängte ihn schweigend über eine Stuhllehne.

»Was ist denn los, Lao Ma? Hast du dich wieder mit deinem alten Herrn gestritten?« fragte Li Zirong.

Ma Wei schüttelte den Kopf. Im Lampenlicht sah er noch fahler aus. Die Brauen waren so gefurcht, als wollten sie gleich Wassertropfen ausschwitzen. Er hatte schwarze Ringe unter den Augen, kleine Schweißperlen standen ihm auf der Nase.

»Was ist los?« wiederholte Li Zirong.

Nach geraumer Zeit seufzte Ma Wei, leckte sich die bleichen, trockenen Lippen und sagte schließlich: »Ich bin hundemüde, Lao Li. Kann ich heute mal hier bei dir übernachten?«

»Aber ich hab nur ein Bett«, sagte Li Zirong lächelnd.

»Ich kann mich ja hier auf den Sessel legen«, erwiderte Ma Wei mit gesenktem Kopf. »Es geht ja nur um die eine Nacht, morgen wird sich schon was finden.«

»Was wird sich morgen finden?« fragte Li Zirong.

Ma Wei schüttelte wieder den Kopf.

Li Zirong kannte Ma Wei. Wenn der nicht wollte, waren alle Fragen vergebens.

»Na gut«, sagte Li Zirong, noch immer lächelnd, und kratzte sich den Kopf. »Leg du dich ins Bett, ich werd mit dem Sessel vorliebnehmen!« Und er breitete schon eine Decke darauf aus. »Aber unter einer Bedingung: Gleich morgen früh mußt du verschwinden, damit dich unten die alte Dame nicht sieht. Schon gut. Nun geh schlafen!«

»Nicht doch, Lao Li. Schlaf du in deinem Bett, ich pack mich nur 'ne Weile auf den Sessel, das geht schon.« Und mit einem gezwungenen Lächeln fügte er hinzu: »Sobald es hell wird, verschwinde ich ganz bestimmt!«

»Wohin willst du denn gehen?« Li Zirong hatte Ma Weis Lächeln bemerkt und versuchte nun, ihn zum Reden zu bringen. »Sag's mir doch! Denk ja nicht, daß du sonst heute nacht noch zum Schlafen kommst! Hast dich wieder mit dem Alten in den Haaren gehabt, stimmt's?«

»Reden wir nicht davon!« Ma Wei gähnte. »Eigentlich wollte ich nicht zu dir kommen, ich wollte schon heute abend abhauen, aber dummerweise hat das nicht geklappt, und nun mußte ich dich doch belästigen.«

»Wohin willst du denn, verdammt noch mal?« Als Li Zirong sah, daß Ma Wei fest entschlossen war, nicht das Bett zu benutzen, legte er, während er mit ihm sprach, seinen eigenen Mantel und die Decke für Ma Wei zurecht. Dann knipste er das Licht aus und legte sich wieder hin.

»Nach Deutschland oder nach Frankreich, je nachdem.«

»Willst du dich um das Geschäft des Alten kümmern?«

»Vater will nichts mehr mit mir zu tun haben.«

»Ach!« gab Li Zirong benommen von sich und schwieg.

Dann sagten beide nichts mehr.

Auf der Straße war es still, nur von fern hörte man ab und zu das Pfeifen von Zügen oder Dampfern.

Die Uhr der Kathedrale schlug zweimal.

»Frierst du auch nicht?« fragte Li Zirong.

»Ich friere nicht.«

Li Zirong hämmerte sich vor dem Einschlafen ein: Morgen früh muß ich sehr zeitig aufstehen, damit mir Lao Ma nicht wegläuft! Gleich nach dem Aufstehen kalt waschen und der alten Dame unten einen Zettel schreiben, daß ich was Wichtiges vorhabe, sie soll mit dem Frühstück nicht auf mich warten! Dann gehe ich mit ihm zusammen los und bringe ihn nach Hause – oder besser in den Laden, da können sich Vater und Sohn ja schlecht weiterzanken ... So ein Streit zwischen Vater und Sohn kommt vor, das macht weiter nichts ... Lao Ma ist eben noch jung, er nimmt alles zu genau ...

Noch im Traum spann er diese Gedanken weiter.

In der Gasse begann der kleine Milchwagen zu rattern, und der Autolärm auf den Straßen nahm zu. Li Zirong riß mit einem Ruck die Augen auf. Die Sonne schickte bereits ihre goldenen Fäden durch die Ritzen der Gardinen.

»Lao Ma!«

Decke und Mantel hingen über der Stuhllehne, aber von Ma Wei keine Spur. Li Zirong stand auf, er zog die Gardinen am hinteren Fenster zurück, warf sich den Mantel über und stellte sich gedankenverloren ans Fenster. Von hier aus sah er direkt auf die Themse. Am Ufer gab es um diese Zeit noch keine Fußgänger, aber die kleinen Boote auf dem Fluß waren bereits in Bewegung. Die Sträucher am Ufer streckten ihr erstes blasses Grün hervor, um die Baumwipfel lag noch Nebel. Dort, wo die Schwaden dünn waren, drangen die Sonnenstrahlen bis zu den zarten Blättern durch, die wie Sterne leuchteten und kleinen grünen Perlen glichen, die man aus dem Wasser gefischt hatte. Fast alle großen Yachten hatten keine Segel gesetzt, nur an wenigen kleinen Ruderbooten flatterten weiße Planen, die unverhofft zwischen ihnen aufblitzten wie große weiße, sich auf Blumen stürzende Schmetterlinge.

Die Morgenflut stieg an, eine Welle nach der anderen wurde vom Sonnenlicht mit goldenen Schuppen überzogen. Wo das Wasser hoch aufschäumte, verschwand das goldene Licht, beim Herunterfallen formte die nachfolgende Welle diese Goldsternchen zu Blümchen, weiß wie der Saft, der aus einem Löwenzahnstengel tropft.

Das am weitesten entfernte kleine Segelboot wurde schwankend davongetragen, aber die Wellen drangen immer weiter vor, als wollten sie wie ein goldener Drachen die kleinen Schmetterlinge vertreiben. So hin und her gestoßen, verschwanden die kleinen Boote schaukelnd in der Bucht.

Li Zirong blickte versunken vor sich hin, bis die Boote in der Bucht verschwunden waren, dann besann er sich, trat zum vorderen Fenster und zog die Übergardine beiseite. Als er seinen Schreibtisch aufräumen wollte, bemerkte er unter einer Nippfigur, die dort stand und im Sonnenlicht leuchtete, einen Zettel. Er nahm die Figur mit dem Zettel auf, und ihm wurde kalt ums Herz. Langsam ging er zum Sessel hinüber, setzte sich und las die wenigen mit Bleistift hingekritzelten Worte, die wohl noch im Dunkeln geschrieben worden waren: »Bruder Zirong, ich danke dir! Bitte übergib den kleinen Diamantring Miss Winter. Auf Wiedersehen, Wei.«

ZWEITES KAPITEL

1

Ein Jahr zuvor hatte sich folgendes zugetragen:

Pastor Eden war ein erfahrener Prediger, der über zwanzig Jahre in China als Missionar gewirkt hatte. Über alle Dinge, die China betrafen, wußte er genauestens Bescheid – angefangen von Fuxi, der die acht Trigramme erfand, bis dahin, wie Yuan Shikai sich zum Kaiser machte (letzteres gefiel ihm am besten). Abgesehen davon, daß er nicht gut Chinesisch sprach, konnte man ihn als ein wandelndes China-Lexikon bezeichnen. Er hegte eine große Vorliebe für die Chinesen: wenn er nachts nicht schlafen konnte, betete er zu Gott, er möge China schnellstens zu einer britischen Kolonie machen. Mit heißen Tränen in den Augen erklärte er dem Herrn im Himmel, wenn die Chinesen nicht bald von den Briten in Obhut genommen würden, kämen diese gelbgesichtigen, schwarzhaarigen Burschen nie ins Paradies.

Jetzt ging Pastor Eden die Oxford Street in östlicher Richtung entlang, und obwohl er bereits hoch in den Sechzigern war, rannte er wie ein Wiesel.

Die Oxford Street war von Sonnenaufgang bis Mitternacht von Frauen bevölkert. Die Geschäfte, von ein paar Tabakläden abgesehen, boten fast ausnahmslos Dinge für Frauen an, und mochten es diese auch noch so eilig haben, so bewegten sie sich doch binnen einer Minute keine zwei Schritte weiter. In den Auslagen gab es rotglänzende und grünschillernde Hüte, Schuhe, Handschuhe, Handtaschen, und all diese Dinge waren von einer solchen Anziehungskraft, daß sie die Augen, Körper und Seelen der Kundinnen in ihren Bann schlugen. Immer wenn Pastor Eden durch diese Straße lief, verringerte sich seine religiöse Würde um mindestens neunundneunzig Prozent. Bei jedem Schritt stieß seine störend große Nase unweigerlich an den Rand des Sonnenschirms einer alten Dame. Wich er einen Schritt zurück, trat er mit dem Absatz seines riesigen Schuhs (er ließ ihn nie mit Gummi besohlen) in neun von zehn Fällen bestimmt einer Dame auf die Zehen, und streckte er die Hand aus, um ein Taschentuch aus der Tasche zu ziehen, so landete sein Ellenbogen unweigerlich im Einkaufskörbchen einer Passantin ... Jedesmal wenn er durch diese Straße gegangen war, mußte er zu Hause das Unterhemd und mindestens zwei Taschentücher wechseln, und Floskeln wie »Verzeihung« oder »Entschuldigen Sie meine Unaufmerksamkeit« gebrauchte er wenigstens achtzig- bis hundertmal.

Mühsam zwängte er sich durch das Gewühl am Oxford Circus, holte tief Luft und stieß ein »Gott sei Dank« aus. Er legte noch einen Schritt zu und lief weiter in östlicher Richtung. Schweißtropfen perlten wie schmelzender Schnee von seinen schlohweißen Schnurrbartenden.

Pastor Eden war zwar schon in den Sechzigern, aber den Rücken hielt er immer noch kerzengerade. Sein Haar war zwar schon gelichtet, dafür aber schlohweiß. Er trug keinen Kinnbart, seine glänzenden Wangen waren glattrasiert, ohne die Falten hätten sie wie zwei teefarbene Porzellankacheln ausgesehen. In den großen Augen ruhten behaglich zwei kleine braune Pupillen, darüber hingen zwei dicke Fleischwülste, auf denen es vor zwanzig, dreißig Jahren sicherlich auch einmal Brauen gegeben hatte. Unter den Augen klemmten zwei kleine Brillengläser. Die gewaltige Nase drückte die Gläser so weit von den Augen weg, daß es viel bequemer war, über den Rand der Brille hinweg zu blicken. Seine Lippen waren ziemlich dünn, die Mundwinkel leicht nach unten gezogen. Wenn er bei der Predigt die kleinen braunen Pupillen über den Brillenrand schweifen ließ und die dünnen Lippen nach unten zog, zitterten die Leute schon, bevor er zu sprechen begann. Im übrigen war er sehr freundlich zu den Leuten; ein Pastor kommt eben nicht ohne zwei Gesichter aus.

An der Museum Street bog er nach links ab. Er überquerte den Torrington Place und lief durch die Gordon Street.

In dieser Gegend wohnten viele chinesische Studenten. Die Chinesen in London ließen sich im großen und ganzen in zwei Kategorien einteilen: in Arbeiter und Studenten. Die Arbeiter wohnten überwiegend im Osten, in Chinatown, das eine Schande für die Chinesen war. Kamen Deutsche, Franzosen oder Amerikaner nach London, so machten sie stets einen Abstecher nach Chinatown, denn wer kein Geld für eine Reise nach Fernost hatte, fand hier ganz sicher Stoff für einen Roman, ein Tagebuch oder eine Reportage. In Chinatown gab es zwar nichts zu sehen, und die Arbeiter, die dort wohnten, hatten keinerlei bemerkenswerte Taten vollbracht; aber die Leute gingen eben dahin, um zu gaffen – zu gaffen, weil dort Chinesen wohnten. Nur weil China ein rückständiges Land war, dichteten sie den dort hart arbeitenden Leuten, die ihr Brot in der Fremde verdienen mußten, alle möglichen schlimmen Dinge an. Hätten in Chinatown nur zwanzig Chinesen gelebt, die Leute hätten fünftausend aus ihnen gemacht. Außerdem rauchte natürlich jeder dieser fünftausend gelben Teufel Opium, schmuggelte Waffen, brachte Leute um und steckte die Leichen unters Bett, außerdem vergewaltigte er Frauen, ganz gleich, ob jung oder alt. Jedenfalls begingen sie alle möglichen Verbrechen, für die sie tausendfach hingerichtet und zehntausendfach zerstückelt werden müßten. Wer einen Roman, ein Theaterstück oder einen Film schreiben wollte, in dem Chinesen vorkamen, stützte sich auf diese Legenden und Geschichten, und alle Frauen, alte Damen, Kinder und sogar der König von England, die solche Stücke und Filme sahen oder solche Romane lasen, nahmen die Hirngespinste auf und prägten sie sich fest ein. So wurden die Chinesen zu den finstersten, schmutzigsten, verabscheuungswürdigsten und niedrigsten Zweibeinern der Welt.

Im zwanzigsten Jahrhundert ist ein Mensch soviel wert wie sein Staat: Menschen aus mächtigen Staaten sind »Menschen«, Leute aus rückständigen Ländern »Hunde«. China ist rückständig, was also sind die Chinesen?

Chinesen, öffnet die Augen und blickt euch um, es ist höchste Zeit! Ihr müßt endlich eure Rücken aufrichten, es sei denn, ihr wollt ewig Hunde bleiben!

Da Chinatown einen solchen Ruf hatte, konnte es den chinesischen Studenten nicht viel besser ergehen. Größere Hotels vermieteten nicht an Chinesen und Leute, die etwas auf sich hielten, schon gar nicht. Nur in der Gegend hinter dem British Museum und in kleinen Hotels wurden Chinesen geduldet. Nicht daß die Leute in dieser Gegend ein besonders gutes Herz gehabt hätten, sie waren nur einfach an die Orientalen gewöhnt, also machten sie gute Miene zum bösen Spiel und lebten mit diesen gelbgesichtigen Monstern. Ein Geflügelhändler muß zwar Geflügel züchten, aber er muß es nicht unbedingt mögen, warum also sollte ein Engländer, der an Chinesen vermietete, diese Leute gern haben?

Die Gordon Street Nummer 35 war das Haus der Witwe Winter. Es war nicht groß, ein kleines dreistöckiges Gebäude mit insgesamt sieben oder acht Räumen. Vor dem Eingang befand sich ein grüner Zaun. Die drei weißen Steinstufen davor waren fein säuberlich gefegt, die Klingel an der rotlackierten Haustür blitzblank geputzt. Trat man ein, gelangte man in ein kleines Wohnzimmer, hinter dem ein kleiner Eßraum lag. Ging man die Treppen hinunter, stieß man auf weitere drei kleine Räume. Oben gab es lediglich drei Zimmer, eins zur Straßenseite, zwei nach hinten.

Lange bevor Pastor Eden die kleine rote Tür erreichte, nahm er den Hut ab. Er wischte sich den Schweiß von der Stirn, rückte seinen Schlips zurecht, und erst als er überzeugt war, tadellos gekleidet zu sein, stieg er behutsam die Stufen hinauf. Er verharrte einen Augenblick und betätigte erst dann einige Male – leise wie ein Musiker, der die Klaviertasten anschlägt – den Türklopfer.

Kleine trippelnde Schritte kamen die Treppe herunter. Die Tür öffnete sich einen Spalt breit, und Mrs. Winters Gesicht zeigte sich zur Hälfte.

»Pastor Eden! Wie geht es Ihnen?« Sie öffnete die Tür ein wenig weiter, streckte ihre kleine weiße Hand aus und reichte sie ihm flüchtig.

Pastor Eden folgte ihr ins Haus, legte Hut und Mantel im Korridor am Garderobenständer ab und ging dann mit ihr ins Wohnzimmer. Der kleine Raum war blitzsauber und ordentlich, sogar die kleinen Kupfernägel, an denen die Bilder hingen, schienen zu lächeln. In der Zimmermitte lag ein rechteckiger grüner Teppich, darauf standen zwei Sessel. Vor dem Fenster stand ein kleines Tischchen mit einer chinesischen Vase aus Dreifarbkeramik, in der zwei weiße Rosen steckten. Neben dem Tischchen standen zwei Eichenstühle mit grünen Samtkissen. An der linken Wand gab es ein Klavier, darauf einige Fotografien. Auf dem Hocker davor lag ein weißer, unsagbar fetter kleiner Pekinese, der, als er den Gast erblickte, schnell heruntersprang und dem alten Herrn schwanzwedelnd zwischen die Beine fuhr. An der Wand neben der Innentür hing ein Ölbild, flankiert von zwei Porzellantellern. Unter dem Gemälde gab es ein Regal mit Gedichtbänden und Romanen.

Witwe Winter setzte sich auf den Hocker am Klavier, das weiße Hündchen sprang auf ihren Schoß und musterte den Pastor mit schräggeneigtem Kopf erwartungsvoll.

Der nahm im Sessel Platz, schob die Brille hoch und stimmte ein Loblied auf das weiße Hündchen an. Nachdem er ihm genug geschmeichelt hatte, sagte er bedächtig: »Mrs. Winter, sind die Zimmer oben noch frei?«

»Aber ja doch.« Sie hielt den Hund mit der einen Hand, mit der anderen reichte sie dem Gast einen Aschenbecher.

»Möchten Sie noch vermieten?« fragte er, während er sich die Pfeife stopfte.

»Nur wenn sich etwas Passendes findet, wage ich es«, antwortete sie vorsichtig.

»Zwei Freunde von mir suchen dringend Zimmer. Ich weiß genau, daß sie zuverlässig sind.« Dabei guckte er über den Brillenrand und betonte das Wort »genau« besonders laut und deutlich. Dann machte er eine Pause, deutete um die Nase herum ein Lächeln an und senkte die Stimme: »Zwei Chinesen . . .!« Das Wort »Chinesen« sprach er so aus, daß es sich anhörte wie »zwei sehr anständige Chinesen«.

»Chinesen?« fragte Mrs. Winter mit ausdruckslosem Gesicht.

»Sehr anständige Chinesen!« betonte er und blickte sie verstohlen an.

»Es tut mir . . .«

»Ich verbürge mich für sie. Sollte sich irgend etwas herausstellen, dann sagen Sie mir Bescheid!« Und rasch, ehe Mrs. Winter zu Ende sprechen konnte, redete er weiter: »Ich weiß wirklich nicht, wo ich sie sonst unterbringen soll. Sie müssen mir helfen, Mrs. Winter! Es sind Vater und Sohn, der Vater ist Christ. In Gottes Namen, Sie müssen . . .« Pastor Eden machte eine Pause, um zu sehen, ob sein »in Gottes Namen« irgendeine Wirkung zeitigte.

»Aber . . .« Auf Mrs. Winters Miene zeigten sich tausend ungeduldige Einwände, sie schien Gott nicht im Herzen zu tragen.

Pastor Eden ließ sie abermals nicht zu Worte kommen: »Sie können ja ruhig etwas mehr Miete verlangen! Wenn sie Ihnen wirklich nicht gefallen, können Sie sie immer noch wegschicken, dann kann ich auch nichts mehr . . .« Den Rest verschluckte er mit dem Rauch eines tiefen Zugs aus der Pfeife, denn er war sich wohl bewußt, daß das, was er hatte sagen wollen, nicht ganz der Bibel entsprach.

»Pastor Eden . . .« Mrs. Winter war aufgestanden. »Sie kennen meine Grundsätze. In dieser Straße gibt es eine Menge Leute, die durch das Vermieten an Ausländer reich geworden sind, und nur ich allein bin es nicht. Ich nehme lieber weniger Miete in Kauf, vermiete aber nicht an Ausländer! Ich finde, daß ich darauf sehr stolz sein kann. Warum suchen Sie nicht woanders etwas für sie?«

»Wer sagt denn, daß ich das nicht schon getan habe«, antwortete Pastor Eden gequält. »Am Torrington Place, in der Gower Street habe ich in jedem Haus gefragt, nirgends gab es etwas Passendes. Nur Ihre drei Zimmerchen da oben sind genau richtig, sie sind gerade das, was die beiden brauchen, zwei Schlafzimmer und ein Arbeitsraum. Wunderbar!«

»Aber Pastor!« Sie zog ein Taschentuch aus der Tasche und wischte sich damit über die Lippen, obwohl es da gar nichts wegzuwischen gab. »Denken Sie vielleicht, ich würde Chinesen erlauben, in meinem Hause Ratten zu kochen?«

»Chinesen essen keine ...« Er wollte sagen, daß Chinesen keine Ratten essen, als ihm einfiel, daß er sie damit brüskieren könnte und die Zimmer dann vielleicht erst recht nicht bekäme. Deshalb verbesserte er sich schnell: »Ich sage ihnen selbstverständlich, daß sie bei Ihnen keine Ratten essen dürfen. Mrs. Winter, ich will Sie nicht länger aufhalten. Machen wir es doch so: Sie nehmen sie zunächst für eine Woche, und wenn Sie Ihnen nicht gefallen, schicken Sie sie wieder weg. Die Miete legen Sie fest – was Sie sagen, gilt. Ein Hotel können sie sich nicht leisten, und zu irgendwelchem Gesindel möchte ich die beiden Chinesen auch nicht schicken. Als gute Christen müssen wir schon manchmal etwas auf uns nehmen und den Leuten unter die Arme greifen.«

Mrs. Winter kraulte dem Hündchen das Fell im Nakken und sagte lange nichts. Sie überlegte krampfhaft hin und her, was besser sei, etwas mehr Miete, oder sich gar nicht erst mit diesen mordlüsternen, brandschatzenden, rattenfressenden Chinesen einzulassen. Sie konnte sich nicht entscheiden, wollte indes auch Pastor Eden nicht in eine unangenehme Situation bringen, deshalb fragte sie hinhaltend: »Rauchen sie wenigstens kein Opium?«

»Nein, nein!« beteuerte dieser nachdrücklich.

Sie stellte noch zahlreiche weitere Fragen. Von all

dem, was sie an Gerüchten aus Romanen, Filmen, Theaterstücken und Predigten über die Chinesen und China erfahren hatte, kehrte sie das Unterste zuoberst und löcherte ihn endlos damit. Dann wieder bereute sie, so viel gefragt zu haben, denn sah das nicht so aus, als wäre sie bereits einverstanden, die Zimmer an sie zu vermieten?

»Ich danke Ihnen, Mrs. Winter!« sagte Pastor Eden lächelnd. »Also es bleibt dabei, vier Pfund fünfzehn Shilling die Woche, inclusive Frühstück!«

»Ich erlaube ihnen aber nicht, meine Badewanne zu benutzen!«

»In Ordnung. Ich sage ihnen, daß sie eine Badeanstalt aufsuchen sollen.«

Pastor Eden griff nach Hut und Mantel und rannte los, ohne noch einmal mit dem Hündchen zu schäkern. Als er draußen in eine ruhigere Gegend gekommen war, stieß er leise hervor: »Verdammt noch mal! All das wegen zwei elender Chinesen!«

2

Herr Ma und sein Sohn hatten sich in Shanghai auf ein Schiff begeben und sich unversehens in London wiedergefunden. Der ältere Herr Ma hatte sich während der vierzigtägigen Überfahrt nur ein einziges Mal hochgerappelt; als er jedoch aus der Kabinentür trat, legte sich das Schiff nach steuerbord und er schlug der Länge nach hin. Ohne ein Wort zu verlieren, hievte er sich an der Kabinentür hoch, zog sich wieder zurück, und als er das nächste Mal aufstand, lag das Schiff bereits reglos im Londoner Hafen. Der junge Herr Ma dagegen hatte eine weitaus bessere Kondition als sein Vater, ihm war nur leicht schwindlig gewesen, als sie an Taiwan vorüberglitten, und hinter Hongkong hatte er überhaupt nichts mehr gespürt.

Wie der junge Herr Ma aussah, wissen wir bereits. Allerdings mit dem Unterschied, daß er auf dem Schiff bei weitem nicht so mager gewesen war, auch seine Brauen waren nicht so gefurcht. Außerdem war es das erste Mal, daß er eine Schiffsreise ins Ausland unternahm, für ihn war alles neu und interessant. Wenn er an der Reling stand und der wellenpeitschende Meereswind ihm die Wangen rötete, fühlte er sich fast so frei und weit wie das Meer.

Der ältere Herr Ma war erst an die Fünfzig, benahm sich aber, als wäre er viel älter, gerade so, als ob sich der Mensch mit fünfzig nur noch ums Essen und Schlafen kümmern sollte. Jeder Schritt darüber hinaus war ihm zuviel. Er war etwas kleiner als sein Sohn, sein Gesicht aber sah um vieles stattlicher aus als das von Ma Wei: rund, mit kräftigen Brauen, auf der Oberlippe ein sichelförmiges schwarzes Bärtchen, in dem erst in den letzten zwei, drei Jahren ein paar graumelierte Härchen aufgetaucht waren. Augen hatte er wie Ma Wei, groß und glänzend. Er trug ständig eine Hornbrille, obwohl er weder kurz- noch weitsichtig war. Er trug sie lediglich, um älter und würdiger zu wirken.

Ma Zeren (so hieß er ältere Herr Ma) hatte in seiner Jugend eine englischsprachige Missionsschule der Methodisten besucht. Er kannte eine Menge englischer Vokabeln und konnte auch viele grammatische Regeln hersagen, bei den Prüfungen aber war er höchstens auf fünfunddreißig Punkte gekommen. Manchmal holte er sich einen Mitschüler, der hundert Punkte erreicht hatte, in eine stille Ecke, reichte ihm das englisch-chinesische Wörterbuch und sagte: »Los, wir machen mal folgendes: Erst fragst du mich fünfzig Vokabeln ab, und dann machen wir's umgekehrt. Wir wollen doch mal sehen, was du mit deinen hundert Punkten drauf hast!« Der Hundert-Punkte-Held konnte nur wortlos die Augen aufreißen. Er dagegen klemmte sich das Wörterbuch unter die Achsel und begann herunterzurasseln »A noun is . . .«, womit er die Schande der fünfunddreißig Punkte als total ausgelöscht betrachtete und sich wieder reingewaschen und schneeweiß fühlte.

Er stammte aus Kanton, hatte aber von klein auf in Peking gelebt und sich auch stets als Pekinger bezeichnet. Erst als die Macht der Kantoner Nationalregierung wuchs und das Ansehen von Sun Yatsens drei Volksprinzipien wuchs, fügte er auf seiner Visitenkarte das Wort »Kantonese« hinzu.

Nach dem Abschluß der Missionsschule hatte er sich Hals über Kopf eine Frau genommen. Mit einem kleinen Erbteil und der Unterstützung durch den älteren Bruder verbrachte das junge Paar sehr angenehme, aufregende Tage. Er unterzog sich mehrfach der Prüfung für Sekretäre im Erziehungsministerium, aber da er nicht einmal im Übungsheft ordentlich schreiben konnte, mußte er die Hoffnung auf diesen Posten aufgeben. Er versuchte, durch Beziehungen bei Ausländern unterzukommen, aber dafür war sein Englisch wieder zu schlecht. Jemand schlug ihm eine Anstellung als Englischlehrer in der Schule vor, ihm aber stand der Sinn nach einem Beamtenposten, wie konnte er sich da mit dem Rohrstock eines kleinen Lehrers begnügen! Hatte er Langeweile, ging er auch schon mal ins Bordell, und kam er dann spät abends nach Hause, gab es des öfteren Streit zwischen den Eheleuten. Zum Glück geschah dies nur nachts, und niemand erfuhr davon. Manchmal nahm er auch heimlich den Goldring seiner Frau und setzte ihn beim Glücksspiel als Pfand. Ihr versicherte er lächelnd, daß er ihr vom nächsten Geld des Bruders einen neuen kaufen würde. Wenn sie ihn dann halb im Spaß, halb im Ernst zur Rede stellte, freute er sich noch und erzählte ihr haargenau, woran es gelegen habe, daß er im Spiel verloren hatte.

Erst mehr als drei Jahre nach der Hochzeit erblickte Ma Wei feierlich das Licht der Welt. Schon vor diesem Ereignis schrieb Ma seinem Bruder und bat ihn um Geld, damit die Vollendung des ersten Lebensmonats gebührend gefeiert werden konnte. Das Geld des Bruders traf tatsächlich ein, so daß Verwandte und Freunde am dreißigsten Tag nach Ma Weis Eintritt in diese Welt ordentlich tafeln konnten, bis »vom Berg Taishan kein

Erdkrümel mehr herunterrollte«, und sogar des Nachbarn Hund, der mit seinen zwei Flecken über den Augen vieräugig aussah, labte sich an Spitzbein und Fischgräten.

Das junge Paar genoß nun, vom Ehepaar zu Eltern avanciert, bedeutend höheres Ansehen. Über ihre Verantwortung als Eltern hatten sie zwar nicht weiter nachgedacht, aber die Würde und den sozialen Status von Eltern mußten sie schon zeigen. Deshalb rasierte sich der gnädige Herr Ma Zeren von nun an nicht mehr die Oberlippe, und nach zwei, drei Monaten ließen sich die Härchen wirklich zu einem kleinen schwarzen Schnurrbart formen. Die gnädige Frau Ma ihrerseits trug nur noch die Hälfte der Schminke auf, um besser zu dem kleinen schwarzen Schnurrbart ihres Mannes zu passen.

Das Traurigste war jedoch, daß Frau Ma, als Ma Wei gerade acht Jahre alt war, plötzlich aus dem Leben schied. Keiner wußte, ob sie zu viel gegessen oder sich erkältet hatte. Ma Zeren war untröstlich. Daß nun niemand mehr da war, der sich um den kleinen Achtjährigen kümmerte, war noch das wenigste, aber daß er seiner Frau keine kaiserliche Beamtenwürde hatte bieten können, war eine nicht wieder gutzumachende Schande für die verstorbene Seele. Aus seinen Augen rollten Tränen, groß wie Perlen, und sein Schnurrbart sah aus wie ein Zuckerpinsel für kandiertes Zopfgebäck.

Das Geld für alles, was zur Beerdigung gehörte, kam wieder von dem älteren Bruder, doch von wem auch immer, schließlich muß man dem toten Geist einen anständigen Abgang ermöglichen. Die Zeremonien des dritten Tages, die Opfer für die Seele des Verstorbenen und der Leichenzug wurden noch prächtiger begangen als Ma Weis erster Lebensmonat.

Als genügend Zeit ins Land gegangen war, nahm die Trauer des Herrn Ma ab. Verwandte und Freunde bemühten sich, ihn zu einer neuen Ehe zu überreden. Er selbst war auch dafür, aber eine passende Frau zu finden war gar nicht so einfach. Eine zweite Ehe läßt sich nicht so leicht handhaben wie die erste, denn er hatte ja nun Erfahrung mit Frauen: eine gutaussehende mußte man ernähren, eine weniger gutaussehende ebenso. Wenn es sich also so verhielt, warum dann nicht eine gutaussehende? Aber es gab viele schöne Frauen auf der Welt ... Das Problem der Zweitehe war mithin ungemein schwierig. Einmal wäre sie fast zustande gekommen, aber irgendein Schwätzer hatte verbreitet, Ma Zeren sei faul, gefräßig und ein Taugenichts, und so blies man seitens der Frau zum Rückzug. Ein andermal wieder, ebenfalls kurz vor dem Zustandekommen der Ehe, sagte ihm jemand, die Frau trüge auf der Nase drei Pünktchen, die wie der Dominostein »Changsan«, die »langen Dreier«, aussähen. Also zerschlug sich auch das wieder, denn wie konnte man eine Frau ehelichen, auf deren Nase »lange Dreier« prangten!

Außerdem war da noch etwas zu berücksichtigen: Für Herrn Ma war ein Beamtenposten das einzige, womit er Ehre einlegen und seinen Vorfahren Ruhm angedeihen lassen konnte. Diesen frommen Wunsch hegte er aus ganzer Seele, obwohl er noch keinen einzigen Augenblick Beamter gewesen war. Keine Gelegenheit für einen solchen Posten ließ er leichtfertig vorübergehen. Auch eine Zweitehe wäre eine solche Gelegenheit gewesen, aber natürlich genügte es nicht, sich einmal leicht auf den Kopf zu schlagen, und schon wäre die Sache gelaufen. Doch wenn er sich nun die Tochter eines betagten Beamten nähme, könnte er dann nicht mit dessen Hilfe zu einem solchen Posten gelangen? Wenn ... Es gab viele »wenns«, aber »wenn« blieb eben nur »wenn« und wurde nicht zur Realität.

Wenn ich die Tochter eines Ministers heirate, müßte ich doch wenigstens Kanzleivorsteher werden, dachte er oft.

»Falls der Minister wirklich eine Tochter hätte – glaubst du, er würde sie dir zur Frau geben?« antwortete man ihm darauf.

Auf diese Weise kam er weder zu einer zweiten Frau noch zu einem Posten.

Nachdem Ma Wei zu Hause die üblichen drei kleinen Lehrhefte und die kanonischen »Vier Bücher« studiert hatte, schickte ihn Herr Ma in eine Missionsschule der Weststadt, weil es dort ein Internat gab, was ihm viel Scherereien ersparte. Hatte Herr Ma nichts vor, ging er oft in die Mission, um seinen Sohn zu besuchen, und als genügend Zeit ins Land gegangen war, hatte Pastor Eden ihn soweit, daß er sich taufen ließ und zum Christentum übertrat. Er hatte ohnehin nichts zu tun und ging nur in die Mission, um sich die Zeit zu vertreiben, das kostete nichts, und obendrein konnte er noch den Frommen mimen. Nach der Taufe spielte er eine Woche lang keine Karten und trank auch nicht. Außerdem kaufte er dem Sohn eine in rotes Leder gebundene Bibel in englischer Sprache.

Ma Zerens Bruder war gleich nach Beendigung des europäischen Krieges nach England gegangen, um einen Antiquitätenhandel zu betreiben. Alle drei bis fünf Monate schickte er dem jüngeren Bruder Geld, manchmal bat er ihn auch, für ihn in Peking auf die Suche nach Ware zu gehen. Ma Zeren verachtete Leute, die Handel trieben, und so besorgte er dem Bruder schlecht und recht ein paar alte Vasen, Teeschalen und dergleichen. Immer wenn er durch die Liulichang-Gasse ging, um solche Dinge zu besorgen, machte er einen Umweg zum Du'yichu, dem »Besten Restaurant« an der Brücke in der Qianmen-Straße, und nahm einige Schalen gelben Reiswein und gebratene dreieckige Teigtäschchen zu sich.

Der Bruder des Herrn Ma starb in England und hinterließ ein Testament, das den jüngeren aufforderte, nach London zu kommen und das Geschäft weiterzuführen.

Da Pastor Eden damals wieder in England weilte, schrieb ihm Herr Ma mit Hilfe eines englisch-chinesischen Wörterbuchs einen langen Brief, in dem er ihn um Rat fragte, ob er nach England gehen sollte oder nicht.

Pastor Eden freute sich natürlich, daß ein chinesischer Glaubensbruder nach England kommen wollte, bot ihm das doch die Gelegenheit, den Engländern zu zeigen, daß die Missionare ihr Geld in China nicht nur für Essen und Trinken erhielten. Er antwortete Herrn Ma, er möge zusammen mit seinem Sohn unbedingt nach England kommen. So fuhr Herr Ma mit seinem Sohn nach Shanghai, kaufte zwei Schiffsbilletts zweiter Klasse, zwei europäische Anzüge, einige Dosen Teeblätter und allerlei andere Dinge. Als der Dampfer den Hafen verließ, nahm Herr Ma die große Brille ab und streckte sich in seiner Kabine aus, aber auch wenn er mucksmäuschenstill dalag, war ihm, als würde in seinen Gedärmen das Innerste zuoberst gekehrt.

3

Die kleinen Beamten vom britischen Zoll unterschieden sich zwar äußerlich voneinander, aber alle Leute, die Augen hatten zu sehen, spürten sofort, womit sie sich befaßten. Mit einem Auge blickten sie auf die Leute, mit dem anderen in ein zerlesenes altes Satzungsheft. Ein Bleistift, immer halb abgeschrieben, steckte hinter dem Ohr. Die Nase war stets in Falten gelegt, um dem Gesicht unbedingt einen »höchstbeschäftigten« Ausdruck zu verleihen. Zu ihren Landsleuten waren sie äußerst freundlich, beim Prüfen der Pässe machten sie Späßchen, und Frauen gegenüber floß ihre Rede besonders flott daher. Zu Ausländern allerdings war ihre Haltung ganz anders – mit hochgezogenen Schultern und herabhängenden Mundwinkeln trugen sie vollendeten Imperialismus zur Schau, und lächelten sie dennoch jemanden an, so ließen sie ihn gewiß nicht an Land. Aber sie machten ihm noch Komplimente, er spräche nicht schlecht englisch. Wenn sie dann nach Beendigung der Paßkontrolle mit allen anderen das Schiff verließen, rieben sie sich die Hände und sagten absichtlich betont: »Verdammt kalt heute.«

Die Pässe der beiden Herren Ma waren kontrolliert.

Da der ältere Herr Ma einige Papiere seines Bruders vorzeigen konnte und der junge Herr Ma den Ausweis des Erziehungsministeriums für das Auslandsstudium, verlief die Prozedur ohne jede Komplikation. Auf die Paß- folgte die Gesundheitskontrolle, und da beide weder geschlechtskrank waren noch irgendeine andere Seuche hatten, kamen sie auch unbehelligt über diese Hürde. Der Arzt sagte sogar noch lächelnd zu ihnen, sie sollten in England mehr Rindfleisch essen, davon würden sie noch gesünder; schließlich hatte England in diesem europäischen Krieg eben deshalb Deutschland besiegt, weil die englischen Soldaten täglich Rindfleisch aßen. Nach dem Gesundheitszustand wurde das Gepäck kontrolliert – Vater und Sohn öffneten sämtliche Kisten und Schachteln, aber sie führten ja glücklicherweise weder Opium noch Waffen mit sich; nur für einige seidene Kleidungsstücke des älteren Herrn Ma und mehrere Dosen Tee mußten sie reichlich zehn Pfund Zoll entrichten. Der ältere Herr Ma wußte weder, weshalb er diese Schätze mitgebracht hatte, noch begriff er, weshalb er Zoll bezahlen mußte. Er drehte an seinem Bart und bezahlte schließlich verwirrt. Damit war die Sache erledigt. Als endlich alle Formalitäten beendigt waren, war der ältere Herr Ma einer Ohnmacht nahe. Um keinen Preis wäre er ins Ausland gereist, hätte er gewußt, daß dies solche Umstände macht.

Vom Schiff ging es in die Eisenbahn, und kaum saß der ältere Herr Ma in der Ecke des Abteils, da schloß er wortlos die Augen und schlief ein. Ma Wei sah aus dem Fenster. Die Landschaft wogte ständig auf und ab, es gab kein Flachland, nur Hügel und Täler, und überall war es grün. Der Zug flog dahin, er konnte nichts weiter erkennen als das endlose Grün, das mal höher, mal tiefer lag, wohin er auch blickte. Der Zug fuhr immer schneller, das grüne Auf und Ab wurde zu auf- und niederstürzenden grünen Wellen. In der Ferne erkannte er einige Kühe und Schafe, die wie Blumen aussahen, die auf Frühlingswellen tanzten.

Langsam nahm das Grün ab, Häuser tauchten auf, es wurden immer mehr. Als der Zug nach einer Weile langsamer fuhr, sah man beiderseits der Schienen bereits große Straßen. Die Lok pfiff zweimal, und der Zug fuhr in den Bahnhof Liverpool Street ein.

Der ältere Herr Ma schlief noch immer wie ein kleiner Buddha, hin und wieder bewegte er im Traum die Lippen.

Auf dem Bahnsteig drängte sich eine große Menschenmenge. »Hallo, hier!« rief ein Gepäckträger mit einer Karre. »Hallo, dort!« rief ein Ehemann, den Hut schwenkend, seiner Frau zu. Gegenüber fuhr gerade ein Zug ab, man schüttelte sich die Hände oder winkte mit dem Taschentuch, dann verschwanden die Waggons hinter einer schwarzen Rauchwolke. Schweigend drängten sich Zeitungsjungen, Blumenverkäufer, Zigarettenhändler mit ihren Karren durch die Menge; offenbar trieben die Engländer mit der gleichen Haltung Handel, mit der sie auch zum Begräbnis gingen.

Ma Wei weckte den Vater. Der ältere Herr Ma nieste und schickte sich an weiterzuschlafen, als eine junge Dame ausstieg und beim kräftigen Öffnen der Tür mit der Taschenecke genau an seine Nase prallte. Die junge Dame murmelte »Entschuldigung«, Herr Ma rieb sich die Nase und war endlich wach. Balancierend und sich verrenkend, holte Ma Wei das Gepäck aus dem Netz und wollte gerade aussteigen, als Pastor Eden hereingestürmt kam. Ohne dem älteren Herrn Ma die Hand zu geben, griff er sich den größten Koffer und stieg damit aus.

»Sie haben sich aber beeilt... War es schlimm auf dem Meer?« fragte Pastor Eden, während er den Koffer auf dem Bahnsteig abstellte. Der ältere Herr Ma stieg mit einer kleinen Schachtel in der Hand gemächlich aus dem Zug, ganz in der Manier, in der man in der Kaiserzeit einer Sänfte zu entsteigen pflegte.

»Wie geht es Ihnen, Pastor Eden?« fragte er und stellte die Schachtel auf den Bahnsteig. »Und Mrs. Eden? Und Miss Eden? Und...«

Ohne Herrn Ma ausreden zu lassen, griff Pastor Eden wieder nach dem großen Koffer: »Ma Wei, die Kisten alle dorthin! Nur nicht den Koffer, den nehmen Sie. Alles Übrige dorthin!« Ma Wei mühte sich nach Kräften, das Gepäck hinter Pastor Eden her in die Aufbewahrung zu bugsieren. Mit leeren Händen trottete Herr Ma geruhsam hinterher.

Pastor Eden schrieb den Gepäckschein auf dem Pult aus, erkundigte sich nach dem Preis und sagte zu Herrn Ma: »Sie bezahlen jetzt, und heute abend wird das Gepäck dann zu Ihnen gebracht. Ist das nicht sehr bequem?« Herr Ma bezahlte, war aber noch nicht ganz sicher: »Geht auch nichts verloren?« – »Das geht schon in Ordnung!« antwortete Pastor Eden mit einem schrägen Blick auf Ma senior. Er verdrehte die Augen, dann wandte er sich an Ma Wei: »Sind Sie hungrig?«

»Nein«, beeilte sich der ältere Herr Ma zu versichern. Einmal schickte es sich nicht, gleich nach der Ankunft in England zu erklären, daß man Hunger habe, zum andern wollte er dem Pastor keine Unkosten aufbürden.

Pastor Eden wartete nicht ab, bis sie zugaben, daß sie Hunger hatten. »Kommen Sie, wir essen hier schnell etwas. Keinen Appetit? Das glaube ich nicht!«

Herr Ma konnte schlecht weiterhin ablehnen, er sagte leise auf chinesisch zu Ma Wei: »Er will uns einladen, das dürfen wir ihm nicht abschlagen.«

Vater und Sohn drängten sich hinter Pastor Eden durch die Menge. Ma Wei machte seinen Rücken straff wie ein Sargbrett, hielt den Nacken steif und schritt heftig aus, während Herr Ma mit herabhängenden Armen und leicht gebückt in aller Ruhe durch die Gegend schlenderte. Unter dem großen Glasdach vor dem Bahnhof befanden sich einige Restaurants, dorthin führte sie Pastor Eden. In einem suchte er sich einen kleinen Tisch aus und fragte die beiden, was sie zu essen wünschten. Obwohl der ältere Herr Ma immer noch beteuerte, er hätte keinen Hunger, knurrte sein Magen bereits vernehmlich. Ma Wei zierte sich nicht so wie sein Vater, wußte aber nicht recht, was er verlangen sollte.

Pastor Eden erkannte, daß Fragen keinen Sinn hatte, deshalb schlug er vor: »Wie wär's mit einem Bier und zwei Sandwiches für jeden?« Sprach's und begab sich an die Theke. Ma Wei folgte ihm, um ihm behilflich zu sein, alles zu holen. Ma senior rührte sich nicht vom Fleck; er dachte sich: Wie denn, man bezahlt für das Essen und muß es sich auch noch selber holen . . .?

»Gewöhnlich trinke ich keinen Alkohol«, sprach Pastor Eden und hob das Glas, »nur mit Freunden nehme ich mal einen Schluck, nur so zum Spaß.« Er fühlte sich zu dieser Erklärung genötigt, weil er, wenn er in China getrunken hatte, dies immer vor seinen Glaubensbrüdern verheimlicht hatte. Er leerte in einem Zug das halbe Glas und begann vor Ma Wei die Sauberkeit des kleinen Restaurants zu loben. Danach pries er die englische Ordnung: »Ist eben noch immer das alte England! Haben Sie das bemerkt, Ma Wei?« Kräftig biß er in sein Sandwich, zerkaute es fein säuberlich mit seinen künstlichen Zähnen, ehe er es endlich hinunterschluckte. »Ma Wei, waren Sie seekrank?«

»Ich hab weiter nichts verspürt, aber Vater ist überhaupt nicht hochgekommen.«

»Was soll man dazu sagen, Mr. Ma! Und Sie behaupten, nicht hungrig zu sein! Ma Wei, holen Sie Ihrem Vater noch ein Glas Bier, ach ja, bringen Sie mir auch noch eins mit, ich trinke gern mal so aus Spaß. Mr. Ma, ich hab schon Zimmer für Sie gefunden, nachher führe ich Sie hin, da können Sie sich dann ordentlich ausruhen!«

Als Ma Wei ihnen das Bier brachte, stürzte Pastor Eden es in einem Zug hinunter, beteuerte aber wieder, er trinke sonst nicht, nur heute mal, so zum Spaß.

Als alle drei aufgegessen hatten, forderte der Pastor Ma Wei auf, die Biergläser und das Geschirr zurückzutragen, dann sagte er zu Herrn Ma: »Pro Nase ein Shilling. Ach nein, wir beide haben ja noch ein Glas getrunken, also Ma Wei ein Shilling, Sie ein Shilling sechs. Haben Sie noch genügend Kleingeld?«

Das hatte Herr Ma nun wirklich nicht erwartet, er dachte bei sich: Die paar Shilling hättest du ja wirklich bezahlen können, was bist du bloß für ein Pastor! Und er erbot sich angelegentlich, die Rechnung von Pastor Eden mit zu begleichen.

»Nein, nein! In England läuft so etwas nach englischer Art – jeder bezahlt für sich, da gibt's kein Pardon!« rief Pastor Eden.

Draußen zog Pastor Eden sechs Pennies heraus und reichte sie Ma Wei: »Gehen Sie drei Billetts kaufen, zwei Pennies das Stück. Sagen Sie: ›Dreimal British Museum.‹ Schaffen Sie das?«

Ma Wei nahm nur zwei Pennies, zog vier weitere aus seiner Tasche und ging zu der von Pastor Eden bezeichneten Fensteröffnung. Als er zurückkam, freute sich Pastor Eden: »Sie sind ein gutes Kind! Wissen Sie nun, wie man Billetts kauft?« Dabei fummelte er in der Innentasche seines Mantels herum und zog einen kleinen Stadtplan hervor: »Ma Wei, der ist für Sie. Sehen Sie, wir sind jetzt in der Liverpool Street, sehen Sie diese rote Linie? Von hier aus sind es vier Stationen bis zum Museum. Das ist die zentrale Linie der „London Underground". Merken Sie sich das, vergessen Sie es nicht!«

Und Pastor Eden führte die beiden dorthin.

4

Mr. Winter war schon vor über zehn Jahren gestorben. Er hatte seiner Frau nur ein kleines Haus und ein paar Aktien hinterlassen.

Immer wenn die Witwe an ihren Mann dachte, weinte sie einige ihrer kleinen Taschentücher naß, die nur zwei Zoll im Quadrat maßen. Sie hatte ihrem Mann nichts vorzuwerfen, abgesehen von dem Umstand, daß er nicht auf dem Schlachtfeld gefallen war und daß er ihr nicht einige Millionen hinterlassen hatte. Aber jedesmal, wenn sie um ihren Mann weinte, drängten sich ihr diese Fragen auf. Wäre er im Krieg gefallen, hätte er nicht nur den Ruhm eines Helden genossen, der sich fürs Vaterland geopfert hat, auch sie wäre in den Genuß einer Kriegerwitwenrente gekommen. Diese Rente wäre natürlich bei weitem nicht so hoch gewesen wie ein Vermögen von einigen Millionen, aber sie würde ihr gestatten, sich im Jahr ein paar neue Hüte und ein paar lange Seidenstrümpfe mehr leisten zu können; und wenn sie sonntags keine Lust zum Kirchgang verspürte, hätte sie sich eine Flasche Bier oder sonst etwas Ähnliches gönnen können.

Kurz nach dem Tode ihres Mannes war in Europa der Krieg ausgebrochen. Sie meldete sich – einerseits aus Vaterlandsliebe, andererseits, um Geld zu verdienen – in einem Benzin-Unternehmen als Stenotypistin. Da es damals überall an Leuten fehlte, verdiente sie pro Woche reichlich drei Pfund. Erinnerte sie sich beim Maschineschreiben plötzlich an ihren Mann, dann flossen ihre Tränen im Takt der auf- und niedertanzenden Tasten – vielleicht weil sie zürnte, daß er zu früh gestorben war und damit die Gelegenheit, sich fürs Vaterland zu opfern, verpaßt hatte. Wäre er nicht von ihr gegangen, so hätte er bestimmt achtzig oder hundert deutsche Soldaten getötet! Vielleicht hätte er sogar den deutschen Kaiser lebendig gefangen und wäre zum Marschall befördert worden, in diesem Fall wäre ihr ein geruhsames Dasein als Marschallsgattin sicher gewesen ... Je länger sie darüber nachdachte, um so mehr haßte sie die Deutschen, als hätten sie den Krieg absichtlich erst nach dem Tode ihres Mannes begonnen, um ihn nur ja nicht in den Genuß der Soldatenehre kommen zu lassen. Tod den Deutschen! Selbst ihren Hühnern und Hunden kein Pardon ...! Bei diesem Gedanken klapperte die Schreibmaschine noch heftiger unter ihren Händen. Als sie sich das Geschriebene danach ansah, mußte sie feststellen, daß das Papier an mehreren Stellen durchschlagen war, sie mußte also alles noch mal tippen.

Miss Winter war halb so alt wie ihre Mutter. Nach der Schule hatte sie einen sechsmonatigen Lehrgang besucht und gelernt, wie man Hüte verkauft, sie im Schaufenster arrangiert und wie man sie Mädchen und Damen zur Anprobe aufsetzt. Nach dem Lehrgang hatte sie sich in einem Londoner Hutgeschäft eine Anstellung gesucht und verdiente nun sechzehn Shilling pro Woche.

Die Witwe Winter hatte im Krieg einiges gespart, so daß sie nach dem Krieg nur dann und wann für zehn oder vierzehn Tage arbeiten ging, wenn es irgendwo gerade an Personal mangelte. Sie war also meistens zu Hause und ging selten aus. Als Miss Winter noch zur Schule gegangen war, hatten Mutter und Tochter sehr harmonisch zusammengelebt, die Tochter tat, was die Mutter sagte. Seit Miss Winter aber in das Hutgeschäft ging, war es mit der Harmonie zwischen Mutter und Tochter nicht mehr so gut bestellt, ständig gab es Streit zwischen ihnen. »Soll sie doch ihrer Wege gehen, diese Göre!« sagte Mrs. Winter mit Tränen in den Augen zu ihrem Hündchen. Dann drückte sie noch einen Kuß auf das kleine Öhrchen des Pekinesen, der treuherzig auch ein paar Tränen vergoß.

Häufiger Anlaß für Streit waren die Essenszeiten. Bei der Mutter mußte alles seine Ordnung und seine feste Zeit haben. Die Tochter war, seit sie arbeitete, zum ersten Male selbständig, sie trug in ihrer Handtasche immer ein paar selbstverdiente Shillinge mit sich herum und blieb auf dem Heimweg für einige Minuten mal vor dem Süßwarengeschäft, mal vor der Schneiderei, dann wieder vor dem Juwelierladen stehen. Dabei überlegte sie: Wenn ich eines Tages mehr verdiene, kaufe ich mir die rote Bonbonniere und die grüne Seidenbluse mit dem bestickten Rand . . . Je länger sie hinblickte, um so mehr gefiel ihr etwas, und je mehr es ihr gefiel, um so schwerer konnte sie sich trennen, so daß sie regelrecht vergaß, nach Hause zu gehen. Wenn sie dann doch erschien, viel zu spät, stülpte sie sich gleich nach dem Essen wieder den Hut auf und flog wie ein Vöglein davon.

Ihre Mutter wußte natürlich genau, daß sie mit ihrem Freund ausging, daran war ja auch gar nichts Schlechtes, was sie aber ärgerte, war die Tatsache, daß die Tochter, sobald sie nachts nach Hause kam, alles, was sie mit dem Freund erlebt hatte, der Mutter erzählte. Oft kam sie auf die intimsten Eheprobleme und Scheidungsfragen zu sprechen, die sie unaufhörlich und ganz ohne Hemmungen erörterte. Einmal, als Pastor Eden zu Besuch gekommen war, las sie sogar mehrere lange Briefe ihres Geliebten vor. Der Pastor war eigentlich gekommen, um Miss Winter zum sonntäglichen Kirchgang zu ermahnen, als er aber hörte, was das Fräulein da vorlas, nahm er seinen Hut und ging, ohne sie zu ermahnen.

Mrs. Winter hatte in ihrer Jugend ein ähnliches Liebesleben genossen, nur ihr Ideal unterschied sich grundlegend von dem ihrer Tochter. Der Held ihres Herzens erledigte mit einem Faustschlag einen Tiger und mit zwei Fußtritten einen wilden Elefanten, sobald er aber eine Frau erblickte, wurde er weich und zärtlich und umschmeichelte sie. Eine Frau wiederum mußte ihrer Meinung nach eine schlanke Taille und kleine Hände haben, leicht in Ohnmacht fallen, aber selbstverständlich stets in die Arme ihres Helden. Solche Helden und ihre Schönen öffneten nur an verschwiegenen Orten ihr Herz bei Mondschein und Blumen, sie küßten sich nur heimlich in einem Wäldchen. Die Liebesideale und Erfahrungen von Miss Winter dagegen hatten mit diesen romanhaften Vorstellungen nichts gemein: ihr ging es darum, wie man nach der Hochzeit in einem Auto achtzig englische Meilen fahren konnte; wie man, wenn man gefühlsmäßig nicht zueinander paßte, gleich vor Gericht gehen und die Scheidung einreichen konnte; wie man sich einen italienischen Koch angelte, um nach Italien zu fahren und festzustellen, ob Mussolini nun einen Bart hatte oder nicht, oder einen Russen, um zu sehen, ob die russischen Frauen Röcke trugen, die die Knie bedeckten, oder ob sie gar keine Röcke trugen und mit nackten Beinen herumliefen . . .

Nach dem Tode ihres Mannes hatte die Witwe so manches Mal daran gedacht, sich wieder zu verheiraten. Das größte Problem war jedoch die ökonomische Seite – Mrs. Winter hätte es nie gewagt, sich einem Mann ohne festes Einkommen zu nähern. Über diese Frage hatte sie indes bisher niemandem gegenüber ein Wort verloren. Die Süße der Liebe mußte im Verborgenen ausgekostet werden. Selbst wenn man an die Finanzen dachte, bedurfte all dies einer süßen Hülle.

Wenn Mrs. Winter in Rage geriet, sagte sie manchmal böse zu ihrer Tochter: »Mach doch, mach! Meinetwegen heirate so einen russischen Teufel!«

»Na und? In Moskau sind Pelze bestimmt billig, da kann er mir gleich eine ganze Kollektion kaufen, und ich ziehe jeden Tag einen anderen an, wäre das nicht schön? Na, Mama?« erwiderte Miss Winter darauf kokett.

Mrs. Winter verschlug es die Sprache, sie nahm ihr Hündchen und ging schlafen.

Die Tochter hatte nicht nur über die Liebe eine andere Meinung als ihre Mutter, sie trug auch Kleider und Hüte, ja sogar den Schmuck auf völlig andere Art. Ihre Ansicht über Schönheit sah so aus: Alles was neu war, war gut – je neuer, um so besser, ob es auch schön war, kümmerte sie nicht. Ein Kleid war um so besser, je kürzer es war, ein Hut um so besser, je moderner. Ihrer Meinung nach mußten alle Kleider ihrer Mutter mindestens um einen Fuß gekürzt werden, und an ihren Hüten waren nicht nur die breiten Krempen unmöglich, auch die Blumen darauf waren zum Umfallen lächerlich. Sobald die Mutter den Mund aufmachte, ging es um die Qualität des Materials, wenn aber die Tochter den ihren öffnete, ging es stets um das Neueste aus Paris. Sie redeten, redeten und bissen sich regelrecht fest. Die Mutter sagte: »Wenn du dir noch einmal so eine Eierschale von Hut kaufst, brauchst du dich nicht mehr mit mir an einen Tisch zu setzen!« Darauf die Tochter: »Und wenn du noch mal diesen dunklen Altweiberkittel anziehst, laß ich mich nicht mehr mit dir auf der Straße blicken!«

Auch äußerlich waren sich die beiden nicht ähnlich. Das Gesicht von Mrs. Winter war länglich, es verjüngte sich nach unten, und am Kinn war es nur noch ein spitzes kleines Dreieck. Das aschblonde Haar, in dem sich schon ein paar graue Fäden zeigten, trug sie hochgesteckt und zu zwei runden Knoten geformt. Sie hatte braune Augen, eine kleine Spitznase, dünne Lippen, und nur wenn sie lächelte, zeigte sich noch ein wenig von der Schönheit ihrer Jugend. Sie war nicht groß, und wenn sie einen breitkrempigen Hut trug, wirkte sie noch kleiner.

Miss Winter überragte ihre Mutter um Haupteslänge. Verglich man ihre großen Füße mit den schlanken, spitzen ihrer Mutter, fiel es einem schwer zu glauben, daß es sich um Verwandte handelte. Damit ihre Füße kleiner wirkten, kaufte sich Miss Winter Schuhe, die eine Nummer zu klein waren, und wenn sie sie dann zuschnürte, wölbten sich die Zehen darin wie zwei kleine Hefeklöße. Die Mutter bewegte sich beim Gehen anmutig hin und her wie ein kleiner Hahn, der Körner pickt, lief dagegen die Tochter herum, so dröhnte es förmlich, und sogar ihre Wangen zitterten im Takt ihrer Schritte. Richtete man den Blick von den Füßen nach oben, sah man unbeschreiblich lange Beine, der Rock bedeckte gerade die Kniescheiben, Strümpfe samt Beine wurden so das ganze Jahr zur gefälligen Betrachtung ausgestellt. Wenn sie dann in ihrem kurzen, engen Rock auch noch schnell zu laufen versuchte, entsprach ihre Art, sich fortzubewegen, einem Zwischending von Rennen und Verrenken. Unter dem linken Arm klemmten Schirm und Handtasche, mit dem rechten Arm mußte sie krampfhaft rudern, dabei streifte sie mit dem Handgelenk den Oberschenkel und beschrieb von links nach rechts kleine Halbkreise. Der Hut bedeckte den Kopf fast völlig, daher mußte sie den Hals einziehen, andernfalls hätte er zu lang gewirkt. Alles in allem glich sie einem kleinen, runden, kurzhalsigen Krug mit Deckel.

Sie hatte ein rundes, volles Gesicht mit zwei Grübchen, die auch dann zu sehen waren, wenn sie nicht lachte. Das blonde Haar trug sie kurzgeschnitten wie ein Mann. Ihre blauen Augen strahlten einen auffallenden Glanz aus, ihre ganze Keßheit, aber auch die Naivität und Romantik ihrer ganzen Erscheinung lagen darin. Nur frisch gepflückte, zarte rote Äpfel hielten einen Vergleich mit dem frischen Rot rings um die Grübchen aus. Die Lippen waren ein wenig geschürzt und waren ständig in Bewegung.

Mrs. Winter fand, daß ihre Tochter ihr ebenso viel Freude wie Ärger bereitete, und oft sagte sie zu ihr: »Sieh dir doch bloß mal deine Beine an! Und erst den Rock! Kürzer geht es wohl nicht mehr?«

Die Tochter fuhr sich durch das kurze Haar und meinte: »Die anderen gehen doch alle so, Ma!«

5

Mrs. Winter war den ganzen Morgen damit beschäftigt, die drei Zimmer im ersten Stock tadellos sauber zu machen und in Ordnung zu bringen. Sie trug ein grünes Seidentuch, das das Haar fein säuberlich verbarg. Die Ärmel hatte sie bis über die Ellenbogen aufgekrempelt, so daß die feinen Äderchen an den Armen zu sehen waren, die sich wie Gebirgszüge auf der Landkarte abzeichneten. Über das Kleid hatte sie eine Schürze gebunden. Sie hatte alle Tische feucht abgewischt, die Teppiche auf den kleinen Hof geschleppt, dort ausgeklopft und den Fußboden gebohnert. Nachdem sie auch die Glühlampen geputzt hatte, brachte sie noch zwei Lampenschirme aus grünem Stoff an.

Als sie fertig war, stemmte sie die Hände in die Hüften und ließ ihren Blick schweifen. Sie fand, daß die rosa Gardinen im Arbeitszimmer nicht so recht zu der blaugemusterten Tapete der Wände paßten, daher lief sie nach unten und holte aus ihrem Zimmer die himmelblauen Vorhänge mit dem zarten weißen Muster. Nachdem sie die Gardinen ausgewechselt hatte, ließ sie sich auf einen Hocker fallen, legte die Hände auf die Knie und stieß einen leisen Seufzer aus. Dann rief sie Napoleon, das dicke Hündchen, nahm ihn auf den Arm und sprach mit schräggeneigtem Kopf, wobei sie die Nase auf Napoleons Stirn drückte: »Guck dir das mal an! Glänzt der Fußboden nicht schön? Und sehen die Gardinen nicht wunderbar aus?« Napoleon warf einen Blick rundum und wedelte mit dem Schwanz, was soviel hieß wie: Zwei Chinesen! Verdienen die es, in so einem Haus zu wohnen? Napoleon wedelte erneut mit dem Schwanz. Als Mrs. Winter sah, daß sogar der Hund keine Chinesen mochte, empfand sie sofort ein wenig Reue und murmelte: »Wenn ich das gewußt hätte, hätte ich nicht an sie vermietet!« Sie ging mit dem Hund im Arm nach unten, um Mittag zu essen.

Nach der Mahlzeit begann sie eilig aufzuräumen und sich zurechtzumachen. Sie kämmte sich das Haar von neuem, trug auch etwas Puder auf und zog für den Empfang der Gäste ihr Lieblingskostüm aus dunklem Krepp mit dem Fuchspelzkragen an (die Frauen in England tragen Pelze ohne Rücksicht auf die Jahreszeit). Obwohl sie Chinesen zutiefst verachtete, mußte sie nun, da sie einmal zugestimmt hatte, an sie zu vermieten, dies auch mit Anstand tun. Als sie sich umgezogen hatte, setzte sie sich geruhsam ins Wohnzimmer und holte sich De Quinceys »Bekenntnisse eines Opiumessers« als Lektüre, damit sie, wenn die chinesischen Gäste kämen, wenigstens Gesprächsstoff hätte.

Pastor Eden sagte kurz vor Mrs. Winters Haustür zu dem älteren Herrn Ma: »Wenn Ihnen die Hausherrin die Hand entgegenstreckt, können Sie ihr ruhig die Hand geben, sonst nicken sie ihr einfach zu, das reicht vollkommen. Das ist bei uns so Sitte. Sie sind doch nicht böse, wenn ich Ihnen das sage?«

Herr Ma nahm diese Belehrung keineswegs übel, er sagte sogar: »Danke schön.«

Mrs. Winter hatte schon gesehen, daß die drei Männer vor der Tür standen. Rasch zückte sie einen kleinen Spiegel, blickte prüfend hinein und ordnete dann mit den Fingerspitzen noch einmal leicht den Dutt hinter den Ohren. Erst als geklopft wurde, kam sie mit Napoleon auf dem Arm heraus. Als die Tür aufging, richtete Napoleon die Ohren auf und bellte kurz. Mrs. Winter sagte schnell: »Sei nicht ungezogen! Das tut man nicht!« Das Hündchen rollte mit den Augen, ließ die Ohren sinken und gab keinen Mucks mehr von sich.

Mrs. Winter hielt mit einer Hand den Hund, mit der anderen begrüßte sie Pastor Eden. Als dieser Vater und Sohn Ma vorstellte, hielt sie den Nacken steif und bewegte lediglich Unterkiefer und Brauen, was eine Begrüßung darstellen sollte. Der ältere Herr Ma machte eine tiefe Verbeugung, aber noch ehe er sich aufrichtete, war sie schon ins Wohnzimmer gegangen. Ma Wei, noch mit dem Koffer in der Hand, stand hinter Pastor Eden und blickte sie nur an, ohne zu grüßen. Nachdem alle drei ihre Hüte und andere Dinge im Korridor abgelegt hatten, betraten sie gemeinsam das Wohnzimmer. Mrs. Winter wies mit dem kleinen Finger auf zwei Sessel und forderte Pastor Eden und den älteren Herrn Ma auf, Platz zu nehmen, dann wies sie Ma Wei einen Stuhl neben dem Tischchen zu und setzte sich selbst auf den Hocker vor dem Klavier.

Ohne die anderen zu Wort kommen zu lassen, stimmte Pastor Eden zunächst ein Loblied auf Napoleon an, worauf Mrs. Winter begann, die Lebensgeschichte des Hundes zu erzählen. Auf jeden Satz von ihr reagierte der Pastor mit einem Kompliment, obwohl er all diese Geschichten schon mindestens zwanzigmal gehört hatte.

Während Mrs. Winter die Geschichte ihres Hundes erzählte, betrachtete sie aus den Augenwinkeln Vater und Sohn: Sieh mal an, diese beiden Chinesen sehen ja gar nicht so schlimm aus wie in den Filmen! Und ihr kamen Zweifel: Vielleicht sind das gar keine richtigen Chinesen, doch was sind sie dann . . .?

Der ältere Herr Ma saß da wie ein kleiner Beamter vor seinem Vorgesetzten – das Rückgrat bildete einen rechten Winkel zum Sitz, beide Hände lagen angespannt auf den Knien. Herr Ma junior, der Pastor Eden nachahmte, preßte die Beine zusammen und beließ die linke Hand in der Hosentasche. Während der Pastor dem Hündchen Komplimente machte, unterzog er die Zimmereinrichtung einer Prüfung, und sobald der Pastor lachte, verzog auch er den Mund zu einem Lächen.

»Pastor Eden, gehen wir mal hoch und schauen uns um?« fragte Mrs. Winter schließlich, als sie die Hundegeschichte zum Abschluß gebracht hatte. »Einverstanden, Mr. Ma?«

Als Herr Ma senior sah, daß Pastor Eden aufstand, erhob auch er sich steif. Herr Ma junior wartete nicht, bis die anderen vorausgingen, rasch stand er auf und öffnete Mrs. Winter die Tür.

Oben angelangt, erklärte Mrs. Winter ihnen erst einmal, wo alle Sachen hingehörten. Jeden ihrer Sätze begleitete Pastor Eden mit einem »ausgezeichnet«.

Dem älteren Herrn stand der Sinn nur nach Ausruhen, und so begleitete er jedes »ausgezeichnet« von Pastor Eden mit einem Kopfnicken in ihre Richtung, ohne zu begreifen, wovon sie sprach. Er hatte sich auch die Zimmereinrichtung nicht näher betrachtet, sondern dachte: Hauptsache ein Platz zum Schlafen, was schert mich alles andere ... Nur eines beunruhigte ihn, das Bettzeug schien ihm zu dünn. Er ging hin und fühlte, daß es nur zwei Decken waren. Er fragte sich, ob das nicht zu kalt sei. In Peking hatte er immer zwei dicke Steppdecken gebraucht, obendrein noch Pelzjacke und Wattehose.

Als sie die Zimmer besichtigt hatten und Herr Ma noch immer kein Wort verlor, sagte Pastor Eden eilig zu Mrs. Winter: »Ausgezeichnet! Schon auf dem Weg habe ich zu den beiden gesagt, ich garantiere, daß Sie in London kein zweites so gutes Quartier wie bei Mrs. Winter finden! Nicht wahr, Mr. Ma?« Er heftete seine braunen Augen fest auf Herrn Ma senior. »Jetzt glauben Sie mir!«

Herr Ma senior lächelte nur.

Ma Wei verstand, was Pastor Eden meinte, und sagte eilig zu Mrs. Winter: »Die Zimmer sind ausgezeichnet, wir danken Ihnen vielmals!«

Sie gingen hinunter und nahmen wieder im Wohnzimmer Platz. Mrs. Winter erläuterte alle Einzelheiten – Miete, Essenszeiten, wann abends die Haustür abgeschlossen werden müsse sowie alles weitere. Ob Pastor Eden nun gehört hatte, worum es ging, oder nicht, auf jeden Fall fügte er bei jeder Pause, die sie einlegte, bei jedem Atemholen, ein »ausgezeichnet« ein, so wie ein Trommler in einem Orchester, der, sobald die Trompeten schweigen, einen lauten Wirbel schlägt. Herr Ma senior äußerte sich überhaupt nicht, sagte sich aber: Das sind ja gewaltige Vorschriften! Wer hier eine Ausländerin zur Ehefrau nimmt, muß sich ja vorkommen wie eine Maus, die von der Katze gejagt wird!

Als Mrs. Winter geendet hatte, erhob sich Pastor Eden und sagte: »Ich weiß wirklich nicht, wie ich Ihnen danken soll. Wie wäre es, wenn Sie demnächst einmal zu uns zum Tee kämen, da könnten Sie sich wieder einmal richtig mit meiner Frau unterhalten.«

Als Herr Ma senior hörte, daß Pastor Eden Witwe Winter zum Tee einlud, besann er sich und fragte leise seinen Sohn: »Wo ist eigentlich unser Tee?«

Ma Wei entgegnete, im Koffer seien nur zwei Dosen, die anderen befänden sich alle in den Kisten.

»Du hast doch den Koffer mitgebracht?« fragte Herr Ma. Ma Wei bestätigte das.

»Bring ihn her!«

Ma Wei öffnete den Koffer und reichte dem Vater die beiden Dosen. In jeder Hand eine Dose, sagte Herr Ma senior: »Wir haben Ihnen aus Peking etwas Tee mitgebracht, eine Dose für Pastor Eden und eine für Mrs. Winter. Nur eine bescheidene Kleinigkeit!« Er überreichte Pastor Eden die eine, die andere stellte er auf das Klavier – da sich die Hände von Mann und Frau, wenn sie sich etwas überreichten, nicht berühren durften, konnte er sie ihr ja nicht in die Hand geben.

Pastor Eden, der lange Jahre in China verbracht hatte, kannte die Eigentümlichkeiten der Chinesen; er übergab die Dose Mrs. Winter und sagte dabei: »Das ist garantiert guter Tee!«

Mrs. Winter setzte Napoleon eilig auf den Hocker ab und griff nach der Dose. Dabei öffnete sie ihren kleinen Mund ein wenig und betrachtete aufmerksam die quadratischen chinesischen Zeichen auf der Dose und die Marke »Chang E fliegt zum Mond«.

»Wie interessant! Interessant!« sagte sie und blickte Herrn Ma zum ersten Male richtig an – mit den Augen, nicht mit den Brauen. »Kann ich etwas so schönes einfach so annehmen? Das ist wirklich für mich, Mr. Ma?«

Pastor Eden erbat sich von Mrs. Winter ein Blatt Papier und verpackte die Teedose darin. Dabei sagte er: »Meine Frau trinkt sehr gern chinesischen Tee. Mr. Ma, Sie sollten mal sehen, wie sie, wenn sie Ihren Tee getrunken hat, für Sie betet!«

Nachdem er die Dose verpackt hatte, verharrte er noch einen Moment reglos, nur seine braunen Augen bewegten sich ein paarmal im Kreis. Er dachte: Einfach so den Tee anzunehmen ist nicht sehr freundlich ... Außerdem soll auch Mrs. Winter sehen, daß wir Missionare nicht so sind wie die anderen ... Obwohl er sich wirklich nicht sehr gern mit zwei Chinesen auf der Straße zeigte, sagte er also: »Mr. Ma, also bis morgen, da zeige ich Ihnen London! Stehen Sie also morgen nicht zu spät auf!« Sprach's und ging zur Tür hinaus. Die Teedose verbarg er im Mantel, er hatte sie sich unter den Arm geklemmt, sonst hätte jemand dieses längliche, glatte Ding womöglich noch für eine Bierflasche gehalten. Die Handlungen eines Pastors mußten schließlich überall vor Gott bestehen.

Herr Ma wollte ihn hinausbegleiten, aber Pastor Eden schüttelte neben Mrs. Winters Schulter den Kopf.

Mrs. Winter begleitete den Pastor hinaus, beide unterhielten sich vor der Tür noch eine ganze Weile. Erst jetzt verstand Herr Ma senior, was Pastor Edens Kopfschütteln zu bedeuten hatte. Er dachte: Das kann ja heiter werden, diese ausländischen Teufel haben ja Sitten, denen muß man's heimzahlen!

»Wie finden Sie die beiden?« fragte Pastor Eden.

»Sie scheinen nicht schlecht zu sein!« antwortete Mrs. Winter. »Der alte Herr ist ja ganz reizend. Was sagen Sie denn zu dieser Teedose?«

Zur gleichen Zeit sagte Ma Wei drinnen zum Vater: »Warum hast du denn so geschwiegen, als Pastor Eden die Zimmer gelobt hat? Merkst du denn nicht, daß man Ausländern, noch dazu Frauen, immer Komplimente machen muß? Es paßt ihnen nicht, wenn man ihnen nicht schmeichelt!«

»Es reicht doch, wenn man selbst weiß, was gut oder schlecht ist – wozu es immer aussprechen?« wies Herr Ma senior Ma Wei zurecht, dann zog er ein Taschentuch aus Sichuan-Seide hervor und begann, als habe er es mit ornamentenverzierten Würdenträgerstiefeln zu tun, seine Schuhe zu putzen.

6

Es war ein richtiges Aprilwetter – einmal klar, einmal trüb, dann wieder goß es plötzlich, und während der Regen noch fiel, kam die Sonne schon wieder hervor. An den Fenstervorsprüngen hingen Wasserperlen, die sich, sobald die Sonne schien, langsam in weißen Dunst verwandelten. Der Stamm der schlanken, ranken Pappel draußen, die ihre ersten grünen Blätter trieb, glänzte nach dem Regen blank wie ein frischgewaschenes Elefantenbein, aber sonst war alles noch grau in grau.

Obwohl Herr Ma senior unterwegs auf See schon geschlagene vierzig Tage geschlafen hatte, war er noch immer sehr müde. Wenn er im Bett lag, kam es ihm vor, als ginge die Koje noch immer auf und ab und als rauschte draußen noch immer das Meer. Wenn er nachts aufwachte und die Augen aufriß, wußte er in der Dunkelheit des Zimmers nie, wo er sich befand. Auf dem

Schiff? In Peking? In Shanghai? Er fühlte sich ganz verlassen, und wenn er endlich richtig wach war und begriff, daß er schon in London war, wurde er unsagbar traurig. All die Pekinger Freunde, die Hundun-Suppe im Zhimeizhai-Restaurant, das Schauspielerinnen-Theater im Guangdelou, seine verstorbene Frau, der ältere Bruder, Shanghai – all das tauchte in seiner Erinnerung auf und verschwand wieder. Aus seinen Augenwinkeln rollten zwei dicke Tränen.

Trennung und Wiedersehen, Trauer und Freude, das ist das Leben! Dort, wohin es einen verschlägt, muß man sein Brot essen . . ., tröstete sich Herr Ma. Wenn Ma Wei erst studiert hat, lassen wir es uns gut gehen, dann verbringe ich meine Tage geruhsam als Großvater . . . Bei diesem Gedanken wurde ihm schon viel wohler. Er streckte seine schweißnasse Hand heraus, fuhr an der Decke entlang und strich sein Bärtchen glatt. Dann hob er den Kopf aus den Kissen und lauschte, ob nebenan etwas zu hören war. Nichts . . . »Er ist jung und kräftig – wer satt ist, schläft gut. Der Junge ist schon in Ordnung!« brabbelte er vor sich hin und schloß wieder die Augen.

Nach einer Weile schlief er endlich ein, doch schon nach kurzer Zeit wachte er wieder auf. Erst gegen Sonnenaufgang schlief er fest. Er hörte von weitem, wie Ma Wei aufstand und wie draußen die Autos vorüberfuhren, aber er machte die Augen nicht auf. Gegen halb acht klopfte es leicht, und Mrs. Winter rief: »Mr. Ma, warmes Wasser!«

»Danke . . .« Er schlief wieder ein.

Ma Wei war schon kurz vor sieben aufgestanden. Da er dem Bummel durch London entgegen fieberte, rieb er sich Ohren und Wangen, um ja nicht wieder einzuschlafen. Außerdem hatte er tags zuvor Miss Winter nur ganz kurz zu Gesicht bekommen und sich auch geniert, vor dem Vater mit ihr zu sprechen. Da der Vater wohl auf keinen Fall aufstehen würde, war das Frühstück eine gute Gelegenheit. Er erhob sich also und öffnete leise das Fenster. Der Regen hatte gerade aufgehört. Die Süße des Frühlings mit sich bringend, fluteten die Sonnenstrahlen wie Bienen, die in ihren Korb zurückfliegen, durch den Fensterspalt herein. Er hüllte sich in den in Shanghai erworbenen, nach westlichem Stil geschnittenen Morgenmantel und wartete geduldig auf das warme Wasser zum Rasieren, das er sich erst auf dem Schiff angewöhnt hatte. In Shanghai hatte er sich vor der Reise im Xianshi-Kaufhaus ein Rasiermesser gekauft. Auf dem Schiff war er stets vor den anderen aufgestanden und ins Bad gegangen, um sich in aller Ruhe sorgfältig das Gesicht zu schaben. Er hatte zwar nur ein gutes Dutzend widerspenstiger Barthaare, aber nachdem er sich einige Tage rasiert hatte, konnte er es nicht mehr lassen. Wenn er sich so im Spiegel betrachtete, fand er, daß sein Gesicht nach der Rasur viel ansprechender aussah, es hatte etwas vom Hauch eines Helden. Im Kino hatte er oft gesehen, wie sich die Helden beim Rasieren voller Seifenschaum mit anderen prügelten und sich anschließend, ohne zu zittern, weiter rasierten. Manchmal umarmten und küßten sie nach der Schlägerei sogar ein Mädchen und drückten ihm dabei den Seifenschaum auf die Wange. So gesehen, war das Rasieren für Ma Wei nicht nur eine Gewohnheit, sondern es enthielt auch ein wenig Romantik.

Als das warme Wasser endlich kam, machte er sich schnell ans Zähneputzen und Rasieren. Nachdem er sich gewaschen und gekämmt hatte, bürstete er fein säuberlich seinen Anzug aus. Fertig angekleidet, wäre er gern hinuntergegangen, aber er fürchtete, daß es dafür noch etwas zu früh war. Vorsichtig öffnete er die Tür und schaute hinaus: der weiße Porzellankrug stand noch immer dampfend vor der Tür des Vaters. Deutlich konnte er hören, wie sich unten Mutter und Tochter unterhielten. Besonders klar vernahm er die Stimme von Miss Winter, die ihn erregte. Jedes ihrer Worte fiel wie ein Regentropfen auf ein Blumenblatt in sein Herz und brachte es zum Schwingen.

Als es unten klingelte, erriet er, daß das Frühstück fertig war. Er warf noch schnell einen Blick in den Spiegel: beide Brauen waren nicht nach oben gewölbt, sondern, wie es sich gehörte, nach unten gezogen, fast bis unter die Augen. Er ordnete noch einmal den Schlips, zupfte das Hemd zurecht und schritt dann laut und vernehmlich die Treppe hinab.

Gewöhnlich frühstückten Mutter und Tochter in der Küche, da nun aber die beiden Mas da waren, hatten sie das Frühstück ins Eßzimmer verlegt. Als Ma Wei das Eßzimmer betrat, war Mrs. Winter noch in der Küche, nur Miss Winter saß mit einer Zeitung am Tisch, in der sie angeregt die neuesten Hutmodelle studierte. Als sie Ma Wei sah, rief sie ihm lediglich, ohne von der Zeitung aufzublicken, ein »Hallo!« zu.

Sie trug nur eine ärmellose grüne Bluse, die Brust und Arme frei ließ. Ihre weißen Arme sahen aus wie Elfenbein – zart, glänzend, rein, und sicherlich dufteten sie auch bezaubernd.

Ma Wei zog die Schultern hoch und sagte: »Schönes Wetter heute.«

»Es ist kalt!« preßte sie zwischen ihren roten Lippen hervor, ohne ihn anzuschauen.

Mrs. Winter kam mit dem Tablett herein und fragte: »Und Ihr Vater?«

»Ich fürchte, er ist noch nicht aufgestanden«, antwortete Ma Wei leise.

Sie sagte nichts, aber über ihr Gesicht senkte sich ein Vorhang. Sie setzte sich der Tochter gegenüber und schenkte Tee ein. Sie hatte extra den Tee von Mr. Ma aufgegossen, und angesichts dessen zwang sie sich, nicht zu explodieren. Sie ließ Milde walten, bemerkte aber beim Einschenken: »Auf jeden Fall kann ich nicht zweimal Frühstück machen!«

»Warum vermietest du auch an Chinesen!« sagte Miss Winter mit schräggeneigtem Kopf zu ihrer Mutter und warf die Zeitung beiseite.

Ma Wei schoß das Blut ins Gesicht. Er wäre am liebsten aufgestanden und gegangen, aber er zog nur die Brauen zusammen und blieb.

Miss Winter sah ihn an und lachte kurz auf, als wollte sie sagen: Es sind eben Chinesen. Die sind Prügel gewohnt, die kennen gar keinen Zorn!

Mrs. Winter warf ihrer Tochter einen beredten Blick zu und schenkte Ma Wei rasch Tee ein, wobei sie sagte: »Hervorragend! Die Chinesen verstehen wirklich Tee zu trinken, nicht wahr?«

Ma Wei nickte.

Mrs. Winter biß einen Happen Brot ab und wollte gerade die Teetasse berühren, als ihre Tochter sie heftig am Arm zog: »Vorsicht, Gift!« Sie sprach die beiden Worte so überzeugend und so selbstverständlich aus, als sei Ma Wei überhaupt nicht anwesend; sie tat sich keinerlei Zwang an, als sei es tausendfach bewiesen, daß Chinesen auf diese Weise Menschen zu vergiften pflegen. Dabei bewegten sich die Lippen ganz natürlich, als wolle sie zu erkennen geben, daß sie durchaus nicht die Absicht hegte, Ma Wei zu kränken oder sich irgendwie aufzuspielen. Und so war es tatsächlich, sie wollte wirklich niemanden kränken. Kam in irgendeinem Stück ein Chinese vor, so verabreichte er bestimmt jemandem Gift. In Filmen und Romanen war es das gleiche. Die Warnung von Miss Winter war also durchaus begründet, sie enthielt fast so etwas wie ein religiöses Dogma: Moslems essen kein Schweinefleisch, das wußte jeder; Chinesen vergiften Menschen – daran glaubte man ebenso fest.

Diesmal lachte Ma Wei. Er griff nach seiner Teetasse und trank schweigend. Er verstand, was sie meinte, denn er kannte englische Romane – Romane über Chinesen, die Menschen vergifteten.

Mrs. Winter nippte mit ihren dünnen Lippen am Tee, dann wandte sie sich, die Peinlichkeit überspielend, an Ma Wei. Sie fragte, welche Teesorten es in China gäbe, wo in China Tee angebaut würde, wie die Sorte hieße, die sie gerade tranken, und wie sie hergestellt wurde.

Ma Wei unterdrückte seinen Zorn und gab ihr irgend etwas zur Antwort, außerdem erklärte er, daß der Tee, den sie tranken, »Xiangpian« heiße.

Mrs. Winter bat ihn, dieses Wort noch einmal auszusprechen, dann sprach sie murmelnd nach: »Hangbian«, und fragte, ob es so richtig sei.

Nachdem Miss Winter ihre Mutter vor dem Gift gewarnt hatte, fiel ihr wieder der Film ein, den sie vor einigen Tagen gesehen hatte: Ein britischer Held hatte ein Dutzend nasenloser, gelbgesichtiger Chinesen erschlagen. Das war herzerfrischend anzusehen, sie hatte sich die Hände vor Begeisterung so rot geklatscht, daß sie aussahen wie Möhren in kochendem Wasser. Verträumt steckte sie sich mit einer Hand ein Stück Brot in den Mund, während die andere herumgestikulierte; in Gedanken ballte sie sie unter dem Tisch zur Faust und schwenkte sie gegen Ma Wei: Euch lahme Chinesen können nicht nur englische Männer verprügeln, ihr bezieht sogar von Frauen Dresche! Gleichzeitig stellte sie sich ihren Freund John vor – was machte der in Shanghai für eine Figur! Der mit seinen großen Fäusten! Mit einer allein war er imstande, ein ganzes Dutzend dieser Teufel totzuschlagen! Ihre blauen Augen glänzten, John war der Held ihres Herzens!

Er hatte ihr geschrieben: »Ich bin der Freiwilligenarmee beigetreten, gestern habe ich auf einen Ritt fünf gelbe Teufel erschossen, darunter eine Frau!« Eine Frau zu erschießen ist nicht besonders human, hätte sie normalerweise gedacht, aber es war ja schließlich John, der sie erschossen hatte, und außerdem war es nur eine Chinesin. Sie empfand nur den Heldenmut Johns, alles andere vergaß sie darüber ... Die Zeitungen schrieben allerdings, die Chinesen unterjochten die Engländer, die Engländer hätten nicht einmal einen halben Chinesen umgebracht ... Ob John etwa angab, ob er schwindelte? Während sie diesem Gedanken nachhing, hörte sie ihre Mutter »Hangbian« sagen. Sie neigte den Kopf und fragte: »Was ist, Ma?« Als die Mutter ihr sagte, der Tee hieße »Hangbian«, versuchte sie, dies nachzusprechen, denn Engländer müssen immer und überall zeigen, was sie können. So vergaß sie den Abscheu, den sie gegen Ma Wei, den Chinesen, empfand, und fragte ihn: »Ist es so richtig – ›Hangbian‹?«

Natürlich antwortete Ma Wei: »Richtig!«

Nach dem Frühstück, als Ma Wei nach dem Vater sehen wollte, kam Miss Winter plötzlich mit ihrem neu erstandenen Hut nach oben gerannt. Am Hut steckte ein Bündel Rattenschwänze, die wie eine Handvoll Buchweizennudeln herabhingen. Rattenschwänze am Hut waren der letzte Schrei, deshalb trug sie sie auch. Sie blickte ihn aus schrägen Augen an, sagte »Auf Wiedersehen« und verschwand wie eine Rauchwolke.

7

Als die Tochter zur Arbeit gegangen war, brachte Mrs. Winter, geschäftig hin und her laufend, die Wohnung in Ordnung, wobei Napoleon ständig um sie herumscharwenzelte. Ma Wei saß allein im Wohnzimmer und wartete auf Pastor Eden.

Seit Ma Wei als achtjähriger Junge die Mutter verloren hatte, war ihm so gut wie keine weibliche Fürsorge mehr zuteil geworden. In der Grundschule hatte er den ganzen Tag nur mit kleinen Dreckspatzen Umgang; in der Mittelschule vertrieb er sich die Zeit mit etwas größeren Dreckspatzen, und nur beim sonntäglichen Gottesdienst in der Kirche bekam er ein paar weibliche Wesen zu Gesicht – wenn er mit gesenktem Kopf betete, blickte er heimlich nach ihnen. Aber Mrs. Eden hatte das ein paarmal bemerkt und ihrem Mann gemeldet, so daß der Pastor ihn halb auf englisch, halb auf chinesisch beschimpfte: »Kind, man guckt nicht nach Mädchen! Schon gar nicht beim Beten, verstanden?« Mrs. Eden pflegte beim Beten mit einem Auge zum Herrn im Himmel aufzuschauen, das andere richtete sie auf diese Bande von Schülern, die allesamt die

Hölle verdienten. Ma Weis »Mädchenbeschau« konnte ihren Blicken nicht entgehen.

Von den zehn Mädchen in der Kirche waren allerdings acht oder gar neun noch häßlicher als Mrs. Eden. Wenn Ma Weis Blicke auf ihre Gesichter trafen, schloß er unwillkürlich die Augen und grübelte, ob sich der Herr, als er die Menschen schuf, nicht manchmal geirrt hätte. Andernfalls . . . Es kam zwar vor, daß er die eine oder andere schön fand, aber meistens war es nur ein Detail des Gesichts, das dieses Prädikat verdiente. Selbst wenn sie wirklich schön waren, erinnerten sie ihn doch irgendwie an Papierfiguren für die Begräbniszeremonie, und unwillkürlich erwachte die Angst in ihm. Aber ob nun Papierfiguren oder nicht, sie zu erspähen war schwierig genug – kein Gedanke daran, mit ihnen zu reden oder ihnen die Hand zu reichen . . .

Nur ein einziges Mal hatte er mehrere Tage lang wirklich etwas mit weiblichen Wesen zu tun gehabt. Das war ein Jahr, bevor er nach England kam. In der Schule herrschte Aufruhr. Der Direktor streikte, die Lehrer streikten, die Schüler streikten! Eigentlich wußte niemand so recht, worum es ging, aber keiner hielt sich fern, alle rebellierten, sogar die Kinder der Missionsschule warfen die Bibeln auf den Boden und reihten sich in die Streikfront ein. Ma Wei war nicht auf den Mund gefallen, er konnte schon immer gut reden und die Leute mit seiner angenehmen Stimme beeindrucken, außerdem war er gut gewachsen, und da der Vater sich nicht besonders um ihn kümmerte, wurde er zum Vertreter gewählt. Im Streikkomitee gab es selbstverständlich auch weibliche Mitglieder, und so bot ihm der Aufruhr Gelegenheit, ein paar Sätze mit ihnen zu wechseln; einmal gab er ihnen sogar die Hand. Wie lange so ein Aufruhr währt, ist ungewiß, vielleicht drei Tage, vielleicht fünf Monate; und obwohl alle hoffen, es möge recht lange dauern, muß jede Sache schließlich, damit alles seine Richtigkeit hat, auch mal ein Ende haben. Besagter Aufruhr war nun leider nur von kurzer Dauer –

Ma Weis Kontakt mit den Frauen glich folglich dem Auftritt eines Clowns auf der Bühne, der einen Purzelbaum schießt und gleich wieder hinterm Vorhang verschwinden muß.

Ma Wei und Miss Winter waren nicht unbedingt füreinander bestimmt, und der alte Mann im Mond hatte ihre Daumen auch nicht über den Indischen Ozean und das Mittelmeer hinweg mit einem unsichtbaren roten Faden verknüpft. Sie war nur eine unter den vielen Frauen der westlichen Hemisphäre, aber sie war ausgerechnet die erste, der Ma Wei begegnete. Ihr wildkatzenhaftes Herumspringen hatte gleich bei dieser ersten Begegnung Erstaunen, dann Bewunderung, dann zärtliche Liebe und schließlich Besessenheit in ihm hervorgerufen; es erging ihm wie einem, der zum erstenmal Wein trinkt und schon nach dem ersten Becher rot anläuft. Ihr Verhalten, ihre Worte ernüchterten ihn allerdings beträchtlich. Als sie »Auf Wiedersehen« sagte, hatte sie aber wirklich gelächelt, und ihre Augen waren zu ihm geflogen. Vielleicht verabscheut sie mich doch nicht . . ., dachte er. Bestimmt kann sie bloß die Chinesen nicht besonders leiden, so wird's sein . . . Ich muß nur abwarten, mit der Zeit werde ich ihr schon beibringen, wie die Chinesen wirklich sind . . . Außerdem, warum soll ich's unbedingt darauf anlegen, ihre Freundschaft zu erringen, schließlich gibt's genug Frauen . . .

Ma Wei wälzte seine Gedanken hin und her, es gab so viele Fragen, aber nur eine Schlußfolgerung: abwarten und beobachten! Er betastete sein Gesicht, an den Bakkenknochen war es besonders heiß, die Spitze eines Weihrauchstäbchens schien dort zu glühen. Abwarten und beobachten, nur keine Aufregung! Er öffnete den Mund zu einem Lächeln, aber das Lächeln kam nicht zustande; er schien böse zu werden – böse auf sie? Dazu konnte er sich nicht entschließen. Er lief auf und ab, die Hände in den Taschen, dann wieder betrachtete er seine weißen Zähne im Spiegel . . . Nur keine Aufregung, abwarten!

»Ma Wei, Ma Wei!« rief oben der alte Herr mit heiserer Stimme, dann folgte ein Räuspern, und etwas kräftiger erklang es noch einmal: »Ma Wei, Ma Wei!«

Er riß sich zusammen und sprang in großen Sätzen die Treppe hinauf. Der alte Herr hielt mit einer Hand die Türklinke, mit der anderen den Wasserkrug aus Porzellan. Das Gesicht war voller Fältchen, der Bart war verklebt. »Hol mir mal ein bißchen warmes Wasser!« Er reichte Ma Wei den Porzellankurg.

»In die Küche trau ich mich nicht!« sagte Ma Wei. »Hast du gestern nicht gehört – die Wirtin hat doch gesagt, wir sollen die Küche nicht betreten. Es hat schon genug Ärger gegeben, weil du nicht zum Frühstück erschienen bist . . .«

»Hör auf! Hör auf damit!« Der alte Herr rieb sich die Augen. »Soll ich vielleicht unrasiert gehen?«

»Pastor Eden will uns doch nachher abholen zum . . .«

»Soll ich vielleicht hierbleiben?«

Ohne etwas zu sagen, schüttete Ma Wei das Wasser in den Zahnbecher und reichte es dem Vater.

Während der alte Herr sich die Zähne putzte, öffnete Ma Wei die Kisten, die am Abend angekommen waren, und fragte den Vater, ob er sich umziehen wolle. Der alte Herr war ein einziger Vorwurf, er beachtete den Sohn überhaupt nicht. Ma Wei hatte ihm eigentlich sagen wollen, daß man sich in England nach den englischen Sitten richten müsse, aber als er die Miene des Vaters sah, machte er sich schweigend davon.

Der alte Herr erboste sich immer mehr: So ist das also im Ausland – für nichts und wieder nichts kriegt man Ärger. Das ist doch . . . Später aufstehen gibt's nicht, warmes Wasser auch nicht – nichts gibt's! Wenn ich das gewußt hätte, wäre ich unter keinen Umständen hierhergekommen! Und nach einer ganzen Weile fiel ihm ein: Ich hab's! Wir ziehen in ein Hotel! Und wenn es noch so teuer ist, das hier mache ich nicht mehr mit! Nachdem sein Blick aber auf die Kisten und das viele Drumherum gefallen war, wurde er merklich kühler: Mit den vielen

Sachen umziehen, das ist ja viel zu umständlich! Und mit einemmal war der ganze Zorn verflogen, er setzte sich die Brille auf, nahm seine Pfeife und ging ins Arbeitszimmer.

Gedanken sind das Allerbilligste. Einmal gedacht, kommen sie einem ganz vernünftig vor; noch einmal überdacht, findet man sie schon lange nicht mehr so erhaben wie beim erstenmal, beim dritten Überdenken wird alles nur verworrener, also läßt man es lieber ganz sein. Und alle vorherigen Anstrengungen waren vergebliche Liebesmüh! So erging es jetzt dem Gedankengang des Herrn Ma, bei dem aus dem »Wir ziehen in ein Hotel!« ein »Wir werden es schon aushalten!« wurde.

Wenn so etwas nicht möglich wäre, würde er das Denken in Zukunft überhaupt lassen.

Mrs. Winter wartete gespannt darauf, daß Mr. Ma zum Frühstück herunterkäme, damit sie es ihm gehörig geben konnte. Würde sie ihn beim erstenmal gehörig abfahren lassen, würde er sich sehr überlegen, es noch ein zweites Mal zu versuchen. Sie hörte, wie er aufstand, und als sie annahm, daß er mit seiner Toilette zu Ende war, ging sie, ein Liedchen summend, die Treppe hinauf. Die Tür stand offen, aber es war still. Als sie ihn plötzlich husten hörte, drehte sie sich um und sah, daß die Tür zum Arbeitszimmer ebenfalls geöffnet war und er pfeiferauchend im Sessel saß.

Kein Wunder, daß Pastor Eden immer sagt, Chinesen hätten etwas von Teufeln und Dämonen an sich! dachte sie. Man gibt ihm kein Frühstück, trotzdem fühlt er sich wohl, er fragt nicht mal! Auch gut, dann soll er eben hungern!

Herr Ma rührte sich nicht, er schmauchte seine Pfeife und stieß blaue Rauchwölkchen in die Luft.

Pastor Eden kam erst nach elf. Ohne Mrs. Winter zu begrüßen, fragte er Ma Wei gleich an der Haustür: »Und Ihr Vater? Kommt er mit?« Ma Wei rannte nach oben und fragte den Vater. Der schüttelte nur den Kopf und trieb damit die blauen Dunstwolken auseinander. Ma

Wei rannte wieder hinunter und teilte Pastor Eden mit, daß der Vater noch nicht ausgeruht sei und nicht ausgehen wolle. Dann machte er sich allein mit Pastor Eden auf den Weg.

8

Wenn eine Nation altert, kommen die Menschen schon als Greise auf die Welt. Von Geburt an sehen sie schlecht, sie hören schlecht, speien Auswurf und husten. Gibt es in einem Land fast vierhundert Millionen solcher bereits als Greise geborener Menschen, dann altert dieses Land um so schneller, bis es schließlich nicht einmal mehr kriechen kann und still verendet.

»Unsere Zivilisation, meine Herren, ist viel älter als die Ihre!« verkündeten die Herren, die nach Europa gekommen sind, um die chinesische Kultur zu propagieren, mit spitzen Lippen den ausländischen Teufeln. »Und außerdem sind wir eine Großmacht mit einer Bevölkerung von vierhundert Millionen!« Wie wirkungsvoll sich doch die Worte »alt« und »groß« einsetzen lassen!

»Wenn ›alt‹ soviel bedeutet wie ›gut‹, warum hat denn dann Ihr wertes altes Land so wenig Qualitäten aufzuweisen?« fragte der unliebsame ausländische Teufel grinsend zurück. »Und wenn diese vierhundert Millionen nur Mäuler sind, die gestopft werden müssen, was nützt es dann, wenn weitere vierhundert Millionen hinzukommen?«

Wenn diese Propagandisten der chinesischen Kultur solches hörten (sie waren schließlich vor allem deshalb zum Studium in den Westen gekommen, um die chinesische Kultur zu propagieren, sonst war mit dem Studium bei diesen Teufeln ja weiter nichts los, es war sogar sehr unbequem), blieb ihnen nur übrig, sich auf das einzige Gebiet zurückzuziehen, auf dem die Chinesen im Ausland führend waren – Restaurants; sie gingen also in ein Chinarestaurant, um eine Portion Chashao-Fleisch zu verspeisen und damit den Zorn aus dem Bauch zu vertreiben.

Herr Ma Zeren machte kein Hehl daraus, daß er ein

echtes »altes« Element dieser »alten« Nation war. Berücksichtigt man dieses doppelte Altsein, so ist anzunehmen, daß er noch nie im Leben seinen Kopf angestrengt, sich nie volle drei Minuten lang mit einer Sache beschäftigt hatte. Wofür lebte er? Dafür, Beamter zu sein! Wie wurde man das? Man mußte zunächst Leute einladen und Beziehungen anknüpfen. Warum mußte man sich eine Frau nehmen? Weil die Zeit dafür reif war! Wie fand man eine? Man ging zur Heiratsvermittlerin! Wozu brauchte man auch noch eine Nebenfrau? Weil eine nicht ausreichte ... Mit solchen Gedanken gaben sich diese Angehörigen alter Nationen ein Leben lang zufrieden, und selbstverständlich beschränkten sich auch die Ambitionen des älteren Herrn Ma darauf.

Da er vom Handel nichts verstand, sondern Händler und Kaufleute stets verachtet hatte, war es eigentlich unverständlich, daß er nach England gekommen war. Der rechte Weg zum Reichtum bestand darin, Beamter zu werden. Durch harte Arbeit sein Geld zu verdienen führte zu nichts, das war nicht fein, das war vulgär! So saß er in seinem Zimmer, hatte kein Ziel, keine Pläne und kaute auf seiner Pfeife. Nach einer Weile, als er das Herumsitzen satt hatte, besann er sich und dachte: Wir sind nun mal in England, und wenn Ma Wei hier studiert, kann er nach der Rückkehr Beamter werden ... Und ich? Ich verbringe einen ruhigen Lebensabend, haha ...! Darüber hinaus interessierte er sich für nichts, er zog nicht einmal die Gardinen zur Seite, um einen Blick auf die Londoner Gassen und Straßen zu werfen; wozu sollte er das auch tun, es sah doch ohnehin alles gleich aus ... Er schaute sich aber nicht nur in London nicht um, er wußte auch kaum, wie Peking aussah, das er doch erst vor vierzig, fünfzig Tagen verlassen hatte. Gab es südlich des *pailou* an der Viererkreuzung eigentlich eine Konditorei? Er konnte sich nicht erinnern. Ach je, den Pekinger Kuchen kriegte man nun ja auch nicht mehr ... Als er daran dachte, wurde sein Heimweh noch schlimmer, und er vergaß darüber alles andere. Ach, der Pekinger Kuchen!

Inzwischen war es fast ein Uhr, und ihm knurrte der Magen. Er rauchte verbissen weiter, aber dadurch spürte er die Leere in sich noch mehr. Er sagte sich: Wenn das so weitergeht, werd ich wohl irgend etwas essen müssen ... Ein paarmal schon war er drauf und dran gewesen, die Wirtin zu fragen, hielt es aber für besser, den Mund zu halten. Er stand auf und machte ein paar Schritte, aber das war auch nicht das richtige, denn je mehr er sich bewegte, desto hungriger wurde er. Er setzte sich wieder hin, stopfte sich erneut die Pfeife, legte sie aber wieder beiseite. Sein Magen knurrte nicht nur, er tat ihm regelrecht weh. Ich geh mal runter und seh mich um, dachte er endlich und raffte sich auf.

»Mr. Ma, haben Sie heute nacht gut geschlafen?« fragte Mrs. Winter in leicht spöttischem Ton.

»Sehr gut!« antwortete Herr Ma. »Und Sie, Mrs. Winter, wie geht es Ihnen? Ist Ihre Tochter schon weg?«

Witwe Winter murmelte nur etwas vor sich hin. Ein paarmal lag Herrn Ma schon die Bemerkung auf der Zunge, daß er gern etwas gegessen hätte, aber er schluckte sie immer wieder hinunter und sprach mit ihr über Dinge, die von diesem Thema immer weiter weg führten: »Ist es immer noch so kalt? Ist Ihre Tochter schon fort – ach so, das habe ich ja schon gefragt, Verzeihung ... Und wo ist Napoleon?«

Witwe Winter rief den Hund, und Herr Ma nahm ihn hoch. Das freute Napoleon so, daß er Herrn Ma gleich am Ohr leckte.

»Das Hündchen ist wirklich klug!« bemerkte Herr Ma.

Mrs. Winter war ungeduldig, als sie aber hörte, daß Ma senior dem Hund schmeichelte, verwickelte sie ihn sofort in ein endloses Gespräch.

»Lieben denn Chinesen auch Hunde?« fragte sie.

»Aber ja! Als meine Frau noch lebte, hatte sie drei Pekinesen und ein kleines Karnickel, die fraßen immer ganz friedlich zusammen, ohne sich zu zanken«, antwortete er.

»Ist ja interessant! Höchst interessant!«

Er erzählte ihr einige chinesische Hundegeschichten,

die sie immer interessanter fand, je länger sie zuhörte. Herr Ma war geübt darin, mit Großmutter X. und Großtante Y. zu schwatzen, deshalb gingen ihm auch bei Mrs. Winter die Antworten nur so von der Zunge; Frauen sind eben überall gleich, dachte er, nur sind die Nasen der Frauen im Westen ein wenig größer . . .

Herr Ma war mit den Hundegeschichten zu Ende, sagte aber noch immer nicht, daß er gern etwas essen würde, und Mrs. Winter schien überhaupt nicht auf die Idee zu kommen, daß er Hunger haben könnte. Bei den Engländern läuft alles nach dem Gesetz ab, die Paragraphen werden erfüllt, damit hat sich die Sache erledigt. Gefrühstückt hatte er nicht, weil er zu spät aufgestanden war – es war also völlig rechtens, daß jemand, der zu spät aufstand, kein Frühstück bekam. Für das Mittagessen war sie nicht zuständig, das hatte sie ihm deutlich erklärt, was kümmerte es sie also, ob er Hunger hatte. Laut Vereinbarung hatte sie keinerlei Verpflichtung.

Als Herr Ma sah, daß die Sache hoffnungslos war, beschloß er, einfach zu hungern. Er setzte Napoleon ab und ging nach oben. Das Hündchen schien einen Narren an Herrn Ma gefressen zu haben, es folgte ihm schwanzwedelnd. Herr Ma setzte sich oben wieder auf seinen alten Plattz, und Napoleon sprang wild um ihn herum. Mal schnappte er von hüben, mal von drüben nach ihm, bald versteckte er sich hinter der Stuhllehne und zerrte an seinen Kleidern, dann wieder trippelte er nach vorn und biß ihn in die Schuhsohlen.

»Hör mal, gib Ruhe – hör auf, übertreib es nicht!« sagte Herr Ma zu Napoleon. »Du bist satt und hast gut toben, dir ist es egal, ob andere was im Magen haben oder nicht!«

Mrs. Winter, die sich um ihr Hündchen sorgte, kam nach oben. Da die Tür offenstand, hörte sie diese Bemerkung.

»Oh, Mr. Ma, ich wußte nicht, daß Sie Hunger haben, ich nahm an, Sie wären essen gegangen!«

»Das macht nichts, es ist nicht sehr . . .«

»Wenn Sie etwas zu sich nehmen möchten, kann ich Ihnen etwas zubereiten – einen Shilling pro Mahlzeit!«

»Bringen Sie mir etwas mehr, für zwei Shilling!«

Nach geraumer Zeit brachte ihm Mrs. Winter eine Kanne Tee, kaltes Rindfleisch, einige Scheiben Brot und etwas Gemüse. Als Herr Ma sah, daß alles kalt war (außer dem Tee), runzelte er die Brauen, aber da er großen Hunger hatte, machte er sich ans Essen. Langsam trank er den Tee aus, von dem Fleisch aß er nur die Hälfte, vom Brot und vom Gemüse ließ er nichts übrig. Als er satt war und auch genug getrunken hatte, ließ er sich wieder auf dem Sessel nieder, gähnte mehrmals ausgiebig, machte sich aus einem Streichholz einen Zahnstocher zurecht und säuberte sich damit genüßlich die Ritzen zwischen den Zähnen.

Napoleon war noch immer da, er lauerte mit schrägem Blick darauf, daß Herr Ma mit ihm schäkerte. Da aber Herr Ma keinerlei Anstalten machte, mit ihm zu spielen, legte er sich gekränkt neben den Sessel.

Mrs. Winter kam, um abzuräumen. Als sie Napoleon erblickte, legte sie alles aus der Hand, kniete sich auf den Teppich, nahm den Hund auf den Arm und fragte ihn, ob er schön mit Mr. Ma gespielt habe.

Herr Ma hatte noch keinen Blick auf Mrs. Winter riskiert – der Edle blickt Frauen schließlich nicht einfach so an. Er spürte den Duft ihres Haars, ihm wurde warm ums Herz, dann erschauerte er und wußte nicht, was er tun sollte.

Mrs. Winter fragte ihn, wie oft man in Peking im Jahr Hunderennen veranstalte, welche Hundeschutzbestimmungen es in China gäbe, ob die Pekinesen aus China stammten . . .

Herr Ma hatte sich mit den Hundefragen ebenso wenig beschäftigt wie mit jeder anderen »Wissenschaft«, so daß er nur notdürftig mithalten konnte. Er redete ihr einfach nach dem Munde, da konnte nichts passieren. Beim Reden faßte er Mut und betrachtete sie nun genauer. Obwohl sie mindestens Ende Dreißig war, wirkte ihr Gesicht noch jung. Ihre Kleidung war sauber und adrett, und das machte sie noch jünger.

Er beschloß, von seiner passiven Haltung zur Bewegung überzugehen, und streckte die Hand aus, um Napoleon zu necken. Sie wich nicht zurück, sondern hielt ihm den Hund ein Stückchen entgegen; beinahe hätte Herrn Mas Hand ihren Busen berührt – er erschauerte. Als er die Situation erfaßte, bot er ihr seinen Stuhl an und zog sich einen kleinen Hocker heran. Von der Hundewissenschaft kamen sie auf den Handel zu sprechen. Sie schien auch davon etwas zu verstehen.

»Beim Handel ist heute Reklame das wichtigste«, stellte sie fest.

»Ich handele mit Antiquitäten, da hat Reklame nicht viel Zweck«, war seine Antwort.

»Gerade bei Antiquitäten braucht man Reklame!«

»Natürlich.« Rasch stimmte er ihr zu, womit er sie ein bißchen erschreckte. Sie stand auf und sagte: »Soll ich Napoleon hierlassen?«

Er wußte, daß er das Hündchen ernst nehmen mußte, und nahm ihn eilig auf den Arm.

Als sie das Geschirr auf das Tablett gestellt hatte und sich zum Gehen wandte, sagte sie zu Napoleon: »Schön artig sein! Mach keine Dummheiten!«

Herr Ma setzte den Hund ab, lehnte sich im Sessel zurück und machte ein Nickerchen.

Ma Wei kehrte erst nach sechs Uhr abends zurück; er war wie zerschlagen, der Kopf wollte ihm platzen, und seine Augen waren voller roter Äderchen. Erst hatte ihn Pastor Eden zum Tower geführt (dabei hatten sie sich gleich noch die London Bridge angesehen), danach zu St. Paul's Cathedral und dann noch zum Ober- und Unterhaus. London war schließlich nicht an einem Tag zu besichtigen und vor allem nicht an einem Tag zu begreifen, deshalb führte ihn Pastor Eden nur an diese drei Orte; andere Sehenswürdigkeiten wie das British Museum, die Nationalgalerie oder den Zoo sollte er sich später allein ansehen. Er zeigte ihm aber auch noch den Antiquitätenladen seines Onkels, der sich in einer Gasse links neben der Kathedrale befand.

Auf seinen Beinen, dünn wie Gaoliang-Stengel, legte Pastor Eden ein solches Tempo vor, daß Ma Wei, der schon den Rücken krümmte, Mühe hatte, ihm zu folgen, aber er wollte um keinen Preis klein beigeben.

Gerade als er das Haus betrat, kam auch Miss Winter nach Hause; sie war vom Laufen erhitzt, und ihr gerötetes Gesicht sah noch hübscher aus. Er hätte ihr allzu gern erzählt, was er gesehen hatte, aber sie entschwand in die Küche.

Als Ma Wei nach dem Vater sah, saß dieser noch immer im Arbeitszimmer und kaute an seiner Pfeife. Ma Wei berichtete ihm ausführlich, aber Herr Ma hörte nicht sehr aufmerksam zu. Als der Antiquitätenladen erwähnt wurde, kam ihm jedoch eine Idee: »Ma Wei, morgen gehen wir erst mal ans Grab deines Onkels, ehe wir in den Laden gehen, denk daran!«

Da läutete es, und Vater und Sohn gingen zum Abendbrot in das Eßzimmer. Nach der Mahlzeit machte sich Mrs. Winter gleich über den Abwasch her. Herr Ma ging wieder nach oben und rauchte.

Als Ma Wei allein im Eßzimmer saß, stürzte Miss Winter plötzlich herein: »Haben Sie mein Portemonnaie gesehen?«

Ehe Ma Wei antworten konnte, rannte sie schon wieder hinaus und sagte dabei: »Ach, richtig, in der Küche!«

Ma Wei stand verdutzt in der Tür des Wohnzimmers, als sie mit dem Portemonnaie aus der Küche kam und sich hastig den Hut aufstülpte.

»Gehen Sie aus?« fragte er.

»Ja, ich gehe ins Kino.«

Ma Wei blickte aus dem Wohnzimmerfenster und sah, wie sie sich lachend, Schulter an Schulter mit einem Mann, entfernte.

9

Als sich der ältere Herr Ma auf den Friedhof besann, fiel ihm auch gleich wieder der Bruder ein. Er hatte nachts ein paarmal von ihm geträumt, und jedesmal hatten der Bruder und er dabei Tränen vergossen. Und als er sich der Vorzüge des Bruders erinnerte, regte sich Scham in ihm – wieviel Geld von ihm hatte er verbraucht! Der Bruder hatte schließlich schwer dafür gearbeitet! Und er war mit diesem Geld nicht nur leichtfertig umgegangen, einmal sogar hatte er davon so dem Alkohol zugesprochen, daß er voll war wie ein betrunkener Kater und von zwei Polizisten nach Hause gebracht werden mußte. Sich von dem Geld des Bruders zu betrinken, noch dazu so, daß er regelrecht bewußtlos war! Aber reden wir von heute, vergangen ist vergangen, wozu noch grübeln ... Schließlich war er nun Ladeninhaber in London. Das war zwar lange nicht so ruhmvoll wie ein Posten als Beamter, aber auch nicht zu verachten. Sein Schicksalsstern leuchtete wieder in kräftigeren Farben ... Warum hatte er eigentlich keinen kombinierten Kalender, der auch die chinesischen Mondphasen samt Horoskop enthielt, mitgebracht? War morgen denn überhaupt ein glücklicher Tag für einen Friedhofsbesuch ...? Ach, Christen fürchten sich vor gar nichts, die Macht des lieben Gottes ist größer als die aller anderen Götter ... Und der Stern, der das Jahr regierte? Nichts da, der traut sich doch nicht, sich mit dem lieben Gott anzulegen! Aber immerhin ... Es gab so viele Fragen, eine nach der anderen drängte sich ihm auf, so daß er die ganze Nacht nicht richtig schlafen konnte.

Am Morgen war der Himmel wiederum trüb, und es wehte ein kühler Ostwind. Der ältere Herr Ma zog ein Kamelhaarunterhemd, ein Flanelloberhemd und eine dicke schwarze Tuchhose an und fürchtete dennoch, daß er draußen frieren würde. Er versuchte, auch noch eine gefütterte Wattejacke über das Hemd zu ziehen, aber die machte ihn zu dick, er bekam die Hose nicht zu. Er zog die Jacke wieder aus und schimpfte dabei auf die Kleidung der ausländischen Teufel. Die östliche und die westliche Kultur harmonierten nun einmal nicht miteinander ... Eine Wattejacke paßte eben nicht zu einer westlichen Hose ...

Nach dem Frühstück paffte er erst einige Pfeifen, ehe er sich zum Gehen anschickte. Ma Wei führte ihn durch die Gordon Street über den Torrington Place direkt auf die Oxford Street zu. Als sie losgingen, fragte Ma Wei den Vater, ob er mit der ›Underground‹ oder mit dem Omnibus fahren wolle, er hatte sich bei Pastor Eden genau erkundigt, wo sich der Friedhof befand. Aber der ältere Herr Ma hatte keine Meinung und stieß nur hervor: »Das werden wir schon sehen.«

In der Oxford Street herrschte reger Verkehr. Die nach Osten fahrenden Autos schoben sich an den nach Westen flutenden vorbei, alle schienen sich zu drängeln und gegenseitig zu behindern. Zwischen großen Autos waren kleine eingekeilt und zwischen den kleinen Autos unzählige Motorräder und Fahrräder. Das Ganze sah aus wie ein aufgeregter Vogel Strauß mit einer Schar Junger. Es schien, als müßten all diese Wagen jeden Augenblick zusammenstoßen und bersten, und es blieb ein Rätsel, welche Kraft das verhinderte, denn es passierte nichts.

Die Autos zogen blaue Wolken hinter sich her, die Räder knirschten, einige Wagen hupten dumpf, andere schrill und alle wild durcheinander. Autos über Autos – in der Nähe, vorn und hinten; alle stießen Rauchwolken aus, alle knirschten mit den Rädern, alle hupten, die Straße war ein einziges Automeer. Auf den Bürgersteigen beiderseits der Straße rannten die Leute – Männer, Frauen, Alte, Junge – mit vorgerecktem Hals, als hätten sie etwas verloren. Blickte man nach unten, sah man nichts als Beine, hob man den Kopf, sah man lediglich auf und ab wippende Köpfe; es war, als schlügen die Wellen dieses Automeeres so heftig auf den Sand an beiden Ufern, daß er sich hin und her bewegte.

Herr Ma senior blickte zum Himmel auf, der grau,

dunstig und verhangen war. Am liebsten wäre er zu Hause geblieben, aber das ging ja nicht. Er starrte eine Weile vor sich hin, bis er bemerkte, daß in der Straßenmitte Autos standen. »Ma Wei, kann man die mieten?«

»Ja, aber das ist sehr teuer!«

»Teuer oder nicht, wir nehmen eins!« Beim Anblick der hohen Omnibusse wurde Herrn Ma ganz schwindlig.

»Fahren wir mit der Untergrundbahn?« fragte Ma Wei.

»Dort kriege ich keine Luft!« Herr Ma erinnerte sich an die Fahrt am Tage seiner Ankunft.

»Wir sollten aber nicht zuviel Geld ausgeben«, bemerkte Ma Wei lächelnd.

»Was ist bloß in dich gefahren? Wir nehmen ein Taxi und machen sogar einen Umweg durch ruhigere Straßen! Ich sag dir doch, mir wird schwindlig!«

Ma Wei blieb nichts anderes übrig, als ein Auto heranzuwinken und den Fahrer auch noch zu bitten, einen Umweg zu machen.

Aber auch im Wagen konnte Herr Ma sich nicht beruhigen. Wenn es nun einen Zusammenstoß gäbe und sein Gehirn verspritzt würde! Er sprach leise vor sich hin: »Warum hab ich bloß keinen Kalender mitgenommen . . . Wenn jetzt was passiert, ist es aus mit uns . . .«

»Wozu denn einen Kalender?« fragte Ma Wei.

»Ich habe mit mir selbst geredet, misch dich nicht ein!« Der alte Herr Ma warf Ma Wei einen schrägen Blick zu.

Der Chauffeur fuhr durch ruhige Straßen. Mal ging es nach Westen, dann wieder nach Osten, mal an einer Grünfläche vorbei, dann wieder durch eine Gasse . . . Nach vierzig, fünfzig Minuten hielt er an einem Platz, der von einem mannshohen Eisengitter umgeben war. Vor dem Zaun stand eine Baumreihe, der Rasen war voller Grabplatten und Grabsteine der verschiedensten Größen. London war wirklich komisch – wo etwas los war, war wirklich etwas los, und wo es ruhig war, war es wirklich ruhig.

Das Auto fuhr an dem eisernen Zaun entlang bis zu einem kleinen, ebenfalls eisernen Tor. Als sie ausgestiegen waren, wollte Ma Wei das Taxi wegschicken, aber der alte Herr bestand darauf, es warten zu lassen. Hinter dem kleinen Tor befand sich ein rotes Häuschen, das einsam und verloren vor den vielen Grabplatten stand. Aus einem kleinen Schornstein an seinem Giebel stieg Rauch auf. Nachdem sie mehrfach an das Tor geklopft hatten, öffnete sich die Tür des roten Häuschens einen Spalt breit. Langsam wurde der Spalt größer, und ein feistes, rundes Gesicht erschien darin. Jemand schien etwas zu kauen, die Backen bewegten sich auf und nieder. Dann öffnete sich die Tür etwas weiter, und das feiste Gesicht und alles, was noch dazu gehörte, kam zum Vorschein. Fügte man alles zu einem Ganzen zusammen, wurde es zu einer kleinen dicken alten Frau.

In dem Gesicht der alten Dame schien nichts von all dem zu sein, was normalerweise zu einem Antlitz gehörte, es war ein absolut nackter, weicher Fleischball. Dachte man sich Arme und Beine weg, blieb nur eine kleine runde Rolle übrig. Während sie sich erkundigte, zu welchem Grab Vater und Sohn wollten, wischte sie sich mit der Schürze den Mund ab. Erst als sie vor ihnen stand, sahen sie, daß in ihrem Gesicht alles an seinem Platz war und daß ihre kleinen Augen sogar freundlich dreinblickten. Als sie den Mund öffnete, sah man, daß sie nur noch einen Zahn hatte, und da dieser keine Nachbarn hatte, wirkte er ganz besonders lang und groß – ein richtiger Alleinherrscher.

»Wir suchen das Grab von Herrn Ma, einem Chinesen«, erklärte Ma Wei der alten Frau. Sie war bereits fertig mit dem Mundabwischen und versuchte nun, die Arme höher zu heben, um sich auch noch die Augen zu reiben.

»Ich weiß, ich erinnere mich – er ist im vergangenen Herbst gestorben, der Ärmste!« Die Alte versuchte wieder, die Schürze an die Augen zu bekommen. »Ich erinnere mich genau, drei Kränze lagen auf dem Sarg. Es war im Herbst, am siebenten Oktober. Er ist der erste Chinese, der hier begraben wurde. Der Ärmste!« Tränen rollten ihr übers Gesicht, aber das war viel zu fleischig, so daß die Tränen nicht ohne weiteres den Weg nach unten fanden. »Kommen Sie mit, ich kenne das Grab, ich erinnere mich!« Die alte Dame begann sich vorwärts zu bewegen; sie watschelte mit ihren kurzen Beinchen wie ein frisch geschlüpftes Entenkücken. Dabei wabbelten ihre Wangen hin und her wie das Fischgelee, das man in Peking im Winter zu essen pflegt.

Die beiden folgten ihr. Nach einigen Schritten wies sie auf eine Grabplatte und sagte: »Dort!« Als Vater und Sohn sich dorthin wandten, entdeckten sie den Namen eines Ausländers auf der Platte. Ehe sie noch eine Frage stellen konnten, sagte die Alte: »Oh, ich hab mich geirrt, das ist falsch. Wir müssen noch weiter. Ich kenne es, ich erinnere mich! Es ist dort ... Ja ja, der erste Chinese!«

Ma Weis flinke Augen erspähten einen kleinen Grabstein mit chinesischen Zeichen; er zog den Vater am Ärmel, und beide gingen hinüber.

»Ja, richtig – genau dort ist es, ich kenne es, ich weiß Bescheid!« Die alte Dame wies von weitem mit ihren dicken Armen auf den Grabstein.

Der Stein war nur zwei Fuß hoch, auf ihm war der Name Ma Weiren eingraviert, darunter die Lebensdaten. Ein künstlicher Stein, blaßgrauer Grund mit rötlichgrauem Muster. Die Kränze davor waren bereits von Wind und Wetter gezeichnet; sie hatten jede Farbe verloren, die Schleifen hatte längst der Wind davongetragen. Auf dem Rasen davor blühten ein paar wilde gelbe Blümchen; an den Blütenblättern hafteten Tautropfen, die wie Tränen aussahen. Die dunklen Wolken am Himmel, die Grabsteine, die verlorenen Kränze auf der Erde verbreiteten eine Atmosphäre von Kälte und Einsamkeit. Herr Ma senior wurde traurig und vergoß Tränen. Obwohl Ma Wei seinen Onkel nie gesehen hatte, röteten sich auch seine Augen.

Ohne sich um Ma Wei und die alte Dame zu kümmern, kniete Herr Ma vor dem Grabstein nieder, machte drei Kotaus und sprach dabei: »Älterer Bruder, beschütze deinen jüngeren Bruder, damit er reich wird und deine Gebeine nach China überführen kann!« Er brach in lautes Weinen aus.

Ma Wei machte hinter dem Rücken des Vaters drei Verbeugungen. Inzwischen war auch die alte Dame herangekommen; auch sie weinte so sehr, daß ihr ganzes Gesicht naß war. Die Schürze bekam sie mit ihrem kurzen Arm nicht mehr hoch, und so wischte sie sich nur mit der Hand kreuz und quer übers Gesicht.

Weinend stieß sie hervor: »Möchten Sie frische Blumen? Ich hab welche!«

»Was sollen sie denn kosten?« fragte Ma Wei.

»Bringen Sie sie her!« sagte Herr Ma kniend.

»In Ordnung, ich gehe sie holen, ich gehe schon«, sagte die Alte und raffte ihre Schürze, was bedeuten sollte, daß sie sich schnell in Bewegung setzen wollte, aber die Füße machten nicht die geringsten Anstalten, sich zu bewegen. Sie hob einen Fuß vom Boden ab, schob ihn nach vorn, und so watschelte sie los. Nach einer Weile kam sie langsam angetrippelt, Nacken und Gesicht hochrot wie die Ziegel ihres Häuschens. Mit der einen Hand drehte sie an ihrer Schürze, in der anderen hielt sie einen Strauß aprikosengelber Tulpen.

»Mein Herr, hier sind die Blumen, sie sind ganz frisch! Wissen Sie . . .« Herr Ma nahm einen der Kränze, ordnete das Metallgeflecht und steckte die Blumen einzeln darauf. Danach legte er den Kranz wieder vor den Grabstein. Als er zwei Schritte zurücktrat und alles prüfend betrachtete, stiegen ihm wieder die Tränen in die Augen.

Da er weinte, weinte auch die alte Dame. Dann streckte sie plötzlich die Hand aus und sagte: »Das Geld!«

Wortlos zog Herr Ma einen Zehn-Shilling-Schein aus der Tasche und reichte ihn ihr.

Sie besah ihn sich genau, hob den Kopf, betrachtete Herrn Ma eingehend und sagte: »Vielen Dank, vielen Dank. Ich weiß Bescheid. Es ist der erste Chinese, der hier begraben liegt. Vielen Dank, vielen Dank! Hoffentlich sterben noch mehr Chinesen und werden hier begraben!« Die letzten beiden Sätze hatte sie eigentlich nur zu sich selbst gesprochen, aber Vater und Sohn hatten sie deutlich vernommen.

Ein Sonnenstrahl brach durch eine Wolke und warf ihren Schatten auf den Grabstein. Dadurch wirkte das Fleckchen, wo der Bruder begraben lag, noch düsterer. Der ältere Herr Ma seufzte, wischte sich die Tränen ab und blickte sich nach Ma Wei um: »Komm, wir gehen!«

Vater und Sohn entfernten sich langsam. Die alte Dame folgte ihnen und fragte, ob sie noch mehr Blumen wollten, sie hätte noch mehr. Ma Wei blickte sie nur an, und sein Vater schüttelte den Kopf. Als die beiden an dem kleinen eisernen Tor ankamen, hatten sie die alte Dame schon weit hinter sich gelassen, aber sie hörten sie immer noch sagen: »Es war der erste Chinese . . .«

Vater und Sohn setzten sich wieder ins Taxi. Herr Ma dachte mit geschlossenen Augen an die Überführung der sterblichen Überreste des Bruders und auch daran, daß der Verblichene noch nicht mal sechzig gewesen war. Er selbst war auch schon in den Fünfzigern . . . Das Leben ist nun mal ein Traum, was hat es schon für einen Sinn . . . Ein Traum . . . Auch Ma Wei konnte das Erlebte nicht vergessen. Er drückte sich in die Ecke des Wagens und blickte starr auf den breiten Rücken des Chauffeurs. Er dachte: Der Onkel war ein Held . . . Er ist ins Ausland gegangen, um etwas zu leisten . . . Wirklich ein Held! Natürlich ist ein Antiquitätenhandel nichts Besonderes, aber im Ausland Geld zu verdienen, das ist schon was! Vater dagegen taugt zu nichts . . . Er warf einen Blick zu ihm hinüber. Entweder Beamter sein oder einen trinken und sich als verkanntes Genie ausgeben . . . Zum Teufel mit all diesen Beamten und Genies! Wer wirklich etwas taugte, der lernte etwas Ordentliches und verdiente damit auf anständige Weise sein Geld . . .

10

Der Laden der Mas befand sich in einer kleinen schrägen Seitengasse linkerhand von St. Paul's Cathedral. Stand man vor dem Laden, konnte man einen Teil – wie ein Melonenstück – der Kuppel sehen. Der Laden hatte einen Raum zur Straße. Links gab es eine Tür und rechts, neben der Ladentür, ein großes Schaufenster, das von oben bis unten reichte. Darin standen Porzellan, Bronzegegenstände, alte Fächerbezüge, kleine Buddhafiguren und noch so allerlei. Rechts neben dem Schaufenster führte eine weitere kleine Tür nach oben, wo Schirme und Koffer repariert wurden. Links vom Laden gab es drei weitere kleine Geschäfte. Gleich das erste war ebenfalls ein Antiquitätenladen. Weiter rechts befand sich ein Bekleidungsmagazin, vor dem zwei Pferdewagen hielten, auf die Leute gerade irgendwelche Sachen aufluden. Direkt gegenüber ragte eine Giebelwand auf.

Als Vater und Sohn Ma die Umgebung des Ladens in Augenschein nahmen, trat Li Zirong heraus und sagte lachend: »Sie sind doch bestimmt Herr Ma, bitte kommen Sie herein!«

Herr Ma musterte Li Zirong: Eigentlich hatte er nichts Unsympathisches an sich, wenn man von dem übertriebenen Lächeln absah. Zudem trug er nur ein Hemd, dessen Ärmel er bis über die Ellenbogen hochgekrempelt hatte. Seine Hände waren mit Grünspan überzogen und staubig, denn er war gerade mit dem Reinigen und Ordnen der Regale beschäftigt. Herr Ma fällte ein kurzes und knappes Urteil: Ziemlich gewöhnlich!

»Sie sind Herr Li?« fragte Ma Wei und reichte ihm sofort die Hand.

»Fassen Sie mich lieber nicht an, ich hab schmutzige Hände!« sagte Li Zirong und suchte eifrig in seiner Hosentasche nach einem Taschentuch. Da er keins fand, mußte Ma Wei notgedrungen sein Handgelenk nehmen. Es war breit, kräftig und wohlgeformt. Er schüttelte diesen warmen Arm herzlich und empfand auf den ersten Blick Sympathie für Li Zirong. Aufgekrempelte Ärmel, schmutzige Hände, kräftige Arme – ein ganzer Kerl! Wer nicht ordentlich zupackte, konnte mit den Ausländern nicht konkurrieren!

Aus der Sicht des Ausländers hatte Li Zirong noch mehr von einem Chinesen an sich als Ma Wei. In der Vorstellung der Ausländer waren Chinesen klein, bezopft und breitgesichtig; sie hatten vorstehende Backenknochen, waren nasenlos und hatten mindestens einen Zoll lange Augenschlitze, einen schiefen Mund und einen Schnurrbart, der sich im Winde bewegte, dazu zwei kurze Hundebeine, auf denen sie sich watschelnd fortbewegten. Aber das war nur das Äußere, viel schlimmer war die Gefährlichkeit und Gerissenheit der Chinesen! Ihre Gewohnheit, im Ärmel Giftschlangen mit sich herumzutragen, im Ohr Arsen unterzubringen, grünen Atem auszustoßen und mit einem Augenzwinkern Leute umzulegen, ließ Ausländer – Männer wie Frauen, Alte wie Junge – vor Grauen erschauern.

Li Zirongs Gesicht entsprach ungefähr diesen Vorstellungen. Wenn er nur ein wenig größer gewesen wäre, hätten ihn die Ausländer vielleicht etwas höher, als einen Japaner, eingestuft (denn wer von den Gelbgesichtern ein Quentchen Gutes an sich hatte, der war ein Japaner). Leider war er nur gut fünf Fuß groß, und seine kurzen Beine waren tatsächlich ein wenig O-förmig. Auf dem Kopf trug er dichtes schwarzes Haar, das ihm über die kurze, flache Stirn ins Gesicht fiel, fast bis an die Augenbrauen, so daß von seiner Stirn so gut wie nichts zu sehen war. Augen, Nase und Mund sahen nicht schlecht aus, nur waren eben die Backenknochen etwas zu flach. Aber er war von kräftiger Gestalt, hatte ein breites, gerades Kreuz, einen kräftigen Nacken, und mit seinen leicht gebogenen Beinen wirkte er wie eine kleine Gebirgskanone.

Li Zirong brachte mit seinem Äußeren die Ausländer durcheinander – er konnte ein Japaner sein, aber sein

Gesicht sah wirklich nach nichts aus (Japaner sahen immer nach was aus!), er konnte aber auch ein Chinese sein, doch dafür glänzte sein gelbes Gesicht zu sehr – Chinesen gaben doch kein Geld für Seife aus! Und außerdem, sein Kreuz war so gerade – Chinesen hielten doch stets den Rücken gekrümmt für die Prügel, die sie verdienten ... Und obwohl er leichte O-Beine hatte, schritt er ganz unbeirrt drauflos, er trippelte nicht, sondern lief wie der Wind. Die ausländischen Herren waren irritiert. Welcher minderwertigen Rasse sollte man diesen Kerl zuordnen? Die Hauswirtin von Li Zirong kam auf eine Idee: »Dieser Kerl ist ein chinesisch-japanischer Mischling«, verbreitete sie hinter seinem Rücken. »Auf keinen Fall ist er ein richtiger Chinese. Aber ein Japaner ist er nicht, dazu reicht es nun auch wieder nicht!«

Ma Wei und Li Zirong waren noch bei der Begrüßung, als der ältere Herr Ma schon hoch aufgerichtet und mit steifem Rücken den Laden betrat. Li Zirong lief eilig hinter ihm her und räumte, was noch auf der Erde stand, beiseite, dann bat er Herrn Ma, im Hinterzimmer Platz zu nehmen. Der Laden bestand aus zwei hintereinander liegenden Räumen – dem Verkaufsraum und dem Büro. Der Büroraum war sehr klein, an der Giebelwand stand ein Tresor, davor war nur Platz für einen Tisch und drei, vier Stühle. Neben dem Tresor stand noch ein kleines Tischchen mit Telefon und Telefonbuch. Der Raum war feucht und roch muffig und außerdem noch säuerlich nach dem Metallpflegemittel, gerade so wie in Peking die Ausländerläden.

»Ladengehilfe Li«, der ältere Herr Ma hatte lange überlegt, bevor ihm diese Anrede eingefallen war, »brühen Sie erst einmal eine Kanne Tee auf.«

Li Zirong sah Herrn Ma kurz an und zupfte sich an den wirren schwarzen Haaren, dann sagte er lächelnd zu Ma Wei: »Hier gibt es weder Teekanne noch Schalen; wenn der alte Herr unbedingt Tee trinken möchte, müssen wir welchen kaufen gehen, haben Sie Geld?«

Ma Wei wollte ihm gerade etwas reichen, als der ältere

Herr Ma mit finsterer Miene zu Li Zirong sagte: »Ladengehilfe!« Diesmal ließ er sogar den Namen weg. »Soll der Ladeninhaber vielleicht noch für sein eigenes Geld Tee kaufen? Außerdem stehen in den Regalen doch genug Teekannen und Schalen herum, und Sie erlauben sich mir gegenüber zu behaupten, es seien keine da!« Er zog sich einen Stuhl heran und ließ sich vor dem kleinen Tischchen nieder. Beinahe hätte er es umgeworfen.

Li Zirong streifte langsam die Hemdsärmel herunter, drehte sich dann zu Herrn Ma herum und antwortete: »Herr Ma, ich habe in diesem Laden bei ihrem älteren Bruder, als er noch lebte, über ein Jahr gearbeitet. Als er starb, übergab er das Geschäft in meine Obhut, ich mußte es wohl oder übel weiterführen. Teetrinken ist Privatsache, das kann man nicht aus der Kasse bezahlen. Hier geht es nicht wie in China zu; die gesamten Geschäftskosten müssen von einem Rechtsanwalt gegengezeichnet werden, danach berechnet die Regierung die Steuern. Man kann die Geschäftsgelder nicht einfach für irgend etwas anderes verwenden. Was die Teekannen und Schalen auf den Regalen betrifft – die sind für den Verkauf bestimmt, nicht zur Benutzung.« Dann drehte er sich zu Ma Wei herum und sagte: »Sie verstehen sicher, wie ich das meine. Vielleicht finden Sie mich zu unhöflich, aber wir befinden uns hier in England, und die Engländer trennen nun mal streng zwischen Privatangelegenheiten und Geschäft, daran müssen auch wir uns halten.«

»In Ordnung!« sagte Ma Wei leise, wagte aber nicht den Vater anzusehen.

»Es reicht, es reicht! Ich will keinen Tee, ich will keinen, klar?« entgegnete der ältere Herr Ma mit gesenktem Kopf, als sei ihm Li Zirong nicht geheuer.

Ohne etwas zu sagen, ging Li Zirong in den Vorraum und holte den Tresorschlüssel. Er öffnete den Tresor und entnahm ihm sämtliche Rechnungsbücher und Papiere, die er auf einem Stuhl vor Herrn Ma ausbreitete.

»Herr Ma, hier sind unsere gesamten Geschäftsbücher

und -papiere, bitte sehen Sie sich alles an, danach muß ich Ihnen noch einiges erklären . . .«

»Wozu? Ob ich mir das angucke oder nicht, es ändert sich ja doch nichts. Ich mißtraue Ihnen doch in keiner Weise.«

Li Zirong lächelte: »Herr Ma, Sie haben wahrscheinlich noch nie ein Geschäft betrieben . . .«

»Ein Geschäft? Na hören Sie mal . . .«, stieß Herr Ma hervor.

»Na gut, wie dem auch sei – eines gilt in jedem Fall: Geschäft ist Geschäft. Das ist so üblich, das hat nichts mit Mißtrauen zu tun«, entgegnete Li Zirong, dem nicht nach Lächeln zumute war, der aber eigentlich hätte lächeln müssen. Er wußte genau, daß Chinesen immer die Höflichkeit und das Gesicht wahren mußten. Aber er wußte ebenso gut, daß die Engländer sehr direkt waren, und zwar in Wort und Tat, und daß sie, außer in der Diplomatie, keine Umschweife und Floskeln machten. So wußte er nicht, wie er aus dieser schwierigen Lage herauskommen sollte, er konnte weder vorwärts noch zurück. Er fuhr sich wieder durchs Haar und drehte die langen Strähnen, die ihm in die Stirn fielen, zu Löckchen.

Ohne die Antwort des Vaters abzuwarten, schaltete sich lächelnd Ma Wei ein: »Vater kommt gerade vom Friedhof, er hat sich noch nicht beruhigt. Vielleicht sollten wir die Durchsicht der Bücher auf morgen verschieben.«

Herr Ma nickte zustimmend und dachte: Wenigstens hält der Sohn zum Vater. Dieser Bursche Li scheint es darauf anzulegen, mich in die Enge zu treiben . . .

Li Zirong sah erst den Vater an, dann den Sohn, er kicherte und packte alles wieder weg. Als er es verstaut hatte, tastete er mit der Hand in der Tiefe des Tresors herum und zog schließlich ein kleines, blaßlila farbenes Brokatkästchen hervor. Der ältere Herr Ma fand es lächerlich, er dachte sich: Was treibt denn dieser Kerl nun noch, ist er denn nicht bald fertig mit seinem Theater?

Li Zirong überreichte Ma Wei das Brokatkästchen. Der blickte den Vater an, dann öffnete er das Kästchen. Drinnen lag feine weiße Watte, unter der ein kleiner Diamantring zum Vorschein kam. Ma Wei legte den Ring auf seine Handfläche und betrachtete ihn eingehend. Es war ein Frauenring, ein schmaler gemusterter Goldreif, der oben ein wenig breiter wurde. Dort steckte ein Diamant, der glitzerte und blinkte.

»Das ist ein Erinnerungsstück Ihres Onkels für Sie«, sagte Li Zirong, während er den Tresor wieder verschloß.

»Laß mich mal sehen«, sagte Herr Ma.

Ma Wei reichte ihm den Ring. Der ältere Herr Ma wollte Li Zirong beeindrucken, er drehte und wendete den Ring hin und her, betrachtete ihn von außen, dann, mit vorgestrecktem Kopf und zusammengekniffenen Augen, den Stempel innen. Er nahm Speichel auf die Fingerkuppe und putzte den Diamanten.

»Ein Diamant, wirklich, ein Diamantring«, bekräftigte Herr Ma nickend und schnalzte anerkennend mit der Zunge. Dabei ließ er den Ring in seine Jackentasche gleiten.

Li Zirong wollte gerade den Mund öffnen, verschluckte aber sofort, was er hatte sagen wollen, als ihn Ma Wei anblickte. Nach einer Weile reichte Li Zirong dem älteren Herrn Ma den Tresorschlüssel, zusammen mit einem ganzen Schlüsselbund.

»Hier sind die Schlüssel des Geschäfts, nehmen Sie sie bitte an sich, Herr Ma!«

»Behalten Sie sie doch, was soll das!« antwortete Herr Ma, der in seiner Tasche den Ring befühlte.

»Herr Ma, wir müssen in der Sache volle Klarheit schaffen: Beschäftigen Sie mich weiter oder nicht?« fragte Li Zirong, der ihm noch immer die Schlüssel hinhielt.

Ma Wei nickte dem Vater zu.

»Wenn ich Ihnen die Schlüssel überlasse, werde ich Sie ja wohl weiter beschäftigen!«

»In Ordnung. Vielen Dank. Zu Ihres Bruders Zeiten bin ich morgens um zehn gekommen und blieb bis nachmittags um vier. Er hat mir pro Woche zwei Pfund gezahlt. Meine Aufgabe war, die Kunden zu bedienen und die Ware in Ordnung zu halten. Wenn er krank war, bin ich auch um zehn gekommen und bis sechs Uhr abends geblieben; in diesem Fall hat er mir drei Pfund die Woche gezahlt. Ich bitte Sie, mir jetzt Ihre Bedingungen zu nennen, Lohn, Aufgaben, Arbeitszeit. Ich möchte nur einen halben Tag arbeiten und nehme dafür lieber weniger Lohn in Kauf, da ich noch Zeit zum Studium brauche.«

»Oh, Sie studieren noch nebenbei?« fragte Herr Ma erstaunt, der nie darauf gekommen wäre, daß Li Zirong ein Student war. Bei sich dachte er: So etwas Gewöhnliches studiert, sieh mal einer an! In China sehen Studierte ganz anders aus!

»Ich bin eigentlich Student«, stimmte Li Zirong zu. »Was schlagen Sie also . . .«

Der ältere Herr Ma wußte nicht, was er sagen sollte; er blickte seinen Sohn an, als wolle er sagen: Ma Wei, schlag du was vor!

»Ich denke«, antwortete Ma Wei, »ich werde erst einmal alles mit Herrn Li besprechen, danach legen wir es fest, ja?«

»So machen wir's.« Damit erhob sich der ältere Herr Ma, denn es war kühl, die Knie wurden ihm schon steif. »Du bringst mich jetzt nach Hause, dann kommst du wieder und besprichst alles mit dem Ladengehilfen Li. Vielleicht kannst du auch gleich die Bücher durchsehen, wenn nicht, ist es auch nicht weiter schlimm.« Während er das sagte, ging er schon langsam hinaus, blieb aber im Vorraum vor den Regalen stehen. Er schaute sich angelegentlich um und wandte sich dann an Li Zirong: »Ladengehilfe Li, holen Sie mir die kleine weiße Teekanne herunter!«

Li Zirong nahm die Kanne vorsichtig herunter und reichte sie Herrn Ma. Dieser zog ein Taschentuch heraus, wickelte die Kanne darin ein und übergab sie Ma Wei.

Ma Wei rief Li Zirong zu: »Warten Sie auf mich, wir gehen dann zusammen essen. Bis gleich!«

11

Vater und Sohn verließen den Antiquitätenladen. Nach einigen Schritten blieb der ältere Herr Ma stehen und musterte aufmerksam die Umgebung des Ladens. Jetzt erst bemerkte er ein langes Schild über dem Schaufenster, schwarz mit goldenen Lettern und verglast. »Wie gewöhnlich!« sagte er kopfschüttelnd. Dann reckte er sich auf die Zehenspitzen und betrachtete das Schild im ersten Stock darüber. Danach drehte er sich um und musterte die gegenüberliegende Giebelwand. »Ein Schornstein direkt gegenüber unserem Schaufenster, das kann ja nicht gut gehen, das ist kein guter Standort!«

Ma Wei achtete nicht auf das, was der Vater sagte. Er blickte mit erhobenem Kopf zur Kuppel der Kathedrale auf, die ihm immer schöner vorkam, je länger er sie betrachtete.

»Vater, wäre es nicht gut, wenn du morgen mal hierher zum Gottesdienst gingest?« sagte Ma Wei.

»Die Kathedrale ist ja nicht schlecht, aber die Kuppel nimmt uns alle Vorteile, das kann nicht gut gehen!« Herr Ma war so in seine geomantische Betrachtung versunken, daß er seinen christlichen Glauben zu vergessen schien.

Als sie aus der kleinen Gasse traten, schüttelte Herr Ma noch immer unablässig den Kopf. Ma Wei sah einen Bus, der in Richtung Oxford Street fuhr, und da sich die Haltestelle gleich vor der Kathedrale befand, zog er den alten Herrn hinein, ohne ihn lange zu fragen. Ehe der ältere Herr Ma noch begriffen hatte, was mit ihm geschah, fuhr der Bus an. Nachdem Ma Wei die Fahrkarten gelöst hatte, sagte er zum Vater: »Du mußt Li Zirong nicht ›Ladengehilfe‹ nennen, sieh doch mal, sogar hier im Bus sagt jeder, der eine Fahrkarte löst, sogar ›Dankeschön‹ zum Schaffner. Er ist für das Geschäft sehr nützlich, da muß er sich doch komisch vorkommen, wenn du ihn ›Ladengehilfe‹ nennst! Außerdem ...«

»Und wie soll ich ihn sonst nennen? Ich bin schließlich der Ladeninhaber, soll der Inhaber seinen Gehilfen mit ›gnädiger Herr‹ anreden?« Während er sprach, nahm er ihm die Teekanne aus der Hand, wickelte sie aus dem Taschentuch und betrachtete angelegentlich die Zeichen in Siegelschrift am Boden. Herr Ma kannte sich in der Siegelschrift ohnehin nicht gut aus, und bei der Schaukelei konnte er erst recht nichts erkennen. Er schimpfte insgeheim auf Ma Wei, daß er ohne zu fragen in den Bus gestiegen war.

»Du vergibst dir nichts, wenn du ihn Herr Li nennst!« sagte Ma Wei mit finster zusammengezogenen Brauen, aber er hatte keine Lust, sich mit dem Vater zu streiten.

Der Bus fuhr gerade unter einer Eisenbahnbrücke hindurch, oben brauste ein Zug entlang, dessen Rattern und Knattern alles übertönte. So konnte Herr Ma natürlich nicht verstehen, was Ma Wei gesagt hatte. Der Bus schwenkte plötzlich nach links, und um ein Haar hätte Herr Ma die kleine Kanne fallenlassen. Er schimpfte brummend vor sich hin. Zum Glück war es im Bus so laut, daß auch Ma Wei nichts verstand.

Als der Bus hielt, fragte Ma Wei den Vater rasch: »Willst du ihn nun behalten oder nicht?«

»Natürlich will ich ihn behalten. Er versteht was vom Geschäft, ich nicht!« antwortete Herr Ma, und auf seinem Gesicht zeigte sich ein roter Fleck. Er stellte ein Bein vor, gerade als wolle er, falls Ma Wei weitere Fragen stellen sollte, aus dem Bus springen. Aber er hatte den Fuß zu heftig vorgestreckt und wäre der ihm gegenüber sitzenden alten Dame beinahe auf die Zehenspitzen getreten. So zog er rasch den Fuß zurück, womit sich auch der Gedanke verflüchtigte, aus dem Bus zu springen.

Ma Wei wußte, daß Fragen sinnlos waren. Er konnte

sich denken, wie alles verlaufen würde: »Behältst du ihn oder nicht?« – »Warum sollte ich ihn nicht behalten?« – »Warum sprichst du ihn nicht mit ›Herr‹ an?« – »Wenn ich ihn als Ladeninhaber mit ›Herr‹ anrede, wie soll er mich dann nennen?« Es war also besser, gar nicht erst zu fragen. Er drehte sich um und studierte aufmerksam die Schilder auf der Straße, um ja nicht die Haltestelle zu verpassen. Der Schaffner rief zwar an jeder Haltestelle deren Namen aus, aber so schnell konnte sich Ma Wei nicht an das Englisch der Schaffner gewöhnen.

In der Oxford Street stiegen Vater und Sohn aus, und Ma Wei führte den Vater zu ihrem Haus. Als sie eine kleine Strecke gegangen waren, blieb Herr Ma stehen, schnaufte, holte wieder die kleine Teekanne hervor und betrachtete sie von neuem. Mitunter blieb er so unvermittelt stehen, daß die hinter ihm Laufenden eilig zur Seite springen mußten, um ihn nicht umzurennen. Der ältere Herr Ma scherte sich nicht um die Passanten. Wenn es ihm paßte, blieb er stehen, Ma Wei mußte wohl oder übel langsam hinter ihm hergehen, um das Schlimmste zu verhindern. Vater und Sohn benahmen sich wie Schlammfische im Aquarium. Diese bewegen sich ganz plötzlich, verharren dann wieder auf der Stelle und bringen damit alle anderen Fische im Aquarium durcheinander.

Als sie endlich angelangt waren, blieb der ältere Herr Ma vor der Tür stehen und putzte die kleine Teekanne ausgiebig mit dem Ärmel. Dann öffnete er mit einer Hand die Tür, mit der anderen hielt er die Kanne.

Mrs. Winter hatte längst zu Mittag gespeist und ruhte sich nun im Wohnzimmer aus. Sie sagte nichts, als sie die beiden kommen sah.

Der ältere Herr Ma rief gleich an der Haustür: »Mrs. Winter!«

»Kommen Sie doch herein, Mr. Ma!« antwortete sie von drinnen.

Der ältere Herr Ma ging hinein, Ma Wei folgte ihm. Napoleon hielt Mittagsschlaf; er machte die Augen nicht auf, als er sie kommen hörte, sondern schnaufte nur ein paarmal kurz durch die Nase.

»Mrs. Winter, sehen Sie mal her!« Der ältere Herr Ma hielt die kleine Kanne hoch und lächelte übers ganze Gesicht. Seine Stimme war viel weicher als sonst, irgendwie verjüngt.

Mrs. Winter war müde. Der Puder war von der Nase verschwunden und ließ eine kleine rote Nasenspitze sehen, die einem halbreifen Weißdornapfel glich; auf den älteren Herrn Ma wirkte diese kleine rote Nasenspitze unsagbar schön. Als sie sich erheben wollte, stand der ältere Herr Ma bereits mit der Kanne vor ihr. Er erinnerte sich genau an den Augenblick, als ihre Haare fast seine Kleidung berührt hatten. Deshalb ging er jetzt noch etwas mutiger vor, denn in der Liebe mußte man immer zur rechten Zeit einen Schritt weitergehen; wer nicht mutig vorwärtsging, hatte keinerlei Aussicht auf einen Kuß, und was ist schon eine Liebe ohne Kuß? Bei allen anderen Angelegenheiten pflegte der ältere Herr Ma Kompromisse einzugehen, nur Frauen gegenüber war er unternehmungslustig, wobei seine Mittel nicht die schlechtesten waren. In dieser Hinsicht war ihm ein gewisses Talent nicht abzusprechen.

Die Witwe Winter beugte sich vor, um die kleine Kanne entgegenzunehmen, sie neigte den Kopf und betrachtete sie eingehend. Der ältere Herr Ma tat ein gleiches, wobei er über das ganze Gesicht strahlte wie ein kleiner roter Luftballon.

»Wie schön, wirklich schön! Das ist chinesisches Porzellan, nicht wahr?« rief Mrs. Winter aus und zeigte auf die Hahnenkammblüten und die beiden Kücken auf der Kanne.

Als der ältere Herr Ma vernahm, wie sie das chinesische Porzellan lobte, wußte er sich vor Freude kaum zu fassen.

»Mrs. Winter, die hab ich für Sie mitgebracht!«

»Für mich? Wirklich, Mr. Ma?« Sie riß die kleinen Augen weit auf, die schmalen Lippen formten ein großes »O«, und sogar der Busenansatz war gerötet. »Die kleine Kanne ist bestimmt sehr viel Geld wert, wie?«

»Nicht der Rede wert«, meinte der ältere Herr Ma und zeigte auf eine kleine Vase auf dem Tischchen. »Ich wußte, daß Sie chinesisches Porzellan lieben. Sehen Sie mal, die kleine Vase hier ist doch auch aus China, stimmt's?«

»Sie haben aber gute Augen, Sie sind aber aufmerksam! Die kleine Vase hab ich einem Soldaten abgekauft. Napoleon, schnell, bedank dich bei Mr. Ma!« Sie hob das Hündchen hoch und bewegte seinen Kopf ein paarmal in Richtung auf Herrn Ma, Napoleon aber war zu müde, um die Augen zu öffnen. Mrs. Winter genierte sich noch immer, die Kanne einfach so anzunehmen. Sie verdrehte ein paarmal die Augen und sagte dann: »Mr. Ma, wollen wir tauschen? Mir gefällt die kleine Kanne wirklich sehr gut. Ich nehme Ihre Kanne, und Sie nehmen dafür meine Vase – ich glaube, sie ist auch einiges wert, ich hab sie für ... für wieviel hab ich sie doch gleich gekauft? Da sehen Sie mal, ich hab's vergessen!«

»Tauschen? Machen Sie keine Umstände!« sagte der ältere Herr Ma lächelnd.

Ma Wei stand am Fenster und blickte den Vater streng an. Womöglich gibt er ihr auch noch den Ring, dachte er. Der ältere Herr Ma betastete den Ring tatsächlich in der Tasche, nahm ihn aber nicht heraus.

»Mr. Ma, sagen Sie mir doch, was diese kleine Kanne wert ist! Damit ich, wenn mich jemand fragt, Auskunft geben kann!« Sie umschlang die Kanne vor ihrer Brust wie ein kleines Mädchen eine neugekaufte Stoffpuppe.

»Wieviel sie wert ist?« fragte der ältere Herr Ma und schob die große Brille etwas weiter nach oben. »Was meinst du, wieviel ist sie wert?« wandte er sich an Ma Wei.

»Woher soll ich das wissen?« antwortete Ma Wei. »Sieh doch mal nach, ob im Deckel ein Preisschild ist.«

»Ja, richtig, laß uns mal nachschauen.« Die Stimme des älteren Herrn Ma war melodisch und klangvoll.

»Nein, lassen Sie mich nachschauen!« rief Mrs. Winter gespreizt und nahm vorsichtig den Deckel ab. »Oh, fünf Pfund und zehn Shilling! Fünf Pfund zehn Shilling!«

Der ältere Herr Ma drängte sich mit geneigtem Kopf heran: »Tatsächlich ... Wieviel macht das in chinesischem Geld aus? Über sechzig *kuai!* Das ist ja Wahnsinn, über sechzig *kuai* für eine Teekanne! Auf dem Dongan-Basar kriegt man eine für einen *kuai* zwanzig, und die ist garantiert größer!«

Ma Wei konnte sich das kaum noch anhören, er nahm seinen Hut und sagte: »Vater, ich muß gehen, Li Zirong erwartet mich, wir wollen doch noch essen gehen!«

»Ja richtig! Mr. Ma, Sie haben wohl noch nicht gegessen?« fragte Witwe Winter. »Ich hab noch etwas kaltes Rindfleisch, ausgezeichnetes, möchten Sie das essen?«

Ma Wei war schon draußen. Durch den Spalt in der Gardine sah er, wie sich der Mund seines Vaters auf und ab bewegte.

12

Ma Wei ging zurück in den Antiquitätenladen.

»Herr Li, entschuldigen Sie bitte! Sie sind bestimmt fast verhungert, wohin gehen wir essen?« fragte er.

»Nennen Sie mich doch einfach Lao Li, nicht Herr und so'n Zeug!« entgegnete Li Zirong lachend. Er hatte bereits einen Teil der Regale gesäubert und aufgeräumt und sich gewaschen, wodurch sein gelbes Gesicht gleich noch mehr strahlte. »Gleich hinter dieser Gasse ist ein kleines Restaurant, da kriegen wir schon irgendwas zu essen.« Während er das sagte, schloß er schon den Laden ab und ging mit Ma Wei davon.

Das kleine Restaurant lag schräg gegenüber von St. Paul's Cathedral. Durchs Fenster konnte man die Fassade und die Steinfiguren deutlich erkennen. Alte Frauen und Kinder fütterten dort ganze Scharen von Tauben.

»Was ißt du?« fragte Li Zirong. »Ich nehme immer

einen Tee, zwei Scheiben Brot und ein Stück Kuchen. Das ist ein sehr einfaches Lokal, etwas Besonderes kriegst du hier nicht, aber ich kann mir auch nichts Besonderes leisten.«

»Bestell für mich das gleiche wie für dich«, sagte Ma Wei, dem nichts einfiel. Li Zirong bestellte wie immer Tee und Brot und für Ma Wei zusätzlich noch eine Bratwurst.

Die Tische hatten Marmorplatten, die auf Metallbeinen ruhten, sie waren so blank geputzt, daß es eine Freude war. An den Wänden ringsum gab es große Spiegel, die den Raum hell und angenehm machten und ihn belebter und voller erscheinen ließen. Kuchen, Brote und dergleichen lagen neben der Tür in einer Vitrine. Alles war hübsch anzusehen und sauber, ob es einem schmeckte oder nicht. Die Bedienung bestand nur aus Mädchen, und zwar aus sehr gutaussehenden. Sie alle trugen kurze Schürzchen und in Falten gelegte weiße Häubchen; wie der Wind fegten sie um die Ecke und brachten Tee und Speisen. Ihre Gesichter waren hochrot und frisch wie die roten Äpfel in der Vitrine. Die Gäste kamen fast ausnahmslos aus den umliegenden Läden, sie alle hielten eine Abendzeitung in der Hand (die Londoner Abendzeitungen erscheinen morgens gegen neun) und studierten vor allem die Nachrichten über Pferde- und Hundesport. Man hörte lediglich die hin und her rennenden Mädchen und das Klappern von Messern und Gabeln, gesprochen wurde fast nichts, denn sobald Engländer eine Zeitung vor sich haben, erlischt ihr Redebedürfnis. Ma Wei betrachtete sich genauer, was die Leute aßen – es war vor allem Tee, Brot und Butter, ganz selten bestellte jemand ein warmes Gericht.

»Das hier ist ein einfaches Restaurant?« fragte Ma Wei.

»Findest du nicht?« fragte Li Zirong leise zurück.

»Es ist sehr sauber!« antwortete Ma Wei und dachte dabei an den Schmutz auf den langen Tischen in den Pekinger Restaurants Erhunpu und Dawanju.

»Oh, die Engländer halten sich länger bei den Vorbereitungen auf als beim Essen selbst. Wer etwas auf sich hält, ißt lieber etwas weniger, als daß er sich an einem schmutzigen Ort zum Essen niederläßt. Uns Chinesen geht's ums Essen, egal wie es aussieht. Allerdings mit dem Ergebnis, daß die, die im Sauberen lieber etwas weniger essen, gesund sind, während die, die im Schmutz Räucherhuhn und Bratente in sich hineinstopfen, trotzdem immer dünner werden . . .«

Er hatte noch nicht ausgeredet, als die Kellnerin schon ihr Essen brachte. Sie aßen und unterhielten sich dabei leise weiter. »Lao Li«, sagte Ma Wei ganz offen, »was mein Vater heute früh gesagt hat, war ein bißchen . . .«

»Das macht doch nichts«, unterbrach ihn Li Zirong, noch ehe Ma Wei den Satz beenden konnte, und fügte hinzu: »Alte Leute sind nun mal so!«

»Möchtest du denn weiter bei meinem Vater arbeiten?«

»Ihr schafft es ohne mich nicht, und ich muß Geld verdienen. Sei ganz beruhigt, wir laufen schon nicht auseinander!«

Unwillkürlich lachte Li Zirong etwas lauter, was ihm sofort strafende Blicke einbrachte. Er senkte den Kopf und kaute an seinem Brot.

»Du studierst noch?«

»Ohne Studium läuft doch nichts!« antwortete Li Zirong und wollte wieder lachen. Er fand, daß er sich immer etwas frech und lustig ausdrückte, daher lachte er immer zuerst los, ohne sich darum zu kümmern, ob auch die anderen lachten oder nicht. »Was ich sagen wollte – laß uns lieber schnell aufessen und gehen, unterhalten können wir uns besser im Laden. Es gibt so viel zu bereden, aber hier macht es keinen Spaß, die Alten sehen mich schon dauernd an!«

Sie beeilten sich mit dem Essen, tranken ihren Tee aus, dann stand Li Zirong auf und sagte der Kellnerin, daß er zahlen möchte. Als sie ihm die Rechnung gab, sagte er, auf Ma Wei deutend: »Wie finden Sie ihn? Er hat mir gesagt, er findet sie sehr hübsch!«

»Hör bloß auf!« entgegnete ihm die Kellnerin und warf Ma Wei einen kurzen Blick zu. Offenbar freute sie sich, daß sie jemand hübsch fand.

Ma Wei lächelte ihr ebenfalls zu. Dem Ton, in dem Li Zirong mit ihr sprach, entnahm er, daß er täglich hierher zum Essen kam und sie gut kannte. Li Zirong legte als Trinkgeld unauffällig zwei Kupfermünzen unter den Teller. Ma Wei gab ihm sofort das Geld.

»Das ist in England so üblich, da macht man keine Umstände«, erläuterte Li Zirong lächelnd.

Die beiden gingen in den Laden zurück. Dort brauchten sie sich keinen Zwang aufzuerlegen. Li Zirongs Rede strömte ungehemmt dahin wie ein breiter Fluß durch eine geöffnete Schleuse: »Was ich sagen wollte... also, zuerst muß ich dir eins sagen: Beim Teetrinken darf man keine Geräusche machen! Als du eben deinen Tee geschlürft hast, ist dir da nicht aufgefallen, wie dich die alten Herrn von gegenüber angestarrt haben? Bei Engländern ist das so: Wenn sie sich schneuzen, tun sie das so kräftig und so laut, wie sie nur können, aber beim Trinken darf man keinen Mucks hören. Das ist einfach Gewohnheit, da gibt es kein ›richtig‹ oder ›falsch‹.

Alles, was nicht auf die bei ihnen übliche Art gemacht wird, ist barbarisch, noch dazu, wo sie uns Chinesen sowieso verachten! Vor anderen Leuten darf man sich nicht den Kopf kratzen, nicht die Nägel reinigen, nicht rülpsen. Na, es gibt noch eine ganze Menge Vorschriften mehr. Einige Berühmtheiten unter den chinesischen Studenten kümmern sich nicht darum, aber da die Ausländer ohnehin auf uns herabsehen, sollten wir ihnen nicht noch zusätzlich Anlaß geben, uns zu verabscheuen. Ich hab diesen Dingen ursprünglich auch keine Beachtung geschenkt, bis ich eines Tages ganz schön auf die Nase gefallen bin. Das war so: Einmal war ich mit einem Freund bei jemandem zum Essen eingeladen, und als ich satt und zufrieden war, hab ich aus tiefster Brust gerülpst. Oh, das war vielleicht schlimm! Das Mädchen neben mir wandte sich strikt ab, drehte sich um und sagte zu meinem Freund: ›Leute, die kein Benehmen haben, sollten lieber zu Hause bleiben!‹ Das war für den Einladenden – einen alten Pastor, der Missionar in China gewesen war – das Stichwort; er sagte zu der jungen Dame: ›Ja, was meinen Sie wohl, warum wir als Missionare nach dem Osten gehen mußten? Sogar die Sitten beim Essen und Trinken mußten wir ihnen erst beibringen!‹ Und ich, was sollte ich machen? Zu bleiben war furchtbar unangenehm, zu gehen war auch peinlich – es war scheußlich! Und alles wegen eines Rülpsers, der doch nun wirklich nichts weiter zu bedeuten hat. Aber sie behandeln dich deshalb wirklich wie einen Barbaren! Sieh dich also ein bißchen vor, Lao Ma! Du nimmst mir doch nicht übel, daß ich dir das sage?«

»Nein«, entgegnete ihm Ma Wei und setzte sich.

Li Zirong setzte sich ebenfalls und fuhr fort: »Na gut. Nun muß ich dir wohl meine Geschichte erzählen. Ich bin eigentlich hier, um zu studieren, offizieller Auslandsstudent aus Shandong. Zunächst hab ich drei Jahre in Amerika studiert und einen akademischen Grad im Handelswesen erworben. Damit bin ich nach Europa gekommen, zuerst nach Frankreich. Aber als ich in Paris war, brach zu Hause der Bürgerkrieg aus, und mit dem Stipendium war es vorbei. Ich komme aus armen Verhältnissen, von zu Hause kann ich kein Geld verlangen. So hab ich mir da was vom Munde abgespart und dort was zusammengekratzt und kam schließlich nach England. Ich wußte, daß das Leben in England teuerer ist als in Frankreich, ich wußte aber auch, daß man, wenn man hier Arbeit findet, mehr verdient. Und England ist eben ein Land des Handels, da kann man schon einiges lernen. Und es gibt noch einen Grund, ich verschweige auch den nicht – den Pariserinnen konnte ich schwer widerstehen; aber hier in London will außer Prostituierten keine etwas mit Chinesen zu tun haben, da gibt es weniger Verlockungen.« An dieser Stelle wurde Li Zirong wieder fröhlich, er fuhr sich durch das Haar.

»Lao Li, hast du nicht eben gesagt, vor anderen kratzt man sich nicht den Kopf?« neckte ihn Ma Wei.

»Du bist schließlich kein Ausländer! Vor Ausländern mache ich das auf keinen Fall! Wo waren wir doch gleich stehengeblieben . . . Ja, richtig, als ich hier in London ankam, lief es mit dem Stipendium immer noch nicht. Das brachte mich vielleicht in Schwierigkeiten! Ich wohnte über einen Monat in East London und besaß nichts außer ein paar Büchern und den Kleidern auf dem Leib. Ich war arm und nackt wie ein Hund, der am Hinterteil kein Fell hat. Dann ergab sich der Zufall, daß mich die Polizei bat, für Chinesen zu dolmetschen. Die chinesischen Arbeiter sprechen nicht besonders gut englisch. Die Polizei überprüft sie dauernd (auch der bravste Chinese zieht dauernd ein grimmiges Gesicht, kein Wunder, daß es heißt: ›Laß mich im nächsten Leben bloß nicht als Chinese auf die Welt kommen!‹), und ich dolmetsche dann für sie. Ich konnte nicht besonders gut kantonesisch sprechen, es ging gerade so, jedenfalls besser als die englische Polizei. Wenn ich nicht am Verhungern gewesen wäre, hätte ich so was nie getan. Aber auch wer kurz vor dem Verhungern steht, möchte nicht sterben! Mit ansehen zu müssen, wie die eigenen Landsleute von der englischen Polizei zum Narren gehalten werden . . . Na ja, da kann man nichts machen. Hunger ist schon schlimm! Ich war genauso schlecht dran wie meine Landsleute. Bei dieser Beschäftigung konnte ich im Monat höchstens drei bis vier Pfund verdienen, wozu langt das schon. Nach und nach hab ich mir dann mal einen Reklametext oder etwas Ähnliches zum Übersetzen besorgt; das war schon einträglicher. Wenn jemand etwas nach England verkaufen kann, dann ist das keine Kleinigkeit. Fürs Übersetzen einer solchen Reklame kriegt man schon ein bis zwei Pfund. Das alles reichte gerade fürs Essen, aber nicht zum Studieren. Zum Glück suchte dein Onkel einen Ladengehilfen, der etwas vom

Geschäft versteht und englisch spricht. Ich ging also zu ihm, und es klappte sofort. Denkst du vielleicht, jemand von diesen hochherrschaftlichen Auslandsstudenten würde für zwei Pfund pro Woche als Mädchen für alles schuften? Aber für mich waren diese zwei Pfund der Weg ins Paradies, denn nun konnte ich studieren. Tagsüber dolmetsche ich und arbeite im Laden, und abends gehe ich zu den Vorlesungen in die Universität. Wie findest du das, Lao Ma?«

»Ganz schön hart. Lao Li, du bist in Ordnung!« antwortete Ma Wei.

»Ganz schön hart? Alles ist hart auf dieser Welt!« entgegnete Li Zirong mit einem Anflug von Stolz und stand geräuschvoll auf.

»Wieviel braucht man denn mindestens pro Person in London, ich meine im Monat?« erkundigte sich Ma Wei.

»Mindestens zwanzig Pfund pro Monat, ich bin eine Ausnahme. Solange ich nun schon hier bin, hab ich noch kein einziges Mal chinesisch gegessen. Nicht daß ich mir das nicht ab und zu einmal leisten könnte, aber ich fürchte, wenn ich einmal damit anfange, bleibe ich dabei.

»Gibt es hier denn chinesische Restaurants?«

»Klar! Essen kochen und Wäsche waschen, das sind die beiden wichtigsten Tätigkeiten der Chinesen im Ausland.« Li Zirong setzte sich wieder. »Überall, wo Japaner hinkommen, gibt es japanische Bordelle; wo Chinesen hinkommen, gibt es kleine Restaurants und Wäschereien. Der Unterschied besteht nur darin, daß die Japaner außer Bordellen eben auch noch Schiffahrtsgesellschaften, Banken und andere große Unternehmen unterhalten. Die Chinesen haben außer Restaurants und Wäschereien keine anderen Firmen. Wie wäre es sonst zu erklären, daß die Japaner stets mit geschwellter Brust herumlaufen und wir dagegen unseren Rücken nicht gerade kriegen? Die Europäer und Amerikaner verachten Japaner und Chinesen gleichermaßen, aber in der Verachtung für die Japaner ist ein bißchen Furcht und Anerkennung enthalten. Die Chinesen dagegen sind für sie überhaupt nicht vorhanden. Sie nennen die Japaner hinter deren Rücken ›Japse‹, aber ins Gesicht hinein sind sie höflich; Chinesen dagegen beschimpfen sie offen, ohne sich zu genieren! Ach, reden wir nicht davon. Solange wir uns selbst nicht aufraffen, sollten wir anderen nichts vorwerfen. Frag mich was anderes, ja? Reden wir lieber nicht davon, man könnte platzen vor Wut!«

»Du müßtest mir noch etwas über das Geschäft sagen.«

»Gut. Also hör zu: Dein Onkel war ein ganzer Kerl, der konnte wirklich was! Er handelte nicht nur mit Antiquitäten, denn Antiquitäten sind schließlich kein Brot, das man täglich braucht. Er handelte auch mit Aktien und kaufte Waren für Kantoner Händler ein. Mit dem Antiquitätenhandel konnte er, wenn das Geschäft gut ging, jährlich – abzüglich aller Ausgaben – bestenfalls zweihundert Pfund verdienen. Die reichlich zweitausend Pfund, die er euch hinterlassen hat, stammen alle aus anderen Quellen. Da ihr jetzt also über etwas Geld verfügt, wäre es gut, wenn ihr das Geschäft etwas vergrößert und gut wirtschaftet, dann könnte vielleicht noch was draus werden. Wenn ihr euch nur auf das bißchen hier beschränkt, werdet ihr nicht einmal so viel verdienen, wie ihr zum Leben braucht. Denn wenn die zweitausend Pfund verbraucht sind, wird es schwierig. Lao Ma, du mußt deinen Vater überreden, sofort etwas zu unternehmen. Der Antiquitätenhandel muß ausgedehnt werden, oder ihr müßt noch einen anderen Handel beginnen. Meiner Meinung nach wäre es besser, das Geschäft hier auszudehnen; da es keine festen Preise für Antiquitäten gibt, kann man mit einem günstigen Ankauf einige hundert Pfund verdienen. Das hängt natürlich alles von unseren eigenen Fähigkeiten ab. Einen anderen Handel zu beginnen ist wirklich nicht einfach. Sieh dich doch noch einmal auf der Straße um – die vielen kleinen Läden, die Tabakwaren oder Spirituosen verkaufen, sind alles Ableger von großen Gesellschaften, die haben riesige Kapitalmengen zur Verfügung, mit denen können wir es mit unseren reichlich tausend Pfund nicht aufnehmen, das wäre der reinste Hohn!«

»Mein Vater ist kein Geschäftsmann, das wird schwierig werden!« sagte Ma Wei mit gerunzelten Brauen. Er schien blasser als zuvor.

»Bei dem alten Herrn zählt nur ein Beamtenposten, es ist furchtbar, furchtbar! Solange die Chinesen diesen Irrglauben nicht aufgeben, wird nichts aus ihnen!« Li Zirong starrte eine Weile vor sich hin, ehe er weitersprach: »Zum Glück gibt es ja noch uns beide, wir müssen ihn zwingen, etwas zu unternehmen! Sonst steht – sobald das Geschäft schlecht geht – eure Zukunft auf dem Spiel. Was hast du denn vor?«

»Ich? Ich will studieren.«

»Was willst du denn studieren? Vielleicht den ›Zhuangzi‹ neu übersetzen und dir damit einen akademischen Grad erschwindeln?« fragte Li Zirong spöttisch.

»Ich möchte Handel studieren, was meinst du dazu?«

»Handel willst du studieren, gut. Erst mußt du aber mal richtig Englisch lernen – wenn du das kannst, fängst du mit dem Studium an. Ich finde, das ist keine schlechte Idee.«

Die beiden unterhielten sich noch eine ganze Weile. Ma Wei fand Li Zirong immer sympathischer, und der redete sich immer mehr in Eifer. Es war bereits vier Uhr durch, als sie sich trennten. Bevor Ma Wei ging, sagte ihm Li Zirong noch, daß sie morgen früh mit ihm zur Polizei gehen müßten. Dabei bemerkte er: »Rechtsanwälte und Ärzte, das sind für Engländer zwei unentbehrliche Schätze. Aber wir wollen lieber nichts mit ihnen zu schaffen haben. Ich sage dir: Nicht gegen die Gesetze verstoßen und nicht krank werden, das sind die beiden wichtigsten Dinge in England!« Ohne Ende schwatzte Li Zirong munter drauflos: »Was ich sagen wollte, ab morgen reden wir nur noch englisch miteinander, du mußt unbedingt üben. Viele unserer Auslandsstudenten finden es abscheulich, in einer Fremdsprache zu reden.

Aber wir sind ja zum Glück ›niedere‹ Grade und brauchen diese Herren nicht nachzuahmen, stimmt's?«

Sie standen bereits draußen vor dem Laden und redeten immer noch. Als der Inhaber des Antiquitätengeschäfts von nebenan herauskam, stellte ihm Li Zirong eilig Ma Wei vor.

Ma Wei hob den Kopf und blickte zur Kuppel auf. Noch ehe er etwas fragen konnte, zog ihn Li Zirong wieder in den Laden zurück und erzählte ihm die Geschichte der Kathedrale.

»Jetzt muß ich aber gehen«, sagte Ma Wei, nachdem er die Geschichte zu Ende gehört hatte, und ging hinaus. Li Zirong folgte ihm wieder, er war begeistert wie Robinson Crusoe, als er Freitag traf.

»Lao Ma, eins wollte ich dich noch fragen: Hat dir dein Vater den Ring zurückgegeben?«

»Er hat ihn noch«, antwortete Ma Wei leise.

»Du mußt ihn zurückverlangen, den hat dein Onkel ausdrücklich für dich bestimmt. Wem's gehört, dem gehört's!«

Ma Wei nickte und ging langsam die Straße entlang. Die Uhr der Kathedrale schlug fünfmal.

DRITTES KAPITEL

1

Der Frühling hatte sich mit verblühten Blumen verabschiedet, mit dem lauen Wind war der Sommer gekommen, eingehüllt in ein Cape aus grünen Blättern. Nun zeigte sich sogar London unter strahlend blauem Himmel. Strohbehütete Amerikaner brausten in Autos durch die Straßen und versuchten herauszufinden, was denn nun an London eigentlich dran war. Unter den wippenden Blättern der Weidenbäume am Straßenrand funkelte im Sonnenschein grünes Licht. Am blauen Himmel über den Häusern hing rundum weißer, nebelhafter Dunst. In dem grünen Licht und dem weißen Dunst fühlten sich die Menschen wohl, wenn auch ziemlich erhitzt.

Zu bedauern waren bei der Hitze vor allem die großen Bulldoggen. Sie schienen ihre ganze Kraft in die Zunge zu legen und liefen schnaufend und keuchend Mädchenbeinen hinterher. Auf den Straßen waren noch mehr Autos als sonst unterwegs, vor allem aber Touristen, die in Rudeln zu vierzig, fünfzig Leuten großen Bussen entstiegen und in ihren bunten Papierhüten mit Wolfsgeheul und Dämonengeschrei durch die Gegend schwirrten, als wollten sie London erdrücken.

Bahnhöfe, Straßen, Busse waren übersät mit Plakaten, die in den buntesten Farben Sommerreisen anpriesen. Die Menschen auf den Straßen schienen außer den Autos und Pferdewagen, denen sie ständig ausweichen mußten, nichts anderes im Kopf zu haben, als für einige Tage ans Meer oder aufs Land zu fahren. Die weiblichen Wesen sahen schöner aus denn je. Sie zeigten ihre weißen Arme und trugen breitgedrückte Strohhüte, deren Krempen mit den verrücktesten Dingen geschmückt waren. Es gab nichts, was sie sich nicht an den Hut steckten – kleine gestickte Beutelchen aus China, Porzellanpüppchen aus Japan, Straußenfedern, frische Blumengebinde ... Wenn man vom Obergeschoß der Omnibusse hinunterblickte, sah es aus, als liefen beiderseits der Straße unzählige bunte Pilze entlang.

Immer wenn Ma Wei auf dieses bunte Treiben blickte, hatte er warme Tränen in den Augen und sagte sich: Nun sieh dir doch bloß mal die Leute an! Sie verdienen Geld und leisten sich etwas dafür! Sie sind fröhlich und voller Hoffnungen! Und dann sieh dagegen uns an. Wir sparen am Essen und an allem Möglichen – und wenn wir schließlich ein paar Kupferlinge beiseite gelegt haben, raubt sie uns bestimmt irgendein Soldat! Ach, es ist ...

Miss Winter schmiedete schon seit Mai Pläne für einen Sommerurlaub am Meer. Jeden Abend diskutierte sie mit ihrer Mutter, beide konnten sich aber noch nicht zu etwas Festem entschließen. Die Mutter wollte in Schottland Verwandte besuchen, aber der Tochter war die Fahrt dahin zu teuer, sie wollte lieber in der Nähe ein paar Tage länger am Meer verbringen. Daraufhin änderte die Mutter ihre Pläne und wollte mit der Tochter ans Meer. Nun fand die Tochter eine Reise nach Schottland viel attraktiver als ans Meer. Gerade als die Mutter den Verwandten in Schottland schreiben wollte, fiel der Tochter ein, daß am Meer viel mehr los war als in Schottland. Junge Mädchen fuhren nämlich nicht zur Erholung ans Meer, sondern um an einem von Menschen vollgestopften Ort ein paar Tage verrückt zu spielen – neue Kleider zur Schau stellen, die weißen Arme zeigen, und selbstverständlich kann man am Meer auch die weißen Beine zeigen. So gab ein Wort das andere, aber jeder blieb – ganz im Sinne des Selbständigkeitsprinzips der Engländer – bei seiner eigenen Vorstellung, und keiner gab nach. Je länger man diskutierte, um so weiter gingen die Meinungen auseinander.

Eines Tages sagte Mrs. Winter: »Mary! Wir können ja gar nicht zusammen wegfahren. Wenn wir beide weg sind, wer macht dann Mr. Ma etwas zu essen?«

»Dann schick sie doch auch in die Sommerferien!«

sagte Miss Winter, und ihre kessen Grübchen traten hervor.

»Ich hab Mr. Ma schon gefragt, er macht keine Ferien.« Mrs. Winter betonte besonders das Wort »keine«, wobei sich ihre Nasenspitze steil nach oben reckte, als wollte sie eine Fliege an der Decke verscheuchen.

»Was . . .?« Mary riß die Augen so weit auf, daß die Wimpern einzeln hochstanden. »Er macht keine Ferien? Das ist ja ganz neu!« Für Engländer war das wirklich neu. Wie konnte es auf der Welt Leute geben, die das ganze Jahr über arbeiteten, ohne Urlaub zu machen! Nach einer Weile prustete sie plötzlich los: »Der junge Ma hat zu mir gesagt, er möchte mit mir ans Meer fahren. Ich hab ihm natürlich gleich gesagt, daß ich keine Lust habe, mit einem Chinesen zusammen zu reisen! Mit einem Chinesen, was für ein Witz!«

»Mary! Es gehört sich nicht, ihn so vor den Kopf zu stoßen! Um ganz ehrlich zu sein, die beiden haben gar nicht so viel Schlechtes an sich.«

Obwohl auch Mrs. Winter Chinesen nicht mochte, sagte sie das, denn sie widersprach einfach gern. Wenn andere fanden, daß rote Rosen am angenehmsten dufteten, behauptete sie steif und fest, der Duft weißer Rosen sei wesentlich köstlicher. Natürlich wußte sie, daß das nicht stimmte.

»Hör bloß auf, Ma!« Mary neigte den Kopf und verzog den Mund. »Ich weiß, daß du an dem alten Mr. Ma einen Narren gefressen hast. Sieh mal einer an, er hat dir eine Dose Tee und eine kleine Teekanne geschenkt! Ich an deiner Stelle hätte diese Schätze gar nicht erst angenommen! Sieh dir doch bloß mal das Gesicht dieses alten Kerls an – geschwollen, als hätte ihn jemand verprügelt. Und wie er immer dasitzt und kein Wort sagt! Und erst der junge Ma, der ist noch widerlicher! Dauernd fragt er mich, ob ich mit ihm ausgehe, erst gestern wollte er mit mir ins Kino gehen . . .«

»Er kauft dir auch immer die Karte, wenn er mit dir

ins Kino geht, stimmt's?« parierte Mrs. Winter mit ernster Miene.

»Ich hab ihn nicht darum gebeten. Ich wollte ihm das Geld geben, aber er nimmt es nicht an! Weil wir gerade davon sprechen, Ma, ich bekomme noch sechs Pennies von dir, stimmt's?«

»Ich gebe sie dir morgen, bestimmt!« Mrs. Winter befühlte ihre Taschen, sie hatte wirklich nichts bei sich. »Ich finde, die Chinesen sind viel großzügiger als wir. Hast du gesehen, wenn Mr. Ma seinem Sohn Geld gibt, steckt er es ihm immer zu, ohne nachzuzählen. Auch Ma Wei verlangt nicht immer sofort das Geld zurück, wenn er einmal etwas für seinen Vater besorgt hat. Außerdem ...«, Mrs. Winter schüttelte den Kopf, fuhr sich aber sofort glättend mit den Fingerspitzen über den Dutt am Hinterkopf, »jedesmal, wenn Mr. Ma die Miete für die Woche bezahlt, steckt er sich mit einer Hand die Rechnung in die Tasche, ohne einen Blick darauf zu werfen oder zu fragen, und bezahlt mit der anderen. Wie findest du ...«

»So originell ist das nun auch wieder nicht«, antwortete Mary lächelnd.

»Wie meinst du das?« fragte die Mutter.

»Die Moral ändert sich mit den ökonomischen Verhältnissen.« Mary steckte die Zeigefinger in ihre kleinen Brusttaschen und straffte sich wie ein Universitätsprofessor: »Auch unsere Vorfahren haben noch mit Alten und Jungen in einer Großfamilie zusammengelebt, alle lebten auf Kosten aller, genauso wie die Chinesen. Inzwischen hat sich unser ökonomisches Regime verändert, jeder verdient sein Geld selbst, jeder ernährt sich selbst. So hat sich auch unser Moralbegriff verändert – jeder betont seine Selbständigkeit, jeder achtet auf sein Geld, da gibt's kein Pardon. Die Chinesen, wie kann man die großzügig nennen! Die sind ja wirtschaftlich überhaupt noch nicht so entwickelt, daß ...«

»Was spielst du dich so auf, wo hast du denn das nun wieder her?« fragte Mrs. Winter.

»Das ist doch egal, wo ich das herhabe!« Mary verdrehte die Augen, neigte den Kopf zur Seite und kicherte: »Jedenfalls stimmt das! Oder etwa nicht, Ma?« Erst als die Mutter nickte, sprach Mary weiter: »Ma, du solltest die Chinesen nicht in Schutz nehmen. Wenn sie nicht so abscheulich wären, warum sind sie denn dann in allen Filmen, Theaterstücken und Romanen immer die Mörder, Brandstifter und Vergewaltiger?«

(Mary hatte sich das alles nicht selbst ausgedacht. Sie schöpfte ihre Kenntnisse über den Zusammenhang von Ökonomie und Moral aus den Zeitungen – daher und aus Filmen bezog sie auch ihren Abscheu gegen die Chinesen. Man konnte ihr schlecht einen Vorwurf machen – wäre China nicht in einem solchen chaotischen Zustand, hätten die ausländischen Zeitungen auch keinen Anlaß für derart schlechte Nachrichten.)

»Was die Filme zeigen, ist nicht wahr!« Mrs. Winter liebte die Chinesen auch nicht besonders, um aber die Tochter zu widerlegen, mußte sie schon so argumentieren. »Ich finde es ziemlich schäbig, sich über Menschen aus zurückgebliebenen Ländern lustig zu machen!«

»Aha, es stimmt also nicht? Jeder Film zeigt das, jedes Stück und jeder Roman! Mal angenommen, es sei zu fünf Zehnteln erlogen, dann stimmt es aber immer noch zur Hälfte!« Mary mußte die Mutter unbedingt überzeugen. Mit vorgerecktem Kopf fragte sie: »Hab ich recht, Ma? Hab ich recht?«

Mrs. Winter hüstelte nur kurz – sie sammelte neue Argumente.

An der Wohnzimmertür gab es ein Geräusch, als schlüge ein Hanfseil dagegen.

»Da ist Napoleon«, sagte Mrs. Winter zu Mary. »Laß ihn rein.«

Mary öffnete die Tür, und Napoleon sprang schwanzwedelnd herein.

»Napoleon, Schätzchen, komm! Steh mir bei gegen Mary!« Sie lockte ihn mit einem Händeklatschen und sagte: »Sie hat nichts Besseres zu tun, als draußen auf schlechtes Gerede zu hören, und wenn sie nach Hause kommt, gibt sie damit an. Stimmt's, Schätzchen?«

Mary ließ Napoleon gar nicht erst zu seiner Herrin, sie kniete sich auf den Teppich und begann mit ihm herumzutollen. Als sie etwas zurückrutschte, streckte das Hündchen die Vorderpfote vor und setzte zum Sprung an. Sie verzog den Mund und machte »huh!« Das Hündchen richtete sich auf, reckte den Hals vor und bellte. Sie blickte es aus schrägen Augen an, da warf es sich quer nach vorn und schnappte nach ihrem kräftigen Handgelenk ... So spielten sie eine ganze Weile, bis Marys Haar völlig durcheinander und kein Puder mehr auf ihrer Nase war. Napoleon verzog sich nach hinten und biß sich an ihrem Schuhabsatz fest.

»Ma, schau dir mal deinen Hund an, der zerbeißt meine neuen Schuhe!«

»Komm schnell her, Napoleon, laß sie, brauchst gar nicht mit ihr zu schäkern!«

Mary stand auf, holte tief Luft und ordnete ihr Haar. Sie drohte Napoleon mit ihrer kleinen weißen Faust. Napoleon verkroch sich hinter Mrs. Winters Füßen und beobachtete Mary aus sicherer Entfernung.

Als Mary zu Atem gekommen war, setzte sie die Reisediskussion mit ihrer Mutter fort. Mrs. Winter war noch immer der Meinung, daß beide getrennt fahren sollten, aber Mary weigerte sich, für Vater und Sohn Ma das Essen zuzubereiten.

»Außerdem kann ich ja gar nicht kochen. Stimmt's, Ma?«

»Dann mußt du's eben lernen!« nutzte Mrs. Winter die Gelegenheit zu einer schlagfertigen Entgegnung.

»Wir könnten es doch so machen: Wir fahren zusammen und schreiben an Tante Dorey und bitten sie, herzukommen und für die beiden zu kochen, ja? Sie wohnt auf dem Dorf und kommt bestimmt gern mal für ein paar Tage in die Stadt. Natürlich müssen wir ihr die Fahrkarte bezahlen.«

»Na gut. Du schreibst ihr, und ich bezahle ihr die Fahrt.«

Miss Winter ging sich zunächst einmal die Hände waschen, dann betrachtete sie sich ausgiebig im Spiegel, neigte den Kopf zur Seite und trug sorgfältig Puder auf. Sie betrachtete sich von links, dann von rechts und war erst zufrieden, als der Puder auf dem ganzen Gesicht tadellos verteilt war. Dann holte sie Briefpapier, Füllfederhalter und Tinte. Sie rückte das kleine Tischchen ans Fenster und setzte sich. Erst strich sie die Falten am Rock glatt, dann steckte sie den Füllfederhalter in das Tintenfaß. Als draußen ein Apfelverkäufer zu hören war, legte sie den Halter beiseite, öffnete das Fenster und blickte hinaus. Dann griff sie wieder zum Halter, neigte den Hals und malte erst einmal ein paar Äpfel aufs Papier, klopfte mit dem Mittelfinger leicht auf den Federhalter, bis Tinte aufs Papier tropfte und die Äpfel verdunkelte. Sie stellte den Halter wieder ins Tintenfaß zurück. Mit gesenktem Kopf betrachtete sie ihre Hand, zog eine Feile hervor und manikürte sich die Fingernägel. Dann legte sie die Feile auf das tintennasse Papier, nahm sie aber, weil sie das nicht gut fand, schnell wieder weg, blies sie kurz sauber und legte sie neben den Briefumschlag. Schließlich tupfte sie mit dem Federhalter noch ein paar Tintenkleckse auf das Papier. Da einige nicht richtig rund geraten waren, malte sie sie langsam mit der Feder schön rund aus. Als sie damit fertig war, stand sie auf und sagte: »Ma, schreib du ihr. Ich bade dafür Napoelon, ja?«

»Ich muß noch einkaufen gehen!« Mrs. Winter kam mit dem Hündchen auf dem Arm herüber. »Wenn du an deinen Freund schreibst, kriegst du doch im Nu fünf, sechs Seiten zusammen; wie kommt denn das? Ist doch komisch!«

»Wer schreibt schon gern an seine Tante!« Mary übergab den Federhalter der Mutter, nahm Napoleon und marschierte ab.

»Du gehst jetzt mit mir baden, du kleiner Schmutzfink!«

2

Die Erfahrungen, die der ältere Herr Ma in den drei, vier Monaten seines London-Aufenthaltes gemacht hatte, waren nicht sehr umfangreich; er hatte ein paar chinesische Restaurants gefunden, wo er täglich sein Mittagessen einnahm, er konnte ohne Begleitung aus dem Laden zu Fuß nach Hause gehen, und auch sein Englisch war besser geworden. Von der Grammatik hatte er ziemlich viel vergessen, aber die meisten einfachen Engländer scherten sich sowieso nicht um sie.

Seine Tage hatten keinen festen Ablauf; manchmal ging er schon früh um neun ins Geschäft und dekorierte in aller Ruhe das Schaufenster um, denn er fand, daß Li Zirongs Anordnung sehr vulgär war. So ging es nicht! Li Zirong hatte ihm mehrfach erklärt, wie man die Dinge anordnen, wie man die Farben zusammenstellen müsse, um die Aufmerksamkeit der Passanten zu erregen, er aber hatte immer nur leicht den Kopf geschüttelt und getan, als hätte er es nicht gehört.

Als er das erstemal dekorierte, hielt er mit angehaltenem Atem, die Zunge leicht herausgestreckt, die Dinge mit beiden Händen wie Ahnentäfelchen, und erst als er sie abgestellt hatte, wagte er Luft zu holen. Von Mal zu Mal wurde er mutiger, manchmal sogar übermütig. Er blickte bewußt nicht auf seine Hände, sondern jonglierte die Sachen wie ein Kellner das Essen. War Li Zirong im Laden, trieb er es besonders verrückt. Er trug die Sachen nicht nur mit den Händen, sondern auch mit dem Mund; zwischen den bärtigen Lippen hielt er ein Teekännchen, der Bart stand hoch, er warf schräge Blicke auf Li Zirong und dachte sich dabei: »Unsereiner verachtet zwar Händler, aber wenn es wirklich darum geht, Handel zu treiben, versteht unsereiner durchaus nicht weniger von der Sache als irgendein anderer . . .«

Er war gerade so richtig im Zuge, da spürte er ein Kratzen im Hals und mußte husten; die Teekanne erlag der Erdanziehungskraft und zerbrach. Seine Hände, die das gute Stück retten wollten, brachten auch noch eine kleine Vase und zwei Teller in Gefahr, die sich bereits im Schaufenster befanden; Li Zirong sprang herbei und fing sie im letzten Moment auf. Der Hals der kleinen Vase aber war zu zart, er brach entzwei, als er herunterfiel.

War er mit dem Dekorieren fertig, ging er hinaus und betrachtete verstohlen das Schaufenster des benachbarten Antiquitätenladens. Die dort ausgestellten Stücke und die Art, wie sie angeordnet waren, fand er ausgesprochen vulgär. Er strich sich den Bart und nickte den von ihm selbst dekorierten Dingen zu. Das Geschäft des Nachbarn florierte jedoch viel mehr als das seine, er konnte sich nicht vorstellen, woran das lag, wahrscheinlich waren eben auch die Engländer allesamt vulgär ... Die Ladeninhaber von nebenan waren ein feister, großer, alter Kerl mit einem gewaltigen, allerdings völlig unbehaarten Kopf und eine ebenso feiste, große, alte Frau mit einem ähnlich großen Kopf und üppigem Haar. Die beiden hatten sich mehrfach bemüht, mit dem älteren Herrn Ma ins Gespräch zu kommen, aber dieser wandte nur den Kopf ab und zeigte ihnen die kalte Schulter. Danach frohlockte er, auf seinem kleinen Stuhl sitzend: »Dein Geschäft geht zwar gut, aber ich gebe mich trotzdem nicht mit dir ab. So was Vulgäres!«

Li Zirong hatte ihm mehrfach zugeredet und erklärt, daß er weitere Waren hinzukaufen müsse und sich nicht ausschließlich auf chinesische Dinge konzentrieren dürfe. Der ältere Herr Ma reagierte jedoch jedesmal säuerlich: »Wozu noch etwas hinzukaufen, steht hier nicht schon genug herum? Davon wird einem ja schwindlig, das reicht ja ewig!«

Manchmal ging der ältere Herr Ma, wenn ihm danach war, den ganzen Tag lang nicht in den Laden; er blieb zu Hause und besorgte Mrs. Winter den Garten. Das freie Stück hinter ihrem Haus, etwa zimmergroß, war, als die beiden Mas angekommen waren, nur ein Stück Rasen mit zwei vertrockneten Rosenstöcken gewesen. Mrs. Winter liebte zwar Blumen sehr, hatte aber keine

Zeit, welche anzupflanzen; außerdem tat es ihr leid, Geld dafür auszugeben. Ihre Tochter kaufte Blumen stets auf der Straße, sie interessierte sich nicht dafür, woher sie kamen. Eines Tages hatte der ältere Herr Ma, ohne Mrs. Winter etwas davon zu sagen, ein Bündel Pflanzen auf der Straße gekauft – fünf, sechs Rosenstöcke, ein Dutzend Geranien, eine Menge Dahlien, die gerade Keime trieben, und einige nicht sehr vielversprechende Chrysanthemen mit sehr hohen Stengeln, aber wenig Blättern, die außerdem nicht besonders frisch waren.

Er lehnte die Pflanzen an die Hauswand, goß zwei Kannen Wasser darüber und holte sich aus der Küche Spaten und Harke. Er häufelte in der Mitte des Rasens eine kleine runde Erhebung auf und pflanzte die Rosenstöcke im Kreis an. Außerhalb des Kreises ordnete er kreuzförmig die Geranien an. Die Dahlien pflanzte er an der Hausmauer ein. Die kümmerlichen Chrysanthemenpflänzchen steckte er beiderseits des kleinen Ganges in die Erde. Als alle Pflanzen im Boden waren, brachte er die Geräte an ihren Ort zurück und griff sich einen Eimer, um die Pflanzen zu wässern . . . Dann wusch er sich die Hände und ging schweigend in sein Zimmer zurück, um eine Pfeife zu rauchen. Später machte er sich in den Laden auf, suchte einige Stöckchen und Bindfäden zusammen, lief keuchend wieder zurück und steckte neben jede Pflanze ein Stöckchen, an das er die Pflanze band. Gerade als er fertig war, gab es einen Regenschauer. Er blieb gedankenverloren stehen und blickte auf die Blumen, die im Regen leicht mit den Köpfen wippten. Erst als ihm das Wasser von den Haaren troff, besann er sich und lief ins Haus.

Als Mrs. Winter nachmittags den Hund in den Hof ließ, kam sie ganz aufgeregt nach oben gerannt und fragte mit weit aufgerissenen Augen und offenem Mund: »Mr. Ma, haben Sie hinten Blumen gepflanzt?«

Der ältere Herr Ma schob nur die Pfeife in den Mundwinkel und lächelte.

»Oh, Mr. Ma! Sie sind mir ja einer, so liebenswürdig und dabei so lausbübisch! Und ohne ein Wort zu sagen! Wieviel haben Sie denn dafür bezahlt?«

»Gar nicht viel. Mit ein paar Blumen sieht es doch viel besser aus«, antwortete Herr Ma lächelnd.

»Chinesen lieben also auch Blumen?« fragte Witwe Winter fassungslos. Darauf wäre sie als Engländerin nie gekommen.

»Aber wieso denn nicht!« Der ältere Herr Ma hörte heraus, was sie meinte, es war ihm aber peinlich, ihr zu widersprechen. So betonte er den Satz lediglich etwas mehr und quälte sich ein Lächeln ab, das kein Lächeln war. Nach einer Weile setzte er hinzu: »Seit dem Tode meiner Frau beschäftige ich mich, wenn ich nichts zu tun habe, mit Blumen.« Als er an seine Frau dachte, wurden ihm die Augen feucht.

Mrs. Winter nickte, auch sie dachte an ihren Mann. Als er noch lebte, hatten im Hof das ganze Jahr über Blumen geblüht.

Der ältere Herr Ma bat sie, Platz zu nehmen, und beide plauderten mehr als eine Stunde lang. Sie fragte, was für Kleider und Hüte Mrs. Ma getragen habe, und er wollte wissen, welchen Tabak ihr Mann bevorzugt und was für einen Posten er bekleidet habe. Je mehr die beiden miteinander redeten, um so weniger verstanden sie sich, aber um so lebhafter wurden sie. Er erzählte ihr, daß Mrs. Ma am liebsten ärmellose Jacken aus violetter Nanking-Seide getragen hatte. Sie hatte solche nie gesehen. Sie erzählte ihm, Mr. Winter sei nie Beamter gewesen, und das konnte wiederum er sich nicht vorstellen.

Als Mary abends nach Hause kam, zog Mrs. Winter sie, noch bevor sie den Hut abgelegt hatte, in den Hof.

»Komm schnell, Mary, ich zeige dir was!«

»Oh, Mama! Warum hast du denn Geld für so viel Blumen ausgegeben?« fragte Mary und bückte sich, um an den Blumen zu schnuppern.

»Ich? Mr. Ma hat sie gekauft und gepflanzt! Du behauptest dauernd, daß Chinesen schlecht sind, nun sieh doch . . .«

»Ein paar Blumen zu pflanzen ist ja nun nicht gerade eine Wundertat!«

»Ich wollte dir nur beweisen, daß Chinesen ebenso Blumen lieben wie andere zivilisierte Menschen auch.«

»Wenn jemand Blumen mag, heißt das noch lange nicht, daß er nicht mordet und brandschatzt! Ma, erst heute hab ich wieder in der Zeitung drei Fotos aus Shanghai gesehen – schrecklich, Ma! Sie schlagen den Menschen die Köpfe ab und hängen sie an Telegrafenmasten. Und die Leute bestaunen sie, massenweise stehen sie herum, Männer, Frauen, Alte und Kinder, und gaffen wie im Kino!« Als sie das erzählte, wurde sie blaß, ihre Lippen zitterten, und sie rannte ins Haus zurück.

Nachdem der ältere Herr Ma den Hof bepflanzt hatte, erhielt er eine weitere Nebenbeschäftigung – wenn Mrs. Winter keine Zeit hatte, mußte er Napoleon ausführen. Ursprünglich war der Hof sein Tummelplatz gewesen; nun, da dort die Blumen waren, ging das nicht mehr, denn Napoleon kümmerte sich stets um Dinge, die ihn nichts angingen. Er sprang in die Luft, haschte nach Bienen und zertrat dabei die Blumen. Deshalb mußte er nun jeden Tag ausgeführt werden. Diese schöne Aufgabe wurde Mr. Ma übertragen. Mary hatte der Mutter wiederholt ins Gewissen geredet, den alten Ma nicht mit dem Hund loszuschicken, sie hatte gehört, Chinesen äßen Hundefleisch. Was, wenn der alte Ma plötzlich – nach so langer Abstinenz – Appetit bekäme, unterwegs zum Messer griff und Napoleon schlachtete?

»Ich hab Mr. Ma senior gefragt. Er hat mir gesagt, Chinesen essen keine Hunde!« antwortete Mrs. Winter mit ausdrucksloser Miene.

»Ich hab verstanden, Ma!« Mary hatte es darauf abgesehen, ihre Mutter zu necken. »Er liebt Blumen, er liebt Hunde, nun fehlt bloß noch, daß er auch kleine Kinder mag!«

(Bei den einfachen Leuten in England gilt jemand, der

Blumen, Hunde und Kinder liebt, als guter Ehemann. Mary wollte damit sagen, daß Mrs. Winter in den alten Ma verliebt sei.)

Die Witwe Winter sagte gar nichts, sie blickte ihre Tochter nur an, halb ärgerlich, halb belustigt.

Auch Ma Wei hatte dem Vater abgeraten, den Hund auszuführen. Er hatte schon öfter beobachtet und gehört, wie Kinder hinter ihm her riefen: »Seht doch mal das alte Gelbgesicht! Seht doch mal sein Gesicht! So gelb und so geschwollen!«

Ein Blondschopf mit einer großen Zahnlücke rannte hin und zog Herrn Ma an der Kleidung. Ein dürrer Bengel, der bei seiner Großmutter wahrscheinlich ebenso unbeliebt war wie bei seinem Onkel, packte Napoleon und nahm Reißaus, er wollte den alten Herrn Ma dazu bringen, hinter ihm her zu rennen, und sobald der zu laufen anfing, schrien die anderen Kinder aus vollem Halse: »Seht doch bloß mal seine Beine – was der für Beine hat!«

»Thomas, schnell! Laß dich nicht einkriegen!« rief ein Mädchen mit schriller Stimme und Haaren, die fast so rot waren wie ihr Gesicht. »Halt den Hund fest, laß ihn nicht fallen . . .«

In englischen Schulen erfuhren die Kinder nichts über China. Wer etwas über dieses Land wußte, war entweder geschäftlich oder als Missionar dort gewesen. Diese beiden Kategorien von Menschen hegten selbstverständlich keine guten Gefühle für China, und was die nach ihrer Rückkehr über dieses Land erzählten, war nichts Gutes. Hinzu kam, daß China nicht stark war; seine Marine war keine Marine, seine Infanterie keine Infanterie. Also wurde es von den Europäern verachtet, die den Grad der Zivilisation an der Qualität von Marine und Infanterie maßen. Im übrigen hatte China noch keinen einzigen weltbewegenden Wissenschaftler, Schriftsteller, Erfinder hervorgebracht – es hatte nicht einmal einen aussichtsreichen Anwärter für die Olympischen Spiele. Warum sollten sie die Chinesen achten?

Ma Wei hatte dem Vater zwar abgeraten, aber der Vater hörte grundsätzlich nicht auf ihn. Er (der ältere Herr Ma) hatte daraufhin viele Zigarettenbildchen gesammelt, und gedachte nun, die freche Bande zu korrumpieren. Die Kinder aber trieben es mit ihm nur noch toller.

»Ihr müßt ihn ›Chink‹ nennen, ›Chink‹, dann gibt er euch Zigarettenbilder ... Thomas, schnapp dir seinen Hund!«

3

In einem kleinen roten Haus in der Lancaster Street hatte Mrs. Eden eine Anweisung erteilt – Vater und Sohn Ma, Mutter und Tochter Winter sowie ihr eigener Bruder sollten zum Essen eingeladen werden. Der erste, der »zu Befehl« sagte, war selbstverständlich Pastor Eden. Zu Hause übte Mrs. Eden die absolute Gewalt aus. Ihre Kinder dagegen (sie waren schon erwachsen) richteten sich nicht immer nach ihr. Kinder werden mit zunehmendem Alter immer schwerer lenkbar, während es mit dem Ehemann immer einfacher wird. Wie wäre es sonst zu erklären, daß die Frauen im Westen sich oft alte Kerle zum Heiraten aussuchen?

Mrs. Eden erteilte ihre Befehle nicht nur mit dem Mund, sondern – um es deutlich zu sagen – mit dem gesamten Körper. Sobald sie die Augen aufriß (zwei große braune Augen, mindestens dreimal so groß wie die ihres Mannes und mit leicht geschwollenen Lidern), verstummten Ehemann, Tochter und Sohn wie Papageien, und im Zimmer wurde es ruhiger als in einem Gerichtssaal.

Sie hatte ein schwarzes Damenbärtchen, ziemlich weich, ziemlich schwarz und ziemlich lang. Das war wohl der Grund, weshalb Pastor Eden es nicht wagte, sich einen Bart stehen zu lassen. Hätte auch er einen Bart, hieße das doch, sie absichtlich herauszufordern. Sie war einen Kopf größer als ihr Mann, stattlich, mächtig und sehr robust. Im Gesicht allerdings hatte sie nicht viel Fleisch, und das bißchen, das sich dort befand, sah auch noch aus wie ein Gemisch aus Zement und Hanffasern. Nur Muskeln und Knochen! Neben der Nase zogen sich zwei tiefe Furchen bis zu den Mundwinkeln. Wenn sie weinte (das kam selbst bei Mrs. Eden manchmal vor), liefen ihr die Tränen in den Mund. Ihre Haare waren bereits zur Hälfte ergraut, am Hinterkopf formten sie sich nachlässig zu einem Dutt, der bei flüchtigem Hinschauen aussah wie ein altes Knäuel Baumwolle aus der Sohle eines wattierten Stoffschuhs.

Pastor Eden war ihr in Tianjin begegnet. Damals waren die Furchen neben der Nase zwar schon ziemlich tief gewesen, aber der Dutt am Hinterkopf sah noch nicht ganz so vertrocknet aus. Da der Pastor es eilig hatte, eine Familie zu gründen, und sie nichts dagegen hatte, einen Mann zu bekommen, heirateten sie eins-zwei-fix. Ihrem älteren Bruder Alexander mißfiel diese Verbindung; da er Geschäftsmann war, verachtete er selbstverständlich einen kleinen Pastor, der Moral und Tugend predigte, aber nicht viel Geld verdiente. Angesichts der beiden Furchen im Gesicht und des Knäuels von Haaren, die eigentlich keine Haare waren, sagte er jedoch nichts, dachte aber: Hauptsache, sie kriegt einen Mann, meinetwegen auch einen Pastor! In ein paar Jahren, wenn die Furchen noch tiefer sind, läßt sich wahrscheinlich nicht mal mehr ein Prediger einfangen! Bei diesem Gedanken lachte Alexander vor sich hin und machte keine Einwände mehr. Zu ihrer Hochzeit kaufte er sogar ein Paar Lackvasen aus Fujian. Noch heute sagt Mrs. Eden, wenn sie diese Vasen erblickt: »Was für einen Schönheitssinn der ältere Bruder doch hat! Die Vasen sind mindestens sechs oder sieben Pfund wert!« Außer den Vasen hatte Alexander seiner jüngeren Schwester noch einen Scheck über vierzig Pfund zum Geschenk gemacht.

Ihre Kinder (ein Knabe und ein Mädchen, nicht mehr und nicht weniger, genau richtig und sehr ausgewogen) waren alle noch in China geboren, sprachen aber nicht besonders gut chinesisch. Mrs. Edens Erziehungsprinzip lautete: Wenn Kinder niedere Sprachen wie Chinesisch oder Indisch erlernen, sind sie nicht zu höherem Denken fähig. Wenn aber ein chinesisches Kind bereits an der Mutterbrust Englisch lernt, so ist das gut; dieses Kind wird dann als Erwachsener nicht so verabscheuungswürdig sein wie ein gewöhnlicher Chinese. Plappert aber ein englisches Kind, das gerade sprechen lernt, gleich chinesisch, so kann aus ihm unter keinen Umständen etwas werden. Wenn man englische Auberginen mit chinesischem Wasser begösse, würden sie doch auch nicht so dünnhäutig, rund und saftig heranwachsen ... Sie erlaubte ihren Kindern nicht, mit chinesischen Kindern zu spielen. Sie durften Chinesen gegenüber nur die unbedingt nötigen Sätze gebrauchen: »Den Tee! Ab! Das Hühnchen!«, und diese Sätze endeten stets mit einem Ausrufungszeichen.

Pastor Eden war mit dieser Methode nicht einverstanden. Aufgrund seines britischen Pragmatismus hätte er seine Kinder gern ein wenig Chinesisch lernen lassen, weil sich daraus später in England vielleicht eine Möglichkeit zum Geldverdienen ergeben könnte, aber er wagte keinen offenen Widerspruch gegen seine Frau. Außerdem hatte Mrs. Eden durchaus Verständnis für Pragmatiker; sie erlaubte ihren Kindern zwar nicht, chinesisch zu sprechen, aber sie hatte nichts dagegen, daß sie Französisch lernten. Das hieß nun aber nicht, daß sie das Französische geschätzt hätte – konnte es auf Erden etwas Besseres geben als das Englische? Die englischen Aristokraten, gebildete Leute, lernten alle ein wenig Französisch, daher wollte sie nicht zurückstehen. Andererseits, französisch lernen. .. pah!

Ihr Sohn hieß Paul, die Tochter Katherine. Paul war bereits mit zwölf Jahren nach England gekommen und hatte hier das bißchen Chinesisch, das er gekonnt hatte, vergessen. Nur die derbsten Schimpfworte hatte er behalten. Katherine hatte in China eine Schule für Ausländer besucht und daneben, hinter dem Rücken der Mutter, eine ganze Menge Chinesisch gelernt; sie konnte mit

Hilfe eines Wörterbuches sogar einfache chinesische Bücher lesen . . .

»Kate«, befahl Mrs. Eden aus der Küche, »du machst einen süßen Reispudding – Chinesen essen gern Reis!«

»Aber nicht mit Milch und Zucker, Ma«, antwortete Kate.

»Was weißt du schon von China? Etwa mehr als ich?« entgegnete Mrs. Eden halsstarrig. Sie gestattete niemandem auf der ganzen Welt, soviel über China zu wissen wie sie selbst, weder einem in China akkreditierten Gesandten noch einem Professor für chinesische Literatur. Sie pflegte häufig zu Pastor Eden zu sagen (anderen gegenüber mußte sie sich schon ein paar Sätze mehr abringen): »Was weiß denn der Gesandte M. schon! Und was versteht Dr. B. schon! Vielleicht wissen sie das eine oder andere über China, aber wir verstehen die Chinesen, die chinesische Seele wirklich!«

Kate kannte ihre Mutter, sie sagte nichts, sondern rührte mit gesenktem Kopf den süßen Reispudding an.

Dann traf der ältere Bruder von Mrs. Eden, Alexander, ein.

»Sind die beiden Chinesen noch nicht da?« fragte er und drückte seiner Schwester einen Kuß auf eine freie Stelle unterhalb des wirren Haares und oberhalb der Nase.

»Noch nicht. Geh rein und setz dich«, antwortete Mrs. Eden und ging wieder in die Küche, um das Essen zuzubereiten.

Alexander war wegen des Essens gekommen, nicht um mit Pastor Eden zu plaudern. Mit diesem Pfaffen hatte er nichts zu bereden.

Pastor Eden reichte Alexander den Tabakbeutel.

»Nein, danke, ich habe selbst . . .«, sagte Alexander. Er zückte eine goldene Dose, wählte daraus eine Zigarre und reichte sie dem Pastor. Er nahm selbst auch eine und steckte sie sich in den Mund. Dann riß er ein Streichholz an, zog kräftig die Wangen ein, tat einen tiefen Zug und stieß weit den Rauch aus. Er betrachtete die Schwaden, lächelte und warf das Streichholz lässig in den Aschenbecher.

Alexander war so groß wie seine Schwester, hatte breite Schultern, einen dicken Nacken, einen kahlen Schädel und falsche Zähne. Seine Wangen waren stets hochrot, als hätte man ihm zwei kräftige Ohrfeigen verabreicht! Gekleidet war er sehr geschmackvoll, makellos von Kopf bis Fuß.

Mit einer Hand hielt er die Zigarre, mit der anderen faßte er sich an die Stirn, als dächte er angestrengt über etwas nach. Nach einer Weile fragte er: »Was ich sagen wollte – wie hieß der Chinese doch gleich? Der verwegene Bursche, der in Tianjin für die Meili-Gesellschaft den Außendienst versah? Weißt du, wen ich meine?«

»Zhang Yuan«, sagte Pastor Eden, der die Zigarre noch immer unangezündet in der Hand hielt, sie aber auch nicht weglegen wollte. Das hätte vielleicht so ausgesehen, als könne er nicht mit Zigarren umgehen.

»Ja, richtig, Zhang Yuan! Der Bursche gefiel mir. Sieh doch mal, ich sag dir eines . . .« Alexander nahm einen tiefen Zug und stieß den Rauch prustend aus, so daß er den ganzen Raum erfüllte. »Er sah zwar einfältig und dumm aus, war aber sehr klug. Du mußt bedenken, daß mein Chinesisch nicht besonders gut war und er überhaupt kein Englisch sprach. Trotzdem haben wir bestens zusammengearbeitet. Denk mal, er kam rein und sagte: ›Zweitausend *kuai*!‹ Ich nickte, und er gab mir die Warenliste. Ich fragte: ›Unterschreiben?‹ Nun nickte er. Ich unterschrieb die Warenliste und schon war die Sache erledigt!« Alexander brach in schallendes Gelächter aus. Er hielt sich den Bauch vor Lachen, die Zigarrenasche fiel auf den Teppich. Als sein Schädel so rot war wie sein Gesicht, hielt er verstimmt inne.

Pastor Eden fand daran nichts zum Lachen, er rückte sich die Brille zurecht und schielte offenen Mundes nach der Asche auf dem Teppich.

Vater und Sohn Ma sowie Mrs. Winter trafen ein. Sie trug eine gelbe Bluse und einen breitkrempigen Strohhut. Als sie eintrat, reizte sie der Zigarrenrauch zu einem Husten. Herr Ma hielt seinen schwarzen Filzhut mit beiden Händen und wußte nicht, wohin mit ihm. Erst als Ma Wei ihn nahm und auf den Garderobenständer hängte, fühlte er sich etwas wohler.

»Hallo, Mrs. Winter!« rief Alexander, ohne jemand anderen zu Wort kommen zu lassen. Mit erhobener Zigarre sagte er näselnd: »Wie viele Jahre haben wir uns nicht gesehen! Wie geht es Mr. Winter? Womit handelt er jetzt?«

In diesem Moment kamen Mrs. Eden und Kate herein. Mrs. Eden unterbrach ihren Bruder rasch: »Aber Alex, Mr. Winter ist tot! Mrs. Winter, vielen Dank, daß Sie gekommen sind! Und wo ist Ihre Tochter?«

Ohne sich um seine Schwester zu kümmern, stürzte sich Alexander auf Herrn Ma und schüttelte ihm die Hand: »Hallo, Mr. Ma, meine Schwester hat oft von Ihnen gesprochen. Sie kommen aus Shanghai? Floriert der Handel in Shanghai? In letzter Zeit ist doch dauernd etwas los. Hat der alte Zhang Zuolin Peking noch in der Hand? Der Kerl ist in Ordnung. Ich sage Ihnen, seitdem er die drei Ostprovinzen fest im Griff hat, ist dort nicht ein einziges Mal etwas Außergewöhnliches passiert. Verstehen Sie, was ich meine? Schon in Tianjin hab ich ihm gesagt, er soll nicht . . .«

»Alex! Das Essen ist fertig, bitte nehmen Sie im Speisezimmer Platz!« Mrs. Eden sprach laut, um ihren Bruder zu übertönen.

»Wie denn? Das Essen ist fertig? Gibt's auch was zu trinken?« fragte Alexander. Er warf die Zigarre weg und verließ hinter den anderen das Wohnzimmer.

»Ingwerbier«, antwortete Mrs. Eden mit trotzig erhobenem Kopf. Sie liebte ihren Bruder, fürchtete ihn aber auch ein wenig, sonst hätte sie nicht einmal Bier besorgt.

Als alle Platz genommen hatten, krakeelte Alexander wieder: »Wenigstens 'ne Flasche Champagner könntest du uns ja kredenzen!«

Engländer achten sehr auf gutes Benehmen. Auch

Alexander hatte sich in seiner Jugend einwandfreier Umgangsformen befleißigt. Seit er aber geschäftlich in China gewesen war, meinte er, Chinesen gegenüber brauche man nicht höflich zu sein, und nun, in England, konnte er sich nicht mehr ändern. Wegen seines ungehobelten Gebarens hatten sich schon viele seiner Freunde von ihm abgewandt. Das war auch der Grund, weshalb er sich dazu herabgelassen hatte, der Einladung zu den Edens Folge zu leisten. Hätte er genug andere Freunde, wäre er niemals gekommen, um Ingwerbier zu trinken.

»Mrs. Eden, und wo ist Paul?« fragte Mrs. Winter.

»Er ist aufs Land gefahren und noch nicht wieder zurück«, antwortete Mrs. Eden. Dann deutete sie mit der Nase auf ihren Mann und sagte: »Sprich das Dankgebet!«

Pastor Eden, der Alexander aus tiefstem Herzen verabscheute und noch kein Wort verloren hatte, nutzte die Gelegenheit, das Gebet endlos auszudehnen. Er wußte, daß Alexander das zuwider war – der sollte seinen Hunger ruhig etwas länger bezähmen. Alexander hatte schon einige Male die Augen geöffnet und seine Blicke auf das Bier gelenkt, innerlich verfluchte er den Pastor. Als dieser endlich »Amen!« sagte, griff er nach der Flasche und schenkte allen ein. Dabei fragte er Herrn Ma: »Wie finden Sie England?«

»Wunderschön!« Herr Ma hatte von Mrs. Winter gelernt, auf jede Frage mit »wunderbar« oder »wunderschön« zu antworten.

»Was heißt wunderschön?« Alexander war verwirrt, er konnte sich unter diesem Begriff nichts vorstellen, es sei denn, man hätte ihm gesagt, wieviel ein Pfund dieser Schönheit kostete. Er wußte, daß die großen bunten Vasen in den Antiquitätenläden und die Gemälde in den Galerien schön waren, denn sie alle trugen ja Preisschilder.

»Hm?« Der ältere Herr Ma blinzelte nur und wußte nicht, was er sagen sollte.

»Alex«, fuhr Mrs. Eden dazwischen, »reich doch Mrs. Winter den Salzstreuer!«

»Entschuldigung!« sagte Alexander, griff nach dem Streuer und reichte ihn Mrs. Winter, wobei er um ein Haar den Pfefferstreuer umgeworfen hätte.

»Ma Wei, ißt du lieber Fettes oder Mageres?« fragte Miss Eden.

Mrs. Eden hob trotzig den Kopf und sagte, ohne eine Antwort abzuwarten: »Chinesen essen gern Fettes!« Sie spießte mit der einen Hand die Gabel in das Rindfleisch und begann mit der anderen, es zu zerschneiden. Ihr Mund war leicht geöffnet, eine Braue nach oben gezogen, als wollte sie jemanden schlachten.

»Wunderbar!« rief plötzlich der ältere Herr Ma im Stile von Mrs. Winter, aber keiner wußte, weshalb er das tat.

Als das Rindfleisch vertilgt war, kam der süße Reispudding auf den Tisch.

»Kannst du so etwas essen?« fragte Miss Eden Ma Wei.

»Ich kann«, sagte Ma Wei lächelnd zu ihr.

»Es gibt keinen Chinesen, der nicht gern Reis ißt, stimmt's, Mr. Ma?« fragte Mrs. Eden und blickte Kate an.

»Wunderbar!« sagte der ältere Herr Ma und nickte.

Alexander prustete los, bis sein puterrotes Gesicht violett anlief. Da ihn aber niemand beachtete, nicht einmal seine Schwester, hörte er von selbst auf.

Ma Wei nahm einen Löffel von dem süßen Reispudding, führte ihn zum Mund, wagte aber lange nicht, ihn herunterzuschlucken. Der ältere Herr Ma schluckte ein bißchen, reckte sofort den Hals vor und verharrte reglos, einer Ohnmacht nahe.

»Möchtest du einen Schluck kaltes Wasser?« fragte Miss Eden Ma Wei. Er nickte.

»Sie auch?« fragte Mrs. Eden teilnahmsvoll den älteren Herrn Ma. Der hielt den Kopf noch immer vorgestreckt und lächelte Mrs. Winter krampfhaft zu.

Alexander fand das wieder sehr belustigend.

»Alex, möchtest du noch etwas Pudding?« fragte ihn Mrs. Eden mit schrägem Blick.

Pastor Eden sagte nichts, schenkte aber Vater und Sohn Ma langsam je ein Glas kaltes Wasser ein. Mit einem Schluck nach jedem Löffel Pudding überstanden sie schließlich auch diese Qual.

»Ich erzähle euch einen Witz!« verkündete Alexander, ohne sich darum zu scheren, ob man einen hören wollte oder nicht.

Mrs. Winter klatschte ein paarmal leicht in die Hände, um zu zeigen, daß sie dafür war, daß Alexander den Witz erzählte. Als der ältere Herr Ma sie applaudieren sah, rief er mehrmals: »Wunderbar!«

»Als ich damals nach Peking ging . . .«, begann Alexander. Er steckte die Daumen in die kleinen Taschen seiner Weste, streckte die Beine aus und lehnte sich zurück. »Ich sage Ihnen, Peking, das ist vielleicht ein armseliger Ort! Kein einziges großes Geschäft, keine Fabrik, die Straßen unsagbar dreckig! Jemand hatte mir gesagt, Peking sei eine schöne Stadt, doch ich kann das nicht finden. Dreckig und schön, das paßt nicht zusammen . . . Verstehen Sie, was ich meine?«

»Kate!« rief Mrs. Eden hastig dazwischen, als sie sah, daß sich Ma Weis Gesicht rötete. »Führ Ma Wei doch mal in das Arbeitszimmer deines Bruders, dort kann er sich mal umsehen. Wenn ihr zurückkommt, trinken wir Kaffee. Paul hat so viele Bücher gesammelt, sein Zimmer ist eine richtige kleine Bibliothek. Ma Wei, gehen Sie nur mit Kate und schauen Sie sich alles an!«

»Also, hört doch mal zu . . .« Alexander schien unwillig zu werden. »Ich hab im Peking-Hotel gewohnt, das ist wirklich ein schönes Fleckchen, dort können Sie machen, was das Herz begehrt – trinken, Billard spielen, tanzen, Spielsäle besuchen, alles ist dort möglich! In Peking gibt's nur diesen einen lohnenden Ort . . . Verstehen Sie, was ich meine? Wenn ich nach dem Essen nichts vorhatte, bin ich Billard spielen gegangen. Im Billardsaal stand ein schwarzbärtiger Alter, ein Chinese vom alten Schlag. Ich mag diese Chinesen vom alten Schlag, verstehen Sie, was ich meine? Sobald ich zu spielen begann, zuckte es um seinen Bart, und er lächelte. Ich dachte mir, das ist ja ein interessanter Bursche! Als ich mein Spiel beendet hatte, stand er immer noch da. Ich ging hin und fragte ihn auf chinesisch: ›Nehmen wir einen Drink?‹«

Als Alexander diese vier Worte chinesisch sprach, legte er den Kopf zurück, schloß die Augen, legte die Faust an die Lippen und stieß einen schnalzenden Ton aus – er ahmte die Chinesen nach.

Mrs. Eden nutzte die kleine Pause, um schnell einzuwerfen: »Nehmen Sie bitte im Wohnzimmer Platz!«

Der Pastor erhob sich eilig, um die Tür zu öffnen. Alexander stürzte sich auf den älteren Herrn Ma, weil er seinen Witz weitererzählen wollte. Mrs. Winter war gespannt, etwas über China zu erfahren, vor allem von jemandem, der dort gelebt hatte. Deshalb sagte sie zu Alexander: »Erzählen Sie doch im Wohnzimmer weiter, da können es alle hören!«

»Mrs. Winter, Ihre gelbe Bluse sieht aber wirklich gut aus!« Mrs. Eden bemühte sich angestrengt, von Alexanders Witz abzulenken.

»Ja, wunderbar!« ergänzte Herr Ma.

Als alle im Wohnzimmer saßen, schenkte Mrs. Eden den Kaffee ein.

Der Pastor fragte Mrs. Winter lächelnd: »Möchten Sie Grammophon hören? Was darf ich für Sie auflegen?«

»Wunderbar ... Aber erst soll Mr. Lanmore seinen Witz zu Ende erzählen.«

Pastor Eden war machtlos, er nahm seinen Kaffee und setzte sich hin. Alexander räusperte sich mehrmals geräuschvoll, dann erzählte er fröhlich weiter: »Denken Sie, Mrs. Winter, als ich ihn fragte, ob er einen Drink wolle, nickte er und lächelte erneut. Ich ging voran, und er folgte mir wie ein alter Hund ...«

»Alex, reich Mrs. Winter doch bitte eine... Mrs. Winter, möchten Sie lieber einen Apfel oder eine Banane?«

Alexander reichte ihr den Obstteller und sprach weiter: »›Was trinken Sie?‹ fragte ich. Er fragte zurück: ›Was trinken Sie?‹ – ›Ich trinke Whisky!‹ sage ich. Sagt er: ›Ich schließ mich an.‹ So begannen wir beide zu trinken, einen nach dem anderen. Der Bursche war in Ordnung, er hat fünf Gläser mit mir getrunken, ohne mit der Wimper zu zucken . . .«

»Haha, Mr. Lanmore, da haben Sie doch tatsächlich den Chinesen das Whiskytrinken beigebracht!« rief Mrs. Winter lachend aus.

Pastor Eden und seine Frau öffneten gleichzeitig den Mund und sagten etwas, um von Alexanders Witz abzulenken. Da aber beide zugleich sprachen, verstand keiner ein Wort. Alexander nutzte die Gelegenheit und fuhr fort: »Als wir ausgetrunken hatten, kam es noch toller – der Bursche bezahlte nämlich! Danach machte er endlich den Mund auf. Er fragte, wie man an Wettscheine für die Pferderennen in Shanghai herankomme, und bat mich, ihm welche zu besorgen. Ihr Chinesen wettet doch zu gern, stimmt's?« fragte er den älteren Herrn Ma.

Der nickte.

Mrs. Winter, die an einer Banane kaute, sagte leise: »Den Leuten das Wetten und das Spielen beibringen und dann noch sagen, sie seien . . .«

Pastor Eden unterbrach sie rasch: »Mrs. Winter, Pastor Chamberlain ist noch . . .«

Mrs. Eden fiel ihm ins Wort: »Mr. Ma, wohin gehen Sie eigentlich sonntags zur Messe?«

Alexander trank bedächtig seinen Kaffee. Er wurde immer fröhlicher, je länger er über seinen Witz nachsann, und schließlich lachte er laut.

4

In Pauls Arbeitszimmer setzte sich Kate auf den Drehstuhl ihres Bruders, und Ma Wei trat zu dem Regal, auf dem zwanzig, dreißig Bücher standen, allein fünfzehn davon entfielen auf Shakespeares Werke. An der Wand hingen mehrere Farbdrucke von berühmten Gemälden, die Paul auf dem Markt erworben hatte. Auf einem kleinen Tischchen neben dem Bücherregal lagen eine Opiumpfeife, ein Paar neue Stoffschuhe für gebundene Füße, eine angeschlagene Schnupftabakdose und zwei kleine, bestickte Beutel.

Da Pauls Freunde wußten, daß er in China geboren war, mußte er für sie natürlich ein paar chinesische Sachen aufstellen. Jedesmal, wenn sie ihn besuchten, erzählte er dazu den folgenden Vers: »Mit gebundenen Füßen rauchen sie Opium; das Opium wird in so einer Dose und die Dose in so einem Beutel aufbewahrt . . .« Da die englischen Kinder zum Glück keine Ahnung von China hatten, konnte er ihnen erzählen, was er wollte.

»Das also ist Pauls Sammlung?« fragte Ma Wei lächelnd und wandte sich zu Kate um. Miss Eden nickte.

Sie war Ende zwanzig. Ebenso wie ihr Vater war sie nicht groß, hatte aber große Augen. Ihr Haar war so dicht wie das ihrer Mutter, da sie aber nicht so groß war wie diese, schien die üppige Pracht sie regelrecht niederzudrücken. Sie sah nicht schlecht aus; vor allem wenn sie saß, wirkte sie sehr anziehend – hoch aufgerichtet, das glänzende Haar nach hinten gekämmt, hatte sie etwas von der stillen Schönheit einer Orientalin. Beim Sprechen hatte sie stets den Anflug eines Lächelns auf den Lippen, aber sie lachte nur selten. Sie hatte schöne glatte Hände, die sie von Zeit zu Zeit hinter den Kopf führte, um das Haar zu ordnen.

»Ma Wei, fühlst du dich wohl in England?« fragte Miss Eden.

»Warum denn nicht.«

»Wirklich?« Sie lächelte ein wenig.

Ma Wei senkte den Kopf und spielte mit der Schnupftabakdose. Erst nach einer Weile antwortete er: »Die Haltung der Engländer uns gegenüber stört mich wenig, aber die Geschäfte meines Vaters, die machen mir Sorgen, sobald ich nur daran denke! Du kennst das ja, ältere Schwester.« (Er war es noch von China her gewohnt, sie »ältere Schwester« zu nennen.) »Chinesen verachten Geschäftsleute, und Vater hat wirklich keine blasse Ahnung von diesen Dingen. Wir leben aber von unserem Laden, da muß man es sehr genau nehmen! Auf mich hört er nicht, auf Li Zirong auch nicht. Er bringt es fertig, einen ganzen Tag lang nicht in den Laden zu gehen und statt dessen Mrs. Winters Blumen zu pflegen. Wenn er doch mal hingeht und hört, daß ein Kunde die chinesischen Sachen lobt, gibt er ihm gleich was umsonst. In den paar Monaten, seit wir hier sind, haben wir schon über zweihundert Pfund vom Geld des Onkels verbraucht. Dauernd lädt er jemanden ein, heute einen zum Essen, morgen einen zu einem Drink. So nachlässig ist er, ältere Schwester! Sobald jemand etwas Gutes über Chinesen sagt, spendiert er ihm ein Essen, und wenn derjenige dann auch noch das Essen lobt, kannst du sicher sein, daß er ihn gleich noch einmal einlädt! Das ginge ja alles noch. Aber sobald ihn jemand etwas fragt, antwortet er immer in dessen Sinne. Du weißt ja, daß die Engländer generell davon ausgehen, daß es in China nichts Gutes gibt, und das möchten sie sich immer von Chinesen bestätigen lassen. Wenn ihn zum Beispiel jemand fragt, wieviel Frauen er habe, antwortet er: ›fünf oder sechs!‹ Wenn ich ihn daraufhin zur Rede stelle, entgegnet er entrüstet: ›Die Leute glauben halt, daß Chinesen viele Frauen haben, warum soll man es nicht dabei belassen und ihnen schmeicheln!‹ Einige alte Herren und Damen behandeln ihn schon wie ein Juwel, weil er ihnen immer nach dem Munde redet ...!

Neulich hat General Gower einen Vortrag über die Entsendung englischer Truppen nach Shanghai gehalten und meinen Vater extra dazu eingeladen. Mitten im Vortrag wandte sich der General an meinen Vater und sagte: ›Wenn englische Truppen ständig in China wären, so wäre das doch ein Glück für die Chinesen, nicht wahr? Fragen wir einen Chinesen: Mr. Ma, sagen Sie ...‹

Und schon stand mein Vater auf und sagte gehorsam: ›Die englischen Soldaten sind uns willkommen!‹

Ein andermal sagt ihm eine alte Dame, ihr gefalle die chinesische Kleidung. Am nächsten Tag geht er im Seidengewand auf die Straße, und eine Horde Kinder rennt hinter ihm her und schreit ›Chink‹! Wenn er die chinesische Kleidung von sich aus trüge, wäre ja überhaupt nichts dabei, aber er zieht sie nur an, um dieser alten Dame zu gefallen! Du weißt ja, Schwester, daß die Chinesen, die der Generation meines Vaters angehören, von den Ausländern so gedemütigt wurden, daß sie es schon für eine große Ehre halten, wenn ein Ausländer ihnen ein paar anerkennende Worte sagt. Er hat nicht ein Fünkchen Nationalgefühl, nicht ein Fünkchen!«

Miss Eden lächelte und stieß einen Seufzer aus.

»Nationalbewußtsein, Schwester, nur Nationalbewußtsein kann China retten! Ich bin nicht dafür, daß die Chinesen wie die Japaner Kanonen, Flugzeuge und diese ganze Todesmaschinerie herstellen, aber in der heutigen Welt sind Kanonen und Flugzeuge Ausdruck der Zivilisation! Die einfachen Engländer lachen doch offen über uns, weil unser Heer und unsere Marine nichts taugen. Wenn wir eines Tages unseren Kopf hoch tragen wollen, müssen wir, ob uns das gefällt oder nicht, zum Kampf antreten – das ist zwar schlimm, aber wenn wir das nicht tun, können wir es uns aus dem Kopf schlagen, jemals in der Welt zu bestehen!«

»Ma Wei!« Kate nahm seine Hand. »Ma Wei! Du mußt tüchtig lernen und dich um nichts anderes kümmern! Ich verstehe deinen Kummer und deine Sorgen, aber kann ein hitzköpfiger Ausbruch China verändern und ihm Gutes bringen? Nein. Wenn es in einem Staat chaotisch zugeht, hat niemand Mitleid. Auch wenn du dir den Mund fusselig redest und vor den Engländern, Franzosen und Japanern beteuerst: ›Wir sind ein altes Land, es ist nicht leicht, ein altes Land umzukrempeln, ihr müßt Verständnis für uns aufbringen und nicht noch Öl ins Feuer gießen!‹ Wenn die Leute sehen, daß du schwach bist, beleidigen sie dich, und wenn sie sehen, daß du Revolution machen möchtest, lachen sie dich aus. Nur ihr selbst könnt euer Land verändern, besser und stärker machen, sonst wird euch keiner achten und keiner mit euch verkehren!

Glaub mir, Ma Wei, nur durch Lernen und Studieren kannst du deinem Land helfen. China fehlt es nicht nur an Kanonen und Flugzeugen, China fehlt es auch an gebildeten, fähigen Leuten. Solange du dir keine Bildung aneignest, brauchst du überhaupt nicht davon zu reden, etwas für dein Land tun zu wollen. Jetzt hast du immerhin die Gelegenheit erhalten, ins Ausland zu fahren, die Mängel und Schwächen der anderen Länder zu sehen und sie mit denen deines eigenen Landes zu vergleichen – denn wir alle haben Fehler und Mängel, stimmt's? Du mußt dich über diese Dinge da draußen nicht aufregen. Auch England droht Gefahr. Sie besteht darin, daß die Engländer sich nicht bilden. Sieh dir doch mal die kümmerlichen Bücher von Paul an – meine Mutter geniert sich nicht mal, sie dir als beispielhaft vorzuführen. Wie viele wirklich gebildete, fähige Köpfe gibt es denn in England? Natürlich verfügt das Land über einige, und dank dieser Leute kann es bestehen. Ein Mensch entdeckt eine Medizin gegen die Cholera, und alle Menschen im Land und in der ganzen Welt können daran teilhaben. Einer erfindet das Telefon, und die Menschen der ganzen Welt können davon profitieren. Solange die Welt besteht, kann die Menschheit nicht gleichberechtigt sein; immer werden die einfachen Menschen ein Stück hinter den wenigen wirklichen Persönlichkeiten herlaufen. Der Fehler der Chinesen besteht ebenfalls darin, daß sie sich nicht bilden, aber im Unterschied zu England gibt es in China keine einzige wirklich gebildete Persönlichkeit . . .

Ma Wei, du mußt dich nicht unnötig aufregen – lerne und studiere, das ist das einzige, was du tun kannst! Du willst Handel studieren, na gut – Hauptsache ist, daß du alles, was damit zusammenhängt, richtig begreifst. Nur so kannst du deinen Landsleuten helfen, mit den Geschäftsleuten des Auslands zu konkurrieren! Was deinen Vater betrifft, so müßt ihr, du und Li Zirong, ihn zwingen, etwas zu unternehmen! Ich verstehe dein Dilemma, du möchtest ihm einerseits nicht den Respekt verweigern, aber andererseits siehst du die Gefahr, in die euch sein Verhalten bringt. Aber beides läßt sich nicht machen. Vom Standpunkt der Engländer ist es richtiger, die Gefahr abzuwenden, als auf irgendwelche Gefühle Rücksicht zu nehmen. Ich bin in China geboren, ich verstehe etwas von China. Zugleich bin ich Engländerin und verstehe etwas von England. Wenn man sich den Unterschied zwischen beiden Ländern ansieht, kommt man oft zu einem sehr klaren und zufriedenstellenden Resultat. Wenn du Probleme hast, mit denen du nicht zu Rande kommst, Ma Wei, dann komm bitte zu mir. Auch wenn ich dir nicht helfen kann – zu einem guten Rat bin ich immer bereit ... Weißt du, Ma Wei, ich bin in meiner Familie auch nicht besonders glücklich; Vater und ich kommen nicht miteinander aus, vom Bruder gar nicht zu reden. Aber ich verfolge meine eigenen Angelegenheiten und widme mich meinem Studium, so geht es einigermaßen, und ich leide nicht darunter. Meiner Meinung nach gibt es im Leben nur zwei schöne Dinge: Wissen erwerben und es weitergeben!«

Bei diesen Worten erschien wieder ein Lächeln in ihrem Gesicht. Sehr herzlich fügte sie hinzu: »Ich möchte besser Chinesisch lernen, Ma Wei – könnten wir uns nicht ein wenig austauschen, hm? Du bringst mir Chinesisch bei, und ich lehre dich Englisch. Allerdings ...«, sie dachte einen Moment nach, griff sich in die Haare und ordnete sie, »wo machen wir das? Ich möchte dich nicht öfter hier zu mir nach Hause einladen; ich sage dir ehrlich, meine Eltern mögen keine Chinesen. Aber bei euch, da ...«

»Wir haben doch ein kleines Arbeitszimmer«, hakte Ma Wei schnell ein, »aber da hättest du ja immer einen ziemlich weiten Weg, das wäre dir wahrscheinlich zu . . .«

»Das macht nichts, ich gehe ja oft ins Museum, um zu lesen, das ist ganz in eurer Nähe. Aber das muß ich mir erst noch überlegen. Ich laß von mir hören, ja?«

Für den Englischunterricht nannte Kate ihm noch eine Menge Bücher, die er dazu lesen müßte, und erklärte ihm auch, wie man in Bibliotheken Bücher auslieh.

»Und nun müssen wir aber zurück zu den andern ins Wohnzimmer, Ma Wei!«

»Ältere Schwester, ich danke dir, unser Gespräch hat mir sehr gut getan!« sagte Ma Wei leise.

Kate sagte nichts, aber sie lächelte.

5

Mrs. Eden und die Witwe Winter unterhielten sich so angeregt, daß ihre Köpfe fast zusammenstießen. Mrs. Edens linke Hand ruhte auf ihren Knien, während sie mit der Rechten vor dem Gesicht der Witwe herumgestikulierte und mehrmals beinahe deren kleine Spitznase getroffen hätte. Mrs. Winter hielt ihre kleine Nase ein wenig hoch und verfolgte mit leicht geöffneten Lippen aufmerksam jede Bewegung von Mrs. Eden. Dabei ging ihr Kopf entsprechend auf und ab, nach rechts und links, als wolle sie ihrem Gegenüber in die Hand beißen. Die beiden unterhielten sich angeregt und unentwegt, aber niemand wußte, worüber.

Alexander saß im Sessel, die Beine von sich gestreckt. Die Zigarre in seiner Hand war bereits verglimmt. Mit geschlossenen Augen und hochrotem Gesicht saß er da und schnarchte vernehmlich.

Der ältere Herr Ma unterhielt sich leise mit Pastor Eden, dem die Brille von der Nase zu rutschen drohte. Als Kate und Ma Wei eintraten, bot Mrs. Eden Ma Wei sogleich einen Kaffee an. Miss Eden setzte sich zu Mrs. Winter und beteiligte sich an dem Gespräch.

Alexander schnarchte immer lauter. Von einem besonders kräftigen Laut erwachte er und fragte erschrokken: »Wer schnarcht denn da?«

Alle prusteten los, sogar seine jüngere Schwester lachte so, daß ihr verfilzter Dutt am Hinterkopf wakkelte. Als er begriffen hatte, lachte er mit, eine ganze Tonstufe höher als die anderen.

»Ich meine, Mr. Ma, wir sollten einen trinken gehen!« Er legte ihm den Arm um die Schultern und fragte den Pastor: »Du kommst doch mit?«

Pastor Eden schob sich die Brille zurecht und sah seine Frau an.

»Er hat noch zu tun«, sagte Mrs. Eden, »geh du nur mit Mr. Ma, aber mach ihn ja nicht betrunken, hast du gehört?«

Ohne etwas zu sagen, blinzelte Alexander dem älteren Herrn Ma zu. Dieser lächelte vor sich hin, stand auf und sagte zu Ma Wei: »Geh du schon mit Mrs. Winter nach Hause, ich trinke noch einen – nur einen, nicht mehr. Ich hab schon ewig keinen mehr getrunken.«

Ma Wei sagte nichts und blickte zu Kate hinüber.

Alexander verabschiedete sich mit einem Kuß von seiner Nichte und nahm Herrn Ma bei der Schulter: »Gehen wir!«

Ohne aufzustehen, rief Mrs. Eden ihrem Bruder ein »Auf Wiedersehen!« zu. Der Pastor begleitete die beiden zur Tür.

»Gehst du wirklich nicht mit?« fragte ihn Alexander an der Tür.

»Nein«, sagte Pastor Eden, und zu Herrn Ma gewandt, fügte er hinzu: »Auf bald, ich komme vorbei, um noch etwas mit Ihnen zu besprechen.«

Die beiden gingen durch die Lancaster Street, überquerten sie und wandten sich, immer an der Umzäunung des Parks entlang, nach Westen. Es war ein Sommerabend und daher noch nicht richtig dunkel. Im Park waren noch viele Menschen. Die Blätter an den Bäumen hatten noch keine gelben Stellen, und die golden und rot erblühten späten Tulpen auf einem großen Beet schimmerten wie das Abendrot am Himmel. Daneben blühten dicht an der Erde kleine weiße Blümchen, die wie frisch gefallener Schnee aussahen und Kühle verbreiteten. Hinter den Bäumen glänzte ein Teich mit weißen Schwänen. Vom gegenüberliegenden Ufer ertönte Militärmusik, und durch die Bäume schimmerten ab und zu die roten Uniformen der Militärkapelle. Wenn der kühle Wind von dort herüberwehte, drangen Fetzen der Marschmusik herüber. Am Himmel stand keine Wolke, nur über den Bäumen hing im Westen ein leichtes Abendrot, ein Gemisch aus Weiß und Rot, farbenfreudig wie die Hüte der Frauen im Park.

Der ältere Herr Ma nickte begeistert. Ihm war ganz lyrisch zumute, doch er, der noch nie ein Gedicht geschrieben hatte, brachte nicht einmal einen Satz zustande.

Alexander ging weiter geradeaus, die Pärchen im Park bedachte er nur von Zeit zu Zeit mit einem kühlen Lächeln. Als er aber ein Restaurant an der Ecke Queen's Gate erblickte, lachte er auf. Er leckte sich die Lippen und deutete mit dem Mund auf Herrn Ma. Der nickte.

Vor dem Restaurant spielte ein Beinamputierter Geige, aber Alexander wandte den Kopf zur Seite und tat, als hätte er ihn nicht gesehen. Ein weißbärtiger Alter rief mit gespitzten Lippen: »Die Abendzeitung, die Abendzeitung!« Alexander kaufte eine und klemmte sie sich unter den Arm.

Sie traten ein. Männer und Frauen standen dichtgedrängt vor der Theke. Jeder hielt ein Glas in der Hand, erzählte und lachte. Eine zahnlose Alte drängte sich durch die Menge und fragte mit hochrotem Gesicht: »Habt ihr mein Kind gesehen?« Alexander wartete, bis die Alte gegangen war, dann zog er Herrn Ma in den hinteren Gastraum. Dort waren an allen Wänden Stühle, in der Mitte lag ein Teppich; auf ihm standen ein rechteckiger Tisch mit einer eingelassenen Glasplatte und daneben ein dunkelviolettes Klavier. In jeder Ecke saß ein älterer Herr mit einem Glas in der Hand, alle rauchten und hielten die Augen geschlossen. Eine dicke, hochgewachsene Frau mit vom Alkohol geröteten Augen spielte Klavier; sie schlug auf die Tasten ein und wiegte dabei den Kopf hin und her. Neben ihr stand ein rotgesichtiger Bursche mit einem blonden Bart, der ein Bierglas in der Hand hielt und mit weitaufgerissenem Mund (darin befanden sich nur noch drei, vier schwarze, gefährlich anmutende Zähne) lauthals Militärlieder sang. Seine Stimme war voll und ausdrucksstark, nur paßte das, was er sang, ganz und gar nicht zu dem Klavierspiel. Als die Frau am Klavier Herrn Ma sah, wurde sie abwechselnd rot und bleich im Gesicht, zog die Schultern hoch und rief: »Oh, mein Gott, da kommt ein Chink!« Dann schüttelte sie den Kopf und griff wieder in die Tasten, wilder als zuvor; der kleine Hocker ächzte unter ihren Beinen, die das Pedal bearbeiteten. Der Sänger hielt ebenfalls inne und kippte einen kräftigen Schluck Bier hinunter. Die älteren Herren in den vier Ecken wiesen, ohne die Augen zu öffnen, mit ihren Pfeifen etwa in die Mitte des Zimmers und riefen wie aus einem Munde: »Weitersingen, George!« George tat noch einen tiefen Zug, stellte das Glas geräuschvoll aufs Tischchen und sang weiter. Gesang und Klavierspiel hatten nach wie vor nichts miteinander zu tun.

»Was trinken Sie, Mr. Ma?« fragte Alexander.

»Irgend etwas!« antwortete der ältere Herr Ma, der sich brav auf einen Stuhl an der Wand gesetzt hatte.

Alexander bestellte, und während sie tranken, erzählte er seine Geschichten über China weiter. Seine Stimme übertönte Georges Gesang in Höhe und Lautstärke, so daß die alten Herrn in den vier Ecken schließlich doch die Augen öffneten, aber gleich wieder schlossen, nachdem sie Herrn Ma erblickt hatten. George hielt erzürnt in seinem Gesang inne, und auch die dicke Frau hörte verärgert zu spielen auf – alle hörten Alexander zu. Der ältere Herr Ma schaute schmunzelnd von einem zum anderen und nahm einen Schluck. George trat näher und wollte mitreden, da auch er einiges über China wußte, denn sein Schwager hatte in Hongkong als Soldat gedient. Alexander aber redete pausenlos, er gab George keine Chance, sich einzumischen. George öffnete den Mund und zeigte drohend seine gefährlichen schwarzen Zähne, dann setzte er sich hin.

»Noch ein Glas?« fragte Alexander Herrn Ma zwischen zwei Witzen. Der nickte.

»Noch ein Glas?« fragte Alexander nach einem weiteren Witz.

Der ältere Herr Ma nickte abermals.

So tranken sie ein Glas nach dem anderen, bis die vier älteren Herren schließlich nacheinander auf Beinen, die aus Hanf gedreht zu sein schienen, hinauswankten. Danach stülpte sich auch die dicke Frau ihren Hut auf und schwankte hinaus. George wartete immer noch auf eine Gelegenheit, seine China-Kenntnisse anzubringen, aber Alexander redete wie ein Wasserfall, so daß George nicht zum Zuge kam, sondern nach einem Blick zur Uhr wortlos verschwand. Draußen begann er wieder laut zu singen.

Eine Kellnerin kam und sagte lächelnd: »Meine Herren, entschuldigen Sie bitte, aber wir schließen jetzt!«

»Vielen Dank, Miss!« sagte Alexander, der noch immer nicht genug hatte. Aber um elf schlossen die Lokale, ein Erlaß der Regierung, da konnte man nichts machen. »Mr. Ma, gehen wir!«

Die Sterne am Himmel standen so dicht, als wären sie nicht mehr auseinanderzubringen. Die Bäume beiderseits der Straße wippten im kühlen Nachtwind geräuschvoll mit den Blättern. Es waren kaum noch Autos unterwegs, und kam doch einmal ein vereinzeltes vorüber, schienen die Lichter die einsame Straße in eine spiegelglatte Eisfläche zu verwandeln. Sobald das Auto vorüber war, legten sich die schwarzen Schatten auf beiden Seiten sofort wieder auf die Fahrbahn. Die Bäume im Park vervielfachten im Dunkel den Duft der Blumen und

Sträucher. Die Stille verwandelte den Park in eine wundersame Traumlandschaft.

Der ältere Herr Ma stützte sich auf das Geländer und blickte in den Park. Die großen dunklen, gespenstisch wirkenden Bäume schienen Beine bekommen zu haben und nach allen Seiten hin zu zappeln. Um sie herum hingen wirr durcheinander schwirrende Fünkchen, die vor seinen Augen tanzten, wohin er auch blickte. Er drehte sich um, lehnte sich an das Geländer und rieb sich die Augen, doch die Goldfünkchen tanzten weiter. Die Gaslaternen am Straßenrand schienen zwei zusätzliche kleine Lichtstreifen zu haben, und einige Laternenpfähle wirkten völlig verbogen und sahen aus wie vom Wind umgeblasene Gaoliang-Stengel ...

Auch sein Kopf wollte offenbar nichts mehr mit ihm zu tun haben; wenn er ihn nicht irgendwo anlehnte, sank er nach vorn und schien dabei noch beide Beine mitnehmen zu wollen. Er mußte höllisch aufpassen, damit sich die Beine nicht zu einem Erkundungsgang ins Leere aufmachten. Solange er sich irgendwo festhalten konnte, war die Kopfbewegung »der Affe benagt den Pfirsich« nicht ganz so heftig, aber dann legten es die Beine darauf an, Unruhe zu stiften. Wirklich, oberhalb der Knie hingen sie noch am Körper, aber die Hälfte unterhalb der Knie schien die Tendenz zu haben, sich nicht länger unterordnen zu wollen – das war ja Arbeiterrevolution! Die Leute auf der Straße waren auch komisch, keiner lief allein, alle nur pärchenweise, wie lächerlich! Und wer hatte wohl im Kopf von Herrn Ma dieses Grammophon angebracht, das sich wie verrückt drehte: scht-hm, scht-hm ...

Er war noch völlig klar und guter Dinge, nur – alles, was er sah, fand er lächerlich, auch wenn er nichts sah, war es zum Lachen. Als er die Laternenpfähle erblickte, mußte er laut losprusten. Nachdem er ausgelacht hatte, löste er eine Hand vom Geländer, und sofort vollführte sie einen kräftigen Schwinger nach vorn ... »Nach Hause geht es dort lang! Immer schön langsam laufen. . .

immer mit der Ruhe, nur keine Eile! Wozu denn so hastig, hihi ... Alexander, nein, ich meine Alexander – wo ist er denn, der Gute?« Er senkte suchend den Kopf. »Wer hat denn hier eben geredet?« Er suchte und suchte, bis sein Arm schließlich mit einem Schwung nach oben ging und seine Nase traf: »Hihi, hier also, hier wurde geredet! Stimmt's, alter Ladengehilfe ...?«

6

Ma Wei und Mrs. Winter kamen nach Hause. Mrs. Winter war erschöpft von dem langen Gespräch mit Mrs. Eden. Als sie eintraten, war es still im Haus, aber von hinten ertönte Napoleons Gebell. Ohne den Hut abzusetzen, stürzte Mrs. Winter in den Garten, wo Napoleon unter einem Rosenstock saß und mit vorgestreckten Vorderpfoten und hocherhobenem Kopf die Sterne am Himmel anbellte. Als er die Schritte seiner Herrin vernahm, war er mit einem Satz bei ihr und rollte und tollte wie ein Wollknäuel um ihre Beine herum.

»Hallo, Schätzchen! Bist du allein? Wo ist Mary?« fragte Mrs. Winter.

Napoleon sprang immer wieder in die Höhe und bellte laut, was soviel heißen sollte wie: Nimm mich schnell hoch. Mary ist weggegangen und hat mich allein gelassen! Ich hab drei große Fliegen vertilgt und einen schwarzen Kater vertrieben ...

Mrs. Winter nahm den Hund mit ins Wohnzimmer. Ma Wei hatte zum Fenster hinausgeschaut und sagte leise, als sie eintrat: »Wo der Vater nur bleibt ...«

»Ich kann mir auch nicht vorstellen, wo Mary sich amüsiert. Wohin mag sie gegangen sein?« Mrs. Winter setzte sich. Napoleon sprang auf dem Schoß seiner Herrin herum und schubberte seinen Hals an ihrer Brust. »Napoleon, sei brav, ich bin müde. Geh zu Ma Wei!« Sie übergab ihn Ma Wei. Bei dieser Gelegenheit schubste Napoleon mit dem Schwanz ihren neuen Hut beiseite.

Als Ma Wei ihn auf den Schoß nahm, tobte Napoleon

noch immer wild herum und war alles andere als brav. Ma Wei faßte ihn ein paarmal kräftig zwischen Ohren und Nacken, und schon wurde er braver. Er drückte seine Nase gegen Ma Weis Brust, reckte den Hals vor und erwartete seinen Griff. Ma Wei faßte erneut zu und fühlte, daß da etwas unter dem Halsband steckte – ein kleiner Zettel, mit zwei roten Fäden zusammengebunden. Als er ihn löste, hielt Napoleon schwanzwedelnd still.

Ma Wei reichte Mrs. Winter den Zettel. Sie entfaltete ihn und las: »Mama, mir ist das Abendessen angebrannt, das Omelett klebt an der Pfanne. Washington war da, sind zusammen Eis essen gegangen. Bis heute abend. Napoleon bewacht im Hof die Rosen des alten Ma. Mary.«

Mrs. Winter zerriß den Zettel und gähnte hinter vorgehaltener Hand.

Ma Wei schlug vor: »Mrs. Winter, gehen Sie nur schlafen, ich warte auf die beiden!«

»Gut, tun Sie das. Möchten Sie noch einen Kaffee?«

»Vielen Dank, nein.«

»Komm, Napoleon«, rief Mrs. Winter und trug ihn hinaus. Sie hatte Ma Wei schon seit einiger Zeit ins Herz geschlossen; zum einen, weil er anständig war und sich immer sehr freundlich ausdrückte, zum andern wohl deshalb, weil Mary ihn nicht mochte. Das hing mit ihrem seltsamen Charakter zusammen, der sie stets zum Widerspruch anstachelte.

Ma Wei öffnete das Fenster, setzte sich auf einen Stuhl neben das Tischchen und blickte auf die Straße. Sobald er Schritte hörte, beugte er sich vor, aber jedesmal war es nicht der Vater. Er griff sich aus dem Bücherregal einen Roman und blätterte darin, hatte aber nicht die nötige Ruhe zum Lesen und stellte ihn wieder zurück. Gern hätte er das Klavier ausprobiert, doch ihm fiel ein, daß es dafür zu spät war. So ging er zum Fenster und grübelte mit gerunzelter Stirn: Wie fröhlich doch all die jungen Leute sind, keinerlei Sorgen, keinerlei Vorbehalte ... Haben sie Zigaretten, dann rauchen sie, haben sie Geld, gehen sie ins Kino, haben sie einen Fußball, spielen sie – ganz einfach! Und unsereiner ... Dieser Alexander, und diese Haare von Mrs. Eden ... Ob Kate es ehrlich meint? Bestimmt! Wie aufrichtig sie lächeln kann ... Aber auch sie hat ihren Kummer ... Auf jeden Fall macht sie's besser als ich ... Bei diesen Gedanken erschien Miss Edens Bild vor ihm, mit dem schulterlangen Haar, mit den Lippen, die sich leicht bewegten und ein Lächeln andeuteten ... Er fühlte sich wohler, wollte an etwas anderes denken, wurde aber schon rot. Mary ist wirklich zum ... aber sie ist schön! Mit wem mag sie denn nun wieder ausgegangen sein ... Ein anderer durfte sie also ansehen, vielleicht sogar ihre roten Lippen genießen ... Seine Brauen zogen sich zusammen, er schlug sich mit der Faust auf die Oberschenkel. Als ein kühler Wind durch den Fensterspalt hereinwehte, stand er auf und holte tief Luft.

Von weitem näherte sich ein Auto. Ma Weis Herz begann zu klopfen, er streckte den Kopf zum Fenster hinaus. Der Wagen hielt vor der Haustür, und drinnen sagte jemand: »Hier ist es ...!« Marys Stimme! Dann öffnete sich der Schlag, doch dem Auto entstieg nicht Mary, sondern ein riesiger Polizist. Ma Wei rannte hinaus, und noch ehe er etwas sagen konnte, winkte ihn der Polizist mit einem Kopfnicken heran. Er sprang hinzu, da stieg Mary aus dem Auto. Ihr Gesicht war blaß, die Augen geweitet. Sie hielt den Hut in der Hand, aber sehr verstört wirkte sie nicht, als sie ins Auto wies und zu Ma Wei sagte: »Ihr Vater!«

»Ist er tot... oder was ist los ...?« Ma Wei riß den Schlag auf und blickte hinein. Er wußte nicht, was los war, und glaubte schon, sein Vater sei überfahren und schwer verletzt worden. Er spürte etwas im Hals, konnte nicht sprechen, ihm zitterten die Lippen.

»Wir müssen ihn herausheben«, sagte der riesige Polizist ganz ruhig. Erst als Ma Wei das hörte, wagte er einen Blick auf den Vater. Dieser hatte den Kopf zurückgelehnt und beide Beine schräg nach vorn ausgestreckt, wodurch sie ungewöhnlich lang aussahen. Eine Hand ruhte vor der Brust, die andere lag mit der Innenseite nach oben auf dem Sitzpolster. Am Kopf hatte er einen blauen Fleck, die Nasenlöcher hatten ein paar Blutspritzer, der bärtige Mund schien zu lächeln.

»Vater. . . Vater!« rief Ma Wei und griff nach der Hand des Alten. Sie war eiskalt, aber feucht vor Schweiß, der Daumen war verletzt, das Blut bereits geronnen.

»Fassen Sie zu! Keine Angst, er ist nicht tot!« sagte der riesige Polizist lächelnd.

Ma Wei legte die Hand an den Mund des Vaters. Er atmete tatsächlich noch, auch der Bart bewegte sich ein klein wenig. Ihm fiel ein Stein vom Herzen; er blickte den Riesen an und errötete.

Der Polizist, Ma Wei und der Chauffeur hoben den betrunkenen Herrn Ma heraus, dessen Kopf nach allen Seiten schlenkerte, als wollte er dem Hals die Zusammenarbeit aufkündigen. Seinem Mund entrang sich ein Gurgeln. Als die drei ihn die Treppe hinaufgetragen und aufs Bett gelegt hatten, erklang das gurgelnde Geräusch erneut, und er spuckte Schleim aus.

In Marys Gesicht war die Röte zurückgekehrt, sie brachte von unten einen Krug kaltes Wasser und ein Glas, das zur Hälfte mit Kognak gefüllt war. Als Ma Wei Krug und Glas entgegennahm, ordnete sie hastig ihre Haare, nahm dann wieder den Krug und sagte: »Ich flöße ihm etwas zu trinken ein, bezahlen Sie den Chauffeur!« Ma Wei befühlte seine Taschen, er hatte nur ein paar Münzen darin. Eilig zog er dem Vater die Geldbörse aus der Tasche, öffnete sie, entnahm ihr eine Pfundnote und reichte sie dem Chauffeur. Der freute sich, sprang in großen Sätzen die Treppe hinunter und lief hinaus. Ma Wei schob die Geldbörse unter die Matratze. Dabei fühlte er in einer Ecke etwas kleines Hartes; offenbar war das der Diamantring, aber Ma Wei hatte jetzt keinen Sinn dafür.

Als der Fahrer weg war, bedankte sich Ma Wei eilig bei dem Polizisten und reichte ihm die Zigarren, die der

Vater vor kurzem gekauft hatte. Lächelnd wählte der Polizist eine aus und steckte sie sich in die Tasche. Dann ging er hinüber und befühlte die Stirn von Herrn Ma.

»Das ist weiter nichts, er hat nur etwas zuviel getrunken, hm?« sagte er, blickte sich im Zimmer um und ging langsam hinaus. »Also dann auf Wiedersehen!«

Nachdem Mary Herrn Ma kaltes Wasser eingeflößt hatte, fuhr sie sich übers Haar, blies die Wangen auf und stieß einen kräftigen Seufzer aus.

Ma Wei öffnete dem Vater das Hemd, nahm ihm den Schlips ab und sagte, zu ihr gewandt: »Miss Winter, das von heute abend erzählen Sie Ihrer Mutter bitte lieber nicht!«

»Ich sag nichts!« Sie sah schon wieder so frisch und adrett aus wie immer.

»Wie haben Sie ihn denn gefunden?« fragte Ma Wei.

Der ältere Herr Ma brachte das soeben eingeflößte kalte Wasser wieder heraus.

Mary warf einen prüfenden Blick auf den Liegenden, trat zum Spiegel und betrachtete sich darin. Dann erst antwortete sie: »Ich war mit Washington im Hyde Park. Als dort geschlossen wurde, sind wir auf dem Weg, der außen um den Park herumführt, spazieren gegangen. Plötzlich bin ich furchtbar erschrocken, weil ich auf etwas Weiches trat. Als ich hinsah, war er es, Ihr Vater, er kroch wie ein Krokodil am Boden. Ich bin natürlich bei ihm geblieben, und Washington hat ein Auto geholt und einen Polizisten. Der wollte ihn gleich ins Krankenhaus fahren, aber Washington hat gesagt, daß es besser sei, ihn nach Hause zu bringen, er sei nur betrunken. Ein Zufall das Ganze, aber ich war vielleicht erschrocken, meine Lippen haben richtig gezittert!«

»Miss Winter, ich weiß wirklich nicht, wie ich Ihnen danken soll! Wenn Sie Washington treffen, bitte danken Sie ihm auch in meinem Namen!« Er stützte eine Hand aufs Bett und blickte sie an. Diesen Washington konnte er zwar nicht ausstehen, aber danken mußte er ihm.

»Schon gut, ich gehe jetzt schlafen.« Mary warf noch

einen prüfenden Blick auf den älteren Herrn Ma und ging hinaus. An der Tür blickte sie sich noch einmal um und sagte: »Geben Sie ihm noch mal etwas kaltes Wasser.«

Mrs. Winter hatte die Stimmen gehört und fragte ihre Tochter: »Was ist denn los?«

»Nichts weiter, wir sind nur sehr spät gekommen. Wo ist denn Napoleon?«

»Im Garten jedenfalls nicht.«

»Oh . . . Schon gut, Ma, bis morgen dann!«

7

Ma Wei zog dem Vater das Jackett aus und deckte ihn zu. Herrn Mas Augen öffneten sich ein wenig, fielen jedoch gleich wieder zu, nur die Lider zuckten noch immer, als störte ihn das Licht. Auch die Lippen bewegten sich ein wenig. Als Ma Wei sah, daß sich der Vater rührte, beruhigte er sich und setzte sich neben das Bett.

Dieser elende Washington, jeden Tag geht er mit ihr aus! dachte er mit gerunzelter Stirn. Aber die beiden haben Vater immerhin gerettet . . . Sie war heute wirklich nett, vielleicht ist sie gar nicht so schlecht . . . Und Vater? Schrecklich . . . Wenn er nun überfahren worden wäre – was für ein sinnloser Tod! Und dieser Alexander . . . Na warte, morgen gehe ich zu Kate!

Sein Vater bewegte den Arm unter der Decke, als wollte er sich umdrehen. Dann öffnete er den Mund, räusperte sich und sagte benommen: »Ma Wei, ich trinke nie wieder!«

Danach schwieg er und vergrub den Kopf im Kissen.

Gegen drei Uhr nachts erwachte er, führte die Hand an die Stirn und betastete den blauen Fleck. Der war bereits eine richtige Beule, in der Mitte dunkel, an den Rändern rot, wie ein verdorbenes Enteneidotter. In seinem Mund schien ein Feuerchen zu brennen, das die ganze Gurgel erfaßte. So ergeht es einem alten, verfallenen Schornstein, unter dem plötzlich wieder ein Feuer entzündet wird. Seine Hände waren steif, im Daumen spürte er einen stechenden Schmerz. Der Kopf auf dem Kissen schien in der Luft zu hängen, er pendelte schutz- und hilflos hin und her. Die Lippen waren so trocken wie die Gurgel, die Zunge klebte wie ein ausgetrockneter Holzpfropfen im Schlund. Er riß den Mund auf, damit wenigstens ein wenig kalte Luft lindernd eindringen konnte, aber das süßlich-scharfe Brennen im Halse stieg nur noch heftiger nach oben, als steckte eine kleine, getrocknete Dattel darin.

»Ma Wei, ich hab Durst! Ma Wei, wo bist du?«

Der Sohn war auf dem Stuhl eingenickt, wirres Zeug ging ihm durch den Kopf, aber es war kein Traum. Als er den Vater rufen hörte, riß er die Augen auf. Das Licht brannte noch. Er rieb sich die Augen und fragte: »Vater, möchtest du etwas?«

Herr Ma hatte die Augen wieder geschlossen, er rieb sich die Brust und sagte: »Durst!«

Ma Wei reichte ihm eine Schale kaltes Wasser, aber Herr Ma schüttelte den Kopf und brachte nur das Wort »Tee« über die trockenen Lippen.

»Wo soll ich denn jetzt Wasser kochen, Vater!«

Daraufhin schwieg Herr Ma, nahm sich zusammen und versuchte seinen Durst zu unterdrücken. Als es aber allzu stark in seinem Halse brannte, hielt er es nicht mehr aus: »Kaltes Wasser geht auch!«

Ma Wei hielt ihm die Schale hin. Herr Ma richtete sich auf, öffnete weit die Augen und trank die Schale in einem Zuge leer. Danach leckte er sich die Lippen und ließ den Kopf schwer aufs Kissen sinken. Nach einer Weile bat er: »Ma Wei, gib mir den ganzen Krug!«

Und schneller, als man auf einem Abakus fünf minus zwei gleich drei errechnen konnte, goß er das kalte Wasser in sich hinein, daß es in seinem Halse nur so schäumte und selbst aus seiner Nase Wassertropfen traten. Als sein Magen geräuschvoll zu knurren begann, preßte er die Hand auf den Mund und holte tief Luft.

»Ma Wei, ich werde doch nicht sterben?« Dabei zuckte es leicht um seinen Bart, und leise fügte er hinzu: »Gib mir den Spiegel!« Er blickte hinein und nickte. Alles andere ging ja noch an, aber die Augen sahen wirklich nicht gut aus. Durch die Augäpfel zogen sich rote Äderchen, und unten häufte sich ein gelblicher Film. Das verdorbene Enteneidotter auf der Stirn dagegen war nicht weiter schlimm, nur eine leichte Schürfwunde ...

Aber die Augen ... wirklich schlimm.

»Ma Wei, ich werde doch nicht sterben?«

»Natürlich nicht!« Ma Wei hätte gern noch mehr gesagt, aber er genierte sich.

Herr Ma legte den Spiegel weg, nahm ihn dann aber wieder auf, um sich seine Zunge anzuschauen. Auch danach war er sich noch immer nicht darüber im klaren, ob er nun sterben mußte oder nicht.

»Ma Wei, wie bin ich denn ... wann bin ich denn zurückgekommen?« Er konnte sich nur verschwommen erinnern: Alexander, das Restaurant, der Park ... Wie er aus dem Park nach Hause gekommen war, wußte er nicht.

»Miss Winter hat dich in einem Auto nach Hause gebracht.«

Herr Ma sagte nur »ach«, weiter nichts. Insgeheim wollte er sich Vorwürfe machen, dann aber meinte er, daß keine Notwendigkeit bestand, ein Edikt der Selbstbezichtigung zu erlassen; außerdem gab es so etwas überhaupt nicht, daß sich der Vater vor dem Sohn entschuldigte. Nicht umsonst hieß es: »Die Alten sollen es wild treiben, die Jungen haben ruhig zu bleiben!« Es war also nur rechtens, wenn sich die Alten betranken. Schließlich war er ja nicht gestorben, und außerdem ... Er fühlte sich schon viel wohler bei diesen Überlegungen, deshalb sagte er betont großzügig: »Ma Wei, geh schlafen, ich werde schon nicht sterben!«

»Ich bin noch nicht müde«, antwortete Ma Wei.

»Hau schon ab!« sagte der ältere Herr Ma, doch im Grunde freute er sich sehr, daß der Sohn noch nicht schlafen gehen wollte. Von wegen »gütige Väter, pietätvolle Söhne«, was sollte das!

Ma Wei deckte den Vater noch mal richtig zu und legte sich auch selbst eine Decke um, ehe er sich wieder hinsetzte.

Der ältere Herr Ma döste vor sich hin. Als er aufwachte, spürte er überall Schmerzen. Vom Daumen und vom Kopf ganz zu schweigen, taten ihm nun auch noch die Leistengegend, die Ellenbogen und der Rücken weh. Er befühlte seinen Körper – bestimmt hatte er sich mehrere Knochen gebrochen, doch nichts dergleichen, nirgends eine Verletzung. Da er Ma Wei neben sich wußte, wollte er nicht stöhnen, aber ganz ließ sich das doch nicht vermeiden. Das Stöhnen, das sich seinem Hals entrang, klang allerdings nach gar nichts. Gewöhnlich, wenn er Kopfschmerzen oder Fieber hatte, war sein Stöhnen melodisch und rhythmisch wie ein Gedichtvortrag, aber diesmal gelang ihm das nicht, an Melodik oder Rhythmik war nicht zu denken. Durch das Stöhnen ging es ihm gleich viel besser, und das war die Hauptsache. Zum Teufel mit Rhythmik und Melodik!

Nachdem er eine Weile gestöhnt hatte, mußte er wieder ans Sterben denken, denn wenn die Menschen sterben, stöhnten sie ja auch ... Lieber Gott, Herr im Himmel, laß es bloß nicht geschehen! dachte er. Das wäre allzu ungerecht, wo ich doch mein Leben noch nie genießen konnte ... Das nächste Mal sollte ich nicht mehr so viel trinken, das hat keinen Sinn! Aber ich war schließlich in Gesellschaft, ich mußte mithalten, auch wenn es ein bißchen viel war. Hauptsache, ich sterbe nicht. Ich muß endlich aufhören zu stöhnen, das ist nicht gut ... Er steckte den Kopf wieder zwischen die Kissen und schlief ein.

Der Rosenmund der aufgehenden Sonne erwärmte die taufrische Luft. London erwachte erneut zur Geschäftigkeit. Milchlieferanten und Gemüseverkäufer schoben lärmend ihre Karren durch die Straßen, Arbeiter hasteten, mit Pfeifen im Mund, in Gruppen zur Arbeit. Immer mehr Blumen im Garten hinter dem Haus öffneten ihre Blüten. Napoleon rannte in den Garten, um die Blumen zu beschnuppern und ein paar schläfrige Fliegen zu fangen.

Herr Ma schreckte von dem Straßenlärm auf. Ihm war immer noch schlecht, der Mund war furchtbar trocken, die Zunge schwerfällig wie ein frischbesohlter Schuh. Im Magen hatte er ein leeres Gefühl, und in der Brust schien etwas quer zu liegen, das ihn würgte. Der Speichel klebte ihm im Mund, er wußte nicht, wohin mit ihm. Die Beule an seiner Stirn war nicht mehr ganz so dick, aber sie schmerzte noch.

Sterben werde ich also nicht, aber auch so ist es nicht gerade schön . . .

Als ihm einfiel, daß er jetzt ein Kranker war, tröstete er sich ein wenig, denn mit einem Kranken mußte jeder Mitleid haben. Demnächst würde ihm vielleicht auch Li Zirong einen Besuch abstatten . . . Wenn Kinder unreife Äpfel aßen, wurden sie bestraft; aßen sie aber zuviel davon und wurden sie krank, dann war alles bestens, denn wer konnte sie nun noch bestrafen? Statt dessen wurden sie mit Bonbons beschenkt . . . Er war zwar kein Kind mehr, sondern ein Alter, aber ein kranker Alter, und der verdiente erst recht Mitleid! Richtig, er war krank . . . Sogleich begann er wieder zu stöhnen, und zwar melodisch.

Ma Wei wusch dem Vater Gesicht und Hände mit einem feuchten, warmen Handtuch und fragte ihn, ob er etwas essen wolle. Herr Ma schüttelte nur den Kopf. Er würde zwar nicht sterben, aber krank war er wirklich. Kann ein Kranker sprechen? Natürlich nicht.

Mrs. Winter hatte die abenteuerliche Geschichte von Mr. Ma bereits vernommen; sie fand sie lächerlich und ärgerlich zugleich. Als sie aber nach oben kam und seinen Zustand sah, regte sich ihr mütterliches Herz. Vor dem Bett stehend, fragte sie ihn, was er zu essen und zu trinken wünsche. Herr Ma schüttelte weiterhin den Kopf. Sie war ganz entschieden dafür, einen Arzt zu holen, daraufhin wurde sein Kopfschütteln sehr heftig. Nach dem Frühstück kam auch Miss Winter. Lachend sagte sie: »Ich glaube, Mr. Ma, Sie müssen heute noch mal einen trinken!«

Der ältere Herr Ma mußte lachen, doch dann fand er das unangemessen und sagte, absichtlich stöhnend: »Ach, Miss Mary, ich weiß gar nicht, wie ich Ihnen danken soll! Wenn ich wieder gesund bin, kaufe ich Ihnen einen schönen Hut!«

»In Ordnung, aber vergessen Sie das nicht!« entgegnete Mary und rannte davon.

Mrs. Winter brachte schließlich doch ein Frühstück, aber der ältere Herr Ma trank nur eine Schale Tee. Selbst der Tee reizte seine Eingeweide.

Ma Wei suchte Li Zirong auf und bat ihn, etwas früher in den Laden zu gehen. Mrs. Winter ging wieder hinunter an ihre Arbeit, das Hündchen Napoleon ließ sie zur Gesellschaft bei Herrn Ma. Napoleon sprang aufs Bett und beschnupperte den Kranken von Kopf bis Fuß. Dann schlürfte er heimlich die Milch aus, die Mr. Ma verschmäht hatte.

Als Ma Wei zurückkam und der Vater noch immer stöhnte, wollte er einen Arzt holen, aber Herr Ma war strikt dagegen.

»Wozu einen Arzt? Das Stöhnen hilft mir, da geht's mir gleich viel besser!«

Mrs. Winter brachte ein paar Rosen und eine Geranie und stellte sie in eine Vase neben das Bett. Herr Ma erfreute sich an dem Blumenduft, und während er weiterstöhnte, sagte er zu Napoleon: »Riech doch bloß mal, und sieh dir das an! Gibt es auf der Welt etwas Schöneres als Blumen? Warum sind Blumen nur so schön? Das weißt du natürlich nicht – ich aber auch nicht. Wenn sie blühen, duften sie stark, aber dann verwelken sie plötzlich, und es ist vorbei. So etwas Sinnloses! Den Menschen geht es ebenso, euch Hunden auch. Keiner weiß, wieso ... Ach, bloß nicht sterben ... Was meinst du, bleibe ich am Leben?«

Napoleons Augen fixierten den Würfelzucker auf dem Tablett, er leckte sich das Schnäuzchen, wagte sich aber nicht heran.

Abends kam Li Zirong und brachte dem älteren Herrn Ma Bananen und ein Körbchen Erdbeeren. Aus Angst vor Vorwürfen stöhnte der Alte in einem fort. Li Zirong sagte gar nichts, aber er tuschelte eine Weile mit Ma Wei im Arbeitszimmer.

Alexander, der ebenfalls von irgendwoher erfahren hatte, daß Mr. Ma krank war, brachte ihm quietschvergnügt eine Flasche Kognak.

»Mr. Ma, so ein Pech, daß Sie von dem bißchen gleich umgekippt sind! Hier ist noch 'ne Flasche für Sie!« Er stellte den Kognak auf das Tischchen und zündete sich eine Zigarre an. Binnen kurzem hatte er das ganze Zimmer vollgepafft.

»Ich hab gar nicht viel getrunken!« sagte Herr Ma und lächelte gezwungen. »Ich hab nur lange nichts mehr getrunken und war nicht mehr in Form. Beim nächsten Mal werden Sie sehen, wieviel ich vertragen kann!«

»Na ja, schließlich gibt's ja genug Polizisten auf der Straße«, sagte Alexander und fing an zu lachen.

Als Napoleon dieses Lachen hörte, kam er angerannt und beschnupperte Alexanders große Schuhe. Ihm in die Ferse zu beißen traute er sich nicht, obwohl er sich durchaus bewußt war, daß sich eine Kostprobe gelohnt hätte.

8

Die Veränderungen im Londoner Wetter waren nur geringfügig, aber dafür traten sie außerordentlich rasch ein. Sobald sich der Himmel eintrübte, trieb ein kühler Wind den Damen eine Gänsehaut auf die bloßen Arme, und die alten Herren und alten Damen begannen pünktlich und jahreszeitgemäß zu husten und sich der Reihe nach zu erkälten. Pastor Eden war, was Erkältungen betraf, noch nie aus der Reihe getanzt . . . Nach dem Besuch bei Mr. Ma setzte er sich für einen Moment im Park unter die Bäume. Als er so saß, spürte er ein Jucken in der Nase und anschließend ein Zittern, dann mußte er niesen. Er lief eilig nach Hause und legte sich schlafen. Mrs. Eden machte ihm eine heiße Zitrone und legte ihm die Wärmflasche ins Bett. Sein Niesen wurde immer lauter und heftiger, und wäre seine Nase nicht so stabil gewesen, so hätte er sie längst weggeniest.

Der Pastor widersprach seiner Frau nie. Höchstens wenn er krank und schlecht gelaunt war, wagte er mal einen ganzen oder einen halben Widerspruch. Er war schon einigermaßen mißgestimmt gewesen, als er gesehen hatte, wie Herr Ma gestürzt war. Daß er sich auf dem Heimweg nun auch noch erkältet hatte, steigerte seinen Zorn. So kam Zorn zu Zorn, und er geriet immer mehr außer sich.

Es war schwierig genug, einen chinesischen Glaubensbruder ins Land zu holen, weiß Gott – und nun pumpt Alexander ihn auch noch voll wie einen betrunkenen Kater! Unsereiner gibt sich Mühe, die Leute zum Glauben zu bekehren, und er macht alles wieder kaputt! Unsereiner lehrt die Leute die Bibel lesen, er aber trichtert den Leuten Schnaps ein . . . Hatschi! Hätte er den alten Ma nicht so betrunken gemacht, hätte ich mich auch nicht erkältet! Alles seine Schuld . . . Hatschi! Alexander ist schließlich ihr Bruder, also muß ich das vor allem ihr klarmachen . . . Er hätte ihn nicht betrunken machen dürfen, und sie hätte ihn gar nicht erst einladen dürfen, den Alexander! Das hat man nun davon . . . Hatschi! Ich muß ihr die Leviten lesen . . .

Bei diesem Gedanken wollte er schon die Decke abstreifen, nach unten gehen und ihr ordentlich Bescheid geben, als er aber nur ein wenig die Decke hob, reichte die kühle Luft schon, und er mußte wieder niesen. Also galt es, lieber etwas mehr Zurückhaltung an den Tag zu legen. Die Gesundheit war das Wichtigste. Morgen sehen wir weiter, dachte er. Ob er aber, wenn es ihm etwas besser ging, noch den Mut dazu hatte? Schwer zu sagen. Die Erfahrung zeigte, daß er bei Streitigkeiten mit ihr lediglich zwei-, dreimal einen Sieg davontragen konnte, und jedesmal war er krank gewesen. Sie pflegte dann zu sagen: »Laß gut sein, du hast ja recht, ich streite nicht mit einem Kranken.« Selbst wenn es von ihrer Seite nur eine vorgetäuschte Niederlage war, konnte er die Siegestrommel rühren. Von wegen nach der Krankheit darüber reden, nichts da! Diesmal würde er es ihr zeigen, und zwar richtig! Ihr? Ihrem Bruder? Gleich beiden! Ich kriege den alten Ma herum, daß er sich taufen läßt, und dein Bruder pumpt ihn mit Schnaps voll! Ich frage dich, was hast du dazu zu sagen? Außerdem wird Kate mir bestimmt beistehen. Paul, der immer zu seiner Mutter hält, ist ja nicht zu Hause ... Es lohnt sich zwar nicht, wegen des Alten einen Riesenstreit anzufangen, aber ein bißchen muß ich schon Krach schlagen, das bin ich dem lieben Gott schuldig ... Und was, wenn Ma Wei mich fragt? Die jungen Chinesen sind ja viel klüger als diese alten gelbgesichtigen Teufel. Abscheulich! Und was, wenn Mrs. Winter mich fragt? Ich muß mich schon ins Zeug legen! Außerdem konnte ich diesen elenden Alexander noch nie ausstehen ...

Mit den Füßen schob er die Wärmflasche ein wenig zurecht und legte die Fußsohlen daran, bis sie schön warm waren. Dann schloß er die Augen und schlief ein.

Mitten in der Nacht erwachte er, draußen regnete es. Verdammt, schon wieder! dachte er. Vom Fenster wehte mit einer frischen Brise Wohlgeruch herein, doch seine Nasenspitze wurde empfindlich kalt. Er zog den Kopf ein und wollte wieder an den Streit mit seiner Frau denken, dann aber schloß er rasch die Augen und sagte sich: Laß es lieber sein, je mehr du nachdenkst, um so weicher wirst du, und mit weichem Herzen kann man in dieser Welt nicht bestehen ... Der Hund des Nachbarn begann zu bellen. Was für ein Lärm! grollte der Pastor. Diese Welt ist doch nicht für Hunde da!

Am Morgen brachte Miss Kate das Frühstück. Pastor Eden wollte eigentlich nichts essen, als er aber die Eier und das Pökelfleisch roch, dachte er: Ach was, iß doch!

Und überdies, wer auf der ganzen Welt verstand so gut zu frühstücken wie die Engländer? Nicht frühstücken? Dann wäre man ja kein Engländer! Also iß, und zwar alles. Wenn du aufgegessen hast, bist du stark und kannst es mit allen aufnehmen . . .

Miss Eden kam und erkundigte sich, ob er satt sei. Er raffte sich auf und fragte: »Kate, wo ist deine Mutter?«

»In der Küche. Warum?« antwortete sie lachend und nahm das Tablett. Sie war noch ungekämmt, ihr Haar lag unordentlich auf dem schneeweißen Nacken.

»Ihr Bruder hat Mr. Ma betrunken gemacht!« Sein Blick irrte ziellos umher, denn er hatte seine Brille noch nicht aufgesetzt.

Miss Eden lächelte nur.

»Ich habe mich so angestrengt, ihn zu unserem Glauben zu bekehren, und jetzt hat Alexander alles zunichte gemacht!« Er schwieg und starrte sie an.

Sie lächelte wieder – das heißt, ihre Lippen bewegten sich nur leicht, aber sie sah ganz so aus, als wollte sie lächeln, und zwar auf sehr schöne Art.

»Hilfst du mir, Kate?«

Miss Eden stellte das Tablett ab, setzte sich zu ihrem Vater aufs Bett und streichelte sacht seine Hand.

»Ich helfe dir, Vater, ich helfe dir doch immer. Aber warum mußt du denn mit Mutter streiten? Sag es Onkel Alexander, wenn du ihn das nächste Mal triffst.«

»Er hört nicht auf mich – er lacht mich nur aus!« Pastor Eden wunderte sich selbst, wie es kam, daß er heute so entschieden sprach. »Das muß deine Mutter ihm sagen! Wenn ich nicht mit ihr schimpfe, ist sie nicht dazu bereit!« Als er das gesagt hatte, fragte er sich selbst, ob er heute nicht vielleicht doch ernstlich böse geworden war.

Als Miss Eden sah, wie der Vater die Nase hochreckte und seine Stirn zuckte, wußte sie, daß es ihm ernst war. Deshalb sagte sie bedächtig: »Werde erst mal gesund, Vater, danach reden wir weiter.«

»Ich kann aber nicht warten!« Wenn er erst wieder gesund war, hatte er keine Trümpfe mehr in der Hand.

Aber er wollte nicht, daß die Tochter dies merkte, daher setzte er schnell hinzu: »Ich habe keine Angst vor ihr. Ich bin der Familienvorstand, das hier ist mein Haus!«

»Ich rede mit Mutter. Du vertraust mir doch, nicht wahr, Vater?«

Pastor Eden sagte nichts, er wischte sich nur etwas Eigelb aus dem Mundwinkel. Sein Mund sah aus wie ein winziger, frisch geschlüpfter Spatz – wenn er nur etwas kleiner gewesen wäre.

»Möchtest du nicht noch eine Tasse Tee?« fragte Kate, als sie das Tablett wieder aufnahm.

»Ich hab genug. Geh und rede mit deiner Mutter, hast du gehört?« Pastor Eden wußte, daß seine Stimme ein wenig belegt klang, aber schließlich war er krank, da war das doch ganz natürlich. »Rede mit deiner Mutter!«

»In Ordnung, gleich.« Miss Eden nickte lächelnd und ging mit dem Tablett hinaus.

Also gut, sprich mit ihr – wenn nicht, werde ich es tun, du sollst mal sehen! So redete Pastor Eden sich in Wut, nachdem seine Tochter gegangen war. Oh, ich hab vergessen, Kate zu bitten, mir die Pfeife zu bringen ... Er beugte sich vor, konnte aber nicht sehen, wo die Pfeife lag. Ja richtig, ich muß ja noch die Zigarre haben, die Alexander mir gegeben hat. Alexander! Sobald ich an den denke, gerate ich in Rage ...

Nach dem Mittagessen, als Mutter und Tochter gerade Mr. Mas Malheur erörterten, kam Paul nach Hause. Er war Mitte zwanzig und noch größer als seine Mutter. Die feinen blonden Haare glänzten und waren ordentlich gescheitelt. Seine strahlenden braunen Augen blickten unruhig umher, ohne nach etwas Bestimmtem zu sehen. Hellblaue Jacke, Flanellhose mit weitem Schlag, um den weichen Kragen eine rot-gelb gestreifte Krawatte. Die Hände steckten in den Hosentaschen, als gehörten sie dorthin. Im Mund hielt er eine Pfeife, die jedoch längst erloschen war. Als er eintrat, zog er eine Hand aus der Tasche, nahm die Pfeife aus dem Mund und gab seiner Mutter und seiner Schwester einen geräuschvollen Kuß.

»Paul, was hast du denn die ganze Zeit gemacht?« Mrs. Edens vertrocknetes Gesicht schien ein wenig Farbe zu bekommen, als sie den Sohn wiedersah, und ihr Mund wollte lächeln.

»Immer dasselbe«, stieß Paul durch die Zähne. Er setzte sich, steckte die Pfeife wieder in den Mund und die Hand wieder in die Tasche.

Mrs. Eden war heiter gestimmt. Er war schon ein toller Kerl – je einfacher er sich ausdrückte, um so männlicher wirkte er. Was sollten junge Burschen, die ein paar Tage im Grünen gezeltet hatten, auch schon erzählen; es war ja wirklich immer dasselbe.

»Mutter, rede nachher bitte mit Vater darüber, er fühlt sich nicht wohl und ist in keiner guter Stimmung.« Kate wollte die Sache zum Abschluß bringen.

»Worum geht's?« fragte Paul seine ältere Schwester wie ein Richter.

»Mr. Ma hat viel zuviel getrunken«, antwortete Mrs. Eden.

»Und was hat das mit uns zu tun?« Auf Pauls Nase zeigten sich Falten.

»Ich hatte sie zum Essen eingeladen, und Mr. Ma ist mit Alexander zusammen weggegangen.« Mrs. Eden's Blick glitt über Kate hinweg.

»Sag Vater, er soll sie nicht mehr zu uns bitten. Sich aus Langeweile Chinesen ins Haus zu holen ist nicht gerade sehr schmeichelhaft!« Paul nahm ein Streichholz und entzündete es am Fingernagel.

»Aber Paul, so darfst du nicht reden! Wir sind doch wahre Christen, nicht so wie andere ... Dein Onkel hat mit Mr. Ma ein bißchen getrunken ...«

»Waren beide voll?«

»Alexander nicht, aber Mr. Ma ist auf der Straße umgekippt.«

»Alexander verträgt 'ne Menge, das weiß ich, der Mann ist in Ordnung, ich mag ihn!« Paul nahm die

Pfeife aus dem Mund (sie war schon wieder ausgegangen), hielt sie sich unter die Nase und roch daran. Dann wandte er sich an seine Schwester: »Hältst du wieder mal zu den Chinesen? Laß sie bloß links liegen! Weißt du noch, wie wir ihnen, als wir noch klein waren, Schlammkugeln an den Kopf geworfen haben, und wie sie geschrien haben?«

»Ich kann mich nicht erinnern«, antwortete Kate kühl.

In diesem Moment öffnete sich unerwartet die Tür, und Pastor Eden erschien in einem langen Morgenmantel. Er sah aus wie ein Geist, aber nicht wie ein furchteinflößender.

»Geh sofort nach oben! Ich erlaube nicht, daß du herunterkommst, wo es dir gerade ein bißchen besser geht!« sagte Mrs. Eden und hielt ihn auf.

Pastor Eden blickte kurz zu seinem Sohn.

»Hallo, alter Freund! Hast du dich wieder mal erkältet? Leg dich schnell ins Bett. Komm, ich trag dich hoch«, sagte Paul, legte die Pfeife hin und bugsierte den Vater schlecht und recht wieder nach oben.

Pastor Eden war ohnehin schon wütend gewesen, und nun, da der Sohn ihn nach oben schleppte, wurde sein Unmut nur noch größer. Im Bett rauchte er wütend Alexanders Zigarre zu Ende und fluchte auf den Spender.

9

Wenn das städtische Leben so hoch entwickelt ist wie in England, wird die Zeit in Gold aufgewogen. Eine Viertelstunde nutzlos zu verschwenden, das bedeutet soviel, wie einen *kuai* zu verlieren. Nur Leute, die über Geld in Hülle und Fülle verfügten, konnten es sich leisten, beliebig viel Zeit zu vergeuden – beim Tanzen, im Theater, beim Essen mit Gästen, beim Schwatzen, Gerüchteverbreiten, Jagen, Schwimmen oder auf dem Krankenbett. Der Alltag der gewöhnlichen Leute richtete sich streng nach Zeit und Stunde; im Hintergrund dieser außerordentlich beschäftigten, chaotischen, lärmenden Gesellschaft stand immer ein kleines, unbarmherziges, regelmäßiges Ding – die Uhr. Die Beziehungen der Menschen untereinander waren durch die »Ökonomie der Zeit« stark eingeschränkt, so daß unter zivilisierten Leuten der telefonische und postalische Verkehr zu einem außerordentlich geschätzten Mittel der Kontaktpflege avancierte. Wenn Frau Schwarz Frau Weiß zum Tode ihres Mannes kondolieren wollte, schrieb sie ihr einen Beileidsbrief, und damit hatte es sich – sie war eben beschäftigt. Um sich zu bedanken, rief Frau Weiß besagte Frau Schwarz dann an, denn beschäftigt war auch sie.

Der ältere Herr Ma staunte immer wieder aufs neue – der Briefträger kam täglich vier- bis fünfmal, und fast immer klopfte er an jede Tür. Wo kamen bloß die vielen Briefe her? Mrs. Winter saß fast jeden Abend mit gefurchter Stirn, den Füllfederhalter in der Hand am Tisch und schrieb Briefe. Wem übersandte sie diese, was gab es mitzuteilen? Er hegte ein wenig Mißtrauen, aber auch ein wenig Eifersucht, denn mit den gefurchten Brauen, dem Federhalter in der Hand, sah sie sehr gut aus, und – soviel stand fest – an ihn schrieb sie nicht! Diese ausländischen Frauenzimmer hatten wahrscheinlich alle nebenbei noch einen Galan! Der ältere Herr Ma hätte selbst nicht sagen können, ob er in Liebe zu ihr entbrannt war oder nicht, doch wenn er sah, wie sie anderen Leuten Briefe schrieb, wurmte ihn das. Das war schon komisch . . .

Mrs. Winters Verbrauch an Briefmarken war, seitdem die beiden Mas bei ihr wohnten, in der Tat enorm gestiegen. In ihrem Haus wohnten zwei Chinesen, da konnte sie Verwandte und Freunde schlecht zum Tee und zum Essen einladen – sollten sie vielleicht mit den beiden Untermietern zusammen speisen? Die Gäste neben zwei Chinesen zu plazieren hieße doch, sie zu beleidigen. Sollte sie die beiden Mas getrennt essen lassen? Das wiederum wäre zu umständlich gewesen. Natürlich war es den beiden gleichgültig, wo sie speisten, aber warum sollte sie sich diese Mühe aufbürden? Dann schrieb sie schon lieber Briefe, das ersparte Arbeit und erhielt die Freundschaft. Außerdem hatte sie ja, nachdem die Mas bei ihr eingezogen waren, zweimal Gäste eingeladen, aber die Leute waren nicht erschienen. Zwischen den Zeilen ihrer Absagen hatte sie gelesen: Meinst du etwa, daß wir beim Speisen mit zwei Chinesen zusammen sein wollen? Natürlich hatten sie es nicht so deutlich, so unhöflich formuliert, aber sie hatte es herausgelesen, sie war ja kein Dummkopf; deshalb dachte sie auch bei fast jedem Brief, den sie schrieb, daß Mary im Grunde recht hatte – sie hätte nicht an Chinesen vermieten sollen! Mary allerdings war in keiner Weise davon betroffen; ihre Freunde besuchten sie täglich und luden sie zum Ausgehen ein. Nur mich, sagte Mrs. Winter zu sich selbst, nur mich trifft es hart. Seit ich niemanden mehr einlade, kann ich auch keine Einladung mehr annehmen, und so habe ich gar keine Kontakte mehr. Mein Vergnügen habe ich den beiden Chinesen geopfert ... Unwillkürlich rollten zwei kleine runde Tränen ihre Wangen herab. Aber sollte sie die beiden hinauswerfen? So schlecht waren sie nun auch wieder nicht, und außerdem bezahlten sie mehr Miete als andere. Da war nichts zu machen, sie mußte schreiben, mit gerunzelter Stirn schreiben ...

Noch vor dem Frühstück ging Mary, sich die kurzen Haare ordnend, nachschauen, ob schon Post gekommen war. Zwei Briefe waren da – einer mit der Gasrechnung, der andere vom Lande.

»Ma, Tante Dorey hat geschrieben – sieh doch nur das kleine Kuvert!«

Da Mrs. Winter gerade das Frühstück zubereitete und keine Hand frei hatte, ließ sie sich den Brief von Mary vorlesen. Mary öffnete ihn mit einem Messerchen und las:

»Meine Liebe!

Vielen Dank für Deinen Brief. Mich hat mal wieder die Krankheit gepackt, ich kann nicht nach London kommen, entschuldige bitte! Stimmt es, daß bei Euch zwei Chinesen wohnen?

Deine gute Freundin Dorey.«

Mary warf den Brief auf den Tisch und stieß einen Seufzer aus: »Da hast du's, Ma, sie kommt nicht! ›Bei Euch wohnen zwei Chinesen‹ – begreifst du, Ma?«

»Ob sie nun kommt oder nicht, in die Ferien fahren wir auf jeden Fall!« Und da sie dabei die Eier so heftig in die Pfanne schlug, daß ihr das Öl aufs Handgelenk spritzte, setzte sie ein »verdammt!« hinzu.

Als das Frühstück fertig war, stellte sie den Teller für Mr. Ma aufs Tablett, um ihn nach oben zu bringen. Mas Rausch war zwar längst verflogen, und auch die Verletzung an der Stirn war verheilt, aber die Auswirkungen waren nachhaltig – er stand morgens nicht vor elf Uhr auf, und das Frühstück nahm er nur noch im Bett ein.

Als sie mit dem Tablett aus der Küchentür trat, kehrte Napoleon gerade von seinem Gartenausflug zurück. Er stürmte unvermittelt auf sie zu – sie stolperte, setzte sich auf die Türschwelle, das Tablett geriet aus der Balance in die schräge Seitenlage und bums . . . Die Eier klebten auf dem Teppich, das Brot landete auf Napoleons Nase. Das Hündchen schnupperte und begriff, daß etwas schiefgelaufen war; es klemmte den Schwanz ein und lief augenrollend wieder in den Garten.

»Ma, was ist denn passiert?« Mary half der Mutter hoch, stützte sie und wiederholte: »Was ist passiert?«

Mrs. Winter war bleich geworden, nun lief sie rot an. Auf ihrer kleinen Nasenspitze zeigten sich Schweißperlen, ihre Lippen zitterten noch heftiger als ihre Hände. Sie brachte kein Wort heraus und starrte nur reglos auf die Bescherung.

Auch Mary war bleich, sie führte die Mutter zu einem Stuhl und sammelte rasch die Sachen auf. Teller und Tassen waren zum Glück nicht entzweigegangen, nur vom Deckel des Milchkännchens war eine Hälfte abgebrochen.

»Wie ist denn das passiert?«

Mrs. Winter errötete noch tiefer, sie schien sich an alle Kümmernisse ihres Lebens zu erinnern. Die Lippen zitterten und bebten, bis plötzlich aller Kummer aus ihr herausbrach: »Mary, ich kann nicht mehr, ich hab's satt! Dieses Leben halte ich nicht mehr aus. Geld, Geld, Geld – immer geht es nur ums Geld! Wegen des Geldes hat sich dein Vater zu Tode geschuftet, und wegen des Geldes arbeite auch ich und quäle mich ab. Jetzt bediene ich auch noch zwei Chinesen, und meine Verwandten und Freunde verachten mich deshalb. Geld, immer nur Geld! Könnten sich die klugen Leute dieser Welt nicht mal etwas anderes ausdenken? Könnten sie sich nicht etwas einfallen lassen, um das Geld abzuschaffen? Das soll ein Leben sein? Ohne jede Freude? – es sei denn, man hat Geld!«

Als Mrs. Winter sich erleichtert hatte, fühlte sie sich wohler, doch ihre Tränen rannen in Strömen. Auch Mary war dem Weinen nahe, sie wußte nicht, was sie sagen sollte. Mit einem kleinen Taschentuch wischte sie der Mutter die Tränen ab.

»Ma, wenn du die beiden nicht bedienen willst, dann schick sie doch weg!«

»Und das Geld?«

»Andere Leute zahlen auch ihre Miete, Ma!«

»Immer geht's ums Geld!«

Mary verstand nicht, was die Mutter meinte. Die sagte lange nichts. Schließlich erhob sie sich langsam.

»Mary, frühstücke schon, ich seh mal nach Napoleon.«

»Ma, nun sag doch mal, weswegen du eigentlich hingefallen bist?«

»Napoleon hat sich plötzlich auf mich gestürzt, ich hatte ihn nicht gesehen.«

Mary rief Ma Wei zum Frühstück. Als dieser Marys Miene sah, sprach er sie gar nicht erst an. Er brachte seinem Vater das Frühstück hoch (das Mary neu zubereitet hatte) und verzehrte dann schweigend das seine.

Nach dem Frühstück ging Mary in den Hinterhof zu ihrer Mutter. Mrs. Winter stand mit Napoleon auf dem

Arm neben dem Rosenbeet. Die Sonne umspielte alle Blumen mit einem hellen Licht, ein kleines Lüftchen ließ die Blüten und Blätter erzittern, die Luft ringsum war klar und frisch wie selten. Der Löwenzahn an der Mauer hatte viele »Weißköpfe« bekommen, die im Winde tanzten. Napoleon beobachtete aus einem Auge seine Herrin, mit dem anderen schielte er auf die weißköpfigen Pusteblumen. Beschämt wagte er keinen Mucks.

»Ma, geht's dir besser?«

»Ja, ja. Geh ruhig, es ist doch schon spät, nicht wahr?« Mrs. Winters Gesicht war nicht mehr so rot, wirkte aber ausgedörrt und traurig. Selbst Napoleon schien Tränen in den Augen zu haben; er wedelte leicht mit dem Schwanz, als er Mary sah.

Mit einem Blick auf die Mutter wandte sich Mary an das Hündchen: »Napoleon, hast du dich auch bei Ma entschuldigt, hm? Du Frechdachs hast Ma umgerannt, stimmt's?«

Mrs. Winter lächelte und sagte: »Mary, du mußt zur Arbeit, es ist spät!«

»Auf Wiedersehen, Mama! Auf Wiedersehen, Napoleon. Ma, du mußt jetzt aber frühstücken!«

Als Napoleon seine Herrin lächeln sah, bellte er versuchsweise zweimal kurz, um sich von Mary zu verabschieden.

10

Als Mary gegangen war, lief Mrs. Winter mit Napoleon im Arm in die Küche und machte sich noch mal einen Tee und ein Ei. Vom Tee trank sie eine Tasse, aber von dem Ei brachte sie nur einen Happen hinunter, den Rest gab sie Napoleon. Sie wollte aufräumen, hatte aber keine Lust, sich zu erheben. Bei einem Blick nach draußen stellte sie fest, daß die Sonne noch immer strahlend schien. »Wollen wir im Park spazierengehen?« Als Napoleon etwas vom Spazierengehen hörte, richteten sich seine kleinen Ohren steil auf, und der Speichel troff ihm aus der Schnauze. Mrs. Winter zog sich um, putzte sich die Schuhe und setzte sich den Hut auf. Sie hatte zwar Sorgen, aber ihre englische Eitelkeit war stärker. Auszugehen, ohne sich vorher zurechtzumachen, das war ein Unding. Wie ihr in Wirklichkeit zumute war, spielte keine Rolle. Außerdem war sie ja eine Dame! Mehr noch – der Gipfel der Schönheit! Ohne Putz und Schmuck ging es nicht. Diese jungen Dinger, Mary inbegriffen, hatten ja alle keine Ahnung, was Schönheit hieß! Sie zeigten unter ihren kurzen Röcken die Beine, und ihre Hüte sahen aus wie Eierschalen. Aber es lohnte nicht, darüber zu reden, die Zeiten hatten sich geändert, da war nichts zu machen. Wenn sie selbst noch jung gewesen wäre, müßte sie jetzt auch kurze Röcke tragen und kleine Hüte! Es war eben so, daß die Männer immer das liebten, was die Frauen trugen. Die Männer! Ihr wäre viel wohler gewesen, wenn sie ihre Sorgen einem Mann erzählen könnte. Dem alten Ma? Puh, diesem alten Chinesen! Ob er schon aufgestanden war? Sollte sie mal nach ihm schauen? Ach was, sollte er doch machen, was er wollte ... »Napoleon, komm her, Frauchen kämmt dir das Fell ... Wo hast du dich bloß rumgedrückt, daß du so schmutzig bist?« Napoleon streckte die Zunge heraus und ließ sich striegeln. Er schubberte sich mit der rechten Pfote am Nacken, als sei dort eine Laus, aber genau wußte er es auch nicht, ob da wirklich eine war.

Draußen nahm sie den Bus und fuhr für einen Penny bis zum Regents Park. Sie setzte sich nach oben, wo ihr der warme Wind um die Ohren blies. Sie atmete tief durch. Napoleon drückte sich ans Geländer und reckte den Kopf vor, um etwas von den großen grünen Weidenblättern zu erhaschen. Da der Bus schnell fuhr, gelang es ihm nicht, zuzuschnappen.

Die Blumenbeete im Park standen in voller Blüte. Da gab es dunkelrote Hortensien, hellblaue Glockenblumen und eine Unmenge kleiner Blümchen; wer weiß, wie sie hießen. Sie alle schienen der Sonne zuzulächeln. Ein Hügel stand voller Chrysanthemen, sie hatten lange zarte Stiele und große runde Blütenblätter, manche einfach, andere gefüllt, einige ganz weiß, andere entengelb. Sie alle schienen die Lippen zu spitzen und zu rufen: »Wir sind die Künder der Natur! Wir sind die Seele des Sommers!« Die Bäume zu beiden Seiten bewegten leicht die Blätter, sie warfen ständig wechselnde Muster auf den Sandweg. Auch auf den bloßen weißen Armen der Mädchen, die unter den Bäumen auf den Bänken saßen, bildeten die Schatten grüne und gelbe Muster.

Mrs. Winter nahm auf einer leeren Bank Platz und setzte Napoleon auf die Erde. Sie genoß den Duft der Blumen, beobachtete die Sonnenstrahlen zwischen den Blättern und fühlte sich um vieles wohler. Ihr Kopf schien mal klar, mal wieder verwirrt zu sein, ihr fielen so viele Dinge ein ... Als der Wind ihren Rock hob und die Sonne auf ihre Beine traf, spürte sie eine Wärme, als juckte es sie am ganzen Körper. Schnell zog sie den Rock zurecht und errötete. Es war zwanzig Jahre her, seitdem sie mit ihrem Mann hier gesessen hatte. Und als sie von weitem auch noch die Löwen brüllen hörte, fiel ihr ein, daß sie auch seit langem nicht mehr im Zoo gewesen war ... Als Mary noch klein war, sind wir oft in den Zoo gegangen, dachte sie. Er mit ihr vorneweg, ich hinterher. Und immer hatten wir etwas Proviant dabei und sind die Löwen füttern gegangen. Wie glücklich wir damals waren! Bestimmt haben die Blumen damals noch schöner geduftet. Ist das der Lauf des Lebens? Welch grausame Veränderungen ... Immer wird alles schlechter. Wer hätte damals gedacht, daß ich einmal zwei Chinesen bedienen würde! Niemand, nicht mal im Traum ...

Ich sollte nach Hause gehen, Phantastereien bringen nichts ein. Leben will schließlich jeder ... Bin ich alt geworden? Nein! Frauen, die genug Geld haben, sehen noch mit fünfzig wie Blumen aus. Mary, ja, die denkt an so was nicht. Wenn sie mal heiratet, bleibe ich allein zurück, dann wird es noch einsamer ... Die Vögel zwitscherten von den Bäumen: Einsamer, einsamer ...

Ich sollte nach Hause gehen und nach dem alten Ma sehen ... Warum komme ich bloß dauernd auf ihn? Was für komische Beziehungen zwischen Mann und Frau! Er ist immerhin Chinese, man würde nur über uns lachen ... Aber warum sollte man sich um das Gerede anderer Leute kümmern ...?

Ein Sperling streifte im Vorüberfliegen ihre Hutkrempe. Armer Sperling, den ganzen Tag auf Nahrungssuche ...

Wo war der Hund?

»Napoleon!« Sie stand auf, blickte nach allen Seiten, aber das Hündchen war nicht zu sehen.

Sie wandte sich an einen Jungen, der Vogelbeeren in einen kleinen Krug sammelte. »Hast du Napoleon gesehen?«

»Napoleon? Den Franzosen?« fragte der Junge mit offenem Munde und blickte sie mit seinen kleinen braunen Augen treuherzig an.

»Nein, mein Hündchen«, antwortete sie lachend.

Der Junge schüttelte den Kopf und hockte sich wieder hin: »Oh, hier liegt aber eine große!«

Aufgeregt lief Mrs. Winter weiter in den Park hinein, sie suchte überall, zwischen den Blumen, hinter den Bäumen, doch vergebens. Nun wurde sie wirklich nervös und vergaß alles andere. Sie lief bis zum zweiten Eingangstor, suchte beide Ufer des kleinen Flusses ab, aber von Napoleon keine Spur. Auf dem Fluß ruderten junge Leute in zwei Booten. Als sie ihren Hut erblickten, brachen sie in Lachen aus. Mrs. Winter kümmerte sich nicht darum, sondern blickte weiter am Ufer entlang in die Ferne – keine Spur von Napoleon. Sie war nahe daran, in Tränen auszubrechen, die Beine versagten ihr den Dienst, sie ließ sich einfach auf der Wiese nieder.

Die jungen Leute lachten immer noch. Sie lachen, dachte sie, keiner hat Mitleid mit dir. Aber wie die aussehen, sie haben ja kaum etwas an! Wo ist Napoleon ...? Unter einer kleinen Brücke schwammen zwei Schwäne mit ihren Jungen. Als sie unter einer Trauerweide vorüberzogen, zerstörten sie das Schattenbild der Brücke mit den Wellen, die sie verursachten. Jenseits der Brücke stand ein Polizist, glücklich und zufrieden wie eine Bronzestatue. Den werd ich fragen, dachte Mrs. Winter. Gerade als sie aufstehen wollte, rief hinter ihr jemand ihren Namen.

Es war Ma Wei mit Napoleon im Arm.

»Oh, Ma Wei! Sie sind es. Wo haben Sie ihn denn gefunden?« Hastig nahm sie den Hund und küßte ihn mehrmals. »Wie kommt es, daß Sie hier spazierengehen? Setzen Sie sich doch, ruhen Sie sich ein bißchen aus, dann gehen wir zusammen nach Hause.« Vor Freude vergaß sie alles andere, sogar, daß Ma Wei Chinese war.

»Ich hab dort drüben Kindern beim Angeln zugeschaut«, sagte Ma Wei und zeigte nach Westen, »als plötzlich etwas an meine Beine stieß. Als ich nachsah, war er es!«

»Du Bösewicht, du böses Schätzchen! Hast Frauchen aber in Aufregung versetzt! Bedank dich ganz schnell bei Ma Wei.«

Napoleon bellte zweimal kurz in Ma Weis Richtung.

Als Mrs. Winter nun mit dem Hund im Arm nochmals den Fluß betrachtete, fand sie alles sehr schön. Wie gesund diese jungen Leute aussehen, dachte sie, und die kleinen Schwäne, wie niedlich sie sind!

»Ma Wei, möchten Sie nicht auch mal rudern?«

Ma Wei schüttelte den Kopf.

»Rudern ist ein sehr guter Sport, Ma Wei. Können Sie schwimmen?«

»Ein bißchen«, antwortete Ma Wei lächelnd, setzte sich neben sie und betrachtete das ölig dahinfließende Wasser, das sich, die Schwäne tragend, gemächlich hin und her bewegte.

»Ma Wei, Sie sind schmaler geworden.«

»Da haben Sie recht, der Vater ... Sie verstehen schon ...«

»Ich verstehe«, entgegnete Mrs. Winter nickend. Sie brachte Ma Wei, diesem Chinesen, tatsächlich ein wenig Mitgefühl entgegen.

»Der Vater ... ach, es ist schon ...« Ma Wei wollte mehr sagen, tat es aber nicht, sondern schüttelte nur den Kopf.

»Sie haben sich noch nicht entschieden, wohin Sie in die Sommerfrische fahren wollen?«

»Noch nicht. Ich selbst möchte ...« Ma Wei hielt wieder inne; in Gedanken sagte er: Ich liebe deine Tochter, weißt du das?

In diesem Augenblick kam der Junge, der die Beeren gesammelt hatte. Als er sie mit dem Hündchen im Arme erblickte, wischte er sich mit der Hand den Schweiß ab und fragte: »Ist das Ihr Napoleon, Miss?«

Als Mrs. Winter hörte, daß der Junge sie »Miss« nannte, mußte sie lachen. »He, Miss, wie kannst du dich denn mit einem Chinesen hierher setzen?«

»Mit ihm? Er hat mir meinen Hund wiedergebracht!« antwortete Mrs. Winter, noch immer lächelnd.

»Hm«, stieß der Junge hervor, sagte aber nichts weiter, sondern rannte unter die Bäume; dort suchte er sich einen starken Ast und wollte gerade daran schaukeln, als er plötzlich den Polizisten an der Brücke stehen sah. Nun traute er sich nicht, ließ den Ast los, nahm seinen Krug und rannte davon.

»So sind Kinder nun mal, Ma Wei. Sie dürfen nichts drauf geben!«

»Nein«, antwortete Ma Wei.

Ich jedenfalls habe nichts gegen Chinesen, lag ihr auf der Zunge, solange ihr euch gut benehmt. Lacht ihr anderen nur die Chinesen aus, ich halte zu ihnen ... So dachte Mrs. Winter, deren alte Charakterschwäche wieder durchgebrochen war. Dabei beobachtete sie die weißen Schwäne auf dem Fluß.

»Nächste Woche beginnt Marys Urlaub, da fahren wir für ein paar Tage weg. Wird es gehen, daß Sie außerhalb essen?«

»Oh, natürlich! Fährt Mary mit Ihnen, Mrs. Winter?« fragte Ma Wei und rupfte ein Büschel Gras aus.

»Ja, sie fährt mit. Ich wollte eigentlich jemanden bitten, in dieser Zeit für Sie zu kochen ...«

»Aber Sie haben niemanden gefunden, der für Chinesen kocht, stimmt's?« sagte Ma Wei lächelnd.

Mrs. Winter nickte, war aber zutiefst erstaunt, daß Ma Wei das erraten hatte. Nach Auffassung der Engländer waren alle Ausländer dumm, ausgenommen höchstens die Franzosen, die manchmal sogar noch um einen Deut klüger waren als die Engländer. Einzig und allein die Engländer waren zum Denken befähigt, und nur sie begriffen ihre eigenen Gedanken. Daß andere Leute die Engländer durchschauen können, war nicht nur seltsam, sondern höchst seltsam.

»Ma Wei, ist mein Hut schöner oder der von Mary?« Sie versuchte, den Schönheitssinn der Chinesen von der Psyche her zu ergründen, falls Chinesen einen solchen Sinn überhaupt hatten.

»Ich finde beide schön.«

»Das ist keine Antwort auf meine Frage.«

»Ihrer ist schöner.«

»Und zu Mary sagen Sie, daß ihrer schöner sei, ja?«

»Wirklich, Mrs. Winter, Ihr Hut sieht sehr gut aus. Das sagt auch mein Vater.«

»Oh!« Mrs. Winter nahm den Hut ab und betupfte ihn mit einem Taschentuch.

»Ich muß jetzt gehen«, sagte Ma Wei mit einem Blick zur Uhr. »Miss Eden kommt heute zum Unterricht zu mir. Kommen Sie nicht mit, Mrs. Winter?«

»Gut, gehen wir gemeinsam«, sagte Mrs. Winter und setzte insgeheim hinzu: Soll doch über mich lachen, wer will, ich kümmere mich nicht darum! Jetzt gehe ich erst recht mit einem Chinesen durch die Straßen!

11

Ma Wei ging in letzter Zeit öfter mit einem Buch in den Regents Park. Er suchte sich einen ruhigen, menschenleeren Platz aus, setzte sich hin, schlug das Buch auf – las aber nicht unbedingt. Manchmal versuchte er ein paar Zeilen zu lesen, mit hochgezogenen Brauen und am Daumen kauend, dann wieder blätterte er in dem Buch herum, mal von vorn, mal von hinten. Vom vielen Lesen tanzten schon Sterne vor seinen Augen, aber er wußte trotzdem nicht, was er gelesen hatte. Er legte das Buch ins Gras und schlug sich wütend an den Kopf: Was machst du eigentlich hier? Wolltest du nicht lesen? Er beschimpfte sich als Nichtsnutz, aber selbst Schläge halfen nichts; in seinen Kopf wollte nichts hinein.

Nicht nur mit dem Lesen erging es ihm so, mit dem Essen war es ähnlich. Nichts schmeckte ihm mehr, selbst der Tee nicht. Am liebsten hätte er gar keinen Menschen mehr gesehen. Was war der Grund? Sie! Nur wenn er sie sah, fühlte er sich wohl. Nannte man das Liebe? Auf seinen Backenknochen zeigten sich zwei kleine rote Flekken, die heftig brannten. Wenn bloß der Vater das nicht mitbekam, und auch nicht ... Ach, niemand durfte das wissen, nicht mal Li Zirong! Diese verdammten roten Flecken im Gesicht, die ewig brannten; Li Zirong hatte sie bestimmt längst bemerkt ...

Er sah Mary täglich beim Frühstück und dann erst wieder beim Abendbrot. Aber wie viele Stunden lagen zwischen Frühstück und Abendbrot! Eins, zwei, drei, vier ... Endlos, endlos! Manchmal ging er vor dem Abendbrot ein wenig vor die Haustür, um sie zu erwarten. Aber hatte das einen Sinn? Sie nickte ihm zu, lachte auch manchmal, aber oft tat sie nicht mal das. Es war sinnlos, vor der Haustür auf sie zu warten. Sollte er sie mal in ihrem Laden aufsuchen? Das ging nicht. Er könnte draußen auf der Straße eine Runde drehen, vielleicht begegnete er ihr ... Wenn er sie mal um die Mittagszeit treffen würde, könnte er sie zum Essen einladen. Er wußte natürlich genau, daß sie im Laden zu tun hatte. Es war sinnlos, darauf zu hoffen, ihr auf der Straße zu begegnen, aber es konnte ja mal eintreten ... Er wartete ein Weilchen, blickte in die Autos, in die Läden, überallhin, es konnte ja sein, daß sie in irgendeinem Auto saß, und dann würde er förmlich hinter ihr herfliegen ... Er erschrak: Da war sie, doch als er genauer hinsah ... Zuweilen lief er in der Menge hinter einem Mädchen her, zwängte sich vor und nahm sich nicht einmal die Zeit, sich bei den alten Damen, denen er auf die Fußspitzen getreten hatte, zu entschuldigen. Als er endlich herankam, stellte er fest: Sie war es wieder nicht. Hut und Kleidung stimmten, aber das Gesicht war nicht so alabastern wie das ihre. Furchtbar, wie konnte jemand das gleiche Kleid tragen! Er ging weiter, sah sich noch einmal um ... Während er sich daran erinnerte, spürte er im Herzen einen Stich, und die roten Flecken im Gesicht brannten, daß man sich die Hand versengen konnte ...

Und was tat er, wenn es regnete? Dann ging er hinaus. Es konnte ja sein, daß sie wegen des Regens eher Feierabend machte. Ma Wei, bei dir stimmt's wohl nicht mehr! dachte er. Wo gibt's denn so was, daß man wegen Regen früher Feierabend macht! Egal, ich kann hier sowieso nicht mehr rumsitzen, ich gehe. Er nahm nicht mal einen Schirm; er haßte Schirme, weil sie die Gesichter verdeckten. So weichte er völlig durch, der Regen troff von seinem Hut, und zu einer Begegnung kam es natürlich nicht!

Einmal aber hatte er sie wirklich getroffen – sie war es wirklich, sie lief auf der anderen Straßenseite. Sein Herz schlug schneller. Ich müßte sie einholen! Aber was soll ich ihr sagen? Sie zum Essen einladen? Es war schon drei, natürlich hatte sie längst zu Mittag gegessen, und für einen Tee war es noch zu früh ... Wenn sie nun aber etwas Eiliges vorhat, und ich halte sie auf, wäre das nicht ... Und wenn sie mich gar nicht beachtet und mich die Leute auf der Straße anstarren? Wenn sie so böse wird, daß sie mich danach überhaupt nicht mehr ansieht? Als er sie fast eingeholt hatte, verließ ihn der Mut. Er blieb stehen und mußte mit ansehen, wie sie davonlief. Wäre nicht die belebte Straße gewesen, hätte er losgeheult. Wie kann man nur so wenig Mut, so wenig Entschlußkraft besitzen! Er kam sich innerlich wie ausgehöhlt vor und wußte selbst nicht, was er tun sollte – sich hassen, sich ohrfeigen, sich bedauern? All das hing nicht von ihm ab, nur von ihr! Sie hielt sein Herz in den Händen. Eine passive Möglichkeit bestand darin, sie einfach links liegenzulassen, sie einfach nicht mehr zu beachten. Es gab doch genügend junge Mädchen auf der Welt, warum sollte ich mich nur in sie verlieben können! Jeden Sonnabend schminkt sie sich die Lippen so rot, so häßlich. Sie ist Engländerin, wozu soll ich eine Ausländerin lieben? Irgendwann werde ich nach China zurückkehren, würde sie etwa mit mir kommen? Natürlich nicht! Also Schluß, ich weise sie weit von mir, in die himmlischen Gefilde ...! Da, sie kommt wieder zurück ... Nein, nicht sie, es ist ihr Schatten ... Die sich ständig bewegenden Grübchen, die zitternden Lippen, der stets auf die Unterlippe beißende kleine weiße Zahn, die wirren blonden Haare wie eine Frühlingswelle im Sonnenlicht. Und ihr zarter weißer Nacken, der immer so natürlich und schön aussieht, ob gestreckt oder gebeugt. Es gab nichts Süßeres, als das Wort »Mary« auszusprechen und an sie zu denken ...

Wenn ich sie wenigstens einmal umarmen könnte, ich gäbe mein Leben dafür! Einmal war ich mit ihr im Kino, hab im Schatten der Dunkelheit ihre Hand berührt. Wie wunderschön weich sie war! Sie schien es nicht übelzunehmen – vielleicht macht es Ausländerinnen generell nichts aus, wenn man ihre Hand berührt ... Sie hat meinen Vater gerettet, bestimmt hat sie auch etwas im Sinn mit mir, ein bißchen wenigstens. Wenn nicht, hätte sie mir bestimmt nicht erlaubt, ihre Hand zu berühren, und sie hätte bestimmt meinen Vater nicht gerettet! Also immer mit der Ruhe, es gibt vielleicht doch noch Hoffnung. Dieser Washington! Der berührt nicht nur ihre Hand, sondern bestimmt auch ... Ich hasse ihn! Wenn sie eine Chinesin wäre, würde ich ihr deutlich erklären: »Ich liebe dich!« Aber, aber – Chinesinnen gegenüber hast du also Mut? Ma Wei, Ma Wei! Du bist ein Trottel, mit dir ist nichts los! Du darfst nicht mehr an sie denken. Studiere lieber ordentlich. Der Vater taugt zu nichts, ich tauge erst recht zu nichts, wohin soll das führen? Was auch passiert, wenn mir jetzt einer zu meiner Liebe verhelfen könnte, ich täte alles ...

Vor seinen Augen plätscherte der Fluß dahin, flogen die Vögel, wiegten sich die Blumen im Wind. Vielleicht waren Fluß, Vögel, Blumen schöner als sie, aber sie war ein Mensch aus Fleisch und Blut. Mensch blieb Mensch, und Liebe war etwas, was psychisch vielleicht nicht zu begreifen war, was aber physisch entweder als große Freude oder als großer Schmerz empfunden wurde. Unterdrücken konnte man es jedenfalls nicht.

Und Miss Eden? Ach, sie kommt ja heute, um mich zu unterrichten. O je, aber es muß ja sein ...

Mrs. Winter ging mit Napoleon auf dem Arm voran, Ma Wei folgte ihr. Gemeinsam gingen sie nach Hause.

Als sie eintrafen, stand Miss Eden schon vor der Tür. Sie trug einen hellblauen Strohhut, dessen Krempe ein Blumensträußchen aus zartrosa Seide zierte, dazu eine blaue Bluse und einen maisgelben Seidenrock. So stand sie mit schräggeneigtem Kopf auf den Stufen und betrachtete in aller Ruhe ihr Schattenbild.

Auch sie sieht gut aus, dachte er.

»Ah, Miss Eden, wie geht es Ihnen? Kommen Sie doch herein«, sagte Mrs. Winter und schüttelte ihr die Hand.

»Entschuldigung, wartest du schon lange?« fragte Ma Wei und gab ihr ebenfalls die Hand.

»Nein, ich bin gerade gekommen.« Miss Eden lächelte.

»Gehen Sie ruhig gleich nach oben und lassen Sie sich durch mich nicht beim Unterrichten stören«, sagte

Mrs. Winter, die Napoleon noch auf dem Arm hielt. Sie öffnete die Tür zum Wohnzimmer.

»Bis nachher, Mrs. Winter!« Miss Eden hängte den Hut an den Garderobenständer, ordnete ihr Haar und ging nach oben.

Auf der Treppe kam Kate der ältere Herr Ma entgegen, der gerade zum Essen ausgehen wollte.

»Miss Eden, wie geht's? Wie geht's Pastor Eden und Mrs. Eden und dem Bruder?« Wenn er sich nach dem Befinden erkundigte, nannte er immer gleich alle Familienmitglieder.

»Alle sind wohlauf, Mr. Ma. Und Sie, sind Sie wieder richtig gesund? Es war nicht recht von meinem Onkel, er hätte Sie nicht so . . .«

»Das macht doch nichts, das macht nichts!« Mr. Ma räusperte sich mehrmals, und als freute er sich, setzte er hinzu: »Es war mein Fehler. Er hat es gut gemeint, wir wollten mal einen Spaß unter Freunden haben, hihihi.«

»Mr. Ma, lassen Sie sich nicht aufhalten, ich bin gekommen, um mit Ma Wei zu lernen.« Sie drehte sich zur Seite und ließ Mr. Ma vorbei.

»Na, dann kann ich Ihnen leider keine Gesellschaft leisten, leider, hihihi.« Während er langsam die Treppen hinabstieg, sagte er zu Ma Wei: »Nach dem Essen gehe ich ins Geschäft.« Er sprach sehr leise, damit Kate es nicht hörte, denn »ins Geschäft« zu gehen war keine besonders ruhmreiche Sache, nur ein Büro war standesgemäß.

Kate nahm auf einem Stuhl Platz und zog eine Zeitschrift aus der Tasche: »Ma Wei, du unterrichtest mich eine halbe Stunde und dann ich dich genauso lange. Ich habe einen Abschnitt aus dieser Zeitung ins Chinesische übersetzt, korrigiere mich bitte satzweise. Was hast du vorbereitet?«

Ma Wei öffnete das Fenster, und ein Sonnenstrahl fiel auf ihr Haar. Das Gold, in das er sie tauchte, verwandelte sie in eine Madonna auf einem Gemälde. Er zog sich einen Stuhl heran und setzte sich auf die andere

Seite, um dem Sonnenstrahl, der auf ihr Haar fiel, nicht den Weg zu versperren. Er dachte: Ihr Haar ist wirklich schön, noch schöner als Marys. Aber ich weiß nicht, wie es kommt, Mary sieht dennoch hübscher aus. Marys Schönheit geht zu Herzen, Kate ist nur eine gutaussehende, liebe ältere Schwester ... Als er ihre Frage hörte, riß er sich schnell zusammen und sagte: »Was meinst du, Schwester, was soll ich lesen?«

»Am besten einen Roman, kauf dir einen Wells, ›The History of Mr. Polly‹, und lies mir laut daraus vor. Wenn du richtig liest und ich alles verstehe, machen wir weiter. So lernst du Wort für Wort lesen und Wort für Wort richtig aussprechen. Die unbekannten Wörter suchst du dir vorher heraus, und ich nenne dir dann die passende Bedeutung. Machen wir es so? Wenn du einen anderen Vorschlag hast, um so besser.«

»So ist es schon recht, Schwester. Da ich heute das Buch noch nicht habe, unterrichte ich dich heute erst mal. Du bist dann beim nächsten Mal dran.«

»Das heißt, daß ich heute eine halbe Stunde auf deine Kosten lerne!« Katherine lachte.

Ma Wei lachte ebenfalls.

»Ma, Ma! Hast du dir einen neuen Hut gekauft?« rief Mary gleich beim Eintreten, als sie Kates blauen Strohhut am Haken sah.

»Wieso denn?« fragte Mrs. Winter.

»Na dort!« Mary zeigte auf die Garderobe, und ihre blauen Augen waren voller Bewunderung.

»Aber das ist doch nicht meiner, er gehört Miss Eden.«

»Oh, Ma, so einen muß ich mir auch kaufen! Was will sie denn bei uns? Hm, aber dieses rosa Bukett gefällt mir nicht!« mäkelte Mary, um ihren Neid zu mildern. Bewunderung und Neid gehen meistens Hand in Hand.

»Du kommst ja heute so früh nach Hause«, sagte Mrs. Winter.

»Ich hab vergessen, es dir zu sagen, Ma, ich wollte nur

mal schnell nach dir sehen, weil du doch heute früh gestürzt bist und ich mir Sorgen um dich mache. Geht's dir wieder gut, Ma? Du, ich möchte auch so einen Hut. In unserem Laden gibt's keine Strohhüte, wo mag sie den gekauft haben?« Sie war noch immer nicht eingetreten, ihre Augen ruhten auf dem Hut. Das Blau des Hutes und das ihrer Augen sah aus wie eine einzige blaue Linie.

»Mary, hast du schon gegessen?«

»Nur ein Stück Mandelkuchen zu einer Tasse Kaffee, weil ich schnell nach Hause kommen wollte!« sagte Mary und tat einen Schritt auf die Garderobe zu.

»Mir geht's wieder gut, Mary, ich danke dir, nun geh schon!«

»Was macht Kate hier?«

»Sie lernt mit Ma Wei Chinesisch.«

»Demnächst werde ich das auch tun«, sagte Mary und starrte den blauen Hut an.

Gerade als sie wieder gehen wollte, kamen Miss Eden und Ma Wei die Treppe herunter.

Während Miss Eden mit Mutter und Tochter Winter sprach, nahm sie ihren Hut von der Garderobe und setzte ihn sich ganz selbstverständlich wieder auf. Sie benahm sich überhaupt nicht affektiert. Dabei sagte sie lächelnd: »Mary, du siehst wirklich gut aus.«

»Dein Hut ist wunderschön«, meinte daraufhin Mary, zog den linken Mundwinkel nach oben und lächelte säuerlich.

»Wirklich?«

Brauchst gar nicht so zu tun! dachte Mary mit einem Blick auf Ma Wei.

»Auf Wiedersehen, Mrs. Winter! Auf Wiedersehen, Mary!« Kate gab beiden die Hand und nickte Ma Wei zu.

»Bis heute abend, Ma«, sagte Mary und ging ebenfalls.

Ma Wei stand auf der Treppe und blickte ihnen nach. Außer der Tatsache, daß beide weiblichen Geschlechts waren, hatten sie nichts Gemeinsames. Kate hielt den Nacken gerade, die Krempe ihres Hutes bewegte sich leicht. Mary dagegen hielt den Kopf leicht vorgestreckt, der kurze Rock schlenkerte zwischen ihren Beinen. Ma Wei schob eine Hand in den Gürtel und begab sich stirnrunzelnd nach oben. Es war bereits Mittagszeit, aber er verspürte keinen Hunger, er wußte selbst nicht, warum.

»Ma, in der Oxford Street gibt es solche Strohhüte. Ma, wollen wir uns nicht beide einen solchen kaufen?« sagte Mary mit Napoleon auf dem Arm in der Küche zu ihrer Mutter.

»Ich hab kein Geld dafür, Mary! Gib mir bitte die Zukkerdose.« Mrs. Winters Nase war hochrot, wie geröstet, ihre Stimme zitterte sogar ein wenig beim Sprechen: »Wollten wir nicht in die Ferien fahren? Wenn wir für das ganze Geld Hüte kaufen, können wir das nämlich nicht, so ein Hut kostet bestimmt zwei Pfund!« Sie gab einen ganzen Löffel Zucker an das Gemüse. »Da, sieh mal, wie durcheinander du mich gebracht hast, jetzt hab ich den Zucker . . .«

»Gerade wer verreisen will, braucht unbedingt einen neuen Hut!« Mary brachte das so nachdrücklich heraus, daß sie Napoleons Pfote schmerzhaft drückte, aber das Hündchen wagte sich nicht zu mucksen, sondern dachte nur: Wenn sie ihren Hut nicht kriegt, bringt sie mich noch um! Da hat es ein Hund doch besser, er hat keinen Ärger mit Hüten!

»Mary, wir reden nach dem Essen weiter. Drück den Hund nicht so.«

Der ältere Herr Ma kam erst zurück, als das Abendbrot schon auf dem Tisch stand. Zu Mittag hatte er in einem chinesischen Restaurant Dreiköstlichkeits-Nudeln gegessen, anschließend war er in den Laden gegangen und hatte genüßlich Pfeife geraucht. Eigentlich wollte er das Schaufenster umdekorieren, doch dann fiel ihm ein, daß er gerade erst genesen war und sich nicht anstrengen durfte. Aber gar nichts tun war auch nicht das Richtige. Also nahm er sich die Rechnungsbücher vor. In zwei Monaten hatten sie vierzig Pfund erwirtschaftet, im letzten Monat dagegen fünfzehn Pfund minus. Legen wir das Buch lieber beiseite, wer wird sich darum Sorgen machen! Mal macht man eben Gewinn und mal setzt man eben zu, dafür ist es schließlich ein Geschäft ...

Nach dem Abendbrot, als Mary gerade wieder die Hutfrage erörtern wollte, nickte der ältere Herr Ma ihr zu und sagte: »Miss Winter, das ist für Sie.« Er reichte ihr einen kleinen Briefumschlag.

»Oh, Mr. Ma, ein Scheck über zwei Pfund, wozu das?«

»Ich hatte Ihnen doch einen Hut versprochen, stimmt's?«

»Hurra! Ma ... der Hut!«

12

Nachdem der ältere Herr Ma seine Krankheit überwunden hatte, sah es aus, als wollte er sich überall beliebt machen. Nach dem Frühstück ging er in den Hinterhof Blumen gießen, Blattläuse ablesen, Rasen schneiden. Dabei summte er ständig die Melodie eines Kirchenliedes vor sich hin und wirkte wie ein zufriedener, gottergebener Mönch aus dem Mittelalter, der alles ruhig und gelassen hinnimmt. Selbst wenn sich eine Biene auf seine Stirn setzte, schlug er nicht mit der Hand nach ihr, nach der Devise: Wenn du mir nichts tust, tu ich dir auch nichts.

Ob die zwei Pfund, die ich Mary gegeben habe, nicht ein bißchen zu großzügig waren? dachte er. Laß gut sein, sie kauft sich den Hut, und ich hab ein Versprechen erfüllt. Ob ich ihrer Mutter auch einen kaufe? Wir haben im letzten Monat fünfzehn Pfund Verlust gemacht, das ist kein Spaß, ich sollte lieber etwas sparsamer sein. Aber kleine Aufmerksamkeiten müssen sein. Als ich krank war, hat sie viel Mühe mit mir gehabt, ich muß mich schon mit einer Kleinigkeit bei ihr bedanken! Warten wir lieber den nächsten Monat ab, da werden wir ja hoffentlich nicht noch einmal fünfzehn Pfund minus machen ... Ma Wei ist in letzter Zeit ziemlich schmal geworden, woran mag das liegen? Er ist eben noch ein Kind, er muß mehr essen. Wie sagt man bei den Tieren: Ordentlich reinstopfen und schlafen lassen, dann setzen sie Fett an. Er muß unbedingt mehr essen! Oh, es ist Zeit, in den Laden zu gehen. Li Zirong, dieser Bursche, kann immer nur herummäkeln, mecker-mecker von morgens bis abends. Heute gehe ich mal früher, mal sehen, ob er auch daran etwas auszusetzen hat. Ach, es ist ja schon zehn! Nun muß ich aber gehen. Moment, zwei Blumentöpfe mache ich noch für den Laden fertig, das sieht bestimmt gut aus. Wenn er etwas sagt, weil ich zu spät komme, habe ich gleich einen Grund: Ich mußte die Blumen eintopfen, hihi! Die Chrysanthemen, die so mickrig aussahen, haben sich aber wirklich rausgemacht. Richtig, ich nehme die Chrysanthemen. Chrysanthemen im Antiquitätenladen, wie vornehm! Vielleicht kann ich damit Li Zirong zeigen, wie vulgär er ist ...

Herr Ma hatte immer noch die Angewohnheit, für weite Strecken ein Taxi zu nehmen und kurze zu Fuß zurückzulegen. In den Bus und die Straßenbahn setzte er sich jedenfalls nicht mehr. Was, wenn plötzlich etwas passierte und er in London stürbe, das war nicht zum Spaßen! Aber in jüngster Zeit nahm er nicht einmal mehr ein Taxi, es ging allzu chaotisch zu auf den Straßen, und das Autofahren war in jedem Fall gefährlich. Da war es doch in Peking ganz anders gewesen. Fuhr man im Auto, hielt der Polizist Fußgänger und Pferdewagen an, um das Auto vorbei zu lassen. Das war würdig, da war man doch wer! Hier dagegen, in London, konnte ein Polizist mit einer Armbewegung alle Autos stoppen, sogar das des Ministerpräsidenten. Na ja, das sind eben Ausländer, die wissen nicht, was sich gehört, sie verstehen nichts von der Achtung vor dem Höheren und von der Verachtung für das Niedere.

So drängte er sich, den Mund mit dem Bärtchen leicht gespitzt, mit den beiden Blumentöpfen in der Hand durch die Menge. Verdammt, es waren aber auch viele

Leute unterwegs. Man kam einfach nicht vorwärts, jeder rannte, als gäbe es bei ihm zu Hause einen Todesfall. Die Engländer konnten es ja zu nichts bringen, sie kannten keinerlei Gelassenheit.

Im Laden angekommen, dröhnte der Lärm immer noch in seinen Ohren. Dieser ewige Krach, von morgens bis abends! Hoffentlich hat der liebe Gott bald ein Einsehen und schickt uns wieder nach Hause. Dieses Chaos ist ja nicht auszuhalten . . . Als er sich etwas beruhigt hatte, stellte er die Chrysanthemen ins Schaufenster, betrachtete sie und fuhr sich über den Bart. Oh, da war ja ein gelbes Blatt, das mußte weg. Nicht die Spur eines vergilbten Blattes durfte zu sehen sein, nur das reinste Grün.

»Herr Ma!« rief Li Zirong, der aus dem Hinterzimmer trat. Er hatte wie immer aufgekrempelte Ärmel und schmutzige Hände. Der Bursche trug einfach kein Jakkett, so was Vulgäres! »Wir müssen uns etwas einfallen lassen«, sagte der Gehilfe. »Letzten Monat haben wir fast kein Geld eingenommen, und auch in diesem haben wir noch so gut wie nichts verkauft. Und dafür kriege ich noch Lohn! Das kann ich nicht mehr mit ansehen. Wenn Sie einen Ausweg wissen, will ich Ihnen natürlich gerne helfen. Wenn nicht, muß ich mich nach etwas anderem umsehen, damit Sie wenigstens nicht noch die Lohnausgaben haben. Hier ist ja sowieso nicht viel zu tun, das schaffen Sie und Ihr Sohn ohne weiteres allein. Ob ich was anderes finde, kann ich noch nicht sagen. Am besten, Sie geben mir zwei Wochen Frist, vielleicht finde ich eine Arbeit.«

Der Konsequenz, mit der Li Zirong sprach, und dem warmen Ton entnahm selbst Herr Ma, daß diese Worte wirklich aus tiefstem Herzen kamen. Aber nichtsdestotrotz war er ein wenig vulgär.

Herr Ma nahm seine große Brille ab, wischte leicht mit einem kleinen Taschentuch über die Gläser und schwieg.

»Herr Ma, es hat keine Eile, bedenken Sie es in Ruhe

ein paar Tage, dann geben Sie mir Bescheid, ja?« sagte Li Zirong, der wußte, daß es zwecklos war, den alten Ma unter Druck zu setzen. Er mußte ihm Zeit zum Nachdenken geben. Ob er allerdings wirklich nachdenken würde, war fraglich, aber durch sein Einlenken wollte er verhindern, daß sich die Lage festfuhr.

Der ältere Herr Ma nickte und putzte weiterhin seine Brille.

»Ich will Ihnen mal was sagen, Ladengehilfe Li!« Herr Ma setzte sich mit einem undefinierbaren Lächeln die Brille wieder auf. »Wenn Ihnen der Lohn zu niedrig ist, können wir doch darüber reden.«

»Lieber Herr Ma! Der Lohn zu niedrig! Wirklich, ich weiß wirklich nicht, wie ich mich Ihnen verständlich machen soll . . .« Li Zirong kratzte sich den Kopf und sprach stotternd weiter: »Sie müssen die Dinge so sehen, wie sie sind, Herr Ma! Wie oft habe ich Ihnen schon gesagt, daß wir uns was einfallen lassen müssen. Aber Sie hören ja nicht auf mich, und jetzt sind wir drauf und dran, Verlust zu machen. Ich . . . ich . . . wirklich, ich weiß gar nicht, was ich sagen soll! Unser Nachbarladen hat im letzten Monat durch den Verkauf mongolischer und mandschurischer Schriften einige Hunderter verdient. Ich . . .«

»Wer kauft denn mongolische und mandschurische Schriften – wozu denn das?« Der ältere Herr Ma hielt Li Zirong nicht nur für vulgär, sondern sogar für geistesgestört. Das war ja wohl ein Witz, daß ein Antiquitätenladen Schriften in mandschurischer und mongolischer Sprache anschaffte, um dann auf ihnen sitzenzubleiben! »Wie gesagt: Wenn Ihnen der Lohn zu niedrig ist, können wir das ändern. Es gibt schon eine Möglichkeit, nur muß man das Gesicht wahren.«

Das Gesicht!

Es war zum Lachen, bei den Chinesen war es möglich, daß das Wahren des Gesichts mit völligem Gesichtsverlust einherging! Noch in Peking hatte Herr Ma den Gesichtsverlust in Kauf genommen, sich von jemandem einen *kuai* zu borgen, nur um zur Hochzeitsfeier eines

Verwandten gehen zu können und dadurch diesem gegenüber das Gesicht zu wahren! Wenn zum Beispiel General Zhang im Kampf gegen General Gou zu seiner eigenen Rettung Unterstützung von Japan erhalten hatte, mußte er wenigstens einmal selbst gegen General Gou antreten, das war eine Frage des »Gesichts«! Wenn Direktor Zhang wußte, daß Amtsvorsteher Li ein mieser Kerl war, diesen aber trotzdem nicht entließ, so war auch das eine Frage des »Gesichts«.

Bei den Chinesen verliefen sämtliche Angelegenheiten unter diesen »Gesichts-Punkten«. Blieb das Gesicht gewahrt, war alles in Ordnung, die Realität interessierte dann niemanden mehr. Chinesen regelten ihre Angelegenheiten etwa so, wie Kinder Blindekuh spielten – man drehte sich im Kreise und suchte; faßte man einen, hatte man das Gesicht gewahrt, und alles war in Ordnung. Wen kümmerte es, ob der, den man gefaßt hatte, der kleine Dritte, der kleine Vierte oder der ältere Bruder des kleinen Dritten, also der dumme Zweite, war.

Was Herrn Ma betraf, so war er wirklich peinlich berührt. An sich war die Sache sehr einfach: Büßte man beim Geschäft Geld ein, mußte man sich etwas einfallen lassen – aber Herr Ma, ein echter Chinese, war dazu nicht bereit; so etwas taten nur die ausländischen Teufel. Li Zirong allerdings tat das auch, dieser gelbgesichtige ausländische Teufel!

Verluste beim Handel? Ich hab mir diese armselige Branche schließlich nicht ausgesucht ... Und weiter überlegte Herr Ma, der sich auf den Stuhl gesetzt hatte und sein Bärtchen zwirbelte: Wenn ich nicht nach England gegangen wäre, hätte ich zu Hause jetzt vielleicht schon einen Beamtenposten! Es ist schließlich mein Geld, und das geht niemanden etwas an ... In seinem Ärger griff er etwas fester zu, beinahe hätte er sich ein paar Barthaare ausgerissen. Ich verstehe nichts vom Handel – dem Gebildeten, Edlen steht es nicht an, sich mit Geschäften zu befassen. Willst du mich in die Ecke drängen? Willst du mich zu etwas zwingen? Du, Li, das sag ich dir, wenn du genug studiert hast, wirst du schon noch merken, was es mit deinem großen Onkel Ma auf sich hat! So etwas Vulgäres . . . Mit einem wütenden Blick ins Hinterzimmer spann er weiter: Mandschurische und mongolische Schriften? So ein Witz – vielleicht lernen die ausländischen Teufel noch das mandschurische Alphabet! Vielleicht möchten die ausländischen Teufel auch noch einen Offizier der mandschurischen Bannerarmee aufsuchen und in seine Reiterei eintreten, oder wie? Wir haben jetzt aber eine Republik! Willst du deine Stellung bei mir kündigen? Denkst du überhaupt nicht an mein Gesicht? Was möchtest du denn noch? Haben dich die Mas jemals schlecht behandelt? Und dafür willst du nun alles hinwerfen und einfach kündigen? Zum Ausländer fehlt dir bloß noch eine große Nase!

Solche Wege gingen Herrn Mas Gedanken; und je länger er grübelte, desto einleuchtender erschienen ihm seine Gründe, desto weiter entfernte er sich von der Realität. Und je weiter er sich von ihr entfernte, desto mehr kam er sich vor wie ein echter, guter Chinese, und Li Zirong war in seinen Augen ein gelbgesichtiger ausländischer Teufel . . .

»Ich will Ihnen mal was sagen, Ladengehilfe Li«, sagte Herr Ma grob, während er aufstand und die Augen aufriß, so daß Li Zirong zusammenfuhr. »Selbst wenn ich den Lohn erhöhe, wollen Sie nicht weitermachen! Na gut, wenn Sie gehen wollen, dann gehen Sie, und zwar sofort!«

Nachdem er geendet hatte, ahmte er das Lachen Zhu Geliangs auf der Bühne nach: »Hihi!« Nach diesem Lachen hatte er allerdings das Gefühl, daß er etwas mehr Rücksicht auf Li Zirongs Gesicht hätte nehmen müssen. Aber nun war es heraus, Reue war sinnlos, da blieb er lieber konsequent: »Und zwar sofort!«

Li Zirong putzte gerade eine Messingkanne, stellte die Kanne behutsam ins Regal und blickte Herrn Ma lange schweigend an.

Herr Ma fühlte sich unwohl. Dieser Kerl hatte aber auch Augen . . .

Li Zirong lächelte und sagte: »Sie und ich, wir beide verstehen uns sowieso nicht, deshalb ist es das beste, nicht mehr viel herumzureden. Ich kann nicht sofort gehen. Im Hinblick auf unsere langjährige Zusammenarbeit bitte ich Sie, mir eine Frist von zwei Wochen einzuräumen. Was die rechtliche Seite angeht, so habe ich damals mit Ihrem Bruder zwei Wochen Kündigungsfrist vereinbart. Also gut, Herr Ma, ich arbeite noch vierzehn Tage, von heute an gerechnet. Ich danke Ihnen.«

Nach diesen Worten wandte er sich wieder der Messingkanne zu.

Der ältere Herr Ma wurde rot, warf einen bösen Blick auf Li Zirongs Rücken, öffnete die Tür und ging hinaus. Draußen schimpfte er murrend vor sich hin: »Dieser Bursche, er kümmert sich überhaupt um kein ›Gesicht‹! Man wirft ihn hinaus, er aber bleibt einfach noch zwei Wochen! Na gut, ich dulde dich diese zwei Wochen, aber ich will dich nicht mehr sehen. Nun, nachdem nicht einmal mehr das Gesicht gewahrt ist, soll ich noch mit dir zusammenarbeiten? Kommt nicht in Frage! Ich kehre noch mal zurück, zahle ihm den Lohn für vierzehn Tage aus und schicke ihn weg. Wenn ich dir den Lohn umsonst gebe, kannst du ja wohl schlecht bleiben! Damit du klarsiehst, nicht ich habe dir gekündigt, du selbst wolltest es so. Du möchtest noch zwei Wochen bleiben, um das Ganze in die Länge zu ziehen. Denkst du vielleicht, ich merke das nicht, ich bin doch kein Dummkopf! Richtig, ich gebe ihm den Lohn für zwei Wochen und schicke ihn dann weg ... Aber wie der aussieht, geht er auch nicht, wenn ich ihm das Geld gebe. Wenn er sagt, daß er noch zwei Wochen bleiben will, dann soll er. Solche Leute sollte man meiden, die scheren sich weder um Ansehen noch um Gesicht. Da kann ich auch nichts machen. Ich muß mit Ma Wei nach China zurück, hier im Ausland lernt er ja doch nichts Gutes, das sieht man ja an diesem Li Zirong – kein Anstand, kein Gesicht! Man sagt, er soll gehen, und er kommt einem mit Recht und mit langjähriger Zusammenarbeit, so ein Geschwätz ... Da ist nichts zu machen, er hat eben kein Gesicht ... Ich gehe erst mal Dreiköstlichkeitsnudeln essen. Was kümmert mich dieser Li Zirong oder meinetwegen auch Zhang Zirong! Es lohnt nicht, sich seinetwegen zu ärgern. Na ja, war ja auch nur ein Spaß ...«

13

»Lao Li, du hast mit Vater Streit angefangen?« fragte Ma Wei noch in der Tür. Sein Gesichtsausdruck verhieß nichts Gutes.

»Kann man denn mit ihm streiten?« entgegnete Li Zirong lächelnd.

»Das sag ich dir, Lao Li«, ereiferte sich Ma Wei mit ernstem Gesicht, hochgezogenen Brauen und zitternden Lippen, »du hast nicht mit Vater herumzustänkern! Du kennst ihn doch. Warum besprichst du solche Dinge nicht erst mit mir? Es stimmt natürlich, daß du uns sehr geholfen hast, aber deshalb hast du ihn noch lange nicht zu belehren. Wie man es auch nimmt, er ist immerhin zwanzig Jahre älter als wir. Eine ganze Generation!« Unvermittelt hielt er inne und blickte Li Zirong kurz an.

Dieser starrte eine Weile vor sich hin, dann kratzte er sich den Kopf und platzte lachend heraus: »Was ist denn mit dir los, Lao Ma?«

»Gar nichts. Ich wollte dir nur sagen, daß du meinen Vater nicht noch einmal belehren sollst.«

»Oh, mein ...« Li Zirong wollte sich ereifern, aber dann lachte er wieder. »Hast du schon gegessen, Lao Ma?«

»Hab ich.«

»Kannst du mal den Laden für einen Moment übernehmen? Ich möchte nur schnell was essen gehen. Bin gleich wieder da.«

Ma Wei nickte. Li Zirong setzte sich den Hut auf und ging, noch immer lachend.

Zehn Minuten darauf kam ein freundlich und gütig aussehender älterer Herr herein.

»Aha, junger Mann, sind Sie der Sohn von Mr. Ma?« fragte er lächelnd mit schräggeneigtem Kopf.

»Ja, Mister«, antwortete Ma Wei und zwang sich zu lächeln.

»Aha, hab ich's mir doch gedacht. Sie beide haben genau die gleichen Augen«, antwortete der alte Herr mit einem Blick auf den Büroraum. »Und Mr. Li?«

»Essen gegangen, kommt sofort zurück ... Möchte sich der Herr vielleicht etwas ansehen? Ich kann Sie auch bedienen.« Insgeheim dachte er: Ich verstehe schließlich auch etwas vom Geschäft und brauche nicht immer nur Li Zirong ...

»Machen Sie sich keine Mühe, ich schaue mich nur ein bißchen um«, antwortete der alte Herr lächelnd. Eine Hand auf dem Rücken, die andere in der Tasche, betrachtete er mit geneigtem Kopf eingehend die Dinge in den Regalen. Immer wenn er etwas in Augenschein nahm, nickte er leicht.

Es war nicht angebracht, sich um ihn zu bemühen, aber einfach dumm zu warten war auch nicht besser. So blickte Ma Wei mit gerunzelter Stirn auf die Rückansicht des alten Herrn. Wenn dieser sich umdrehte, lächelte Ma Wei, aber der Mann beachtete ihn nicht.

Er war nicht groß, aber stattlich. Er hatte breite, leicht abfallende Schultern, schneeweißes Haar, lässig nach hinten gekämmt, und einen weißen, gepflegten Bart, der Wangen und Mund bedeckte. Er hatte keine große Nase, aber auffallend tiefliegende Augen. Die kleinen Pupillen schienen in ihren Höhlen nur darauf zu warten, dem Gesicht zu einem Lachen zu verhelfen. Der Kopf war ständig zur Seite geneigt. Die Kleidung des alten Herrn war sehr geschmackvoll, dunkelgrauer Anzug, grauer Seidenschlips mit schmaler Goldnadel. Die Spitzen des hohen, steifen Hemdkragens tauchten bei jeder Kopfbewegung in den weißen Bart ein. Er trug keinen Hut. Die Lederschuhe waren bestimmt zwei Nummern zu groß, so daß sie beim Laufen ständig am Boden schurrten. Das dadurch bedingte Trippeln hatte den

Vorteil, daß die Bügelfalten in der Hose tadellos glatt fielen, sie wiesen nicht einen Knick auf.

»Was ich sagen wollte, junger Mann, dieser Krug ist doch wohl nicht echt?« Der alte Herr nahm einen Tonkrug aus dem Regal, hielt ihn mit einer Hand fest und befühlte mit der anderen den Rand. Dabei hielt er die kleinen Augen halb geschlossen. Er wirkte wie ein junges Mädchen, das sein Haar glattstreicht, sorgfältig und dabei sehr zufrieden.

»Äh . . .« Ma Wei trat näher und warf einen Blick auf den Krug. »Äh . . .«

»Ach, Sie wissen es nicht, das macht nichts, warten wir, bis Mr. Li kommt«, sagte der alte Herr und stellte den Krug mit beiden Händen wieder an seinen Ort zurück. Dabei bewegten sich seine Lippen unter dem Bart. »Wie geht es Ihrem Vater, ich habe ihn lange nicht mehr gesehen.« Und ohne Ma Weis Antwort abzuwarten, sprach er weiter, den Blick noch immer auf den kleinen Krug gerichtet: »Ihr Vater ist ein hochanständiger Mensch, nur versteht er nicht viel vom Geschäft, tja, leider . . . Studieren Sie hier? Was studieren Sie denn? Oh, da kommt ja Mr. Li! Guten Tag!«

»Oh, Sir Simon . . . guten Tag! Ich habe Sie ja vier oder fünf Tage nicht gesehen«, sagte Li Zirong. Er lächelte übers ganze Gesicht und schüttelte Sir Simon herzlich die Hand.

Dessen Augen blinzelten und lächelten.

»Sir Simon, was möchten Sie denn heute sehen? Haben Sie die Yixing-Kanne vom letzten Mal schon begutachtet?«

»O ja, das hab ich. Wenn Sie billiges Guangdong-Porzellan haben, egal was, würde ich alles nehmen, denn nur Guangdong-Porzellan habe ich noch nicht analysiert. Alles, was Sie haben, nehme ich, nur teuer darf es nicht sein«, sagte er und zeigte dann kurz auf den kleinen Krug: »Ist der echt?«

»Wenn Sie so fragen, wage ich das natürlich nicht zu behaupten.« Li Zirong lachte abermals übers ganze Gesicht wie ein beim Dämpfen aufgeplatzter Mantou. Er nahm den Krug herunter und reichte ihn dem alten Herrn: »Die Glasur ist zu dünn, auch die darunter liegende Braunfärbung ist nicht dick genug. Der ist bestimmt nicht aus Cizhou, aber er stammt mindestens aus der frühen Ming-Zeit. Sir Simon, Sie wissen viel besser, was er wert ist, schlagen Sie einen Preis vor. Mr. Ma, bringen Sie Sir Simon doch einen Stuhl!«

»O nein, das ist nicht nötig! Ich stehe den ganzen Tag im Labor, ich bin dran gewöhnt.« Und mit einem Lächeln, an Ma Wei gewandt: »Wirklich, vielen Dank. Nicht nötig.« Dann betrachtete er den kleinen Krug nochmals eingehend: »O ja, Sie haben recht, das Braun unter der Glasur ist nicht dick genug, richtig! Also gut, bringen Sie ihn mir auf jeden Fall, unter allen Umständen. Und was berechnen Sie mir?«

»Nennen Sie einen Preis, Sir Simon.« Li Zirong klopfte sich die Hände ab und hob die Schultern wie ein waschechter Händler.

Ma Wei blickte Li Zirong an und nickte.

Der alte Herr drehte den Krug herum und betrachtete das Preisschild auf der Unterseite. Dann sagte er mit einem Augenzwinkern: »Berechnen Sie mir den halben Preis, Mr. Li, ja?«

»In Ordnung, Sir Simon! Soll ich Ihnen das Stück wieder persönlich bringen?«

»Ja, ja. Nach sechs Uhr abends bin ich bestimmt zu Hause. Sie essen dann mit mir, ja?«

»Vielen Dank! Ich bin gegen halb sieben bei Ihnen. Soll ich das Guangdong-Porzellan auch mitbringen?«

»Ja, wieviel haben Sie denn? Ich möchte nichts Wertvolles. Sie wissen ja, ich brauche es für die Analyse . . .«

»Ich weiß, ich weiß. Ich habe zur Zeit nur zwei Teekannen, jeweils mit Teeschalen, nichts Besonderes, aber echte Guangdong-Ware. Dann bringe ich Ihnen die beiden Kannen mit den Schalen ins Labor und den kleinen Krug in Ihr Arbeitszimmer, ist es so recht, Sir Simon?«

Der Bursche weiß genau Bescheid, dachte Ma Wei.

»O ja, Mr. Li, Sie sagen es.«

»Und wieder so unauffällig wie möglich, damit Mrs. Simon nichts merkt, nicht wahr, Sir Simon?« fragte Li Zirong.

Der alte Herr lachte laut.

»Oh, sogar meine Familienangelegenheiten kennt er ganz genau!« Er zog ein seidenes Taschentuch hervor und wischte sich die Augen. »Wissen Sie, ein Wissenschaftler sollte nicht heiraten, das ist zu anstrengend, zu anstrengend! Mrs. Simon ist eine gute Frau, aber eins gefällt mir nicht an ihr – sie bringt meine Arbeit oft durcheinander, und ich bin nicht nur Wissenschaftler, sondern auch Sammler, das ist noch schlimmer! Mrs. Simon liebt Juwelen und Schmuck, ich aber kaufe dauernd alte Krüge und zerbrochene Ziegel. Ach, Frauen sind eben Frauen. Ja, bringen Sie mir den Krug unauffällig ins Arbeitszimmer, wir essen dann dort zusammen. Ich möchte Sie gern noch nach ein paar chinesischen Zeichen fragen. Ich habe mir vor einigen Tagen eine kleine Messingdose gekauft, darauf sind lauter kleine quadratische chinesische Zeichen eingraviert, deren Bedeutung ich nicht verstehe. Die müssen Sie mir übersetzen. Sie machen doch immer noch drei Zeichen für einen Shilling, ja?«

»Ist es auch keine Siegelschrift?« fragte Li Zirong, der noch immer lachte, als wollte er nicht nur den Laden, sondern die ganze Welt erheitern.

»Nein, nein! Ich weiß, daß Sie Siegelschrift nicht mögen. Ja, also, dann bis heute abend. Das Geld für die Sachen und für die Übersetzung gebe ich Ihnen dann heute abend. Bis dann!« Sir Simon trat zu Ma Wei, klopfte ihm auf die Schulter und sagte: »Ah, Sie haben mir ja noch gar nicht gesagt, was Sie studieren möchten.«

»Handel, Mister. . . äh, Sir!«

»Gut, gut! Chinesen haben Talent und Ausdauer, aber sie verstehen die neuen Methoden nicht. Die müssen Sie lernen. Na gut, dann studieren Sie nur fleißig, und gehen Sie nicht immer nur mit Mädchen aus, hm?« Der alte Herr blinzelte, in seinen Augen blitzte der Schalk, aber er verkniff sich das Lächeln, nur die Lippen bewegten sich unter dem Bart.

»Ja«, antwortete Ma Wei errötend.

»Sir Simon, wo ist Ihr Hut?« fragte Li Zirong, als er die Tür öffnete, sich verbeugte und den alten Herrn hinausbegleitete.

»Oh, der ist im Auto. Bis heute abend also, Mr. Li.«

Als der alte Herr gegangen war, machte sich Li Zirong sofort daran, den Krug, die beiden Kannen und die Teeschalen in Watte zu wickeln und zu verpacken. Dabei sagte er zu Ma Wei: »Dieser alte Herr ist ein guter alter Kunde. Er sammelt speziell Bronzen und Keramik. Er hat in seinem Arbeitszimmer mindestens dreimal soviel Sachen wir wir hier. Er war Chemieprofessor an der Londoner Universität, und jetzt, da er pensioniert ist, untersucht er die chemische Zusammensetzung von Tonerden. Ein interessanter Mann! Wertvolle Sachen kauft er für seine Sammlung, die weniger wertvollen nimmt er für seine chemischen Untersuchungen. Der Bursche ist schon über siebzig, aber noch unerhört auf Draht! Was ich sagen wollte, Lao Ma, schreib zwei Rechnungen aus und leg sie hier in die beiden Päckchen.«

Als Li Zirong die Sachen verpackt hatte, war Ma Wei auch mit den Rechnungen fertig. Li Zirong warf ihm einen Blick zu und fragte: »Lao Ma, was war denn heute morgen mit dir los? Du warst doch gar nicht böse auf mich, du hast doch nur einen Grund gesucht, deinen Ärger loszuwerden, stimmt's? Ist es die Liebe? Ich habe längst bemerkt, daß du immer hochrote Wangen hast, die Stirn runzelst, wenig redest und kaum etwas ißt. Fehlt bloß noch, daß du Hand an dich legst und dich aufhängst!« Laut lachend fügte er hinzu: »Erwiderte Liebe macht glänzende, unerwiderte Liebe macht trübe Augen. Erwiderte Liebe mag ja süß sein, unerwiderte Liebe ist jedenfalls gallebitter. Lao Ma, wie ist es denn bei dir?«

»Unerwiderte.« Ma Wei fühlte sich gleich viel wohler, denn unglücklich verliebt sein und nicht einmal darüber reden können, das ist wirklich zum Aufhängen!

»Miss Winter?«

»Hm.«

»Lao Ma, das brauche ich dir wohl nicht zu sagen, das ist sinnlos! Wenn ich mich eines Tages in ein Mädchen verlieben würde, das nur mit mir spielt – ich würde mir die Gurgel durchschneiden . . . Sssst!« Li Zirong fuhr sich mit dem Zeigefinger am Hals entlang. »Aber eins will ich dir wenigstens noch sagen: Jedesmal, wenn du an sie denkst, mußt du sofort auch folgendes bedenken: Betrachtet sie mich, einen Chinesen, überhaupt als Menschen? Du kannst dir die Antwort selbst geben. Sie betrachtet uns nicht als Menschen, von Liebe kann also gar keine Rede sein! Das müßte dich doch etwas abkühlen, es ist nämlich mein eigenes ›Eiscrem‹-Rezept und hilft garantiert gegen akute Fälle von unerwiderter Liebe! In ganz England gibt es keinen Menschen, der einen Chinesen lieben würde, über Chinesen reißt man in der ganzen Welt nur Witze! Wenn jemand einen Artikel schreibt und die Leute zum Lachen bringen will, beschimpft er bestimmt die Chinesen, weil nur das Beschimpfen von Chinesen ungefährlich ist. Sogar Forscher verabscheuen die Chinesen, weil nur die ihnen absolut nichts bieten können – in welchem Zweig der Wissenschaft sind Chinesen denn gut? In keinem! Die einfachen Leute mögen uns nicht, weil wir eine Menge Fehler haben, eine Unmenge! Wir würden sie sofort dazu bringen, uns ernst zu nehmen, wenn wir England, Deutschland oder Frankreich übertrumpfen könnten! Noch besser wäre es, in unserem Staat Ordnung und Frieden zu schaffen und gebildete Menschen heranzuziehen. Nimm irgend etwas, zum Beispiel die Politik. Chinas Politik ist die weiseste! Oder etwas anderes, zum Beispiel die Chemie. Die chinesische Chemie ist die beste! Solange wir nicht so weit sind, brauchst du überhaupt nicht zu hoffen, daß man uns achtet, und so lange das so ist, brauchst du keinen Gedanken an ein ausländisches Mädchen zu vergeuden!

Ich hab Miss Winter nur einmal gesehen. Über ihr Äußeres und ihren Charakter will ich mich gar nicht äußern, aber eins kann ich dir sagen: Sie *kann* dich überhaupt nicht lieben! Sie ist eine ganz gewöhnliche Frau, und besonders die gewöhnlichen Leute verachten uns Chinesen. Warum sollte gerade sie von der Masse abweichen und einen kleinen Ma Wei lieben?«

»Es ist noch nicht raus, ob sie mich wirklich nicht liebt«, entgegnete Ma Wei mit gesenktem Kopf.

»Noch nicht raus?« fragte Li Zirong lächelnd.

»Sie geht mit mir ins Kino, und sie hat meinen Vater gerettet.«

»Sie geht mit dir ins Kino, so wie ich mit dir ins Kino gehe, wo liegt da der Unterschied? Ich bitte dich! Bei Ausländern gibt es keine so scharfe Grenze zwischen Mann und Frau, das weißt du doch, das brauche ich dir nicht zu erzählen. Und was deinen Vater angeht – daß sie den gerettet und nach Hause gebracht hat, das hätte jeder getan, der ihn da am Boden kriechend gefunden hätte. Wenn Chinesen sehen, daß andere in Gefahr sind, verdrücken sie sich, denn unsere Erziehung zielt nur auf die eigene Ehrenhaftigkeit ab. Wenn Ausländer jemanden in Not antreffen, setzen sie alles daran, ihn zu retten, da kümmert es sie nicht, ob er ein weißes Gesicht hat oder ein schwarzes oder ein grünes. Gewöhnlich verachten sie die Schwarzgesichtigen oder die Gelbgesichtigen, geraten diese aber in Gefahr, interessiert sie deren Gesichtsfarbe überhaupt nicht mehr. Sie hat ihn nicht gerettet, weil er dein Vater ist, sondern weil das ihrer Moral entspricht. Wenn *wir* jemanden am Boden liegen sehen und ihn liegen lassen, so findet niemand etwas dabei, aber Ausländer denken da anders. Ihre Moral ist sozial, auf die Gemeinschaft gerichtet. In diesem Punkt müssen wir Chinesen von den ausländischen Teufeln lernen. Erst vorgestern habe ich in der Zeitung gelesen, daß in Shanghai eine alte Frau auf der Straße umgefallen ist, und die Leute rundum haben Maulaffen feilgehalten, bis ein ausländischer Soldat ihr auf die Beine geholfen hat. Wie sollten sie also nicht über uns lachen? Ich... ach was rede ich da, zurück zur Sache: Wenn du denkst, daß sie dich liebt, weil sie dir die Hand gibt, dann machst du dir selbst etwas vor. Die wird sich gerade mit dir abgeben! Schluck du mal ruhig mein Eis und laß deine Spinnereien!«

Ma Wei hatte den Kopf in beide Hände gestützt und sagte keinen Ton.

»Lao Ma, ich hab bei deinem Vater gekündigt.«

»Ich weiß. Du kannst aber nicht gehen. Du kannst doch nicht zusehen, wie wir den Laden zugrunde richten«, antwortete Ma Wei mit einem Zittern in der Stimme. Er hielt den Kopf noch immer gesenkt.

»Ich muß aber gehen. Dadurch spart ihr monatlich reichlich zehn Pfund.«

»Und wer betreibt für uns das Geschäft?« Ma Wei hob den Kopf und blickte Li Zirong ins Gesicht: »Als mich der alte Herr Simon nach dem Krug gefragt hat, konnte ich kein Wort sagen. Ich hatte keine Ahnung. Keine Ahnung!«

»Das ist nicht das Problem, Lao Ma, du mußt nur ein paar englische Bücher lesen, und gleich hast du viel mehr Ahnung. Meinst du denn, ich verstünde etwas von Antiquitäten? Alles nur angelesen! Wenn die Ausländer irgend etwas untersuchen, legen sie die Ergebnisse schriftlich nieder. Über chinesisches Porzellan und Bronzen gibt es eine Menge Bücher! Du mußt ein paar davon lesen, das reicht. Hauptsache, wir können das Nötigste beantworten. Du kannst ganz beruhigt sein, Lao Ma, auch wenn ich gehe, bleiben wir gute Freunde, und ich helfe dir auch weiterhin sehr gern.«

Nach längerem Schweigen sagte Ma Wei: »Wo willst du denn etwas anderes finden?«

»Das kann ich noch nicht sagen, mal sehen. Zum Glück habe ich gerade eine Stange Geld bekommen. Fünfzig Pfund, das reicht bei mir für ein paar Monate.

Denk dir, die Zeitschrift ›Asia Journal‹ hat um Artikel über die gegenwärtige Lage der chinesischen Arbeiter gebeten, da habe ich einen Monat lang Tag und Nacht geschrieben, und es ist tatsächlich angenommen worden. Fünfzig Pfund, immerhin! Ich sage dir, Lao Ma, der liebe Gott läßt keinen blinden Spatzen verhungern, das stimmt schon! Mit diesen fünfzig Pfund halte ich eine ganze Weile durch, und wer sich nicht umtut, findet auch keine neue Arbeit. Ich halte eben jeden Tag Ausschau, da wird sich schon eine Gelegenheit ergeben. Wer wirklich arbeiten will, verhungert auch nicht; diejenigen, die zugrunde gehen, sind meist nicht die fähigsten Leute. Nun guck schon nicht so finster, Lao Ma, mach dich an die Arbeit!«

Li Zirong packte Ma Wei an den Schultern und schüttelte ihn.

Ma Wei lächelte mit tieftraurigem Gesicht.

14

Nach dem Krach mit Li Zirong ging der ältere Herr Ma in ein chinesisches Restaurant und aß zwei Portionen Dreiköstlichkeits-Nudeln, obwohl er sich gewöhnlich mit einer Portion zu begnügen pflegte. Als er die Nudelsuppe im Magen hatte, war auch der Ärger so gut wie verflogen und begann sogar, sich in Freude zu verwandeln. Nach den Nudeln bestellte er sich eine Kanne Tee und trank langsam und genüßlich. Erst als alle anderen Gäste gegangen waren, beglich er seine Rechnung und schlenderte weiter. Wohin er gehen sollte, wußte er nicht; jedenfalls nicht in den Laden. Wenn es zwischen dem Ladeninhaber und seinem Gehilfen Krach gibt, kann der Inhaber dem Geschäft fernbleiben, dachte er. Es ist so, als ob ein Ministerialdirektor vor Ärger nicht ins Büro geht . . .

Aber wohin sollte er statt dessen? Nur so durch die Straßen spazieren, bei dem Verkehr? Verärgert und wütend, wie er war, konnte er leicht von einem Auto plattgewalzt werden; damit war nicht zu spaßen! Ins Theater? Wer sah sich schon dieses ausländische Teufelszeug an, da gab es ja nichts zu hören! Die hatten ja nicht mal Trommeln und bemalten sich auch die Gesichter nicht. Da redeten immer nur ein paar Männer und Frauen so komisch daher, das war ja stinklangweilig. Vielleicht zu Pastor Eden? Richtig, den konnte er besuchen. Er hatte ja neulich gesagt, daß er etwas mit ihm besprechen wolle. Was mochte das sein? Ach, was kümmert's mich! dachte er. Jedenfalls kann es nicht schaden, wenn ich ihn aufsuche.

Er nahm sich ein Taxi und fuhr in die Lancaster Street.

Im Auto mußte er unwillkürlich an Peking denken: Wenn er jetzt dort wäre, na, das wäre vielleicht eine Schau! Die Nachbarn rundherum würden vielleicht Augen machen! Hier dagegen gab es so viele Autos, da war es gar nichts Besonderes mehr. Schade ums Fahrgeld.

»Hallo, Mr. Ma!« rief Pastor Eden und zog Mr. Ma hinein. »Geht es Ihnen wieder gut? Haben Sie Alexander schon wiedergesehen? Ich rate Ihnen, Mr. Ma, seien Sie vorsichtig, wenn Sie mit ihm ausgehen!«

»Wie geht es Ihnen, Herr Pastor? Und wie geht es Ihrer Frau? Wie geht es Miss Eden? Wie geht es dem jungen Mr. Eden?« Erst nachdem sich Mr. Ma nach dem Befinden der ganzen Familie erkundigt hatte, wagte er Platz zu nehmen.

»Sie sind alle nicht zu Hause, wir können uns in Ruhe unterhalten«, antwortete Pastor Eden mit ein paar Lachfältchen auf der Nase und schob sich die Brille zurecht. Seit die Erkältung vorüber war, saßen diese Lachfältchen ständig auf seiner Nase und gaben ihr etwas Bewegung, obwohl sie an Bewegung gewöhnt war, denn während der Erkältung hatte sie tagelang niesen müssen. »Was ich sagen wollte – ich habe zwei Dinge mit Ihnen zu bereden. Erstens habe ich vor, Sie der Gemeinde von Pastor Bowles als Mitglied vorzuschlagen; da wüßten Sie dann sonntags immer, wohin Sie zum Gottesdienst gehen könnten. Die Gemeinde ist in Ihrer Nähe. Ich stelle Sie dort vor, gut?«

»Ausgezeichnet!« Der ältere Herr Ma hatte sich angewöhnt, im Gespräch mit Ausländern stets Superlative zu verwenden.

»Gut, dann machen wir's so.« Pastor Eden verzog die Lippen zu einem Lächeln, das eigentlich kein Lächeln war: »Nun zum zweiten – ich schlage vor, daß wir beide uns an einigen freien Abenden etwas vornehmen. Sehen Sie, ich habe vor, ein Buch zu schreiben, nennen wir es ruhig erst einmal ›Die Geschichte des Daoismus in China‹. Aber mein Chinesisch ist nicht besonders, ich brauche unbedingt jemanden, der mir hilft. Wenn Sie dazu bereit wären, wäre ich Ihnen sehr verbunden.«

»Aber ja, aber ja«, beeilte sich Mr. Ma zu beteuern.

»Ich möchte natürlich nicht, daß nur Sie mir helfen, ich möchte auch etwas für Sie tun.« Pastor Eden holte eine Pfeife heraus und stopfte sie langsam: »Ich habe lange darüber nachgedacht, was für Sie gut wäre. Sie könnten doch die Zeit im Ausland nutzen, um etwas zu schreiben, am besten einen Vergleich der östlichen und westlichen Kultur. Dieses Thema ist jetzt sehr gefragt. Ganz gleich, ob das, was Sie schreiben, richtig ist oder nicht, Hauptsache, Sie haben den Mut, sich zu äußern, dann verkauft es sich auch. Sie schreiben chinesisch, und ich übersetze es dann für Sie ins Englische. Auf diese Weise helfen wir uns gegenseitig. Und wenn das Buch eines Tages erscheint, garantiere ich Ihnen, daß Sie auch noch etwas daran verdienen. Was halten Sie davon?«

»Ich helfe Ihnen gern, das reicht«, antwortete der ältere Herr Ma zögernd. »Ich soll ein Buch schreiben? Das ist ja wirklich nicht so einfach. Wozu soll ich mir als fast Fünfzigjähriger noch so etwas aufbürden.«

»Mein lieber Freund«, sagte Pastor Eden mit erhobener Stimme, »mit fünfzig? Ich bin über sechzig! Und Shaw ist über siebzig und schreibt noch immer! Ich frage

Sie, wie viele alte englische Männer haben Sie getroffen, die nichts mehr tun? Wenn sich alle mit fünfzig aufs Altenteil zurückzögen, wer sollte dann die Angelegenheiten dieser Welt erledigen?«

»Ich habe ja nicht gesagt, daß ich es nicht machen will.« Der ältere Herr Ma machte einen Rückzieher, um dem Pastor nicht zu nahe zu treten, aber insgeheim dachte er: Ihr habt keine Achtung vor dem Alter, sonst wärt ihr ja auch keine ausländischen Teufel!

Engländer vermeiden es tunlichst, mit Außenstehenden über ihre Familienangelegenheiten zu sprechen. Deshalb hatte Pastor Eden auch nicht beabsichtigt, seinem Gast zu erzählen, weshalb er ein Buch schreiben wollte. Als er jedoch sah, wie dieser zögerte, mußte er schon ein paar Worte darüber verlieren: »Ich will Ihnen mal was sagen, mein Freund, ich bin ganz einfach gezwungen, etwas zu tun. Sehen Sie doch mal, meine Frau, Mrs. Eden, ist noch in der Londoner Missionsgesellschaft tätig, sie ist Sekretär der China-Abteilung. Paul ist in der Bank, Kate arbeitet im Mädchenverband, sie alle verdienen Geld, nur ich hab nichts zu tun. Ich hab zwar meine Pension, einhundertzwanzig Pfund im Monat, aber ich möchte doch nicht untätig herumsitzen . . .« Pastor Eden schob wieder seine Brille hoch. Er bereute ein wenig, Herrn Ma so viel über seine Familie erzählt zu haben.

Der ältere Herr Ma dachte: Sohn und Tochter verdienen Geld, aber der Alte muß sich unbedingt noch diese Bürde aufladen. Ich verstehe wirklich nicht, was in den weißen Teufeln vorgeht . . .

»Meine einzige Hoffnung ist, eine Professur für Chinesisch zu erhalten, aber dafür muß ich unbedingt erst mal ein Buch schreiben und mir einen Namen machen. Sehen Sie, am Chinesischen Institut der Londoner Universität gibt es keinen Professor, weil sie keinen finden, der chinesisch schreiben und sprechen kann. Sprechen kann ich ohne weiteres, ich müßte nur etwas schreiben, um mein Wissen unter Beweis zu stellen. Ich bin jetzt über sechzig, könnte aber bestimmt noch fünf, sechs Jahre arbeiten, nicht wahr?«

»Ja, ja, sehr richtig! Ich bin Ihnen sehr gern behilflich.« Mr. Ma überlegte angestrengt, wie er die Sache mit dem Buch, das er schreiben sollte, abwenden könnte. »Sehen Sie, es wäre doch sehr gut, wenn Sie Professor für Chinesisch würden und noch mehr für China eintreten könnten.«

Der ältere Herr Ma glaubte tatsächlich, Aufgabe eines Chinesisch-Professors sei es, für dieses Land einzutreten.

Pastor Eden lächelte.

Dann schwiegen beide eine geraume Weile.

»Ich denke, Mr. Ma, wir machen es so – wir helfen uns gegenseitig«, brach Pastor Eden als erster das Schweigen. »Wenn Sie nicht mögen, daß ich Ihnen helfe, dann kann ich Sie auch nicht um Ihre Hilfe bitten. Sie wissen ja, bei uns Engländern muß alles korrekt zugehen – Ware gegen Ware, niemand darf zu kurz kommen. Ich kann Sie nicht umsonst um Hilfe bitten.«

»Sie wollen, daß ich über die westliche und östliche Kultur schreibe, aber ich weiß überhaupt nicht, wo ich da anfangen soll.«

»Es muß ja nicht dieses Thema sein, es kann auch etwas ganz anderes sein, sogar ein Roman oder Anekdoten! Sie müssen bedenken, Chinesen schreiben selten Bücher in englisch. Allein schon dadurch, daß es von einem Chinesen geschrieben wurde, egal, ob recht oder schlecht – allein dadurch wird es sich gut verkaufen.«

»Ich kann doch nicht einfach irgend etwas schreiben und den Chinesen Schande machen.«

»Oh!« Pastor Eden staunte mit offenem Mund. Diesen Satz hätte er von Herrn Ma nicht erwartet, und der wußte selbst nicht recht, wie er daraufgekommen war.

Engländer, die nie in China gewesen waren, hielten die Chinesen für hinterlistig und durchtrieben, ihre gelben Gesichter waren verabscheuungswürdig. Für diejenigen aber, die China kannten, waren die Chinesen schmutzige, stinkende, blöde Dummköpfe. Pastor Eden achtete Mr. Ma nach wie vor nicht. Er hatte ihn nur deshalb aufgefordert, ein Buch zu schreiben, damit er ihn um Hilfe bitten konnte. Er war überzeugt, daß der alte Ma ein Dummkopf war, und Dummköpfe konnten natürlich keine Bücher schreiben, aber ohne »gegenseitige Hilfe« hatte er kein gutes Gewissen – ein fairer englischer Handel mußte wenigstens der Form halber stimmen.

Der Pastor bevorzugte wie alle Engländer die älteren Chinesen, weil diese das Wort »Heimatland« nicht in den Mund zu nehmen pflegten. Sie haßten dagegen die jungen Leute. Diese waren zwar genauso dumm wie die alten, benutzten aber ständig Begriffe wie »China« oder »Heimat«. Natürlich war dieses Gerede sinnlos und leer, aber dauernd so daherzureden war abscheulich. Er hatte wirklich nicht erwartet, daß der Ma sagen würde, er wolle den Chinesen keine Schande machen.

Der ältere Herr Ma wiederum wußte selbst nicht, wie er darauf gekommen war.

»Mr. Ma . . .« Pastor Eden hatte sich inzwischen gefaßt, »überdenken Sie alles noch einmal, wir müssen uns ja zum Glück nicht heute entscheiden. Was macht Ma Wei, studiert er schon?«

»Er vervollkommnet erst einmal sein Englisch, wahrscheinlich wird er dann Handel studieren«, antwortete Mr. Ma. »Ich möchte, daß er Politik studiert, damit er nach seiner Rückkehr Beamter werden kann, das macht mehr her. Aber der Junge ist stur, es muß unbedingt Handel sein, da kann ich nichts machen. Er ist eben noch ein Kind und ohne Mutter aufgewachsen; er hat niemanden, auf den er sich stützen, den er um Rat fragen kann. Er ist seit einiger Zeit so schmal geworden, ich weiß gar nicht, wie das kommt. Er nimmt alles so schwer. Was er von mir verlangt, kriegt er jedenfalls, dafür ist unsereiner nun mal der Vater. Da kann man nichts machen, nichts machen . . .«

Der ältere Herr Ma war bewegt, er blickte zur Decke,

um zu vermeiden, daß ihm die Tränen kamen. Dabei hoffte er inständig, daß Pastor Eden, nachdem er so deutlich geworden war, sich als Heiratsvermittler anböte und ihm eine Partnerin vorschlüge – zum Beispiel die Witwe Winter. Natürlich galt eine Zweitehe mit einer Witwe nicht als besonders ehrenhaft, aber vielleicht verstieß man durch die Heirat mit einer ausländischen Witwe nicht gegen die »sieben Verbote« und machte sich nicht so strafbar wie bei einer chinesischen ... Er seufzte. Wäre Pastor Eden einverstanden, ihm eine Partnerin zu vermitteln, dann hätte er ja immerhin etwas für ihn getan; er selbst könnte diesen Vergleich der Kulturen abwenden. Wenn du für mich den Heiratsvermittler machst, helfe ich dir auch beim Lesen der chinesischen Bücher, dachte er. Das entspräche doch genau euerm Prinzip, demzufolge »keiner zu kurz kommen« darf. Verstohlen warf er Pastor Eden einen Blick zu.

Der kaute an seiner Pfeife und schwieg.

»Mr. Ma«, sagte er nach einer Weile und stand auf, »wir sehen uns also am Sonntag bei Pastor Bowles. Am besten, Sie bringen Ma Wei auch gleich mit, die jungen Leute müssen ja schließlich einen Glauben haben, das müssen sie schon. Sehen Sie, Paul zum Beispiel geht sonntags mindestens dreimal in die Kirche.«

»Jawohl«, antwortete der ältere Herr Ma und stand, nachdem Pastor Eden schon so deutlich zum Aufbruch geblasen hatte, verstimmt auf. »Also, auf Wiedersehen am Sonntag.«

Pastor Eden begleitete ihn zur Tür.

Draußen schimpfte Mr. Ma leise vor sich hin: »Verdammt, das will ein Freund sein? Der wartet ja nicht einmal, bis der Gast gehen will! Er steht zuerst auf und sagt auf Wiedersehen! Auf Wiedersehen am Sonntag? Da kannst du lange warten – es sollte mich sehr wundern, wenn der ehrenwerte Herr Ma in die Kirche ginge!«

Sssst – ssst, schwuppdiwupp! Ein Auto raste an seiner Nase vorüber.

15

Als Mutter und Tochter Winter in die Sommerfrische fuhren, trugen beide neue Hüte. Auf Marys Hutband prangte ein chinesisches Zeichen – der ältere Herr Ma hatte es draufgemalt, und die Mutter hatte es eingestickt. Als Mary sich diesen Hut mit dem chinesischen Zeichen aufsetzte, bekam sie eine halbe Stunde lang den Mund nicht zu, und ebensolange stand sie vor dem Spiegel. Es gab viele ähnliche Hüte, aber einer mit einem gestickten chinesischen Zeichen, das war schon eine Seltenheit. Wenn sie diesen auffälligen Hut am Meer trug, würden bestimmt unzählige Frauen und Mädchen vor Neid in Tränen ausbrechen, vielleicht sogar in Ohnmacht fallen ... Sogar Mrs. Winter war in Hochstimmung, der Hut der Tochter würde bestimmt eine Revolution hervorrufen – eine Hutrevolution! Das Bild der Tochter käme vielleicht sogar in die Zeitung, und dann würde sie von wer weiß wie vielen Leuten bewundert und beneidet werden.

Vor der Abreise stellte sich Mary bei dem älteren Herrn Ma vor: »Mr. Ma, sehen Sie mal ...« Mit der linken Hand breitete sie den Faltenrock wie einen Fächer aus; den Kopf leicht nach links geneigt, streckte sie die rechte Hand schräg nach vorn und nahm sie mit einem Schlenker zurück. Dabei zuckte sie leicht mit den Schultern und bewegte die Lippen: »Sehen Sie nur!«

»Ausgezeichnet, wunderschön, Miss Winter!« sagte der ältere Herr Ma und zeigte ihr den vorgestreckten Daumen.

Als Mary dieses überschwengliche Lob hörte, legte sie beide Arme an den Körper, warf den Kopf nach hinten, kicherte und rannte davon.

Tatsächlich hatte der ältere Herr Ma nur die Hälfte gesagt. Nachdem Mrs. Winter das von ihm aufgemalte Zeichen für »schön« gestickt hatte, war es verkehrt herum angenäht worden, so daß es nun aussah wie die Zeichen für »groß« – »König« – »acht«, was so viel wie »Hahnrei«

bedeutete, wobei »groß« allerdings auf dem Kopf stand. Er lachte aus vollem Halse. So herzerfrischend hatte er überhaupt noch nie gelacht, seit er in England war. Oh, das ist wirklich zum Lachen! Diese ausländischen Frauen! Sie heften sich das Wort »Hahnrei« an den Kopf, und das erste Zeichen steht auch noch auf dem Kopf! O je, ist das zum Lachen! Er schüttelte in einem fort den Kopf, so daß die Tränen, die er dabei verlor, in der Gegend herumspritzten.

Als er sich ausgelacht hatte, ging er hinunter, um die beiden zum Bahnhof zu begleiten. Unten warteten Mutter und Tochter auf das Taxi. Das erste, was seine Augen erblickten, war jenes Wort. Er biß die Zähne zusammen, schob den Nacken vor und lief rot an, aber er schaffte es wenigstens, nicht laut loszuprusten.

»Auf Wiedersehen, Mr. Ma!« riefen beide gleichzeitig. Mrs. Winter fügte noch hinzu: »Passen Sie gut auf, machen Sie keine Dummheiten. Und schließen Sie die Türen immer gut ab, wenn Sie ausgehen.«

Als gleich darauf das Taxi kam, sprang Napoleon als erster hinein.

Der ältere Herr Ma murmelte: »Auf Wiedersehen, gute Erholung!«

Als das Auto abgefahren war, schloß er schnell die Tür und lachte wieder los. Ganz erschöpft ging er in den Garten, um die Blumen zu gießen. Es hatte schon über eine Woche lang nicht geregnet, und die Blütenblätter, besonders an den Geranien, wurden bereits gelb. Vorsichtig kniff er alle vergilbten Blätter ab und beseitigte auch noch die wilden Triebe an den Rosen. Der Himmel war strahlend klar, es wehte kein Lüftchen, nur von fern dröhnten die Autos. Als er eine Rose betrachtete und dabei die Autogeräusche vernahm, wurde er unsagbar traurig. Er zwang sich, an Marys Hut zu denken, aber seltsam, er konnte nicht mehr lachen. Er hob den Kopf und blickte zum Himmel auf, der so fern war, so unendlich fern und dazu ein wenig bleich.

Wann werde ich nach Hause zurückkehren können?

fragte er sich. Ob ich hier in London sterbe? Nein, nein! Sobald Ma Wei mit dem Studium fertig ist, fahren wir heim, und die sterblichen Überreste des Bruders nehmen wir mit ... Als er an den Bruder dachte, hätte er gern wieder dessen Grab besucht, aber allein war er zu bequem dazu. So wanderten seine Gedanken beim Betrachten des Himmels an die letzte Ruhestätte des Bruders. Der graue Grabstein, der verfallene Kranz, sogar das dicke alte Weiblein tauchten vor seinem geistigen Auge auf. »Ach, was für einen Sinn hat das Leben ...« murmelte er vor sich hin: »Der Grabstein? Selbst der wird in ein paar Jahren nicht mehr da sein. Nichts auf dieser Welt ist von Dauer. Manche der ausländischen Teufel behaupten sogar, daß die Sonne eines Tages verlöschen wird, aber ... Ach was, leben ist auch nicht schlecht, natürlich kommt es darauf an, wie man lebt. Wenn man zum Beispiel einen hohen Beamtenposten bekleidet und ein dickes Einkommen hat, eine Menge Frauen und Nebenfrauen, gesunde und kräftige Kinder, dann ist es natürlich nicht schlecht. Dann lohnt es sich schon ...«

Herrn Mas Gedanken wanderten immer vom Negativen zum Positiven und von da zur goldenen Mitte. Das hieß dann schließlich, recht und schlecht in den Tag hinein zu leben. Ein Tag war nun mal ein Tag ... Er war drauf und dran, eine passende Xipi-Melodie aus einer Peking-Oper vor sich hin zu summen. Dieses »Hauptsache-irgendwie-leben« war ein Grund für Chinas Nichtleben-und-nicht-sterben-können, aber darauf kam der alte Herr Ma natürlich nicht.

Aus der absoluten Passivität konnten wenigstens ein paar große Denker hervorgehen, und aus großer Aktivität würden dem Land immerhin einige Kräfte erwachsen, so daß das Leben mehr Spaß machte. Das Schlimmste war jedoch eine solche Haltung, wie sie Herr Ma und die übrigen, ihm ähnlichen vierhundert Millionen Landsleute einnahmen – nicht völlig passiv, aber zu bequem, sich zum Handeln aufzuraffen. Diese Haltung war die niedrigste, die allerschlimmste, eine Schande für die Menschheit ...

Nachdem der ältere Herr Ma lange gegrübelt hatte, ohne daß ihm eine Erleuchtung gekommen wäre, wurde er böse und verscheuchte diese Gedanken. Er ging in sein Arbeitszimmer, wischte ein wenig Staub und rauchte eine Pfeife. Eigentlich wollte er ein bißchen lesen, aber da er das im allgemeinen nicht tat, kam er sich mit einem Buch in der Hand komisch vor und ließ es sein.

Ich werde mal nach unten gehen und alle Türen abschließen, sagte er sich. Jetzt, wo die Wirtsleute nicht da sind, muß ich besonders gut aufpassen ...

Mrs. Winter hatte durchaus nicht alle Türen abgeschlossen, denn es konnte ja sein, daß ein Feuer ausbrach. Herr Ma ging durch Wohnzimmer und Küche und betrat dann sogar das Schlafzimmer von Mrs. Winter. Er war noch nie in ihrem Zimmer gewesen und spürte eine leichte Beklemmung. Auf leisen Sohlen setzte er behutsam seine Schritte, als fürchte er, jemand könnte ihn ertappen, obwohl er genau wußte, daß niemand im Zimmer war. Ihm war ganz seltsam zumute, als er den leichten Parfümduft wahrnahm. Reglos stand er eine ganze Weile vor dem Spiegel, wollte wieder gehen, konnte sich aber nicht dazu aufraffen. Gern hätte er an die Witwe Winter gedacht, ließ es aber sein. Ebenso gern natürlich auch an seine verstorbene Frau, doch deren Bild konnte er sich nicht mehr so recht vor Augen rufen. Verwirrt ging er schließlich wieder hinaus. Ihm war zumute wie nach einem Traum beim Mittagsschlaf – man hatte zwar an irgend etwas gedacht, aber an etwas Genaues konnte man sich nicht erinnern ... Geräuschlos ging er weiter und verharrte vor Marys Schlafzimmertür. Sie stand offen, er konnte das eiserne Bettgestell sehen. Davor kniete jemand, den Kopf auf die Decke gelegt, sein Nacken bebte, als weinte er.

Es war Ma Wei.

Der ältere Herr Ma erstarrte. Er hatte das Gefühl einer

völligen inneren Leere, dann aber sagte er leise: »Ma Wei!«

Der junge Mann zuckte zusammen und sprang auf. Sein Gesicht wurde rot bis über beide Ohren.

Vater und Sohn standen sich schweigend gegenüber. Ma Wei senkte den Kopf und wischte sich die Träne ab. Der ältere Herr Ma strich sich über den Bart, dabei zitterte ihm die Hand.

Für ihn war Ma Wei noch immer ein zwölf- oder dreizehnjähriger Junge. Immer wenn er an ihn dachte, tat er es etwa so: Das arme, mutterlose Kind! Als er bemerkt hatte, daß Ma Wei abmagerte, hatte er gedacht, dies läge daran, daß ihm die englische Kost nicht bekam, und dessen gerunzelte Stirn hatte er einer Kinderlaune zugeschoben. Ihm war überhaupt nicht aufgefallen, daß er längst zum jungen Mann herangereift war, und erst recht nicht, daß dieses »Kind« vielleicht schon ... Ihm fiel kein passendes Wort ein, um die Beziehungen zwischen Mann und Frau auszudrücken. Schließlich besann er sich darauf, wie man dies früher genannt hatte: Ich hätte nicht gedacht, daß er so jung schon eine Frau haben will ...

Er brachte es nicht fertig, Ma Wei zu tadeln. Er hatte ja nur diesen einen Sohn, und der war mutterlos ... Zwar hatte er nicht die Kraft, ihn zur Rede zu stellen, aber irgend etwas mußte er jetzt sagen, schließlich war es unanständig, niedrig, ungehörig, wenn der Vater den Sohn am Bett eines jungen Mädchens heulen sah. Aber sollte er den Sohn ausschimpfen? Er war ja selbst schuld daran, indem er ihn immer noch als dummes kleines Kind betrachtet hatte. Wußte er denn nicht, daß sich die Zeiten geändert hatten und die Kinder bereits verdorben auf die Welt kamen ... Warum hatte er nicht beizeiten vorgebaut? Zum Glück war es zwischen ihm und Mary noch nicht zu etwas Blamablem gekommen, das hätte noch gefehlt ... Sie war Ausländerin, das wäre ja furchtbar gewesen ... Nun gut, ihm selbst gefiel das rote Näschen der Witwe Winter ja auch, aber das war nichts weiter als ein kurzes Aufwallen, natürlich dachte er nie ernsthaft daran, sie zu heiraten. Vor wem könnte man denn noch bestehen, wenn man eine ausländische Witwe zur Frau nahm ... Ma Wei dagegen war noch jung, er dachte nicht so weit ...

Herr Ma warf einen kurzen Blick auf den Sohn und ging langsam die Treppe hinauf.

Ma Wei trat hinter ihm aus dem Zimmer und blickte von der Tür aus noch einmal auf das Bett. Er ging zurück und zog die Decke glatt, die seine Tränenspuren trug. Mit gesenktem Kopf verließ er den Raum, schloß die Tür und stieg die Treppe hoch.

Beim Betreten des Arbeitszimmers sagte er leise: »Vater, Vater ...«

Der ältere Herr Ma antwortete nur kurz, er war den Tränen nahe.

Ma Wei stellte sich hinter den Stuhl des Vaters und sagte langsam: »Vater, du brauchst dir meinetwegen keine Sorgen zu machen, ich habe nichts mit ihr. Vor ein paar Tagen ... ich war wirklich verrückt ... Aber jetzt ist es vorbei. Ich bin in ihr Zimmer gegangen, um ... mir ganz fest vorzunehmen, sie zu vergessen. Sie verachtet uns, alle Ausländer verachten uns, das kann man ihr nicht vorwerfen. Von heute an werde ich mich zusammennehmen und tun, was ich tun muß. Das Vergangene ... ich war ja verrückt. Li Zirong will uns verlassen, wir können ihn nicht hindern; in Zukunft sind wir auf uns allein angewiesen. Er hat versprochen, uns auch weiterhin zu helfen; ich achte ihn, ich vertraue ihm, denn was er sagt, stimmt. Ich hab ihm vor ein paar Tagen Unrecht getan. Ich hatte nicht die Absicht, aber ich... ich war eben verrückt. Er hat es überhaupt nicht übelgenommen, er ist wirklich ein anständiger Mensch. Vater, ich hab dich enttäuscht. Wenn du einen Sohn wie Li Zirong hättest, brauchtest du dir keine Sorgen zu machen.«

»Bloß gut, daß ich keinen Sohn wie Li Zirong habe!« Der ältere Herr Ma schüttelte lachend den Kopf.

»Vater, versprich mir, daß wir uns beide sehr anstrengen werden. Wir müssen sparsamer sein. Wir müssen uns zusammennehmen, müssen früh aufstehen und spät schlafen gehen. Wir müssen auf Li Zirong hören. Ich gehe gleich nachher zu ihm, um zu hören, ob er schon eine neue Beschäftigung gefunden hat. Wenn ja, können wir nichts machen, dann müssen wir ihn gehen lassen. Wenn er noch nichts gefunden hat, behalten wir ihn, ja, Vater? machen wir es so?«

»Schon gut, schon gut«, antwortete der ältere Herr Ma nickend, blickte aber den Sohn nicht an. »Hauptsache, du weißt, was sich gehört und treibst es nicht auf die Spitze – alles andere läßt sich regeln. Ich hab ja nur dich, meinen einzigen Sohn. Deine Mutter ist so früh gestorben. Ich verlasse mich ganz auf dich – was du vorschlägst, machen wir. Geh zum Ladengehilfen Li und sprich mit ihm. Wenn er sagt, wir sollen das Haus abreißen, machen wir's! Geh und hole ihn, wir gehen dann zusammen chinesisch essen, ich erwarte euch im Zhuangyuan-Restaurant. Geh nur, hier hast du ein Pfund.« Und er stopfte Ma Wei eine Banknote in die Tasche.

In Ma Wei sah es aus wie in einem Topf mit brodelnd kochendem Reis – Liebe, Sohnespflicht, Freundschaft, Arbeit, Studium, alles in ihm wirbelte durcheinander. So unmöglich Herr Ma auch war – er war sein Vater. Li Zirong wiederum war zu direkt, aber ein durch und durch anständiger Mensch – wo sollte er, wenn er dem Vater weiterhin half, die Zeit zum Studium hernehmen? Wenn er sich aber nur in sein Studium vergrübe, wer kümmerte sich dann um alles andere? Außer all dem gab es auch noch sie, er hatte sie dauernd vor Augen, sie war in seinem Herzen, in seinen Träumen, überall tauchte sie unvermittelt auf. Er wollte sie vergessen, aber wie konnte er das! Alles kann man abwerfen, nur die Liebe nicht, sie keimt und wächst in der Tiefe des Herzens. Gut, sie liebt mich nicht, doch wen kümmert das? Ihr Lachen, ihre Art zu sprechen, jede ihrer Bewegungen brachte die Triebe erneut zum Sprießen. Wo sie war, fiel er ihr betört zu Füßen; solange sie auf dieser Welt weilte, mußte er an sie denken. Sie zu vergessen, das schaffte nur jemand mit einem Herzen aus Eisen. Seines aber war weder aus Eisen noch aus Stein; jedesmal, wenn ihre weißen Arme bebten, bebte auch sein Herz.

Ich muß sie vergessen! nahm er sich vor. Ich wage nicht mehr, sie zu lieben, weil sie mich verachtet, aber ich kann sie auch nicht hassen, denn sie ist dazu geboren, geliebt zu werden ... Wo war seine Würde geblieben? Junge Menschen brauchen Feuer und Selbstachtung, warum also lief er hinter ihr her und flehte um ihre Liebe? Warum nahm er sich selbst nicht wichtiger? Warum half er dem Vater nicht, mit dem Geschäft klarzukommen? Warum nahm er sich nicht Li Zirong zum Vorbild ... Schluß damit! sagte er sich. Ich hab meine Tränen auf deiner Bettdecke vergossen, hab die Götter gebeten, dich zu beschützen, aber nun sehe ich dich nicht mehr an und denke nicht mehr an dich! Ich hab dir gewünscht, einen guten Ehemann zu finden, damit du ein Leben lang glücklich bist, aber dann kam plötzlich der Vater ... Ich könnte ihn hassen! Doch er hat nichts gesagt, und ich muß ihm beistehen, das werde ich ihm sagen ... Ich muß ihm sagen, daß ich mir diese Krankheit aus dem Herzen gerissen habe. Auch Li Zirong muß das wissen, ich gehe sofort zu ihm ...

Ma Wei trat in den Laden und rief: »Lao Li, Lao Li, es ist aus!«

»Was ist aus?« fragte Li Zirong.

»Das Vergangene ist vorüber – in Zukunft nehme ich mein Schicksal selbst in die Hand!«

»Komm, laß dir die Hand schütteln! Lao Ma, du bist ein guter Kerl – komm, gib mir deine Hand!«

»Lao Li, wie ist es: Gehst du nun, oder hilfst du uns weiterhin?«

»Ich hab bereits Sir Simon zugesagt, bei ihm zu arbeiten«, antwortete Li Zirong. »Er sitzt an mehreren Büchern – über chinesisches Porzellan, über die Ergebnisse seiner Analysen und über seine Sammlung. Meine Aufgabe ist es, eine Beschreibung der Antiquitäten zu liefern, weil er ja kaum die chinesischen Zeichen kennt. Ich brauche nur jeden Vormittag bis ein Uhr hinzugehen, das ist mir sehr recht.«

»Und was wird aus unserem Laden?« fragte Ma Wei.

»Ich mache euch einen Vorschlag: Ihr kauft jetzt einen größeren Posten ein und setzt vor Weihnachten die Preise stark herab. Alle Waren werden mit einem Schild versehen – ›Um dreißig Prozent gesenkt!‹ Dann schicken wir den Kunden einen farbigen Katalog. Den Druck organisiere ich für euch, ihr braucht mir nur das Fahrgeld zu zahlen. Die Zeitschriften ›Asia Journal‹ und ›Quarterly‹ vom Orientinstitut drucken Anzeigen für die nächsten drei Monate. Was die Ware betrifft, wäre es gut, wenn dein Vater erst einmal den Wang Mingchuan zum chinesisch Essen einlädt, dann rede ich mit dem alten Wang und bitte ihn, euch die Ware zu besorgen. Er ist ein alter Freund deines Onkels, betreibt selbst einen Antiquitätenladen und ist außerdem zuständig für Importware. Gebt ihm fünfhundert Pfund, dafür soll er Ware besorgen, und wenn die Ware da ist, machen wir es so, wie ich gesagt habe. Wenn das klappt, ist euer Geschäft saniert. Was meinst du dazu? Du müßtest allerdings jeden Nachmittag hier im Laden sein, vormittags und abends könntest du studieren. Dein Vater kann das nicht allein machen. Wenn die Ware eintrifft, helfe ich euch beim Sortieren und beim Auspreisen. Ihr müßt allerdings für mein Mittagessen aufkommen. Wie findest du das?«

»Was du sagst, gilt, Lao Li. Erfolg oder Niederlage hängen für uns ganz von diesem Unternehmen ab! Vater erwartet dich übrigens im Zhuangyuan-Restaurant zum Essen, kommst du mit?«

»Nein, vielen Dank! Ich bleibe dabei – wer einmal essen geht, will auch das zweitemal gehen, und das wird mir zu teuer, das kann ich mir nicht leisten. Was ich dir sagen wollte, Lao Ma, du müßtest mal für eine Woche aufs Land fahren, dich ein bißchen ablenken. Ich bin ja noch ein paar Tage hier, das paßt gut, du kannst also fahren.«

»Und wohin?« fragte Ma Wei.

»Da gibt es viele Möglichkeiten. Am besten, du kaufst dir am Bahnhof einen Reiseführer und suchst dir einen Ort aus, wo du eine Woche bleiben kannst. Das wäre gut für deine Gesundheit. Also gut, Lao Ma, geh du erst mal essen und danke deinem Vater in meinem Namen. Iß für mich mit!« Li Zirong lachte wieder.

So ging Ma Wei allein, und Li Zirong blieb lächelnd zurück.

VIERTES KAPITEL

1

Zur Herbst- und Wintersaison war in London immer etwas los. Die Theater spielten die gängigsten Stücke, in den Geschäften ging die große Herbstpreissenkung zu Ende, und dann begannen die Vorbereitungen auf das Weihnachtsfest. Begüterte Damen und Herren kamen nach London, um ins Theater zu gehen, Freunde zu besuchen und Weihnachtsgeschenke einzukaufen. Die weniger begüterten erfreuten sich an kostenlosen Vergnügungen – sie sahen sich die Parade zur Amtseinführung des Bürgermeisters oder die Einberufung des Parlaments durch den König an. Wer auch nur einen Shilling in der Tasche hatte, versetzte ihn entweder beim Pferderennen oder bei einer Fußballwette. In den Abendzeitungen nahmen Nachrichten über Rennen und Fußballspiele den größten Raum ein. Schon morgens gegen zehn kauften sich die Leute ein Blatt und schauten nach, ob sie etwas gewonnen hatten. Wenn sie feststellten, daß sie verloren hatten, zogen sie einen Flunsch und wandten sich den Nachrichten zu, die das Ausland beschimpften. Außerdem gab es Eisbahnen, Zirkusvorstellungen und jede Menge Shows – Hundeshow, Chrysanthemenshow, Katzenshow, Beinshow, Autoshow . . . Shows am laufenden Band. So gab es immer etwas zu sehen und zu bereden, man vergnügte sich, und es war klar, weshalb die Engländer keine Revolution machten – wo sollten sie vor lauter Gaffen, Reden und Vergnügungen die Zeit dafür hernehmen?

Auch Mrs. Eden war sehr beschäftigt. Sie war emsig dabei, für Arme zu sammeln, damit Leute, die nichts zu beißen hatten, sich zu Weihnachten auch einmal satt essen konnten. Das Baumwollknäuel auf ihrem Kopf war unordentlicher denn je; und es war fraglich, ob es sich jemals wieder ordnen ließe.

Pastor Eden war ebenfalls beschäftigt. Täglich las er

mit Hilfe eines kleinen Wörterbuchs chinesische Bücher; aber je mehr er las, auf desto mehr unbekannte Vokabeln stieß er.

Auch sein Sohn Paul hatte unbeschreiblich viel zu tun. Er brachte es fertig, drei Stunden im Regen auf der Straße zu verharren, nur um den Kronprinzen zu sehen. Zu Hause stellte er sich dann vor den Spiegel und lächelte, weil jemand gesagt hatte, seine Nase sei der des Kronprinzen sehr ähnlich. Dieser hatte neulich im Rundfunk um Spenden für die Arbeitslosen gebeten, daraufhin hatte er, Paul, sofort zwei Pfund gespendet. Hätte diese hohe Persönlichkeit nicht gesagt, daß es den Arbeitern schlecht ginge – Paul wäre von selbst nie darauf gekommen. Er lachte sogar über seine Mutter, die sich für die armen Leute so ins Zeug legte, daß ihre Frisur kaum noch zu retten war. Manchmal sah er sich ein Fußball- oder ein Cricket-Spiel an oder auch einen Film, der die Chinesen verunglimpfte. Das Wetter spielte dabei keine Rolle.

Miss Kate war ruhig wie stets, aber beschäftigt war auch sie – sie mußte Chinesisch lernen, Musik studieren, für die Mission arbeiten. Ihr Haar indes war keineswegs unordentlich, lang und locker hing es bis auf ihren schneeweißen Nacken.

Auch Mutter und Tochter Winter hatten zu tun. Die Mutter beschickte den lieben langen Tag die Öfen im ganzen Haus; davon zeugten schwarze Rußflecke auf ihrer Nasenspitze. Da die Tage kurz waren, mußte sie sich beeilen, um ihre Einkäufe zu tätigen. Es gab unendlich viel einzukaufen, und wenn man die vielen Dinge, die mit Weihnachten zusammenhingen, rechtzeitig genug besorgte, sparte man nicht wenig Geld. Außerdem mußte alles, was für das Fest gebacken werden sollte, bereits einen Monat vorher fertig sein.

Marys Augen waren so beschäftigt, daß sie gar nicht wußten, wo sie zuerst hinschauen sollten; jeder Laden war herausgeputzt und alles, was darin auslag, war schön. Sie sparte jede Woche zwei Shilling, und nach fünfzehn-, sechzehnstündigem Überlegen kaufte sie irgendeine preiswerte, gute, schöne Kleinigkeit. Zu Hause versteckte sie sie heimlich in ihrer kleinen Kiste, um sie dann zu Weihnachten zu verschenken. Außerdem wollte sie sich zum Fest auch noch einen neuen Hut kaufen. Das war wirklich nicht einfach. In ihrem kleinen Büchlein rechnete sie Tag und Nacht hin und her, konnte aber die notwendige Summe nicht aufbringen. Heimlich setzte sie einen Shilling für eine Wette beim Pferderennen ein, um ein wenig nachzuhelfen, aber gerade das Pferd, auf das sie gesetzt hatte, schoß auf halber Strecke einen Purzelbaum, und schon war der Shilling weg. »Je weniger Geld man hat, um so mehr verliert man! Man müßte das Geld überhaupt abschaffen, anders ist das Hutproblem nicht zu lösen!« Wenn Mary böse war, wurde sie fast zur Sozialistin.

Auch das Londoner Wetter war sehr beschäftigt – entweder stürmte es, oder es regnete, und wenn es nicht stürmte oder regnete, war es neblig. Manchmal gab es auch Regen und Nebel zugleich. Der Londoner Nebel war übrigens interessant – allein was die Farben betraf, hatte er eine Menge aufzuweisen. Manche Stellen waren hellgrau, in ihnen konnte man im Umkreis von mehreren Metern durchaus noch etwas erkennen, manche dunkelgrau, dort waren Tag und Nacht nicht zu unterscheiden. Andere Stellen waren gelbgrau, als würde in ganz London nasses Holz verbrannt, das gelben Rauch verursachte. Wieder andere Stellen waren gelbrot, und wenn dies der Fall war, sah man überhaupt nichts mehr. Dieses Gelbrot konnte man nur wahrnehmen, wenn man durchs Fenster blickte. Lief man im Nebel, so war alles dunkelgrau, nur wenn man nach oben blickte, nahm man ein schwaches Gelb wahr. Dieser Nebel bestand nicht aus Schwaden, sondern aus einem einheitlichem Ganzen, alles ringsum – außer dem eigenen Körper – war Nebel. Lief man, so lief der Nebel mit. Man sah nichts, wurde von niemandem gesehen und wußte nicht, wo man sich befand. Nur sehr starke Autoscheinwerfer verbreiteten ein wenig Helligkeit; außer der warmen Luft, die man ausatmete, vermochte man nichts wahrzunehmen, alles andere versank in rätselhaftem Nichts. Die großen Autos krochen im Schrittempo vorwärts, man hörte nur ihr Hupen, und wenn selbst das nicht mehr ertönte, war Furcht geboten – der Nebel schien die Welt erstickt zu haben. Man fühlte, daß da links und rechts und vorn und hinten irgend etwas war, aber man wagte einfach nicht, sich nach links oder rechts, nach vorn oder hinten zu bewegen, denn vor einem konnte ein Pferd stehen, ein Auto, ein Baum ... Was es war, wußte man erst, wenn man es ertastete.

Der ältere Herr Ma war der Müßiggänger numero eins von ganz London – regnete es, ging er nicht aus, stürmte es, ging er nicht aus, war es neblig, ging er auch nicht aus. Am Kaminfeuer sitzend, sein Pfeifchen schmauchend, blickte er durch die Scheiben und meditierte über die Schönheiten des Regens, des Nebels, des Sturmes ... Chinesen entdecken das Schöne überall, sein Ausdruck kann ganz unterschiedlich sein, immer ist es jedoch ein Verschmelzen des Gefühls mit dem Betrachteten, das der Betrachter aus seinem ästhetischen Sinn heraus entwickelt. Herr Ma sah ein zurückkehrendes Boot, jemanden, der im Schnee nach den ersten Pflaumenblüten sucht, und in all diesem Nebel und Regen und Schnee gab es einen schmächtigen Alten, der ständig lächelte. Dieser schmächtige Alte war der Schönheitsgott der Chinesen; er lebte nicht in einem himmlischen Schloß, sondern im Herzen eines jeden Menschen. Der ältere Herr Ma lächelte unwillkürlich – wie die Autos im feinen Regen vorüberhuschten, das war schön. Wie die Schirme der jungen Mädchen vom Sturm hin- und hergerissen wurden, das war schön. Wie das Licht im Nebel vorüberhuschte gleich Leuchtkäfern in einer Herbstnacht, das war schön. Er schmauchte seine Pfeife, blickte bald nach draußen, bald auf die Flammen im Kamin und vergaß allen Kummer und alles Leid. Er dachte nur an eines – an einen ordentlichen Schluck.

»Jetzt einen halben Liter Shaoxing – das wäre was!« murmelte er vor sich hin.

Aber ach, in London gab es keinen Shaoxing-Wein. Er sollte doch lieber wieder nach China zurückkehren ... Der alte Ma dachte immer wieder an China, an das Land, wo jedermann Sinn dafür hatte, im Schnee nach den ersten Pflaumenblüten zu suchen, in Regen im Boot heimzukehren ... Chinesen vergaßen niemals das »Schöne« und »China«. Könnten sie diese beiden Dinge so richtig in Einklang und zur Entfaltung bringen, ginge China herrlichen Zeiten entgegen. Könnten sie die Anwendung der Wissenschaften mit dem Schönen verbinden und die Liebe zur Heimat durch eine kluge Politik fördern – China stünde groß da! Der alte Ma, ein typischer Chinese, verfügte zwar verschwommen über einen natürlichen Schönheitssinn, doch leider mangelte es ihm an Wissen. Er wollte nach China zurück, hatte aber nicht die geringste Vorstellung, was Vaterland bedeutete. Er wollte Beamter werden, hatte aber keine Ahnung von der damit verbundenen Verantwortung. Er liebte seinen Sohn, verstand aber nicht, ihn zu erziehen. Leider ...

Als das Weihnachtsfest vor der Tür stand, wurde auch der ältere Herr Ma ein wenig geschäftig. Daß sich die Engländer zu Weihnachten gegenseitig beschenkten, kam ihm sehr gelegen, es bot ihm endlich die Gelegenheit, sich ein wenig in Erinnerung zu bringen. Die vier Edens, Mutter und Tochter Winter, Alexander – alle mußten bedacht werden. Selbst Li Zirong durfte er nicht vergessen. Er war vulgär, dieser Kerl, na gut, dann bekam er eben ein vulgäres Geschenk. Richtig, er würde ihm ein Paar Schuhe kaufen – vulgäre Personen lieben das Praktische. An wen mußte er noch denken? An den Inhaber des Zhuangyuan-Restaurants. Und Washington? Richtig, dem mußte er unbedingt etwas schenken, denn der hatte ihn ja, als er betrunken war, ins Auto getragen. Der Bursche hatte sich gerade ein Motorrad gekauft, er würde noch in den Tod rasen ... Oh, man wünschte anderen doch nichts Schlechtes, aber ein Motorrad oder ein Fahrrad, das war wirklich etwas sehr Gefährliches. Hoffentlich passiert ihm nichts ... Doch unsereiner kann das sowieso nicht verhindern ... Mit einem seltsamen Lachen fuhr sich Herr Ma über das Bärtchen.

Wie viele sind es denn? Er zählte an den Fingern ab: Vier und drei macht sieben. Mit Li Zirong, dem Restaurantbesitzer und Washington sind es zehn. Und wer noch? Richtig, Wang Mingchuan, er hat uns die Ware besorgt, da müssen wir ihm schon eine Kleinigkeit zukommen lassen. Also elf. Rechnen wir erst einmal elf – wenn uns noch jemand einfällt, sehen wir weiter. Ob ich Mrs. Winter einen Hut kaufe ...?

Der ältere Herr Ma murmelte nicht länger vor sich hin, sondern schloß die Augen und überlegte, mit was für einem Hut Mrs. Winter sich noch vorteilhafter herausputzen könnte. Er dachte eine Weile nach, aber ihm fiel nur ihre kleine Nasenspitze ein, die braunen Pupillen, das schmale Gesicht. Unter was für einem Hut würde ihr längliches Gesicht nicht ganz so länglich wirken? Er kam nicht drauf. Also Schluß, wir werden schon sehen, dachte er.

Ach, Napoleon ist ja auch noch da ... Der ältere Herr Ma hatte größten Respekt vor dem Hündchen, schließlich gehörte es *ihr!* Das ist schwierig, was schenkt man einem Hund? Oh, ich hab's, ich hab's! Vor Freude klopfte er die Pfeife aus, die er eben erst gestopft hatte. Ich nehme schönes Geschenkpapier, wickele darin sieben Shillinge und sechs Pennies ein, binde das Ganze schön mit einem Bändchen zusammen und gebe es Mrs. Winter. Ich sage ihr: ›Sie müssen doch im neuen Jahr für Napoleon wieder einen Jahrespaß kaufen – das übernehme ich!‹ Ist das etwa keine Idee? Verdammt, daß so ein kleiner Hund so viel kostet ... Aber das ist Sache dieser ausländischen Teufel; ich bezahle die Summe jedenfalls, sie wird bestimmt ...

Er freute sich unbändig über seine Idee. Wirklich, das war nicht einfach gewesen ... Gleich war Essenszeit. Der Nebel draußen war immer noch sehr dicht. Eigentlich wollte er mal wieder in seinen Laden schauen, aber er hatte Angst, überfahren zu werden. Am liebsten hätte er Mrs. Winter gebeten, ihm etwas zuzubereiten, denn aus kaltem Fleisch machte er sich nichts. Im letzten Monat war er so gut wie nie im Laden gewesen. Seit Li Zirong auf die Idee mit der großen Weihnachtspreissenkung gekommen war, hatten Ma Wei und Li Zirong (er nahm sich jeden Tag Zeit, ihm zu helfen) ständig alle Hände voll zu tun, doch ihn, Herrn Ma, wollten sie nicht dabei haben. Neulich, als er eine kleine Vase nach Hause mitnehmen wollte, um Blumen hineinzustellen, entwand ihm Li Zirong diese, ohne ein Wort zu sagen, und Ma Wei zog ein Gesicht und schalt seinen Vater sogar! Ein andermal, als er die Abwesenheit von Ma Wei und Li Zirong genutzt hatte, um die grünen und roten Plakate vom Schaufenster abzureißen, die er so vulgär fand, war er von Ma Wei scharf getadelt worden. Nichts zu machen, der eigene Sohn hielt nicht zu seinem Vater . . . Wer hatte ihn aber auch geheißen, zu den ausländischen Teufeln zu gehen, wo es keine Stelle gab, bei der man sich über ungehorsame, pietätlose Söhne beschweren konnte! Also mußte er sich zusammennehmen. Ma Wei war ehrgeizig, er wollte Geld verdienen, aber auch wer ehrgeizig ist, muß Rücksicht auf das Gesicht des anderen nehmen. Ich bin dein Vater, denk daran!

Der Nebel draußen wurde dunkelgrau, dann gelb, dann rot. Die gegenüberliegenden Gebäude waren nicht mehr zu erkennen. Überall flammten Lichter auf – es schien, als gingen sie ständig aus und wieder an – eine gespenstische Szenerie. Ein Kohlenverkäufer bot auf der Straße verzweifelt seine Ware feil. Seine Stimme ertönte unmittelbar vor dem Fenster, doch er selbst schien sich mit seinem Kohlenwagen in einer anderen Welt zu befinden.

Laß es gut sein, sagte sich der ältere Herr Ma und setzte sich wieder ans Feuer. Im Laden kannst du's sowieso niemandem recht machen, dann halte es lieber hier aus ...

Er war Londons Müßiggänger numero eins.

2

Wer den festen Willen hat, etwas zu erreichen, wird es auch zu etwas bringen, ganz gleich, ob er ein großer Mensch ist oder nur ein gewöhnlicher. Was man sich vornimmt, kann sehr unterschiedlich sein, aber die Entschlossenheit, mit der man eine Sache angeht, und der Erfolg, den man erzielt, sind der gleichen Anerkennung wert. Am schändlichsten ist es, Fähnchen zu schwenken und zu schreien, aber nichts zu tun. Nur Leute mit schwachem Willen, nur Leute ohne eigene Ansichten, die auf leeren Ruhm aus sind, schwenken Fähnchen und schreien herum. Eine solche Haltung hat nicht nur keinerlei Erfolgschancen und ist nicht nur verachtungswürdig, sie verdient nicht einmal, verlacht zu werden.

Die Ausländer in China jedoch – diese ausländischen Teufel, die über Kanonen, Flugzeuge, Wissenschaften, Allgemeinbildung und Finanzen verfügen – lachen sie, wenn sie die Studenten sehen, die, statt zu studieren, Papierfähnchen schwenken, nach Gerechtigkeit schreien, um Posten rangeln? Lachen lohnt nicht! Sie finden eher: Je weniger ihr lernt, um so besser, je mehr Papierfähnchen ihr schwenkt, um so besser! Wenn ihr nicht studiert, bleibt unser Wissen für euch unerreichbar; eure Papierfähnchen jedenfalls kommen nicht gegen unsere großen Geschütze an. Wenn ihr versuchen würdet, mit kleinen Geschützen gegen die großen dieser Teufel anzukommen, würden sie lachen, solange ihr aber nur mit kleinen Stöckchen, an die rotes Papier geklebt ist, solange ihr mit diesem roten Papier gegen große Geschütze angeht, können die alten Teufel nicht einmal lachen.

Wer sein Land wirklich liebt, tut so etwas nicht.

Wie tief die Liebe auch sein mag – für eine Frau kann

man sein Leben und sein Vermögen opfern –, mit einem starken Willen läßt sich selbst die Liebe besiegen. Das Leben ist kompliziert und vielfältig, außer der Liebe gibt es auch noch Ideale, Verantwortung, Arbeit ... Glücklich sind diejenigen, die über die Erfüllung ihrer Liebe hinaus auch alles andere verwirklichen, ihre Ideale, ihre Verantwortung, ihre Arbeit. Menschen, deren Liebe unerfüllt bleibt, müssen sich mit ihrem grausamen Schicksal abfinden und sich ihren Idealen, ihrer Verantwortung, ihrer Arbeit zuwenden. Liebe ist heilig, das ist richtig, aber auch Ideale und Verantwortung sind heilig. Man kann nicht einen Kirschmund küssen und dabei die heiligen Ideale, die heilige Verantwortung und die heilige Sache im Stich lassen; das hieße, das einmalige Leben für nichts und wieder nichts wegzuwerfen. Wer das tut, ist allenfalls im Roman ein Held; in der Realität wäre er ein Sünder. Realität und Roman, das ist zweierlei.

Die Papierfähnchen beiseite legen und statt dessen ordentlich studieren; das Jammern über die verlorene Liebe einstellen und statt dessen für seine Ideale, seine Verantwortung, seine Sache eintreten – das sind zwei gute Arzneien für die Jugendlichen im heutigen China – dem elenden, aber trotz allem geliebten Land!

In China hatte auch Ma Wei Papierfähnchen geschwenkt und mit anderen Leuten Losungen geschrien. Jetzt aber hatte er erkannt: Englands Stärke kam zum größten Teil daher, daß die Engländer nicht krakeelten, sondern mit gesenktem Kopf hart arbeiteten. Die Engländer sind freiheitsliebend, aber komisch – die Studenten haben keinerlei Mitspracherecht in den Hochschulen. Sie sind freiheitsliebend, aber komisch – überall herrscht Ordnung. Wenn ein paar Millionen Arbeiter streiken, kann es sein, daß kein Schuß fällt und nicht ein einziger Mensch umkommt. Ma Wei begriff: Ordnung und Disziplin, das ist das Geheimnis der starken Länder.

In seinem Innersten konnte er Mary nicht vergessen, aber er begriff auch eines: Ließe er sich durch sie total entmutigen, so würden der Vater und er unweigerlich verhungern, und seiner Verantwortung dem Vaterland gegenüber könnte er schon gar nicht gerecht werden. Ma Wei war kein Dummkopf; er gehörte der neuen Jugend an, deren höchstes Ziel darin bestand, für das Land, für die Gesellschaft etwas zu leisten. Diese Verantwortung war wichtiger als alles andere. Für das ehrwürdige China sein Leben zu lassen war millionenfach edler als für eine schöne Frau zu sterben. Wenn man aus Liebe stirbt, fügt man der Poesie lediglich eine weitere kleine Blume hinzu. Für das Vaterland zu sterben, das bedeutet dagegen, der Geschichte Chinas eine ruhmvolle Seite hinzuzufügen.

Das hatte Ma Wei begriffen.

Er wandte eine sehr einfache Methode an – er versuchte, seinem seelischen Kummer durch physische Anstrengung beizukommen. Morgens lief er eine Runde durch den Park, manchmal ruderte er auch eine halbe Stunde. Er lief sogar bei Sturm und Regen, und nach zwei, drei Wochen bekam sein Gesicht schon ein wenig Farbe. Nach dem Laufen duschte er sich kalt (Mrs. Winter gestattete ihnen inzwischen die Benutzung ihrer Badewanne) und rieb sich so kräftig ab, daß er rot aussah wie ein frischer Krebs im Fischladen. Nach dem Duschen ging er zum Frühstück hinunter. Wenn Mary ihn anblickte, hielt er ihrem Blick stand, und wenn sie mit ihm sprach, antwortete er lächelnd. Er wußte, daß sie schön war, nun gut, er betrachtete sie wie eine schöne kleine Puppe. Du achtest mich nicht – ich achte dich erst recht nicht! sagte er sich. Und: Du siehst gut aus, ich aber strebe nach Erfolg und Verantwortung. Schönheit läßt sich auf der Waage schlecht gegen Ruhm und Verantwortung aufwiegen!

Als Mary sein rotwangiges Gesicht sah und feststellte, daß seine Handgelenke von Tag zu Tag kräftiger wurden und seine Augen ungewöhnlich glänzten, suchte sie ihn absichtlich in ein Gespräch zu verwickeln. Ausländische Frauen mögen kräftige junge Burschen. Ma Wei zeigte seine Kraft; wenn er nach dem Frühstück nach oben ging, um zu lernen, nahm er immer gleich drei Stufen auf einmal. Begegnete er ihr auf der Straße, winkte er ihr nur kurz zu und eilte wie der Wind davon.

Wenn man in der Lage ist, überall das Lächerliche herauszufinden, wird das Leben gleich um vieles interessanter.

Hatte Ma Wei ein, zwei Stunden gelernt, ging er aus dem Haus und lief wieder in den Laden. Alle Vorschläge Li Zirongs hatte er der Reihe nach in die Tat umgesetzt. Als die Ware einen Monat vor Weihnachten in London eintraf, begann für ihn und Li Zirong harte Arbeit. Sie schmückten die Fassade, setzten die Preise fest, druckten Kataloge . . . Tag für Tag waren sie volle sieben Stunden damit beschäftigt. Die Ware, die Wang Mingchuan geschickt hatte, bestand durchaus nicht nur aus Antiquitäten; es gab chinesische Stickereien, chinesische Spielsachen, alte seidenbestickte chinesische Gewänder. Und so kam es, daß alte Damen, die ihren Verwandten und Freunden etwas Chinesisches schenken wollten, auch den Laden der Familie Ma kennenlernten und heute ein kleines Seidenbeutelchen und morgen einen alten Spannfächer kauften. Manchmal, wenn sie sich diese Kleinigkeiten ausgesucht hatten, nahmen sie auch etwas Teures mit.

Nachdem sie die Ware geordnet hatten, war Li Zirong gleich zu Sir Simon gelaufen, um ihn herzubitten, damit er sich das Beste aussuchen konnte. Mit schräggeneigtem Kopf hatte Sir Simon zusammen mit den beiden Burschen einen ganzen Vormittag im Laden zugebracht und außer dem Porzellan, das er für sich brauchte, auch noch einen bestickten altchinesischen Rock für fünfundzwanzig Pfund gekauft, den er seiner Frau zu Weihnachten schenken wollte. An diesem einen Vormittag nahmen sie über einhundertfünfzig Pfund ein.

»Es läuft, Lao Ma!« rief Li Zirong und fuhr sich durchs Haar.

»Es läuft, Lao Li!« Ma Wei lachte und konnte vor Freude kaum sprechen.

Dann berieten die beiden lange darüber, wie sie die Passanten auf ihren Laden aufmerksam machen konnten. Li Zirong schlug vor, am Eingang der Gasse eine Lampe anzubringen; auf der vorderen Seite sollte in Rot, auf der hinteren in Grün die Schrift aufleuchten: »Kaufen Sie chinesische Antiquitäten!«, »Schenken Sie Dinge aus China!« Junge Leute handeln rasch – schon am dritten Tag war die Lampe angebracht.

Ihre Geschäftigkeit machte den Inhaber des benachbarten Antiquitätenladens nervös. Er war stets davon ausgegangen, daß Herr Ma ein schlechter Händler war, und wartete nur darauf, daß er pleite machte, um seinen Laden zu übernehmen. Als er jetzt die beiden jungen Leute so aktiv herumwirtschaften sah, beschloß er zu handeln. Denn wenn sich der Laden der Familie Ma erst etabliert hätte, wäre es zu spät. Glatzköpfig und dickbäuchig, wie er war, bestellte er Li Zirong heimlich zu einem Essen und ließ einiges durchblicken. Aber Li Zirong antwortete ihm nur lachend: »Kaufen Sie sich erst mal ein Haarwuchsmittel. Wenn Ihre Haare gewachsen sind, reden wir weiter.«

Der alte Ladeninhaber strich sich über die Glatze, lachte laut (Engländer besitzen den Vorzug, über sich selbst lachen zu können) und sagte nichts mehr.

Der ältere Herr Ma kam mehrmals in den Laden. Er tat, als wollte er ihnen helfen, in Wirklichkeit wollte er sich nur ein paar nette Kleinigkeiten für Mrs. Winter holen. Gemessen schritt er durch den Raum, sah sich dies und jenes an, griff mal nach dem, mal nach jenem, blickte dann unauffällig zu Ma Wei – aber der beobachtete ihn scharf. Er hüstelte kurz, steckte die Hände in die Hosentaschen und stolzierte weiter durch den Raum. Wenn ein Kunde eintrat, verbeugte er sich tief und schickte sich an, ein hervorragendes Geschäft zu tätigen, um seine Fähigkeiten zu zeigen. Aber immer, wenn er sich aufrichtete, hatte Ma Wei den Kunden längst beiseite geführt.

»Der ist aber ehrgeizig ... Er ist schon in Ordnung,

aber er darf nicht vergessen, daß ich sein Vater bin!« murmelte er vor sich hin.

In den Tagen vor dem Fest lief das Geschäft auf Hochtouren. Von zehn verkauften Waren mußten mindestens acht verpackt und den Kunden zugestellt werden. Ma Wei und Li Zirong taten dies manchmal bis zehn Uhr abends. Manche Dinge konnten per Post geschickt werden, zerbrechliche Waren mußten sie selbst hinbringen. Daher kam Li Zirong auf die Idee, sich in einem Fahrradladen ein altes Rad zu leihen; mit ihm raste er wie verrückt durch die Gegend, und wenn der ältere Herr Ma Li Zirong auf dem Fahrrad zwischen den Autos sah, schloß er die Augen und betete zum lieben Gott.

»Sag Li Zirong«, trug er Ma Wei auf, »er soll nicht so durch die Gegend rasen! Das ist doch kein Spaß, sich so zwischen den Autos durchzuschlängeln! Er soll sich nur kein Beispiel an Washington nehmen, der sich bestimmt eines Tages zu Tode rast!«

Als Ma Wei diese gutgemeinten Worte Li Zirong überbrachte, sagte der nur lachend: »Vielen Dank für seine Fürsorge, aber das macht nichts, ich bin versichert – sollte ich umkommen, muß die Versicherung meiner Mutter fünfhundert Pfund zahlen! Aber, Lao Ma, ich kann dir sagen, es macht einen Riesenspaß, sich zwischen zwei Autos hindurchzuschlängeln! Wenn ich nicht die Antiquitäten bei mir hätte, würde ich noch schneller fahren! Gestern abend bin ich mit einer Gruppe junger Burschen und Mädchen um die Wette geradelt und wäre fast mit der Stirn an das Heck eines Autos geprallt. Doch plötzlich, hast du nicht gesehen, ich weiß gar nicht, woher ich die Kraft dazu nahm, hab ich das Rad hochgerissen und zum Stehen gebracht; die Räder haben das Auto noch geküßt. Die jungen Leute haben die Hälse gereckt und gebrüllt: ›Prima! Los, weiter so!‹«

Als Ma Wei das seinem Vater erzählte, schüttelte der nur den Kopf, schwieg und seufzte mehrmals tief. Da er wußte, daß Ma Wei sehr beschäftigt war, kam er eines Abends nach dem Abendbrot wieder in den Laden. »Ma Wei«, sagte er gleich an der Tür, »gib mir etwas zu tun! Ich verstehe zwar nichts vom Geschäft, aber etwas verpacken werde ich wohl noch können. Ich will dir unbedingt helfen.«

Sprach's legte Tabakbeutel und Pfeife auf den Tisch, zog sich einige Bogen Papier heran und sagte: »Gib mir etwas, was sich leicht verpacken läßt.«

Ma Wei reichte ihm ein paar Sachen. Der ältere Herr Ma steckte sich die Pfeife in den Mund, rümpfte die Nase und betrachtete die Größe des Papiers und die Form der zu verpackenden Gegenstände. Er hantierte eine Weile herum, brachte aber nichts Ordentliches zustande. Er blickte heimlich zu Li Zirong hinüber – der hatte inzwischen schon eine ganze Menge fertig, und alles war ordentlich und hübsch anzusehen. Er schien nur ganz leicht mit einer Hand über die Sachen zu fahren, mit der anderen das Papier zu falten, und schon folgte das Papier seinen Befehlen. Sobald er es faltete, legte es sich glatt und sauber um die Gegenstände. Der ältere Herr Ma versuchte es ihm gleichzutun, aber es war wie verhext – der Bindfaden verknotete sich, und die Papierecken sperrten sich zu Knäueln, ganz wie das Haar von Mrs. Eden.

»Wie der Maurer spricht – holprig und schwer, als wenn es Mörtel wär . . . So sieht es aus!« Der ältere Herr Ma stöhnte. Als er zu den beiden blickte, sah er, daß sie verstohlen lachten. »Ihr braucht gar nicht zu feixen, kommt erst mal in mein Alter, dann werdet ihr schon sehen. Ihr seid jung und stark, eure Hände und Füße sind noch flink, ich dagegen bin ein alter Mann.«

Er hielt das Päckchen mit beiden Händen, drehte sich einmal im Kreis herum und wußte nicht, wohin damit. Li Zirong sprang hinzu und nahm es ihm ab. Er forderte Ma Wei auf, es mit der Rechnung und dem Namen des Kunden zu versehen. Ma Wei nahm das Päckchen und legte es unauffällig zur Seite.

»Wo ist denn mein Tabaksbeutel?« fragte der ältere Herr Ma.

»Ich hab ihn nicht gesehen, vielleicht liegt er unter dem Papier«, antworteten beide wie verabredet.

Der ältere Herr nahm jeden Bogen Papier einzeln auf, aber der Beutel war nicht da.

»Kümmert euch nicht um mich, ich werde ihn schon finden. Das kommt schon mal vor, daß man was verlegt.«

Er suchte überall im Raum, aber der Beutel blieb verschwunden.

»Das ist doch zum ... Je mehr Arbeit man hat, um so mehr passiert! Das ist wirklich zum ...«

Sein Blick fiel auf das von ihm selbst verschnürte Päckchen. Ohne ein Wort machte er es wieder auf und zog den Beutel hervor.

»Ma Wei, ich geh nach Hause. Macht nicht mehr zu lange.«

Kaum war er zur Tür hinaus, da sprang Li Zirong auf und lachte, daß ihm die Luft wegblieb. Auch Ma Wei bekam einen Lachanfall und warf dabei das Tintenfaß um.

»Ich muß dir was sagen, Lao Li ... Was ich Vater zum Einpacken gegeben habe, war ein Ladenhüter, den gar keiner haben wollte, ich wußte doch genau, daß mein alter Herr das nicht kann, sonst hätte ich das Ding doch nicht ohne Anschrift beiseite gelegt ...«

»Der Kunde hätte sich bestimmt gefreut, wenn er – hahaha – einen Tabaksbeutel gekriegt hätte ... noch dazu umsonst ... hahaha ...«

Die beiden jungen Leute amüsierten sich mindestens noch eine Viertelstunde lang.

3

Am Tag vor Weihnachten herrschte in London besonders reges Treiben. Es schien, als seien alle Männer und Frauen und sogar sämtliche Greise und Kinder der Stadt unterwegs und als gäbe es in den Läden alles umsonst.

Haufenweise schleppten die Leute Geschenkpakete; außer den Polizisten war niemand mit leeren Händen unterwegs. Obwohl alle Busse und Straßenbahnen der Verkehrsgesellschaften im Einsatz waren, gelang es vielen alten Damen nicht, sich noch hineinzuzwängen, und nicht selten ergoß sich der Inhalt ihrer Körbe über die Straße. Die Briefträger hatten ihre Taschen gegen Wagen ausgetauscht und sich Leute gemietet, die ihnen schieben halfen. So zogen sie von Haus zu Haus und lieferten die Päckchen aus, denn manche Londoner hatten ihre Geschenke bei der Post aufgegeben und waren über die Feiertage aufs Land gefahren. Die Leute vom Lande dagegen kamen für diese Zeit nach London, um sich zu amüsieren. So waren auch die Ausfallstraßen mit Autos vollgestopft.

Der Himmel war trübe, dazu wehte ein kalter Ostwind, aber niemand schien das zu bemerken. Auf den Straßen, an den Geschäften, überall waren bunte Lampen angebracht, in deren Schein die Dinge in den Schaufenstern noch bunter und fröhlicher glänzten. Überall hingen Weihnachtsmänner mit großen roten Kapuzen und prallgefüllten Wundersäcken. Die Menschen hatten nur Augen für die Dinge ringsum und vergaßen den finsteren Himmel. Wenn man sich unter die Menge mischte, war man im Nu in Schweiß gebadet. Keiner hatte Zeit zu bemerken: »Oh, dieser kalte Wind . . .«

Die Menschen hatten alles vergessen – Politik, Gesellschaft, Gerichtsprozesse, Sorgen, Beschwerden. Sie waren zu Kindern geworden, jeder wollte seinen Freunden etwas Neues schenken, und jeder freute sich auf irgendeine Kleinigkeit. Man wirkte besonders großzügig, freigebig, sorglos und unbeschwert; jeder wollte etwas Gutes essen, etwas Gutes trinken, und wer etwas übrig hatte, gab den Armen davon ab. Es schien wirklich so, als sollte an diesem Abend der »Erretter der Welt« herabsteigen und der Welt den Frieden bringen, der alle Menschen zu Brüdern macht.

Die Läden schlossen erst spät am Abend, Busse und

Straßenbahnen waren bis zum Morgengrauen unterwegs und immer vollgepfropft. In den kleinen Gassen war es ebenso hell wie in den großen Straßen; jede Familie hatte einen Weihnachtsbaum, der wenigstens mit ein paar bunten Kugeln behängt war. Armeleutekinder zogen, alte Weihnachtslieder singend, von Haus zu Haus und baten um Geld. Die Kinder der Reichen blieben die halbe Nacht auf und warteten auf den Weihnachtsmann. Arm und reich war zwar nicht gleich, aber an diesem Tag bekamen alle etwas geschenkt. Die ganze Nacht hindurch ertönte Glockengeläut und Gesang aus den Kirchen, und dies versetzte auch die Menschen ohne religiösen Glauben in eine erhabene und schöne Stimmung.

Der ältere Herr Ma hatte alle Festtagsgeschenke schon zehn Tage zuvor gekauft und verschickt, weil er zu ungeduldig war, das Gekaufte länger bei sich zu behalten. Nur die Gaben für Mutter und Tochter Winter lagen noch im Arbeitszimmer, denn Mrs. Winter hatte ihm gesagt, sie dürften erst zu Weihnachten hervorgeholt werden. Nach dem Verschicken wartete er täglich auf Gegengeschenke. Sobald der Briefträger klopfte, stürzte er mit Napoleon um die Wette zur Tür. Zwei Tage vor dem Fest trafen die Gaben ein: Pastor Eden schickte ihm eine Bibel, Mrs. Eden ein Gesangbuch, Miss Eden ein Dutzend Taschentücher, Mr. Eden jun. dagegen nur eine Glückwunschkarte, obwohl Herr Ma ihm eine Kiste Zigarren gesandt hatte. Eigentlich war es unter gewöhnlichen Engländern üblich, auf ein Geschenk mit einem Gegengeschenk zu reagieren, aber Paul verachtete nun mal Chinesen. Herr Ma senior hatte nicht übel Lust, Bibel und Gesangbuch und Pauls Glückwunschkarte zurückzusenden, aber dann änderte er seine Meinung aus Rücksicht auf Miss Edens Gesicht.

In den Laden ging er in diesen Tagen überhaupt nicht; dort hatte er nichts mehr zu suchen. Kamen Kunden, konnte er ihnen allenfalls mit einer Verbeugung die Tür öffnen und sie dann wieder hinaus lassen. Obgleich viele alte Damen gesagt hatten: »Dieser alte Herr ist ausnehmend höflich und so freundlich!«

Herr Ma war da anderer Meinung: Ihr denkt wohl, der Inhaber ist nur dazu da, den Leuten die Tür zu öffnen, was? Und er brabbelte vor sich hin: »Ich weiß ja, daß du in Ordnung bist, Ma Wei, aber vergiß nicht, ich bin schließlich dein Vater! Wie kann man den Vater vor den Leuten nur so demütigen!«

In seinem Zorn ging er nun erst recht nicht mehr in den Laden.

Allein schlenderte er durch die Straßen. Als er sah, wie eilig es die Passanten hatten, wurde er traurig: Wenn ich jetzt nur in China sein könnte! Zum Jahreswechsel hatte unsereiner auch immer viel zu tun . . . An den Feiertagen kann man sich im Ausland nie so recht erfreuen, wie fröhlich die anderen auch sein mögen. Hoffentlich kommen wir bald zu Geld, dann gehen wir zurück und feiern wieder zu Hause . . .« Je geschäftiger die anderen hin und her rannten, um so größer wurde sein Heimweh. Schließlich sagte er sich: Geh nach Hause, sieh mal nach Mrs. Winter, vielleicht kannst du ihr helfen . . .

Mrs. Winter hatte alle Hände voll zu tun, ihre Füße waren ständig in Bewegung, ihre Stirn gerunzelt, die Nasenspitze hochrot. Sie klopfte die Teppiche, wischte die Tische ab und ölte alles, was aus Messing war, von der Ofenklappe bis zum Türklopfer. Auf sämtliche Bilder in allen Räumen hängte sie Palmenzweige, ein Strauß Chrysanthemen kam vor das Foto ihres Mannes, und im Wohnzimmer hingen zwei Mistelzweige an der Lampe. Da keine Kinder mehr im Hause waren, gab es keinen Weihnachtsbaum, aber alle Räume wurden irgendwie geschmückt, entweder mit bunten Kugeln oder Papierlämpchen. Überall sah es festlich aus. In der Küche standen der Weihnachtspudding auf dem Herd und der Obstkuchen im Backofen; nach beiden mußte dauernd gesehen werden, und so flog Mrs. Winter wie eine kleine Schwalbe durchs Haus. Am Abend dann mußte sie noch Weihnachtskarten schreiben und Geschenke verpacken, so daß sie nicht einmal Zeit fand, ihre Nasenspitze zu pudern. Auch Miss Winter hatte im Laden viel zu tun, sie ging früh und kam spät, also konnte sie der Mutter überhaupt nicht helfen. Napoleon rannte aufgeregt durchs Haus und bellte, sobald er die bunten Kugeln oder die Papierlämpchen sah, und wenn seine Herrin gerade anderweitig beschäftigt war, schnappte er sich in der Küche ein paar geknackte Walnüsse.

»Mrs. Winter«, rief der ältere Herr Ma noch von der Tür aus, »ich möchte Ihnen gern helfen!«

»Vielen Dank, Mr. Ma!« sagte Mrs. Winter und rieb sich die kleine rote Nase. »Sie könnten Napoleon ein bißchen ausführen, er stört mich hier dauernd.«

»In Ordnung, Mrs. Winter . . . Napoleon, komm her!«

Mit dem Hündchen an der Leine ging er eine Runde spazieren. Zum Glück trieben die Kinder diesmal keinen Unfug mit ihm; sie hatten keine Zeit dazu, denn sie fieberten dem Fest entgegen. Als er mit dem Hund wieder an der Haustür anlangte, kam Alexander. Er hatte einen ganzen Stapel Pakete im Arm, der bis zu seiner großen roten Nase reichte. Schon von weitem schrie er: »Old Ma, Old Ma! Nehmen Sie das oberste Päckchen – das ist mein Geschenk für Sie!«

Der ältere Herr Ma nahm das Päckchen, Napoleon beschnupperte inzwischen Alexanders große Füße.

»Old Ma, vielen Dank für Ihr Geschenk!« trompetete Alexander. »Wie ist es, wollen Sie nicht bei mir feiern? Wir könnten wieder mal einen heben!«

»Vielen Dank, vielen Dank!« antwortete der ältere Herr Ma lächelnd. »Ich komme nach dem Fest, was halten Sie davon? Ich habe Mrs. Winter bereits versprochen, bei ihr zu feiern.«

»Haha!« Alexander kam zwei Schritte näher und setzte leiser hinzu: »Old Ma, Sie haben sich wohl in die kleine Witwe verguckt, was? Sie sind mir ja einer! Na gut, machen wir's so, ich erwarte Sie also zwei Tage nach dem Fest, aber bestimmt! Auf Wiedersehen . . . Oh, einen Moment ... Ziehen Sie bitte das vierte Päckchen von unten hervor und übergeben Sie es bitte Mrs. Winter mit meinen besten Festtagswünschen. Auf Wiedersehen, Old Ma!«

Der ältere Herr Ma zog das Päckchen hervor, und Alexander preschte mit den restlichen Paketen im Arm ungestüm davon.

»Mrs. Winter«, rief der ältere Herr Ma gleich wieder an der Haustür.

»Hallo!« antwortete Mrs. Winter und bemühte sich, ihre schrille Stimme anzuheben.

»Da bin ich wieder, und ich hab Ihnen auch noch ein Geschenk mitgebracht!«

Mrs. Winter fegte auf ihren hohen Absätzen wie ein Rauchwölkchen die Treppe herab.

»Oh ...« Sie nahm das Päckchen entgegen. »Von Alexander ... Aber ich hab ja gar nichts für ihn, was mach ich denn da?«

»Nur keine Aufregung, ich hab noch eine Kiste Zigarren, die verpacken Sie schön und schenken sie ihm, nicht wahr?« Der ältere Herr Ma heftete seine lachenden Augen auf ihre kleine rote Nase.

»Na, dann ist es ja gut! Wieviel haben Sie denn dafür bezahlt, ich ersetze es Ihnen sofort.«

»Reden Sie doch nicht davon!« Der ältere Herr Ma blickte immer noch auf ihre kleine rote Nase: »Was ist schon eine Kiste Zigarren, die können Sie schon annehmen. Wir brauchen doch nicht so förmlich zu sein, zwischen uns ist das doch nicht nötig, nicht wahr?«

Mrs. Winter nickte lächelnd.

Herr Ma machte den Hund los und ging die Zigarren holen.

Am Tag vor Weihnachten arbeiteten Li Zirong und Ma Wei bis vier Uhr nachmittags. Dann aber hatten sie es geschafft.

»Lao Li, wir schließen! Nun können wir uns auch ein bißchen erholen«, sagte Ma Wei lachend.

»Gut, machen wir zu!« antwortete Li Zirong.

»Nehmen wir die Lämpchen an der Tür ab?«

»Ja, die nehmen wir ab, nur die am Eingang der Gasse lassen wir hängen.«

»Lao Li, ich möchte dir auch was schenken – was wünschst du dir denn?« fragte Ma Wei.

»Dein Vater hat mir schon ein Paar Lederschuhe geschenkt, das reicht doch.«

»Das ist von ihm, aber ich möchte dir unbedingt selbst etwas schenken; du hast dich doch so für uns abgerakkert!«

»Ich will dir mal was sagen, Lao Ma«, meinte Li Zirong lächelnd, »fang bloß nicht mit solchen Förmlichkeiten zwischen uns an. Ich hab dir geholfen, und du hast mich dafür jeden Tag beköstigt!«

»Ich will dir aber unbedingt was schenken, was brauchst du denn?« bohrte Ma Wei weiter.

Li Zirong kratzte sich den Kopf, sagte aber nichts.

»Nun red schon, Lao Li!« drängte Ma Wei.

»Wenn du mir unbedingt was schenken willst, dann kauf mir eine Uhr.« Li Zirong zog seine defekte Uhr aus der Tasche, hielt sie ans Ohr und schüttelte sie. »Sieh dir mal dieses Ding an, das macht, was es will. Wenn diese Zwiebel Lust hat, geht sie täglich zwei Stunden vor, und wenn sie keine Lust hat, geht sie zwei Stunden nach. Außerdem hat sie nur einen kleinen Zeiger, der große fehlt. Also gut, kauf mir für ein paar Shilling eine neue.«

»Für ein paar Shilling? Aber Lao Li!« Ma Wei machte große Augen: »Wenn schon, dann kaufen wir eine gute. Mach keinen Quatsch, wir gehen zusammen los und kaufen eine, komm!«

Ma Wei zog Li Zirong mit sich fort. Der war regelrecht schüchtern geworden, sein Gesicht lief rot an, und er wußte nicht, wie er sich verhalten sollte.

»Einen Moment ... Warte mal, erst muß ich noch das alte Fahrrad zurückbringen.«

»Dann gehen wir zusammen. Du fährst, und ich setze mich hinten drauf.«

Als sie aus dem Fahrradladen kamen, hielt Ma Wei den Freund krampfhaft fest, weil er befürchtete, dieser könne weglaufen. Immer wieder blieben sie stehen und stritten sich. Ma Wei war der Meinung, zum Fest gehöre ein Geschenk, und Li Zirong meinte, man dürfe dafür jedoch nicht zu viel ausgeben. Ma Wei war der Meinung, wenn man etwas kaufte, mußte es auch etwas Gutes sein, Li Zirong dagegen beteuerte, er trage seine defekte Uhr schon drei Jahre und es bestünde keine Notwendigkeit, eine teure zu erwerben. Je mehr Ma Wei sich erregte, um so größer wurden seine Augen, und je mehr Li Zirong sich ereiferte, um so röter wurde sein Gesicht.

Von St. Paul's Cathedral gingen sie durch die Cheapside Street bis Charing Cross Road, von hier aus überquerten sie Piccadilly Circus und gelangten in die Regent Street. Als sie einen Uhrenladen sahen, steuerte Ma Wei darauf zu. Li Zirong versuchte ihn wegzuziehen.

»Weißt du, Lao Li, was du hier machst, ist nicht in Ordnung!« Ma Wei war nun ernstlich böse.

»Erst mußt du mir versprechen, nicht mehr als zehn Shilling auszugeben, sonst lasse ich dich nicht rein!« Auch Li Zirong war erregt.

»Also gut.«

In einem großen Geschäft erwarben sie eine Uhr für genau zehn Shilling. Ma Weis Gesicht war rot vor Scham, Li Zirong hingegen machte das gar nichts aus – er steckte die Uhr in die Tasche, straffte sich und verließ wie ein großer Heerführer den Laden.

»Vielen Dank, Lao Ma, vielen Dank!« Li Zirong schüttelte die Hand des Freundes. »Vielen Dank! Aber ich kaufe dir nichts! Ich kaufe nichts für dich!«

Ma Wei war den Tränen nahe, er sagte nichts, schüttelte nur kräftig Li Zirongs Hand.

»Lao Ma, hast du alles Geld aus dem Laden auf die Bank gebracht?«

»Ja, alles. Lao Li, unternimmst du morgen etwas?«

»Ich?« Li Zirong schüttelte den Kopf.

»Komm doch morgen zu mir, ja?«

»Morgen fahren Busse und Straßenbahnen verkürzt, da kommt man nicht gut weg.«

»Na, dann übermorgen, wir gehen zusammen ins Theater. Wir haben so viel gearbeitet und müssen wenigstens mal einen Tag ausspannen!«

»Gut, also dann bis übermorgen. Ich danke dir, Lao Ma!« Li Zirong schüttelte Ma Wei noch einmal die Hand, dann rannte er los, als müsse er einen Zug erreichen.

Ma Wei blickte hinter ihm her, und erst, als er ihn nicht mehr sah, ging er langsam mit gesenktem Kopf nach Hause.

4

Der Himmel war noch immer verhangen, in der Luft schwebten nur vereinzelte Schneeflocken. Die Straße war wie ausgestorben, alle Menschen feierten Weihnachten.

Mrs. Winter hatte Tante Dorey eingeladen, aber noch keine Antwort erhalten. Erst am Weihnachtsmorgen kam mit der letzten Post ein kurzer Brief von ihr und ein Päckchen mit Geschenken. Im Brief hieß es etwa: Bei Chinesen ist man seines Lebens nicht sicher. Weihnachten ist das Fest des Friedens und der Freude, da sollte man sich nicht leichtfertig in Gefahr begeben.

Als Mrs. Winter den Brief gelesen hatte, war sie ein wenig verärgert und zog einen Schmollmund. Aber es war nicht Tante Doreys Schuld – alle gewöhnlichen Leute brachten »Chinesen« mit »massakrieren« in Verbindung.

Schmollend öffnete sie das Päckchen. Es enthielt ein Paar handgestrickte Wollhandschuhe für sie und Seidenstrümpfe für Mary. Sie rief die Tochter, und beide begutachteten Tante Doreys Geschenke. Miss Mary war aufgeblüht wie eine frische Blume, die roten Lippen geschminkt, Brauen und Wimpern tiefschwarz gefärbt, die Umgebung der Lachgrübchen zartrot gepudert, so daß sie aussahen wie zwei bezaubernde, verschämte Apfelblüten. Als Mrs. Winter die Tochter sah, verwandelte sich ihr Schmollen in ein Lächeln, und sie drückte ihr einen leichten Kuß auf die Stirn. Dann räumten Mutter und Tochter Tante Doreys Geschenke weg und machten sich an die Vorbereitung des großen Festmahls. Backen und Braten war Mrs. Winters Sache. Mary, in sicherer Entfernung vom Feuer, streckte ihre weißen Fingerchen aus und puhlte eine Rosine heraus oder nahm mal ein Tellerchen in die Hand. Was sie herauspuhlte, aß sie auch gleich, und ihre Grübchen bewegten sich ständig auf und nieder.

Herr Ma zog sich nach dem Frühstück zum Rauchen ins Wohnzimmer zurück, um zu sehen, was es mit dem Festmahl auf sich hatte. Nachdem er etwa eine Viertelstunde dagesessen hatte, schickte ihn Mrs. Winter hinaus. »Gehen Sie in Ihr Zimmer«, sagte sie lächelnd, »wir wollen doch nachher gleich hier essen. Solange es nicht läutet, dürfen Sie nicht herunterkommen, haben Sie gehört?«

Herr Ma wußte, daß sich Engländerinnen gern wichtig taten und gern Überraschungen präsentierten, damit die anderen staunten und Rufe der Bewunderung ausstießen. Lächelnd zog er sich zurück.

»Denken Sie daran, zum Essen die Geschenke mitzubringen!« ergänzte Miss Winter ihre Mutter. »Wo ist denn Ma Wei?«

»Ma Wei, Ma Wei!« rief Mrs. Winter von unten.

»Hier bin ich – was gibt's denn?« antwortete Ma Wei von oben.

»Vor dem Essen darf keiner ins Wohnzimmer, haben Sie gehört?«

»In Ordnung. Ich führe Napoleon aus, ja?«

»Gut, gehen Sie ruhig, aber pünktlich um ein Uhr wird gegessen, kommen Sie nicht zu spät!« Mrs. Winter übergab Ma Wei Napoleon und drückte einen leichten Kuß auf das Ohr des Hundes.

Ma Wei nahm den Hund und ging. Mutter und Tochter waren vollauf mit den Vorbereitungen beschäftigt. Der ältere Herr Ma saß pfeifeschmauchend im Zimmer.

»Zu Weihnachten müßte man eigentlich mal in die Kirche gehen«, dachte er, »dann hätte ich, wenn ich demnächst Pastor Eden treffe, wenigstens Gesprächsstoff . . . Überhaupt, Pastor Eden! Mir zum Fest eine Bibel zu schenken! Irgendeine Kleinigkeit hätte ja wenigstens noch etwas Feiertägliches an sich, aber eine Bibel? Die kann ich weder essen noch trinken . . . So ein Quatsch!«

Er beschloß, nicht in die Kirche zu gehen. Er holte die Geschenke für Mutter und Tochter Winter hervor, packte sie aus und betrachtete sie noch einmal. Dann verpackte er sie wieder. Als er damit fertig war, fand er das Band zu grob und häßlich. Er kehrte zurück in sein Zimmer und suchte lange, fand aber kein dünneres Band. Endlich fiel ihm etwas ein. Er lief in Ma Weis Zimmer, holte sich die rote Tinte, färbte damit das Band und trocknete es am Feuer. Wie schön das Rot aussieht! Frauen lieben Rot! Als das Band getrocknet war, verschnürte er das Päckchen und legte es auf den Tisch. Dann trug er die rote Tinte zurück und betrachtete bei dieser Gelegenheit gleich Ma Weis Einrichtung. Der kleine Schreibtisch war mit Büchern vollgepackt; er hatte keine Ahnung, wann sich sein Sohn die gekauft hatte. An der Wand hing ein postkartengroßes Foto von Li Zirong mit liederlichen Haaren und einem vulgären Lächeln. Der ältere Ma mußte niesen. Unter dem Bett türmten sich Schachteln, Stiefel und ein Paar Schlittschuhe. So ein Bursche, der macht alles Mögliche, sogar Schlittschuhlaufen lernt er! Aber auf dem Eis ist es gefährlich, ich muß ihn warnen . . . Das ist nicht zum Spaßen . . .

Er ging zurück, legte etwas Kohle nach und setzte sich dann wieder zum Rauchen hin.

Mir ist, als hätte ich irgend etwas vergessen . . . Was bloß? Er klopfte sich mit der Pfeife an die Stirn und überlegte: Was war es nur . . . Ach, ich hab vergessen, für das Grab des älteren Bruders frische Blumen zu kaufen! Aber nun ist es zu spät, zu spät ... Heute ist Weihnachten, alle Läden haben geschlossen ... Es ist schon schlimm, wenn man alt wird! Immerzu hab ich daran gedacht, und dann hab ich's doch vergessen ... Hoffentlich werden wir eines Tages reich, dann nehmen wir die sterblichen Überreste des Bruders mit zurück ... Wenn ich mich nun mit *ihr* ... Nein! Nein! Ich kann Ma Wei doch keine ausländische Mutter zumuten! Wenn ich sie heirate, brauche ich an eine Rückkehr sowieso nicht mehr zu denken ... Aber ich will zurück, unbedingt! Diese ausländischen Frauen sind aber wirklich anziehend! Sie ist zwar keine ausgesprochene Schönheit, aber sauber und adrett ist sie! Ja, die Ausländerinnen sind besser als die chinesischen Weibsbilder, und wenn sie kein schönes Gesicht haben, haben sie wenigstens eine gute Figur – ihre Taillen sind Taillen, ihre Beine sind Beine, sie zeigen ihre weiße Brust, ihre Arme sind wie Lotuswurzeln ... Ach, sei nur nicht unanständig am Weihnachtstag, denk lieber an etwas Gutes: Was mag es nachher zu essen geben? Wahrscheinlich Truthahn, der schmeckt doch nach nichts! Hauptsache, es gibt kein kaltes Fleisch, dann will ich schon Buddha danken ...

Bratengeruch drang durch die Türritze; es duftete verlockend, und auch nach Kognak roch es. Oh, es gibt also auch was zu trinken ... Ihm lief das Wasser im Munde zusammen.

Ma Wei hatte mit Napoleon einen langen Spaziergang unternommen und kehrte erst gegen halb eins zurück. Er wusch sich die Hände, wechselte die Schuhe und machte sich zum Essen fertig.

»Ma Wei«, rief der ältere Herr Ma, »komm mal her ... Was meinst du, wann können wir endlich wieder nach Hause?«

»Du hast also wieder Heimweh, Vater?« fragte Ma Wei und hielt die Hände übers Feuer.

Herr Ma gab keine Antwort.

»Geh doch morgen mit uns ins Theater, ja?« ermunterte ihn Ma Wei, ohne sich umzudrehen.

»Ihr rennt ja wie wild durch die Straßen, da komme ich nicht mit«, entgegnete der ältere Herr Ma.

Vater und Sohn schwiegen.

Als Ma Wei die Päckchen auf dem Tisch sah, ging er in sein Zimmer, holte seine Geschenke und legte sie dazu.

»Hast du etwa auch was für sie?« Der ältere Herr Ma wunderte sich.

»Aber natürlich. Frauen lieben so etwas«, entgegnete Ma Wei lachend.

»Tja, die Frauen«, sagte der ältere Herr Ma und schwieg.

Als es läutete, nahm Ma Wei die Geschenke und ging, gefolgt von seinem Vater, die Treppe hinunter.

Mutter und Tochter Winter saßen bereits an der Tafel, beide in neuen Kleidern und frisch geschminkt; Napoleon thronte mit einer roten Samtschleife um den Hals auf dem kleinen Hocker vor dem Klavier, auf dem zwei Kerzen brannten. Das Hündchen bestaunte die flackernden Lichter und kam nicht hinter deren Geheimnis. Der ältere Herr Ma legte das Päckchen mit dem Geld vor die Hundepfötchen.

»Nehmen Sie Platz, meine Herren!« forderte Mrs. Winter sie lachend auf.

Ma Wei legte ihre Geschenke vor sie hin, und Vater und Sohn setzten sich.

Auf dem Tisch lag eine neue Decke mit Kreuzstichstickerei. Unter dem Geschirr lagen bunte Platzdeckchen, ebenfalls neu. In der Mitte des Tisches stand eine Vase mit zartrosa Chrysanthemen, an deren Blättern bunte Papierstreifen hingen. Beiderseits der Vase standen zwei hochfüßige Schalen mit Früchten, Nüssen und anderen Leckerbissen. Unter den Schalen lagen aus Watte gefertigte Schneebälle und an allen vier Ecken des Tisches Knallfrösche, in rotes Papier verpackt und mit einem Metallbändchen verschnürt. Vor jedem Platz stand eine kleine Figur – vor Vater und Sohn Ma je ein kleines Porzellanmädchen, vor Mary eine kleine Puppe, vor Mrs. Winter ein kleiner Vogel. Und vor jeder Figur lag nochmals ein Knallfrosch. Die Servietten steckten zusammengerollt im Weinglas, obendrauf lagen rote Kügelchen. Vor Mrs. Winter stand eine große Platte mit dem gebratenen Truthahn, vor Mary eine Schale mit Schinken und appetitlichen Würstchen. Zwei Flaschen Rotwein standen auf dem kleinen Tischchen hinter dem älteren Herrn Ma, Salat und gegartes Gemüse gab es bei Ma Wei. Alles war so angeordnet, daß jeder etwas zu tun hatte.

Mrs. Winter zerlegte den Truthahn, Mary schnitt den Schinken, und Ma Wei war bereit, das Gemüse zu reichen. Der ältere Herr Ma hätte gern die Weinflasche geöffnet, aber er getraute sich nicht; dann wollte er das vor ihm liegende Geschenk auspacken, doch als er sah, daß die anderen ihre Gaben nicht anrührten, genierte er sich.

»Mr. Ma, würden Sie uns etwas Wein einschenken?« sagte Mrs. Winter.

Er entkorkte eine Flasche und füllte die Gläser.

Mrs. Winter reichte ihnen den zerlegten Truthahn und tat dann etwas Preiselbeergelee und einen Löffel der Truthahnfüllung dazu. Der ältere Herr Ma fand, daß der Truthahn sehr verlockend roch; dem roten Gallertzeug mißtraute er zwar, aber er sagte sich: Iß, was du kriegst – frag lieber nicht . . .

Alle ergriffen die Weingläser und stießen miteinander an. Zuerst kosteten die Damen, dann die Herren, und schließlich machte man sich an den Truthahn. Beim Essen wurde viel gelacht. Mary war besonders ausgelassen, eine noch frischere Röte verschönte ihr Gesicht.

Als der Truthahn verspeist war, holte Mrs. Winter den Weihnachtspudding. Bevor sie ihn zerteilte, schüttete sie einen Löffel Kognak darüber und zündete ihn an, so daß die Flammen züngelten. Dann verteilte sie den Pudding.

Nach dem Essen reichte Mary die Schale mit Obst und Nüssen herum und fragte, was jeder wünsche. Der ältere Herr Ma wählte eine Banane, Mrs. Winter einen Apfel. Mary und Ma Wei aßen Nüsse. Mary knackte die Haselnüsse mit dem Nußknacker, Ma Wei steckte sie in den Mund und biß kräftig darauf.

»Oh, Mama – sieh mal, was er für gute Zähne hat, er knackt Haselnüsse!« Mary riß die Augen auf vor Staunen, sie beneidete die Chinesen um ihre Zähne.

»Das ist noch gar nichts – sehen Sie erst mal meine!« rief der ältere Herr Ma, nahm eine Haselnuß und biß sie krachend auf.

»Oh, ihr seid aber keß!« rief Mrs. Winter, die sich nach einem Glas Wein so beschwingt und fröhlich fühlte, daß sie dem älteren Herrn Ma einen Watteschneeball an den Kopf warf.

Mary nahm auch einen und warf ihn Ma Wei ins Gesicht. Der fing ihn auf und warf ihn Mrs. Winter zu. Der ältere Herr Ma stutzte eine Weile, ehe er begriff, dann aber nahm auch er einen und warf ihn Napoleon zu. Der packte ihn und biß darauf herum, bis rotes Papier zum Vorschein kam.

»Mr. Ma, nehmen Sie das schnell, das ist Ihr Hut!« rief Mrs. Winter.

Hastig entwand der ältere Herr Ma dem Hund das rote Papier – es war tatsächlich eine rote Papiermütze.

»Aufsetzen, aufsetzen!« schrie Mary.

Herr Ma setzte sich die Mütze auf und kicherte.

Die Damen öffneten ebenfalls die Schneebälle und setzten sich die Papiermützen auf. Mary bewarf die anderen weiterhin kräftig mit Schneebällen, so daß der ältere Herr Ma schließlich ganz mit Watte übersät war.

Mrs. Winter forderte alle auf, die Enden der Knallfrösche anzufassen und einen Kreis zu bilden.

»Ziehen!« schrie Mary.

Peng! Peng! Peng! Die Frösche knallten und erschreckten Napoleon so sehr, daß er sich unterm Tisch verkroch. In jedem Frosch war etwas versteckt.

Mrs. Winter bekam zwei kleine Trillerpfeifen. Sie steckte beide sogleich in den Mund und blies. Ma Wei bekam ein Bonbon, Herr Ma eine weitere Papiermütze. Er setzte sie sich auch noch auf und kicherte noch mehr. Mary hatte nichts bekommen und wollte mit Herrn Ma senior unbedingt einen weiteren Frosch knallen lassen. Der Alte spitzte die bärtigen Lippen und zog – peng! Mary bekam einen Bleistift.

»Wollen wir uns nicht die Geschenke ansehen?« fragte Ma Wei.

»Nein, nein!« rief Mrs. Winter. »Wir gehen damit alle ins Arbeitszimmer und sehen sie uns gemeinsam an – mal sehen, wer das schönste hat!«

»Ma, nicht so eilig, sieh dir erst mal das hier an!« rief Mary und streckte der Mutter die rechte Hand hin.

»Mary, du hast dich mit Washington verlobt!« Mrs. Winter hielt die Hand ihrer Tochter und betrachtete den goldenen Ring an ihren drallen Fingern. Dann umarmten sich Mutter und Tochter, seufzten und stöhnten und küßten sich mindestens drei Minuten lang.

Ma Weis Gesicht hatte sich verfärbt. Sein Vater war ebenfalls ganz verdattert und wußte nicht, was er machen sollte.

Ma Wei nahm sich zusammen und lächelte krampfhaft, dann griff er zum Glas und gab seinem Vater ein Zeichen mit den Augen, der daraufhin auch das Glas erhob.

»Wir beglückwünschen Miss Mary!« sagte Ma Wei und nahm einen Schluck Wein, brauchte aber sehr lange, ehe er ihn hinunterschluckte.

Mary setzte sich hin, blickte zu Ma senior, dann zu Ma junior, dann zu ihrer Mutter; ihre blauen Augen strahlten. »Ma, ich freue mich ja so!« Sie lehnte ihren Kopf an die Brust der Mutter. »Morgen gehe ich zu ihm, da feiern wir mit seinen Verwandten und Freunden offiziell die Verlobung! Ich freue mich ja so!«

Mrs. Winter tätschelte ihr die Schulter, Tränen rollten ihr aus den Augen.

»Was ist denn – du weinst? Aber Ma!« Mary legte einen Arm um den Hals ihrer Mutter.

»Weil ich mich so freue, Mary!« Mrs. Winter lächelte krampfhaft. »Geh und bring mit ihnen die Geschenke ins Arbeitszimmer, ich gehe nur schnell den Hund füttern und komme dann auch.«

»Ma Wei, kommen Sie!« rief Mary, nahm ihre und ihrer Mutter Geschenke und ging strahlend hinaus.

Ma Wei warf dem Vater einen Blick zu, lächelte traurig, nahm gedankenlos die Sachen auf und ging ebenfalls hinaus.

Herr Ma blinzelte. Er begriff, daß mit Ma Wei etwas nicht in Ordnung war, doch er wußte nicht, wie er ihn trösten sollte. Als alle hinausgegangen waren, nahm er sein Weinglas und schenkte sich noch einmal ein, dann setzte er sich unter die Lampe mit dem Mistelzweig und trank genüßlich.

Als Mrs. Winter wieder zurückkam, stellte er rasch das Glas ab. Sie sah ihn kurz an, dann blickte sie zu dem Mistelzweig, wurde rot und trat ein paar Schritte zurück. Plötzlich reckte sie den Kopf, stürzte auf ihn zu, umfaßte sein Gesicht mit beiden Händen und küßte ihn auf den Mund.

Herr Ma lief violett an, sein ganzer Körper erbebte. Er lächelte mit offenem, erstarrtem Mund und rannte nach oben.

Mrs. Winter kam etwas später nach.

Nachts, als alle schliefen, umarmte Mrs. Winter im Bett das Foto ihres Mannes und küßte es heftig. Dabei rollten ihr Tränen übers Gesicht.

»Verzeih mir, Liebling – ich wollte es nicht, aber ich bin so einsam ... Mary geht bald aus dem Haus, dann bin ich ganz allein! Vergib mir, Liebling, mein Liebster ... Ich habe so lange durchgehalten, ich kann nicht mehr! Ich bin so einsam, so allein. Bitte vergib mir ...«

Mit dem Bild im Arm schlief sie ein.

5

Am Morgen nach dem Fest war die Erde weiß bereift. Die Sonne schickte verstohlen ihre Strahlen durch die dünnen Wolken, und die Menschen drängten ins Freie. Wer an den Feiertagen zuviel gegessen hatte – Väter, Söhne, Brüder –, zog mit nackten Beinen hinaus aufs Land, denn Langlauf war besser als jede Abführpille. Andere gingen mit Frau und Kindern die Eltern besuchen. Die Kinder bewegten sich sehr unnatürlich in ihren neuen Kleidern, aber sie hielten stolz ihr neues Spielzeug im Arm, um es den Großeltern zu zeigen. Wieder andere waren spät schlafen gegangen und lagen um zwölf noch im Bett, mit Kopfschmerzen, denn sie hatten zuviel getrunken. Andere waren sehr früh aufgestanden, um rechtzeitig Mittag zu essen und dann auszugehen und sich ein Theaterstück oder einen Film anzusehen. Varieté, Akrobatik, Zirkus – was auch immer, auf jeden Fall wollte man sich einmal richtig amüsieren.

Die Winters waren spät aufgestanden. Gleich nach dem Frühstück kam Li Zirong.

Seine Nase war rot gefroren, sein Hut bereift. Der Mantel trug Schmutzspuren, denn Li Zirong war, kaum daß er mit den neuen Schuhen (die er vom älteren Herrn Ma bekommen hatte) aus der Tür getreten war, hingeschliddert. Er war früh aufgestanden und früh losgegangen, denn erstens schien die Sonne, und zweitens ging auch die Uhr, die ihm Ma Wei geschenkt hatte, mindestens zwanzig Minuten vor. Um zu vergleichen, welche denn nun am schnellsten ging, trug Li Zirong beide Uhren bei sich. Schließlich war die Zeitmessung von Menschen erdacht; warum sollte die Zeit also nicht ein wenig schneller vergehen und das Leben noch geschäftiger und chaotischer machen? Sterben mußte ein jeder, ob er sich nun um die Zeit scherte oder ob er gemächlich durchs Leben trabte.

»Lao Ma, gehen wir!« rief Li Zirong von draußen.

»Komm doch rein, Lao Li, und setz dich für einen

Moment«, forderte ihn Ma Wei auf, der ihm die Tür öffnete.

»Lieber nicht. Wenn wir noch ins Theater oder woanders hingehen wollen, müssen wir früh los und uns Karten besorgen. Falls wir keine mehr kriegen, können wir immer noch in den Zirkus oder ins Kino gehen. Aber wenn wir zu spät losgehen, kommen wir nirgends mehr rein. Laß uns gehen, los!«

Ma Wei zog sich den Mantel an, setzte sich den Hut auf und kam wieder heraus.

»Gehen wir zuerst nach Piccadilly«, sagte Li Zirong.

»Gut«, antwortete Ma Wei mit gerunzelter Stirn und verschlossenem Gesicht.

»Was ist denn nun schon wieder los, Lao Ma?« wollte Li Zirong wissen.

»Gar nichts, hab gestern wohl zuviel gegessen«, entgegnete Ma Wei, steckte die Hände in die Manteltaschen und stürmte davon.

»Das glaub ich nicht«, antwortete Li Zirong.

Ma Wei schüttelte wütend den Kopf. Li Zirong war ja ein achtbarer und liebenswerter Mensch, aber manchmal brachte er einen ganz schön in Rage. Da Ma Wei eisern schwieg, stieg auch in Li Zirong die Wut hoch. Ma Wei, dieses Kind, war ja ganz nett, aber manchmal . . .

Natürlich waren sie einander nicht wirklich böse.

»Handelt es sich wieder mal um Miss Winter?« fragte Li Zirong gerade heraus.

»Das geht dich gar nichts an!« Ma Weis Antwort war auch nicht feiner.

»Sehr viel sogar!« beharrte Li Zirong, mußte aber lachen. Da Ma Wei immer noch schwieg, fuhr er fort: »Lao Ma, jetzt, wo es mit der Arbeit ein bißchen vorangeht, kommst du wieder mit dem alten Thema! Willst du vielleicht all deine Bemühungen, deine Verantwortung, deine Hoffnungen und Ideale – willst du all das so einfach im Stich lassen?«

»Nein, nein . . .« Ma Wei war rot geworden, er warf Li Zirong einen schrägen Blick zu.

»Sie liebt dich nun mal nicht, weshalb willst du unbedingt in der Wüste nach Wasser graben!«

»Ich weiß . . .!«

»Was weißt du? Ich frag dich!« Li Zirong gab nicht nach und bohrte immer weiter in Ma Weis Herz: »Ich bin nur ein blöder Kerl, ich kann immer nur arbeiten. Ein Mann kann doch seine Arbeit nicht wegen einer Frau im Stich lassen. Du mußt die Realität sehen, die Realität! Das, was direkt vor dir liegt. Wenn du das nicht anpackst, dann seid ihr, dein Vater und du, erledigt! Begreifst du das immer noch nicht?«

»Du bist wirklich ein blöder Kerl – du weißt nämlich nicht, was Liebe bedeutet!« sagte Ma Wei mit einem Blick zum Himmel. Die Sonne war noch nicht völlig von den Wolken verdeckt.

»Ein Blödian wäre ich, wenn ich eine Frau lieben würde, die nichts von mir wissen will!« Li Zirong sprach mit Nachdruck und wäre beinahe noch einmal auf den neuen, harten Schuhsohlen ausgerutscht.

»Es reicht, es reicht . . . Hör auf, ja?«

»Es reicht? Die ganze Zeit redest du nur dummes Zeug; du hast noch nicht einen ordentlichen Satz gesagt.«

»Ich hasse dich, Li Zirong!«

»Und ich hasse dich, Ma Wei!« Li Zirong lachte.

»Du bist schrecklich, deshalb sag ich's dir.« Auf Ma Weis Gesicht erschien ein nagelkopfgroßes Lächeln: »Es ist nämlich so, Lao Li: Sie hat sich verlobt.«

»Und was hat das mit dir zu tun?«

»Ich hab sie eben noch nicht vergessen, ich kann sie nicht vergessen! Ich hab in diesen zwei, drei Monaten alles versucht. Ich hab nicht mal zu ihr hingesehen, wenn ich sie getroffen hab, aber es geht nicht, es geht nicht! Sie steckt in der Tiefe meines Herzens! Ich kenne meine Verantwortung, meine Aufgabe, und ich weiß auch, daß sie mich nicht liebt. Aber ich kann sie eben nicht vergessen. Daß sie sich jetzt verlobt hat, bricht mir das Herz. Es hat keinen Zweck, ich weiß, aber ich . . .« Er blickte zu Boden und stieß ein kaltes Lachen hervor, dann schwieg er.

Auch Li Zirong sagte nichts mehr.

Nach einer Weile lachte Li Zirong und bemerkte: »Lao Ma, ich kenne deinen Kummer, und ich kann dich nicht trösten. Ich weiß, daß du dir Mühe gegeben hast, daß du wirklich versucht hast, sie zu vergessen. Wenn das alles nichts genützt hat, kann ich auch nichts machen ... Zieh um, zieh weg von ihr, geht das nicht?«

»Das müßte ich erst mit Vater besprechen.«

Die beiden jungen Leute versuchten es in mehreren Theatern in Piccadilly, aber nirgends gab es Karten; die Vorstellungen waren seit langem ausverkauft. Daher gingen sie in ein Restaurant, aßen etwas und sahen sich anschließend im Olympia den Zirkus an.

Li Zirong fand alles zum Lachen – die reitenden Affen auf den Pferden, die durch Reifen springenden Löwen, die radelnden Eisbären, die tanzenden Esel ... Als er aber Ma Weis todernstes Gesicht sah, unterdrückte er seine Fröhlichkeit.

Nach dem Zirkus gingen sie Tee trinken.

»Lao Ma, du mußt dich zusammennehmen. Mach dich an die Arbeit!« sagte Li Zirong. »Im Laden geht es endlich ein bißchen voran. Wenn du jetzt nicht durchhältst, machst du alles wieder zunichte. Du hast doch versucht, durch körperliche Betätigung gegen deinen Kummer anzugehen, warum willst du das nicht noch einmal versuchen! Außerdem hast du jetzt überhaupt keine Aussichten mehr, jetzt, wo sie sich verlobt hat. Warum verbohrst du dich in eine so aussichtslose Sache? Lao Ma, auf bald, ich danke dir, auf Wiedersehen!«

»Auf bald, auf Wiedersehen, Lao Li.«

Als Ma Wei nach Hause kam, saß Mrs. Winter mit seinem Vater im Arbeitszimmer und unterhielt sich mit ihm.

»Hallo, Ma Wei«, rief sie lachend, »was haben Sie gesehen, war es schön?«

»Wir waren im Zirkus, es war wirklich gut!« sagte Ma Wei.

»Ich meine, wir sollten auch mal gehen. In diesem Jahr ist der Zirkus wirklich gut!«

Was heißt »wir«? überlegte Ma Wei. Warum nicht »ich und Mr. Ma«? Das ist aber seltsam . . .

»Wir könnten doch am Sonnabend gehen, da könnte Mary auch mit, nicht wahr?« schlug der ältere Herr Ma lächelnd vor.

Schon wieder »wir«! registrierte Ma Wei.

»Aber nicht vergessen!« sagte Mrs. Winter und ging verlegen hinaus.

»Vater, könnten wir nicht umziehen, irgendwo anders hin, was meinst du?« fragte Ma Wei.

»Warum denn?« erkundigte sich Herr Ma.

»Einfach so, um mal woanders hinzukommen.«

Herr Ma legte zwei Kohlen nach.

»Wenn du nicht möchtest, Vater, dann lassen wir's, vergiß es, für mich hat's sowieso keine Bedeutung . . .«

»Ich finde es hier sehr angenehm, wozu sollen wir dauernd hin und her ziehen und unnötig Geld ausgeben! Außerdem ist Mrs. Winter . . .« Der ältere Herr Ma sprach nicht weiter und tat, als müsse er husten.

Vater und Sohn schwiegen. Unten begann Mary zu singen, sie hämmerte auf die Klaviertasten, ihre Stimme war klar. Ma Wei stand auf und lief hin und her.

»Ma Wei«, begann leise der ältere Herr Ma, »der Ring, den dir dein Onkel hinterlassen hat, gibst du ihn mir?«

»Hab ich versprochen, ihn dir zu geben?«

»Du gibst ihn mir trotzdem, ja?«

»Den hat der Onkel *mir* hinterlassen, das ist ein Erinnerungsstück, das muß ich doch aufbewahren. Andererseits ein Ring, was ist der schon wert . . . Aber Vater, wozu brauchst du ihn denn? Du trägst ihn ja doch nicht.«

»Das ist folgendermaßen, Ma Wei . . .« Sein Vater war rot angelaufen und begann zu stottern. »Das ist folgendermaßen: Sieh doch mal, ich brauche ihn. Es ist, denk doch nur, es ist ... Mrs. Winter. Ich kann nichts machen ... es tut mir deinetwegen leid, ich kann nichts machen ... Sie ... denk doch nur!«

Ma Wei hätte viel sagen können – manches, was er sich selbst überlegt hatte, manches, was Li Zirong ihm vorgehalten hatte, eine Menge! Aber er konnte es nicht sagen. Mit welchem Recht konnte er dem Vater Vorhaltungen machen, wo er doch selbst ... Li Zirong könnte das tun, ich aber habe kein Recht dazu. Schließlich hätte es auch sein Gutes, wenn der Vater Mrs. Winter heiratete. Sie verstand zu leben und war nicht so verschwenderisch wie ein junges Mädchen. Vielleicht bekäme er, wenn er ein Zuhause hatte, plötzlich Lust, das Geschäft ordentlich zu betreiben. Aber wie könnte er dann noch nach China zurückkehren? Als ihm dieser Gedanke in den Sinn kam, sprach er ihn unwillkürlich aus: »Vater, wenn du hier eine Familie gründest, wie sieht es dann mit der Rückkehr nach China aus?«

Der ältere Herr Ma erstarrte. Wirklich, daß er daran nicht gedacht hatte! Natürlich will ich zurückkehren. Soll ich sie mitnehmen? Selbst wenn sie dazu bereit wäre, wie sollte ich das machen? Ja, wenn ich ein reicher Mann wäre, ließe sich das leicht regeln, ich würde mir in Shanghai ein großes Haus kaufen und alles so halten wie in England. Aber ich bin kein reicher Mann. Wenn ich sie mitnähme, hätte sie keine Gesellschaft, keine Unterhaltung; sie versteht die Sprache nicht und ist nicht an das dortige Essen und Trinken gewöhnt. Das wäre ja grausam. Sie müßte unweigerlich zugrunde gehen. Und wenn ich sie nicht mitnähme, sondern hier bis ans Ende meiner Tage lebte und mich zusammen mit dem älteren Bruder begraben ließe? Nein, nein, nein! Ich will nach Hause zurück. Ich will nicht hier sterben. Da kann man nichts machen, da kann man wirklich nichts machen ...

»Ma Wei, nimm den Ring zurück!«

Herr Ma reichte dem Sohn mit gesenktem Kopf den Ring. Dann stützte er die Stirn auf beide Hände und sagte keinen Ton mehr.

Er war in der Tat in einer schwierigen Lage, und hinzu kam, daß er mit niemandem darüber reden konnte. Mit Ma Wei? Das war unmöglich ... Wie konnte man zwischen Vater und Sohn offen über so etwas sprechen! Mit Pastor Eden? Der war verprellt, weil er ihm nicht beim Studium der chinesischen Bücher half. Wenn ich zu dem gehe, hole ich mir nur einen Korb, dachte er. Ich kann nirgends darüber reden, nirgends, ich kann nicht ... So sehr er sich auch den Kopf zerbrach, er fand keinen Ausweg, aber das Grübeln konnte auch er nicht sein lassen. Noch um Mitternacht lag er wach. Als er endlich die Augen schloß und einschlief, erschien ihm im Traum seine verstorbene Frau. Typisch Frau, nicht einmal im Jenseits geben sie Ruhe! Herr Ma begann allen weiblichen Wesen zu mißtrauen, aber Argwohn half auch nicht, Frauen blieben Frauen, die gaben selbst im »Kloster der drei Unsterblichen« keine Ruhe.

Am Morgen war Ma Wei noch immer ganz verwirrt, seine Gedanken glichen den chaotischen dunklen Wolken am Himmel. Beim Frühstück sagte er nicht einen Satz, er kaute nur verbissen an seinem Brot, als wolle er sich die Zähne daran ausbeißen. Als ihm der Vater einen schrägen Blick über den Brillenrand hinweg zuwarf, gab es ihm einen Stich; er wandte rasch die Augen ab, griff aus Versehen nach dem Salz und tat es sich in den Tee. Mutter und Tochter besprachen gerade den Zirkusbesuch. Marys Augen, die so blau und so glänzend strahlten, als habe man tiefblauem Wasser noch einen Tropfen Öl zugesetzt, waren auf die Nasenspitze der Mutter gerichtet. Sie hatte ihrer Mutter bereits zugesagt, mit ihr in den Zirkus zu gehen. Als sie aber hörte, daß auch Mr. Ma mitging, versuchte sie dies abzuwenden. Zuerst sagte sie, Washington wolle mit ihr ins Kino gehen, dann meinte sie, jemand habe sie zum Tanzen eingeladen. Ma Wei konnte das nicht mit anhören. Er schob den Teller beiseite, stand auf und ging hinaus.

»Oh, was ist denn passiert?« fragte Mrs. Winter mit offenem Mund wie ein verschrecktes Hühnchen.

Mary hob die Schultern und lachte.

Herr Ma senior sagte nichts und trank einen Schluck von dem salzigen Tee.

Nach dem Frühstück machte er sich, an seiner Pfeife kauend, langsam davon.

Auf der Straße waren die meisten Geschäfte noch geschlossen. Alles sah noch ziemlich trist aus. Er rief ein Taxi und fuhr zu Alexander.

Alexanders Haustür war ebenso knallrot wie sein Gesicht. Als Ma senior klingelte, öffnete ihm eine einäugige Frau in den Fünfzigern. Ihre Nase war auffallend groß und rot, als hätte sie soeben zwei Flaschen Bier getrunken. Sonst gab es nichts Auffälliges an ihr.

Herr Ma sagte nichts. Die Frau ging hinein, und er folgte ihr. Die beiden schienen sich ausgezeichnet zu verstehen; sie bedurften nicht der Sprache, um ihre Absichten kundzutun.

Alexanders Arbeitszimmer war geräumig, man konnte es auf den ersten Blick gar nicht ganz erfassen. An der Giebelwand befand sich ein großer Kamin, in dem Holzscheite brannten; die Flammen loderten, als wollten sie die ganze Welt in Brand stecken. Der Teppich auf dem Fußboden war so dick, daß man befürchten mußte, mit den Füßen in ihm zu versinken. Im Zimmer stand nur ein großer Tisch mit vier riesigen Stühlen. Die Tischbeine waren eine Winzigkeit dicker als Elefantenbeine, die Stuhllehnen ein wenig kürzer als die des Kaiserthrons. Die Wände waren mit allem möglichen behängt. Da gab es Fotos, Ölgemälde, mit chinesischen Glückwünschen beschriftete Seidentücher, mehrere Schwerter in Scheiden, zwei oder drei Hirschgeweihe, deren Hörner sich gefährlich nach rechts und links reckten.

Alexander stand vor dem Feuer und hielt eine riesige Zigarre im Mund, deren Asche auf dem Teppich bereits einen kleinen Grabhügel gebildet hatte.

»Oh, Old Ma – kommen Sie, wärmen Sie sich auf!«

Alexander zog ihm einen Stuhl heran und sagte zu der Frau: »Mrs. Harding, holen Sie bitte eine Flasche Rotwein vom Jahrgang 1910!«

Das blinde Auge der Frau bewegte sich, sie drehte sich um und entschwand spurlos wie ein Geist.

»Was ich sagen wollte, Old Ma, haben Sie die Feiertage gut verbracht? Haben Sie wenigstens ordentlich einen gehoben? Bestimmt nicht, bestimmt nicht! Die kleine Witwe erlaubt Ihnen so etwas bestimmt nicht. Verstehen Sie, was ich meine?« Er klopfte Herrn Ma so kräftig auf die Schulter, daß der beinahe ins Feuer gestürzt wäre.

Herr Ma faßte sich und kicherte. Alexander lachte lauthals und stieß dabei an die elefantenbeingroßen Tischbeine, daß diese nur so zitterten.

»Old Ma, ich hab eine Nebeneinnahme für Sie, machen Sie mit?« fragte er.

»Worum handelt es sich denn?« Das Wort »Nebeneinnahme« gefiel ihm ganz und gar nicht. Sein Gesicht zeigte zwar noch ein Lächeln, aber in der Nasengegend ähnelte es eher einem bösen Grinsen.

»Lassen wir erst mal beiseite, worum es sich handelt – es bringt auf jeden Fall jedesmal fünf Pfund ein, insgesamt dreimal fünf Pfund! Nehmen Sie an?« Alexander zeigte mit der Riesenzigarre auf die Nase des Gastes.

Die Tür ging auf, und herein kam ein alter schwarzer Kater, gefolgt von Mrs. Harding. Sie trug ein Tablett mit einer Flasche Wein und zwei Gläsern. Sie stellte das Tablett auf den Tisch und schenkte ihnen ein. Als sie damit fertig war, bewegte sich das blinde Auge kurz, und sie wandte sich zum Gehen. Dabei gab sie dem Kater einen Fußtritt.

»Old Ma, trinken Sie!« forderte Alexander auf und hob sein Glas. »Jahrgang neunzehnhundertzehn! Verstehen Sie, was ich meine? Ich meine, machen Sie es nun oder nicht? Jedesmal fünf Pfund!«

»Worum handelt es sich eigentlich?« fragte Herr Ma und nahm einen Schluck.

»Um einen Film. Verstehen Sie, was ich meine?«

»Ich kann doch keinen Film drehen, machen Sie keine Witze!« Der ältere Herr Ma starrte in sein Glas.

»Das ist ganz leicht, ganz leicht!« Alexander setzte sich und legte seine Füße, die wie zwei kleine Kähne aussahen, vor das Feuer. »Ich will Ihnen mal was sagen – ich helfe zur Zeit einer Filmgesellschaft bei der Kulissenherstellung. Natürlich handelt es sich um orientalische Kulissen. Da ich einige Jahre im Orient war, weiß ich natürlich viel besser Bescheid als diese Leute. Ich sage Ihnen, mit jedem Wissen kann man einen Batzen Geld verdienen. Wissen lohnt erst, wenn man es in Gold verwandelt. Aber kommen wir zur Sache: Jetzt drehen sie gerade eine Story über Shanghai. Dazu haben sie sich in London eine Gruppe Chinesen zusammengesucht, alles solche Kerle mit flachen Nasen und Schlitzaugen, verstehen Sie, was ich meine? Natürlich sollen diese Leute in Scharen auftreten und herumschreien, damit es im Film genau so zugeht wie in China. Dafür ist es egal, ob deren Nasen und Augen nach etwas aussehen oder nicht. Der Regisseur findet, daß diese Menschenherde sich durch nichts von einer Schafherde unterscheidet. Filmen sie eine Szene auf dem Lande, so sind es Schafe – filmen sie in Shanghai, dann sind es eben Chinesen! Verstehen Sie, was ich meine? Aber zurück zur Sache: Sie suchen vor allem einen würdig aussehenden alten Chinesen, der einen reichen Kaufmann spielen könnte. Von ihm wird weiter nichts verlangt; er soll nur würdevoll dreinschauen und wie ein ordentlicher Mensch dastehen, das ist alles. Es handelt sich um drei Szenen – jedesmal fünf Pfund, machen Sie's? Es ist nichts weiter dabei; der Regisseur sagt Ihnen, was Sie machen sollen, wo Sie zu stehen haben und wann Sie einige Schritte zu gehen haben. So leicht ist das! Verstehen Sie, was ich meine? Fünfzehn Pfund für nichts und wieder nichts! Machen Sie's?«

Alexander redete immer lauter. Als er geendet hatte, leerte er das Glas in einem Zug, daß es nur so gurgelte.

Während Herr Ma zuhörte, stellte er folgende Überlegungen an: Heiraten werde ich sie ja nun auf jeden Fall, also muß ich ihr einen Ring kaufen. Nehme ich das Geld aus dem Laden, hat entweder Ma Wei sofort etwas zu sagen, oder Li Zirong bringt ihn auf irgendeine schlechte Idee. Dann mime ich schon lieber mal einen reichen Händler; ist ja nicht schwer, und kriege dafür fünfzehn Pfund . . . Davon könnte ich den Ring kaufen, das wäre doch nicht schlecht! Natürlich ist eine Filmrolle nicht besonders würdevoll, noch dazu mit dieser Horde aus East London, das ist eher blamabel, aber . . .

»Machen Sie's nun oder nicht?« brüllte Alexander. »Trinken Sie noch ein Glas?«

»Ich mach's!« entschied Herr Ma und rieb sich das Ohr.

»Gut, abgemacht. In ein paar Tagen gehen wir zusammen zum Regisseur. Kommen Sie, wir trinken noch ein Glas!«

Die beiden tranken die Flasche leer.

»Mrs. Harding!« schrie Alexander. »Bringen Sie uns noch 'ne Flasche!«

Die Frau mit dem blinden Auge brachte sie ihnen und versetzte dem Kater wieder einen Tritt. Der verdrehte die Augen und blickte sie kurz an, gab aber keinen Ton von sich.

Alexander beugte sich zu seinem Gast vor und sagte dicht an seinem Ohr: »Ein stupider Kater. Kann nicht mauzen, ist noch besoffen! Hat sich gestern abend mit mir zusammen vollaufen lassen. Wenn er sich hier nicht ab und zu besaufen könnte, wäre er schon längst über alle Berge. Mrs. Harding sieht mit ihrem einen Auge absichtlich an ihm vorbei. Verstehen Sie, was ich meine?«

Und er lachte laut.

Herr Ma senior lachte mit, lachte sich den ganzen Kummer der letzten Tage von der Seele.

6

Neujahr war nur ein Abglanz von Weihnachten. Die Menschen führten sich nicht mehr ganz so verrückt auf, die Läden hatten normale Öffnungszeiten. »Frohes neues Jahr« konnte man zwar überall hören, aber von froh und neu war nirgends eine Spur. Auch das Wetter war traurig wie üblich; Regentropfen fielen im Nebel platschend herab, so daß die Menschen die Hälse einzogen und aussahen wie traurige Seidenreiher.

In der Silversternacht um zwölf erklangen alle Glokken, Hupen und Sirenen der Stadt. Ma Wei stand allein, barhäuptig, im Schatten der Straße. Er vergoß verstohlen ein paar Tränen; zum einen, weil er ein wenig Heimweh hatte, zum anderen, weil der Kummer in seinem Herzen bei jeder Gelegenheit von neuem aufbrach. Er wischte sich die Tränen und dachte seufzend: Du mußt nach vorn blicken. Morgen ist Neujahr. Vergiß das Vergangene!

Am nächsten Morgen stand er zeitig auf, frühstückte und beschloß, einen weiten Ausflug zu machen, um so dem neuen Jahr einen mutigen Auftakt zu verschaffen. Er sagte dem Vater, daß er etwas früher in den Laden gehen solle, er selbst käme erst gegen Mittag.

Er verließ das Haus, setzte sich in einen Bus, der bis zum Botanischen Garten fuhr. Es dauerte über eine Stunde, ehe der Bus dort anlangte. Vor dem Park war kein Mensch, das Tor war noch verschlossen und lag verlassen da. Er ging in einem Bogen zur Brücke zurück, stützte sich auf das Geländer und blickte in die Themse. Das Wasser floß ölig-grau dahin, die alten Bäume am Ufer standen schweigend und beobachteten seinen Wellenschlag. Nur ein paar schwarze Vögel saßen mit eingezogenen Köpfen auf den Bäumen, als erzählten sie sich ihre Sorgen. Am Ufer war eine Reihe kleiner Boote festgemacht, die auf den Wellen tanzten, als hätten sie Langeweile. Ma Wei starrte in den Fluß, seine Gedanken wanderten mit den grauen Wellen in die Ferne. Er schien seine eigene Existenz vergessen zu haben. Die grauen Wolken in der Ferne verbanden Fluß und Bäume zu einem einzigen grauen Nebel, der wie eine andere Welt wirkte, eine Welt, die wohl genau so grau und grausam war wie diese, nur eben sehr weit weg und schwer zu erkennen.

Als es in der Ferne zehnmal schlug, verließ er langsam und zögernd die Brücke, als könne er sich nur schwer trennen, und ging zurück zum Eingangstor des Gartens. Das war inzwischen geöffnet. Er warf einen Kupferling auf das eiserne Tischchen. Der Wächter blickte ihn verschlafen an. Ma Wei wünschte ihm ein frohes neues Jahr.

Da er außer einigen Gärtnern niemanden sonst im Park erblickte, reckte er die Brust und atmete tief durch – die frische Luft schien für ihn allein da zu sein. Alte und junge Bäume, hohe und niedrige, alle völlig kahl, ruhten sich gelassen aus. Es gab keine Blumen zu bewundern und für die Vögel keine Früchte; nur ein paar Muster waren am Himmel zu sehen, die die krummen, dürren Zweige dahin malten. Die niedrigen, immergrünen Bäume kauerten hinter den großen, aber obwohl sie grüne Blätter hatten, wirkten sie nicht so erhaben wie die kahlen, alten. Die Lianen, die sich um die vertrockneten Weiden rankten, ähnelten schlafenden Schlangen. Nur in den Wipfeln hingen einige porzellangrüne Schoten. Auf den Gewächshäusern inmitten des Parks lag eine dünne Reifschicht, man konnte aber durch die Scheiben noch die grünen Blätter drinnen erkennen. Ma Wei ging jedoch nicht hinein. Auf den Blumenrabatten an den Fußwegen gab es nicht eine Blume; die Erde war angehäufelt und bildete lauter kleine Dreiecke.

Das Schnattern der weißen Schwäne und Wildenten im Fluß hörte sich sehr traurig an. Die Wildenten hockten fast alle mit eingezogenem Hals da, nur manchmal berührten sie mit ihren flachen Schnäbeln ihre Flügel, was ein bißchen dumm wirkte. Die Schwäne allerdings waren nicht so brav wie die Wildenten. Sie flogen auf und nieder und zogen in der grauen Luft zusammenhanglose Silberlinien. Die kleinen schwarzen Entenkükken schwammen auf dem Wasser herum und hinterließen eine dreieckige Spur. Sie flogen nicht auf, hockten sich auch nicht ans Ufer, sondern schwammen herum und blickten aufmerksam um sich. Manchmal tauchten sie sogar nach ihrem eigenen Schatten. Arme kleine Entchen . . .! Ma Wei empfand ein wenig Hochachtung vor diesen kleinen Wesen. Die Wildenten waren zu bequem, die Schwäne zu flatterhaft, nur die schwarzen Entlein waren voller Erwartung.

Der Rasen war um vieles grüner als im Sommer, nur nicht so leuchtend. In Ufernähe strömte er in seiner Feuchtigkeit einen zarten, sehr angenehmen Duft aus. Ma Wei lief am Ufer entlang, blickte nach den Schatten im Fluß, schritt auf dem weichen Rasen entlang, atmete den Duft ein und fühlte sich innerlich wunderbar gelöst; lediglich ein unbenennbarer Kummer klang in seinem Kopf nach. Als die Schwäne auf dem Fluß seiner gewahr wurden, reckten sie die Köpfe mit den gelben Kämmen und bettelten nach Futter. Da aber Ma Wei gar nichts bei sich hatte, blickten sich die dummen Schwäne mit ausdruckslosen Augen an; sie schienen jede Hoffnung aufzugeben. Da, wo der Fluß aufhörte, sah Ma Wei über einem Tannenwipfel die Spitze einer Pagode. Als er dann alte Kiefern und wirklich eine chinesische Pagode erblickte, empfand er eine tiefe Freude. Er stand eine ganze Weile versunken da; seine Gedanken wurden von der Pagodenspitze gen Osten getragen.

Während er so dastand, sah er nur einige Pärchen, die schattenhaft zwischen den Bäumen vorüberhuschten. Er orientierte sich ein wenig und lief dann zu dem kleinen Bambushain. Hier gab es keine Menschenseele, es war ganz still. Nur die mit Wassertropfen benetzten Bambusblätter bewegten sich leicht. Ma Wei beugte sich hinunter, um die kleinen Schilder, die vor dem Bambus in der Erde steckten, zu lesen – japanischer, chinesischer Bambus aus den verschiedensten Gegenden wuchs hier.

Der Imperialismus macht keine leeren Worte! dachte Ma Wei. Er erobert nicht nur fremden Boden, vernichtet fremde Länder, er holt sich auch alle Dinge von dort her und untersucht sie. Tiere, Pflanzen, Geographie, Sprache, Sitten, das alles erforscht er, das ist genau der Punkt, wo es der Imperialismus in sich hat! Er herrscht nicht ausschließlich durch militärische Willkür, sondern auch durch hohes Wissen. Wissen und militärische Macht! Militärische Macht wird eines Tages verworfen werden, aber Wissen wird immer gebraucht. Die Engländer haben es in sich, aber zugleich verdienen sie Hochachtung . . .

Die Feuchtigkeit der Erde hatte seine Füße eiskalt werden lassen. Er verließ den Bambushain und ging auf den Azaleenberg – zwei kleine Hügel voller Azaleen, dazwischen eine kleine Schlucht. In der Schlucht war es ein wenig wärmer; die am Boden liegenden Blätter rochen nach irgendeiner Arznei.

Im Frühling, wenn die Azaleen blühen, ist es hier bestimmt sehr schön . . . Da gibt es rote, weiße, zartrosafarbene, das muß doch aussehen wie . . . Plötzlich fiel es ihm ein – wie Marys Gesicht . . .

Bei diesem Gedanken wurde ihm unwohl, das Herz drohte ihm aus dem Hals zu springen, unwillkürlich legte er den Daumen an die Lippen und biß sich auf den Nagel.

Es ist sinnlos, sinnlos . . . Er dachte an sie und haßte sich dafür, er regte sich auf und bereute gleichzeitig: Ich muß sie vergessen, ich darf es nicht dem Vater nachmachen! Er suchte in seiner Tasche, bis er den kleinen Ring fand. Er nahm ihn in die Hand und starrte verloren darauf, dann schleuderte er ihn plötzlich mit kräftigem Schwung zu Boden. Der Ring fiel in einen Haufen gelber Blätter, der Diamant funkelte durch den Spalt eines vergilbten Blattes.

Er stand eine Weile starr da, bis er von fern Schritte hörte. Rasch hob er den Ring auf und steckte ihn in die Tasche zurück. Da die Schlucht gewunden verlief, konnte er die auf ihn zukommenden Passanten nicht sehen. Er drehte sich um und lief zurück, um niemandem zu begegnen.

»Ma Wei, Ma Wei!« ertönte es hinter ihm.

Er ging noch einige Schritte weiter, ehe er sich umdrehte.

»Hallo, Schwester Kate!«

»Viel Glück im neuen Jahr, viel Glück!« sagte Miss Eden auf chinesisch, lächelte und reichte ihm die Hand.

Sie war etwas voller geworden, um ihren Hals schlang sich ein Fuchspelz, der sie noch fülliger machte. Sie trug ein blaues Wollkostüm, dazu einen dunklen Filzhut, dessen Krempe sich ganz natürlich nach unten neigte, was sehr seriös wirkte. Schwer zu sagen, wer mehr Ruhe ausstrahlte, sie oder die kühlen Azaleen.

»Schwester Kate, wo kommst du denn so früh her?«

»Hier muß man früh herkommen. Sobald hier viele Leute sind, macht es keinen Spaß mehr. Bist du gut ins neue Jahr gekommen, Ma Wei?« Sie rieb sich mit einem kleinen Taschentuch die Nase, die Finger steckten in Lederhandschuhen, die sie prall ausfüllten, was sehr hübsch anzusehen war.

»Ja, gut. Und du, warst du irgendwo?«

Die beiden gingen Schulter an Schulter weiter. Als sie aus der Schlucht traten, sagte sie: »Nein. Bei der Kälte macht das Ausgehen keinen Spaß.«

Ma Wei sagte nichts mehr, er runzelte nur die Stirn, seine großen dunklen Augen fixierten das Gras am Boden.

»Ma Wei . . .« Miss Eden blickte ihm ins Gesicht. »Warum bist du denn gar nicht mehr fröhlich?« Ihre Stimme war sehr weich, ihre Augen leuchteten ein wenig, sie war mitfühlend, klug und außerdem schön.

Ma Wei seufzte und blickte sie kurz an.

»Sag's mir, Ma Wei, sag's mir doch!« Sie sprach sehr aufrichtig und natürlich. Dann lächelte sie ganz leicht, rein und gut wie eine Himmelsfee.

»Wo soll ich anfangen, Schwester!« Ma Wei zwang

sich zu einem Lächeln, das noch kläglicher wirkte als Weinen. »Außerdem gibt es eine Menge Dinge, die ich dir nicht so leicht erzählen kann, du bist schließlich ein Mädchen.«

Sie lächelte wieder, denn sie fand seine Worte zwar ehrlich, aber ein bißchen kindisch.

»Sag's mir, kümmere dich nicht darum, ob ich ein Mädchen bin oder nicht. Warum sollten Mädchen denn weniger zu hören kriegen als Männer?« Sie lächelte wieder, als wollte sie die schlechten Angewohnheiten der ganzen Welt verlachen.

»Suchen wir uns ein Plätzchen, wo wir uns hinsetzen können, ja?« schlug Ma Wei vor.

»Wenn du nichts dagegen hast, laß uns lieber im Gehen reden, zum Sitzen ist es zu kalt. Ich hab schon eine Frostblase an meiner kleinen Zehe. Nun red schon, Ma Wei!«

»Es handelt sich um lauter unlösbare Probleme«, begann Ma Wei stockend, der immer noch keine Lust hatte, mit ihr darüber zu reden.

»Laß mich doch erst mal hören – lösbar oder nicht, das ist eine andere Frage«, sagte sie geradeheraus.

»Ich werd's versuchen.« Ma Wei, der begriffen hatte, daß er reden mußte, beschloß, ihr die Dinge nur in groben Umrissen darzulegen. Um ihr klarzumachen, wie es in seinem Innern aussah, hätten seine Worte nicht gereicht. »Ich liebe Mary, sie liebt mich nicht, aber ich kann sie nicht vergessen. Ich hab es schon auf jede mögliche Art versucht, aber es geht nicht. Mich dafür zu hassen führt auch zu nichts, sie zu hassen ebensowenig. Ich kenne meine Verantwortung, meine Aufgabe, aber sie spukt dauernd in meinem Herzen herum. Das ist das erste unlösbare Problem. Das zweite ist Vater, er hat sich offensichtlich schon mit Mrs. Winter verlobt. Du weißt ja, Schwester, daß die gewöhnlichen Engländer uns Chinesen als Hunde betrachten. Wenn die beiden wirklich heiraten, kann sich Mrs. Winter nie mehr bei ihren Verwandten und Freunden sehen lassen, und das wäre die

Hölle für sie. Und wenn Vater sie mit nach China nähme, würde sie nach drei Tagen verrückt werden! Unsere Sitten und Bräuche sind so unterschiedlich, und Vater ist kein reicher Mann, das hält sie nicht aus. Ich kann jetzt nichts sagen, sie lieben sich halt und wollen einander Freude bereiten – ob es nun Freude oder Pein ist, ist eine andere Frage –, wie kann ich mich da einmischen! Das ist die nächste unlösbare Frage ... Außerdem ist da noch unser Geschäft. Das ruht jetzt ganz auf meinen Schultern. Ich möchte studieren, kann aber den Laden nicht einfach so laufen lassen. Kümmere ich mich um den Laden, bleibt mir keine Zeit zum Studieren. Mein Vater versteht rein gar nichts vom Geschäft. Kümmere ich mich nicht darum, macht er mit Sicherheit jeden Monat über zehn Pfund minus. Kümmere ich mich aber darum, kann ich das Studieren vergessen. Wenn ich aber nicht studiere, wozu bin ich dann hergekommen? Du siehst ja, ich hab so viel zu tun, daß ich nicht einmal dazu komme, mit dir Englisch zu lernen. Ich habe keinen Einfall, ich weiß einfach nicht, was ich tun soll! Du bist doch so klug, Schwester, und du magst uns, hast du nicht einen guten Vorschlag?«

Vor ihnen standen zwei alte Masson-Kiefern, von deren Zweigen einige Zapfen herunterhingen. Als die grauen Wolken etwas dünner wurden und ein schwacher Sonnenstrahl hindurchbrach, leuchteten die Kiefernzweige goldgelb.

Als Ma Wei zu Ende gesprochen hatte, betrachtete er die Zapfen an den Kiefernzweigen. Katherine lockerte leicht ihren Fuchspelz und zupfte ihn zurecht, dabei entströmte ihrer Brust ein zarter, warmer Parfümduft.

»Hat sich Mary nicht bereits mit Washington verlobt?« fragte sie langsam.

»Woher weißt du denn das, Schwester?«

»Ich kenne ihn!« Ihr Gesicht verschloß sich. Nach einer Weile lächelte sie wieder, aber nicht sehr natürlich: »Wenn sie schon einem anderen gehört, warum denkst du noch an sie?«

»Das ist ja gerade das Schwierige!«

»Wirklich. . . schwer zu lösen, schwer zu lösen.« Sie schien mit sich selbst zu sprechen, nickte, dabei erzitterte die Hutkrempe leicht. »Die Liebe! Keiner weiß so recht, was Liebe eigentlich ist.«

»Schwester, du hast also auch keinen Vorschlag?« fragte Ma Wei, nun doch leicht erregt.

Kate schien seine Worte nicht gehört zu haben, sie murmelte weiter vor sich hin: »Die Liebe. . . die Liebe.«

»Schwester, hast du am Sonnabend etwas vor?« fragte er.

»Weshalb?« Sie blickte ihn an.

»Ich möchte dich zum Chinesischessen einladen, kommst du, Schwester?«

»Vielen Dank, Ma Wei. Um wieviel Uhr?«

»Mittags um eins, im Zhuangyuan-Restaurant.«

»Abgemacht. Sieh doch nur, Ma Wei, wie schön die Kiefernzapfen aussehen, wie lauter kleine Glöckchen.«

Ma Wei hob den Kopf, sagte aber nichts.

Dann sprach keiner von beiden mehr. Sie durchquerten den Kiefernwald, umgingen einen kleinen Teich und gelangten unmerklich ans Tor. Beide blickten noch einmal zurück, der Park lag immer noch ruhig, schön und frisch da. Das alles ließen sie hinter sich zurück und gingen in einer mit Worten nicht zu fassenden Verwirrung, gemischt aus Liebe und Kummer, hinaus.

War das ein glückliches neues Jahr?

7

Unter Londons China-Restaurants florierte das Zhuangyuanlou am besten. Es war geräumig, hatte preiswerte Speisen und erweckte von früh bis spät den Eindruck, als kämen die Noblen dieser Welt in Scharen hierher. Hier stillten nicht nur Siamesen, Japaner, Inder ihren Hunger, selbst Engländer – arme Künstler, Sozialisten mit roten Schlipsen, extravagante, dicke alte Damen – gingen oft dorthin, um einen Longjing-Tee zu trinken oder eine Portion gebratenen Reis mit verquirltem Ei zu essen. Die Künstler und Sozialisten gingen hin, um zu zeigen, daß für sie keine Ländergrenzen existierten; die dicken alten Damen gingen hin, um etwas mehr Stoff für ihre Konversation zu erhalten. In Wirklichkeit machten sie sich natürlich alle nichts aus Tee ohne Milch, aus Fleischfäden und Eiern, die gleich zusammen mit dem Reis gebraten wurden. Chinesen gab es nur wenige, zum einen, weil man kein echtes chinesisches Essen bekam, zum anderen, weil sie bei den Kellnerinnen nicht besonders beliebt waren. Anständige Frauen arbeiteten nicht in chinesischen Restaurants, denn anständige Frauen unterhielten keinen Kontakt mit Chinesen Jeder wußte schließlich, daß man in der Umgebung von Chinesen seines Lebens nicht sicher war. Nur gutaussehende, aber moralisch nicht ganz einwandfreie Frauen machten sich nichts daraus; sie liebäugelten mal mit einem dummen Inder – dann hatten sie die Aussicht, am Abend zwei oder drei Pfund einzunehmen –, oder sie schmeichelten sich bei einem Japaner ein – dann bekamen sie mindestens eine Packung Kaugummi mit Orangegeschmack. Mit Chinesen ließ man sich besser nicht ein, und natürlich bediente man sie nicht. Alle Menschen verachteten die Chinesen, da machten Prostituierte keine Ausnahme. Prostituierte hatten auch ihre Freiheit und ihren Stolz, weshalb sollten sie sich mit den allseits verachteten Chinesen abgeben!

Inhaber Fan kannte eine Menge Leute. Seine kleinen Augen waren fast völlig geschlossen, als hätte er noch nie im Leben ausgeschlafen, aber sein Gesicht lächelte unentwegt. Die Künstler liebten ihn, weil er sie bat, irgend etwas an die Wände zu malen – Frauen mit gebundenen Füßen, ausgemergelte alte Männer, die Opiumpfeifen rauchten, Dorftölpel mit einem kleinen Zopf, die ihren Kotau vor Buddha machten. Damit hatten sie die ganze Wand kunterbunt bemalt. Die Künstler wußten über China genausoviel wie jeder gewöhnliche Engländer; der Unterschied bestand nur darin, daß sie das, was sie wußten, auch malen konnten. Die Sozialisten liebten ihn, weil er oft zu sagen pflegte: »Me no likes capitalisma!« Die dicken alten Damen liebten ihn, weil er oft »me« statt »I« sagte, und manchmal, wenn ihm der Sinn danach stand, auch »I« statt »me«. Die dicken alten Damen fanden das schrecklich komisch. Wenn die gewöhnlichen Engländer die Chinesen verachteten, so betrachteten reiche Engländer und Engländerinnen die Chinesen als etwas Amüsantes. Chinesen aßen mit Stäbchen statt mit Messer und Gabel; Chinesen nahmen zuerst die Speisen und dann die Suppe zu sich; Chinesen tranken Tee ohne Milch und Zucker; Chinesen aßen Reis ohne Kartoffeln. All das war in den Augen gewöhnlicher Engländer grundlegend falsch und verabscheuungswürdig; in den Augen der reichen, dicken, alten Damen dagegen war das so etwas wie eine mutwillige Inszenierung, um die Leute zum Lachen zu bringen – lustig und unterhaltsam.

Inhaber Fan und der ältere Herr Ma waren bereits eng befreundet, fast wie leibliche Brüder. Obwohl Herr Ma Kaufleute grundsätzlich verachtete, schätzte er die sehr aufmerksame Bedienung durch Inhaber Fan, sein ständiges Lächeln und die Tatsache, daß er ihm stets irgend etwas Besonderes zubereiten ließ. Der ältere Herr Ma hätte sich ja schämen müssen, wenn er sich nicht um die Freundschaft von Lao Fan bemüht hätte. Er war zwar ein Kaufmann, das war richtig, aber schließlich gab es auch in diesen Kreisen anständige Leute.

Wenn der ältere Herr Ma ins Restaurant kam, kümmerte er sich von jeher nicht um die Studenten – die waren ihm zu vulgär, mit denen hatte er nichts zu schaffen. Hinzu kam, daß jeder dieser Studenten nach seiner Rückkehr gewiß Beamter werden würde. Und wenn der ältere Herr Ma daran dachte, daß sich mit einem Beamtenposten für ihn selbst nichts rührte, hatte er nicht nur überhaupt keine Lust, sie zu beachten, sondern manchmal starrte er sie sogar böse durch seine Brille an.

Mit den Sozialisten dagegen pflegte der ältere Herr

Ma einen lebhaften Verkehr. Obwohl er keine Zeitung las und nicht wußte, daß diese Leute tagtäglich China beschimpften, spürte er genau, daß das Interesse der Engländer für ihn keineswegs daher rührte, daß sie etwa für ihn freundschaftliche Gefühle hegten. Selbst jene Schar korpulenter alter Damen, die so gern etwas über China hörten, hatten immer gehässige Bemerkungen zur Hand, mit denen sie ihn traktierten. Nur die Sozialisten, nur sie tendierten zu den Chinesen und schimpften auf die Annexionspolitik ihrer Regierung. Und obwohl dem älteren Herrn Ma der Begriff Heimatland nicht geläufig war, war er im Grunde doch stolz darauf, Chinese zu sein. Da nur die Sozialisten an China etwas Gutes fanden, lud er sie wie selbstverständlich zum Essen ein. Wenn sie dann gespeist hatten, nannten sie ihn einen echten Sozialisten, da er bereit war, sein Geld zu opfern, um sie zu beköstigen.

Hätte er zu ganz gewöhnlichen Engländern gesagt: »Chinesen trinken den Tee ohne Milch«, so hätten sie unweigerlich geantwortet: »Was, ohne Milch? Wie trinkt man denn das? Das ist ja schrecklich!« Er wiederum hätte sich nur den Bart gekrault und wäre still gewesen.

Die Sozialisten dagegen würden sofort erwidern: »Aber natürlich. Schließlich wissen die Chinesen am besten, wie man Tee trinkt, nicht wahr? Die Chinesen haben der Welt das Teetrinken beigebracht, dort versteht man ihn wirklich zu genießen! Ohne sie wären wir nie auf die Idee gekommen, Tee zu trinken, uns in Seide zu kleiden, Bücher zu drucken – das ist die chinesische Zivilisation! Die chinesische Zivilisation, tja, die ist unbeschreiblich!«

Das zu hören bereitete dem älteren Herrn Ma größtes Vergnügen. Er war zutiefst davon überzeugt, daß die Chinesen die zivilisiertesten Menschen unter dem Himmel waren, also lud er diese Leute noch einmal zum Essen ein.

Als Ma Wei ins Zhuangyuanlou kam, hatte der ältere Herr Ma längst seine Portion *jiaozi* verspeist und sich nach Hause begeben, weil Mrs. Winter ihm aufgetragen hatte, bald zurückzukommen.

Die Küche des Restaurants befand sich im Keller, Tee und Speisen wurden mit einem Aufzug nach oben befördert. Dieser Aufzug war eine Erfindung des Inhabers Fan. Er war einfach und praktisch, verursachte ein eigenartig quietschendes Geräusch und brachte undefinierbare Gerüche mit nach oben.

Der Speiseraum war in einen äußeren und einen inneren Bereich unterteilt. Der äußere war lang und schmal, an den Wänden hingen Illustrationen – Opium rauchende Alte, kleine Mädchen mit gebundenen Füßen. . . dazu solche Sprüche wie »Zum Totengedenkfest regnet es in Strömen«. Der innere Bereich war breit und kurz, an den Wänden prangten Zigarettenreklamen. Die Chinesen bevorzugten den inneren Raum, weil dieser ein wenig Ähnlichkeit mit einem Séparée hatte. Ausländer dagegen nahmen lieber im äußeren Bereich Platz, denn dort konnten sie die Malerei an den Wänden bewundern und das Geräusch des Aufzugs hören.

Da draußen bereits alles besetzt war, ging Ma Wei in den inneren Raum und suchte sich einen Platz an einem Ecktisch, an dem bereits zwei chinesische Studenten saßen, die er nicht kannte. Er nickte ihnen zu, aber sie beachteten ihn nicht.

»Sie erwarten noch jemanden?« fragte die Kellnerin mit schräggeneigtem Kopf. Ma Wei nickte.

Die beiden Studenten diskutierten darüber, wie man die chinesische Botschaft zu einem Protest gegen Filme veranlassen könnte, deren Inhalt China beleidigte. Ma Wei hörte, daß einer von ihnen Mao und der andere Cao hieß. Mao trug eine Brille und hatte fast keine Brauen; der andere, Cao, war kein Brillenträger, obwohl er schlecht sah. Mao war für einen scharfen Protest, andernfalls sollte man alle Botschaftsangehörigen, vom Gesandten bis zum Sekretär, verprügeln. Cao dagegen meinte, wenn ein Staat schwach sei, habe ein Protest keinen Sinn, und sei er stark, so habe er keinen Protest nötig, denn niemand würde sich dann erlauben, ihn zu beschimpfen. Die beiden gerieten immer mehr in Streit und wurden immer lauter. Mao war nahe daran, sein Gegenüber zu verprügeln, aber Cao machte durchaus nicht den Eindruck, als würde er sich das gefallen lassen.

Schließlich redeten die beiden nicht mehr, sondern machten sich grimmig über ihr Essen her.

Da trat Miss Eden ein.

»Entschuldige bitte, Ma Wei, ich hab mich verspätet.« Sie schüttelte ihm die Hand.

»Du bist nicht zu spät gekommen, keineswegs!« sagte Ma Wei und reichte ihr die Speisekarte. Sie zog sich die Bluse zurecht und nahm ungezwungen Platz.

Cao und Mao blickten sie an, sagten ein paar Sätze auf chinesisch und gingen dann zum Englischen über.

Kate wählte eine Portion Frühlingsröllchen, und Ma Wei bestellte noch zwei, drei weitere Gerichte dazu.

»Ma Wei, geht's dir etwas besser?« fragte sie mit einem kleinen Lächeln.

»Viel besser!« antwortete Ma Wei und lachte.

Der Student Mao warf Ma Wei einen bösen Blick zu. Der begann sich unbehaglich zu fühlen, unterhielt sich aber weiter mit Kate.

»Ma Wei, hast du Washington gesehen?« fragte sie leise, während sie die Speisekarte studierte.

»Nein, er ist in letzter Zeit abends auch nicht zu Mary gekommen.«

»Aha . . .« Sie schien erleichtert zu sein. Sie blickte zu Ma Wei, als sich aber ihre Blicke trafen, sah sie weg.

Die Frühlingsröllchen kamen zuerst, Ma Wei legte ihr eins auf den Teller. Sie zerteilte es mit der Gabel und biß dann sehr vorsichtig hinein. Beim Schlucken bewegten sich ihre Kinnmuskeln, sie aß mit Genuß und in aller Ruhe. Ihre Bewegungen waren ganz anders als die von Mary.

Als Ma Wei gerade ein Frühlingsröllchen mit den

Stäbchen gefaßt hatte und zum Munde führen wollte, sagte Mao auf englisch: »Die ausländischen Prostituierten sind dazu da, daß man mit ihnen schläft. Wer das Geld hat, sie einzuladen, sollte mit ihnen ins Bett gehen, aber nicht ins Restaurant! Ich sag dir, Lao Cao, ich hab nichts gegen einen Bordellbesuch, ich war selbst oft genug dort, aber ich kann es nicht leiden, wenn solche Grünschnäbel Nutten ausführen, noch dazu zum Chinesischessen!«

Miss Edens Gesicht nahm die Farbe roter Tinte an. Ganz ruhig legte sie die Gabel beiseite und wollte aufstehen.

»Nicht doch!« sagte Ma Wei nur. Sein Gesicht war weiß geworden, seine Lippen bebten.

»Lao Mao, was hast du denn?« sagte der Student mit den schwachen Augen. »Alle Ausländerinnen sind doch nicht Prostituierte!« Er sprach chinesisch.

Mao bediente sich unbeirrt weiter des Englischen: »Die Frauen, die ich kenne, sind ausnahmslos Huren, aber ich kann es nun mal nicht leiden, wenn man sie in öffentliche Lokalitäten führt und mit ihnen angibt!« Er blickte Ma Wei wieder kurz an. »So eine Angeberei! Bloß um zu zeigen, daß du Geld hast, daß du's dir leisten kannst! Unsereiner gibt nur Geld aus, um mit ihr 'ne Nacht zu verbringen!«

Miss Eden stand auf, Ma Wei ebenfalls. Er hielt sie zurück: »Nicht doch, laß mich das machen!«

Kate sagte nichts, sie stand nur da und zitterte am ganzen Leibe.

Ma Wei wandte sich an Mao: »Von wem reden Sie?« Seine Augen schossen weiße Blitze.

»Von niemandem. Darf man sich im Restaurant nicht mehr unterhalten?« antwortete Mao. Er wagte es zwar nicht, die Dinge auf die Spitze zu treiben, wollte aber auch nicht klein beigeben.

»Wen Sie auch immer meinen, ich fordere Sie auf, sich zu entschuldigen, andernfalls ...« Ma Wei legte die Faust auf den Tisch.

Mao sprang wie eine Heuschrecke in die Ecke und schüttelte den Kopf.

Ma Wei trat zwei Schritte vor und fixierte ihn. Dessen fast nicht vorhandene Brauen zogen sich ängstlich zusammen, doch er schüttelte weiterhin den Kopf.

»Das läßt sich doch alles bereden. Sie brauchen doch nicht gleich böse zu werden!« Cao versuchte Ma Wei zu beschwichtigen.

Ma Wei schob ihn beiseite. Den Blick fest auf Maos Gesicht gerichtet, fragte er: »Entschuldigen Sie sich nun, oder nicht?«

Mao schüttelte abermals den Kopf.

Ma Wei stieß ein kurzes Lachen aus, fixierte den Studenten und versetzte ihm in der Art »links und rechts blüht eine Blume« zwei Ohrfeigen. Genau unterhalb der Brille und oberhalb der Lippen spürte Mao einen kräftigen Schmerz, aber ansonsten fühlte er sich wohl und schüttelte auch den Kopf nicht mehr.

Zwei Kellnerinnen kicherten, doch ihre Gesichter hatte sich verfärbt. Einige Gäste von draußen waren neugierig hereingekommen, aber keiner von ihnen wußte, was eigentlich los war. Der Inhaber Fan trat heran und hielt Ma Wei fest.

Miss Eden blickte Ma Wei kurz an, senkte den Kopf und ging hinaus. Als sie an der Tür war, die den inneren vom äußeren Gastraum trennte, rief einer der Gaffer ihr zu: »Kate, du? Was machst du denn hier?«

»Paul, komm, gehen wir nach Hause!« sagte sie mit gesenktem Kopf, ohne ihren Bruder anzusehen.

»Einen Moment – ich muß erst mal klären, was hier eigentlich los ist . . .«, sagte Paul und drängte sich durch die Menge. Er schob den Wirt beiseite, so daß dieser umfiel. Dabei schlug er mit dem Kopf ans Tischbein, was sofort ein blaues Entenei ergab.

»Ma Wei, was ist mit dir?« fragte Paul und steckte die Hände in die Taschen. »Ich sag dir, bilde dir bloß nicht ein, daß du ein Mensch bist und es mit unseren Mädchen treiben kannst! Wenn du dir bei ihnen etwas erschleichen willst, lernst du die Fäuste der englischen Männer kennen!«

Ma Wei sagte nichts, aber sein Gesicht lief rot an.

»Siehst du nun, Lao Cao, wozu es führt, wenn man mit Nutten ausgeht?« sagte Mao auf englisch.

Ma Wei biß die Zähne zusammen und stürzte sich auf ihn, doch im gleichem Moment versetzte ihm Paul einen Kinnhaken. Er wankte zurück, konnte sich aber an einem Tisch festhalten, so daß er nicht hinfiel. Mao machte sich wie eine Heuschrecke durch die Menge davon. Der Inhaber Fan wollte eigentlich schlichten, als er aber lächelnd sein Entenei am Kopf befühlte, zögerte er.

»Komm, hier hast du noch einen!« rief Paul mit einem hämischen Lachen.

Ma Wei befühlte seinen Hals und blickte ihn an.

Die Chinesen vor der Tür drängten herein, um zu schlichten, aber die Engländer hielten sie auf. »Laßt sie doch, sie schlagen sich, und damit hat sich die Sache! Ein fairer Kampf, eine faire Angelegenheit!«

Einige der Sozialisten, die gewöhnlich für den Frieden einzutreten pflegten und Kampagnen gegen den Krieg führten, erwiesen sich letztlich als Engländer. Als sie etwas von einem »fairen Kampf« hörten, waren sie aus tiefstem Herzen dafür und verfolgten interessiert, wer wohl wen schlagen würde.

Ma Wei holte tief Luft, riß sich den steifen Kragen ab und stürzte sich auf Paul. Der war auch bleich geworden. Er schützte sich gegen Ma Weis rechte Hand und holte zu einem weiteren Schlag aus, diesmal gegen Ma Weis Rippengegend. Ma Wei, der sich an einem Tisch abstützte, nahm alle Kraft zusammen, warf sich gegen Pauls Brust, und bevor dieser reagieren konnte, versetzte er ihm mit der rechten Faust einen Kinnhaken. Paul wankte ein paar Schritte zurück, biß die Zähne zusammen und ging auf ihn los, doch während er noch seinen Körper ins Gleichgewicht zu bringen versuchte, versetzte ihm Ma Wei einen weiteren gezielten Fausthieb. Sich mit einer Hand am Tisch abstützend, ging Paul zu

Boden, versuchte mit aller Kraft, sich aufzurichten, schaffte es aber nicht. Ma Wei trat zu ihm, half ihm auf die Beine, streckte ihm die Rechte hin und sagte: »Geben wir uns die Hand!«

Paul wandte den Kopf brüsk zur Seite. Ma Wei setzte ihn auf einen Stuhl, nahm seinen Kragen und ging langsam hinaus. Von seinen Lippen tropfte Blut.

Einige der Sozialisten blickten ihm nach, sie sagten nichts, aber man spürte, daß sie ihn haßten. Gewöhnlich redeten sie vom Frieden, sobald sie aber sahen, daß ein Ausländer einen Landsmann schlug, änderten sie unversehens ihre Gesinnung.

Mao und Cao waren längst gegangen. Ma Wei hielt vor dem Restaurant nach Miss Eden Ausschau, aber auch sie war verschwunden. Er legte sich den Kragen wieder um, wischte sich das Blut von den Lippen und stieß ein höhnisches Lachen aus.

8

»Mama!« rief Mary unter Tränen, ihre Augen glichen taubenetzten blauen Weintrauben. »Ich habe ihn schon seit Tagen nicht mehr gesehen, er antwortet auch nicht auf meine Briefe – ich muß zu ihm, muß fragen, was los ist . . . Ich hasse ihn!« Sie fiel der Mutter in die Arme und schluchzte laut.

»Mary, meine gute Mary, weine nicht«, sagte Mrs. Winter und streichelte ihr die Stirn. Auch sie hatte Tränen in den Augen. »Washington ist wahrscheinlich sehr beschäftigt und hat keine Zeit, dich zu besuchen. Manchmal kann man Liebe und Arbeit schwer unter einen Hut bringen. Vertraue ihm, denke nichts Schlechtes von ihm, er hat bestimmt zu viel zu tun. Weißt du, Mary, du bist daran gewöhnt, jeden Sonnabend auszugehen, deshalb bist du heute so besonders traurig. Warte ab, heute abend kommt er bestimmt. Wenn nicht, gehe ich mit dir ins Kino, ja?«

Mary hob den Kopf, umarmte die Mutter und küßte

sie. Mrs. Winter strich ihr die Haare glatt. Mary schluchzte noch, wischte sich aber schon mit ihrem kleinen Taschentuch die Augen.

»Mama, meinst du tatsächlich, daß er so viel zu tun hat? Denkst du das wirklich? Ich kann nicht glauben, daß er nicht einmal die Zeit hat, mir eine Postkarte zu schreiben. Ich denke, er hat sich eine neue Freundin gesucht, und mich hat er vergessen! Die Männer sind alle so, ich hasse ihn!«

»Mary, red nicht so. Liebe geht oft sehr verschlungene Wege. Hab Geduld und vertrau ihm, er ist am Ende doch deiner! Dein Vater war damals ...« Mrs. Winter sprach nicht weiter, sondern schüttelte nur leicht den Kopf.

»Ma, du redest immer von Geduld, Vertrauen! Warum müssen Frauen denn immer Geduld und Vertrauen haben, und die Männer dürfen machen, was sie wollen?« entgegnete Mary und blickte der Mutter ins Gesicht.

»Du bist doch mit ihm verlobt, nicht wahr?« fragte Mrs. Winter sehr klar und eindeutig.

»Die Verlobung muß aber von beiden Seiten eingehalten werden. Wenn er sein Versprechen bricht, warum soll ich allein darunter leiden? Außerdem war nicht ich es, die sich mit ihm verloben wollte, sondern er. Er hat mich angefleht, und jetzt ...« Mary saß auf dem Schoß ihrer Mutter und fuhr mit den Fußspitzen über den Teppich.

»Mary, red nicht so«, sagte Mrs. Winter langsam. »Die Menschheit kann sich den Naturgesetzen nicht entziehen; Männer suchen sich Frauen, und Frauen können nicht ohne Männer sein. Die Ehe ist der Abschluß der Liebe, zugleich aber auch eine Probe und ein Anfang. Hör auf deine Mutter, hab Geduld und Vertrauen, er wird dich nicht verlassen. Und außerdem bin ich überzeugt, daß er sehr viel zu tun hat.«

Mary stand auf, betrachtete sich eine Weile im Spiegel, lief dann im Zimmer auf und ab.

»Mama, ich lebe allein doch sehr zufrieden – ich bin glücklich, ich brauche keinen Mann!«

»Du?« fragte Mrs. Winter sehr langgezogen und spitz.

»Na ja, wenn ich einen Mann brauche, gehe ich mir einen suchen – wir können uns ja den Naturgesetzen nicht entziehen«, sagte Mary mit ein wenig Ironie. Im Innern aber glaubte sie selbst nicht daran.

»Aber Mary!« Mrs. Winter blickte die Tochter mit hocherhobener Nase an. Die sagte nichts, sondern lief weiter auf und ab. Sie fühlte sich schon ein wenig wohler. Sie glaubte zwar überhaupt nicht an ihre eigenen Worte, aber so zu reden tat gut, man konnte dabei seinen Zorn ablassen.

Solange die natürliche Sehnsucht nach einer Familie nicht völlig verschwindet, wird es die Ehe geben, ganz gleich mit welchen Formalitäten und in welcher Form auch immer. Die Natur des Menschen ist egoistisch, und die schönste Form des Egoismus ist eine kleine Familie. Auf welche Weise auch immer versucht wird, die Ehe abzuschaffen – dieses Stück Natur ist schwerlich auszurotten.

Mrs. Winter hatte das Gerede ihrer Tochter auch gar nicht ernst genommen; sie überlegte nur, wie sie sie aufheitern könnte. Sie wußte, daß junge Leute keine Muße vertragen, man mußte sie ständig beschäftigen, sie durften keine Langeweile haben. Nach langem Überlegen fand sie, daß ein Kinobesuch immer noch das billigste war, aber am Nachmittag konnte sie nicht mitgehen, weil sie sich mit Herrn Ma zu einem Einkaufsbummel verabredet hatte. Als ihr das einfiel, machten ihre Gedanken einen Bogen: Wie sollte sie Mary nur ihre eigenen Hochzeitspläne beibringen! Mary war so stolz, wie konnte sie ihr sagen, daß sie einen »alten Chink« ehelichen wollte . . . Ihre Gedanken wanderten weiter: Lohnte sich eine solche Heirat überhaupt? Um ihren sozialen Status zu wahren, sollte sie es lieber nicht tun. Aber für ihr eigenes Glück . . .? Sollte man es wirklich so machen, wie Mary es gesagt hatte – wenn man einen Mann brauchte, mußte man sich einen suchen? Das Resultat konnte nur noch schlechter sein! Die Gesellschaft, die Sitten sorgten schon dafür, daß die Beziehungen zwischen Mann und Frau nicht wirklich frei sein würden ... Außerdem, gab es denn überhaupt so etwas wie echte Freiheit zwischen Mann und Frau? Ein unlösbares Problem ... Sie putzte sich die Nase und sah Mary an. Diese lief noch immer hin und her, ihr Gesicht war rot angelaufen.

»Mrs. Winter!« rief Herr Ma leise von draußen.

»Herein!« antwortete Mrs. Winter kokett.

Herr Ma trat pfeiferauchend ein. Der neugekaufte steife Kragen war anderhalb Nummern zu groß; er drehte sich wie der Holzrahmen eines Siebes um seinen Hals. Auch sein Schlips war neu, wenn auch schief gebunden.

»Kommen Sie mal ...«, sagte Mrs. Winter lachend. Sie zog ihm den Schlips zurecht. Mary beobachtete sie mit schrägem Blick.

»Wollten wir nicht einkaufen gehen?« fragte der ältere Herr Ma.

»Mary ist... sie fühlt sich nicht wohl, ich möchte sie nicht gern allein lassen«, sagte Mrs. Winter und wandte sich dann an ihre Tochter: »Geh doch mit, ja, Mary?«

»Nein, ich bleib zu Haus und warte auf Washington – es könnte ja sein, daß er heute kommt!« Nachdem ihr Zorn verraucht war, erwachte wieder die Hoffnung.

»Auch gut.« Mrs. Winter gab sich zufrieden und ging sich umziehen.

Ma Wei kehrte zurück. Sein Gesicht war noch immer aschfahl, und von seinem Mund tropfte Blut; Paul hatte ihm einen Zahn locker geschlagen. Der steife Kragen war zerknittert, der Schlips blutbefleckt. Seine Haare standen struppig zu Berge, er atmete geräuschvoll.

»Ma Wei!« Der ältere Herr Ma drehte heftig den Kopf.

»Oh, Ma Wei!« rief Mary mit roten Augenrändern und zitternden Lippen.

Er lächelte ihnen stolz zu, ließ sich in einen Stuhl fallen und wischte sich mit dem Ärmel über den Mund.

»Ma Wei ...« Der ältere Herr Ma kam herüber. »Was ist passiert?«

»Ich hab mich geprügelt!« Ma Wei blickte auf den Teppich.

»Mit wem? Mit wem denn?« fragte der ältere Herr Ma. Er wurde blaß, sein Bart sträubte sich.

»Mit Paul. Ich hab ihn verprügelt!« Ma Wei betrachtete lächelnd seine Hand.

»Paul . . .«

»Paul.«

Da der ältere Herr Ma und Mary gleichzeitig gesprochen hatten, wollte sich nun keiner vordrängen. Erst nach einer Weile sagte der ältere Herr Ma: »Aber Ma Wei, du kannst doch andere nicht einfach . . .« Er konnte Prügeleien nicht ausstehen; selbst im Rausch kam er niemals auf die Idee, einem andern das Bierglas an den Kopf zu werfen. Zu Lebzeiten seiner Frau war sich das junge Paar zwar manchmal in die Haare geraten, aber mit der eigenen Frau, das war ja ganz was anderes. Als Ma Wei noch klein war, hatte er ihm von morgens bis abends eingeschärft, sich ja nicht zu prügeln und einen großen Bogen zu machen, wenn es irgendwo zu einer Schlägerei kam. Und jetzt hatte er sich doch tatsächlich in London mit einem ausländischen Teufel geprügelt, und noch dazu mit Paul, dem Sohn von Pastor Eden! Der ältere Herr Ma starrte den Sohn entsetzt an, er war einer Ohnmacht nahe.

»Oh, Ma Wei!« rief Mrs. Winter, die soeben eingetreten war, wie ein verschrecktes Vögelchen.

»Er hat Paul verprügelt – was soll denn nun werden!« Der ältere Herr Ma wandte sich jammernd an sie.

»Sie kleiner Frechdachs!« Mrs. Winter ging zu Ma Wei, betrachtete ihn und sagte zu Herrn Ma: »Junge Burschen prügeln sich schnell mal.« Und zu Mary: »Hol ein bißchen klares Wasser und wasch ihm die Lippen ab!« Dann wandte sie sich wieder an den älteren Herrn Ma: »Gehen wir!«

Der schüttelte immer noch den Kopf. Ohne etwas zu sagen, zog Mrs. Winter ihn am Arm und ging hinaus.

Mary kam mit einer Kanne kaltem Wasser, einem Mundspülmittel und etwas Watte zurück. Ma Wei spülte sich den Mund, dann tupfte sie ihm vorsichtig die Lippen ab. Ihre langen Wimpern bewegten sich auf und nieder. In ihren blauen Augen lag Güte und Mitgefühl, ihre Haare berührten sein Gesicht; wie elektrisch geladene Goldfäden machten sie es glühendheiß und hochrot. Er wagte nicht mehr, sie weiter anzusehen, und senkte den Kopf, aber da spürte er den von ihrem Busen aufsteigenden warmen, weichen Duft so intensiv, daß er zu zittern begann.

»Ma Wei, wie ist es denn dazu gekommen?« fragte Mary.

»Ich war mit Miss Eden essen, da ist er hereingekommen und hat mir einen Faustschlag versetzt«, antwortete Ma Wei lächelnd.

»Oh!« Mary betrachtete ihn mit einigem Unbehagen, weil er sich erlaubt hatte, mit Paul eine Prügelei anzufangen, aber auch mit einiger Anerkennung, weil er den Mut aufgebracht hatte, sich zu schlagen und außerdem den Sieg davonzutragen. Heldenkult ist eine der Besonderheiten der Europäer und Amerikaner. Wer siegt, hat recht. Daher fand auch sie Ma Wei unwillkürlich etwas sympathisch. Mit seinem verrutschten Kragen, den Blutspritzern auf dem Schlips, den unordentlichen Haaren wirkte er sehr anziehend auf sie. Er war ganz anders als sonst, regelrecht heldisch, ungewöhnlich männlich. Kraft, Mut, Ungeschlachtheit, Fleisch und Blut, all das macht die Weiblichkeit der Männlichkeit gegenüber nur noch geneigter. Sie betupfte weiterhin seine Lippen, aber ihr Inneres war bereits von der Heldenanbetung umzingelt, das Tupfen wurde immer langsamer, mal geriet sie auf diese Seite, mal auf jene, manchmal auf seine Wange, manchmal auf sein Ohrläppchen. In ihren blauen Augen erschien sein gelbes Gesicht auf einmal wie mit einer Schicht Gold überzogen, seinen Kopf umschwebte ein Heiligenschein; er war nicht mehr der verabscheuungswürdige, gelbgesichtige Ma Wei, sondern die Inkarnation der Männlichkeit, ein Heißsporn, ein Held, ein Kämpfer.

Während ihre rechte Hand behutsam sein Gesicht betupfte, legte sie ihre linke ganz leicht auf sein Knie. Langsam, zitternd legte er seine Hand auf die ihre. Seine Augen schossen regelrecht Blitze auf ihre rosigen Lippen.

»Mary, wissen Sie eigentlich ...« Mühsam preßte er jedes Wort einzeln heraus. »Wissen Sie, daß ich Sie liebe?«

Mary zog ruckartig die Hand zurück und richtete sich auf: »Sie mich? Unmöglich!«

»Warum? Weil ich ein Chinese bin? Liebe kennt keine Ländergrenzen. Aber sind die Chinesen so wenig wert, daß sie nicht mal das Recht auf Liebe haben?« Er erhob sich schwer und fuhr fort: »Ich weiß, daß hier alle die Chinesen verachten. Wenn Sie an uns denken, so tun Sie das immer im Zusammenhang mit Mord, Vergiftung, Vergewaltigung. Aber wir leben hier nun schon fast ein Jahr zusammen. Haben Sie denn immer noch nicht bemerkt, daß wir nicht so sind, wie Sie sich das vorgestellt haben? Ich weiß, daß Sie Ihr Wissen über China aus Zeitungen beziehen, die Gerüchte verbreiten, und aus schlechten Romanen. Glauben Sie dieses Zeug wirklich? Ich weiß, daß Sie bereits mit Washington verlobt sind, ich bitte Sie ja auch nur um Ihre Freundschaft. Ich möchte nur, daß Sie wissen, daß ich Sie liebe. Liebe zeigt sich nicht nur in körperlicher Vereinigung. Wenn Sie meine Liebe verstehen und mich als guten Freund betrachten könnten, dann wäre ich glücklich für mein ganzes Leben! Ich beneide Washington, aber weil ich Sie liebe, wage ich nicht, auch nur ein winziges Fünkchen Haß gegen ihn zu hegen ... Ich ...« Ma Wei konnte nicht weitersprechen, nicht einmal mehr stehen, das Herz drohte ihm zu zerspringen. Seine Beine hielten dem Druck des Körpers nicht mehr stand, stöhnend ließ er sich auf einen Stuhl fallen.

Mary kratzte sich mit einem kleinen Holzkamm leicht den Kopf und schwieg lange. Plötzlich brach sie in Lachen aus und fragte: »Ma Wei, haben Sie Washington in letzter Zeit gesehen?«

»Nein. Miss Eden hat mich auch schon nach ihm gefragt. Ich hab ihn nicht gesehen.«

»Kate? Weshalb hat sie denn nach ihm gefragt? Sie kennt Washington auch?« Mary hatte die Augen weit aufgerissen und war ein wenig rot geworden. Sie steckte den Kamm in die Tasche und klopfte sich die Hände ab.

»Keine Ahnung«, antwortete Ma Wei mit gerunzelter Stirn. »Ich bitte um Verzeihung, ich habe Kate ganz unbeabsichtigt erwähnt. Ich weiß nicht, was für eine Art von Beziehungen zwischen den beiden besteht. Zum Glück braucht der Mensch ja nicht nur einen guten Freund zu haben, nicht wahr?« Er lächelte und versuchte sich ein wenig über sie lustig zu machen.

Mary blickte ihn groß an und rannte ohne ein Wort hinaus.

9

Mrs. Winter ging mit hochgerecktem Nacken voraus, der ältere Herr Ma folgte ihr mit eingezogenem Kopf. Je länger sie durch die Straßen und Gassen lief, um so schneller ging sie und um so langsamer wurde er. Je mehr Leute unterwegs waren, desto wohler fühlte sie sich, und je wohler sie sich fühlte, desto schwerer fiel es ihm, ihr zu folgen. Wäre sie mit einem Engländer liiert, hätte sie wenigstens Schulter an Schulter, Hand in Hand mit ihm durch die Straßen gehen können. Zerrte man aber einen alten Chinesen durch die Straßen, dann konnte man so etwas nicht tun. Sie empfand ein wenig Reue.

Ginge er mit einer chinesischen Frau, so könnte er sie einige Meter hinter sich zurücklassen, jetzt dagegen war er von einer Frau zurückgelassen worden. Auch er empfand Reue.

Sie blieb stehen und wartete auf ihn, also machte er größere Schritte; sie lachte, er lachte ebenfalls, und schon empfanden beide keine Reue mehr.

In der Holton Street betraten die beiden einen Juwelierladen. Der ältere Herr Ma wollte sich Ringe ansehen. Der Verkäufer holte einen Kasten mit Spielzeugringen aus Messing für kleine Mädchen heraus. Der ältere Herr Ma wollte teurere sehen. Der Verkäufer blickte ihn kurz an und holte einen Kasten mit versilberten heraus, das Stück zu drei Shilling. Herr Ma senior verlangte noch bessere, da sagte der Verkäufer mit gekünsteltem Lächeln: »Die kosten dann aber ein Pfund!«

Mrs. Winter war rot angelaufen, sie zog ihn am Arm und sagte: »Gehen wir in einen besseren Laden!«

Der ältere Herr Ma nickte.

»Verzeihung, Madam!« bedauerte der Verkäufer eilfertig, »ich hab mich geirrt, ich hielt diesen Herrn für einen Chinesen, ich hätte nicht gedacht, daß er ein Japaner ist, bei uns kaufen viele japanische Kunden, entschuldigen Sie bitte! Ich hole sofort etwas Gutes!«

»Dieser Herr ist wirklich ein Chinese«, sagte Mrs. Winter und betonte das »ist«.

Der Verkäufer blickte den älteren Herrn Ma kurz an, ging nach hinten und kam mit einem Kasten voller Goldringe zurück. Er stellte ihn vor den älteren Herrn Ma hin und sagte: »Diese kosten alle über zehn Pfund, bitte suchen Sie sich etwas aus!« Er lächelte hämisch.

Den älteren Herrn Ma packte langsam die Wut, er schob den Kasten zurück und fragte: »Haben Sie welche über zwanzig Pfund?«

Der Verkäufer verfärbte sich und war drauf und dran, die Polizei zu rufen, denn ein Chinese, der mehr als zwanzig Pfund in der Tasche hatte, war selbstverständlich ein Räuber. Gewöhnlichen Chinesen stand es seiner Meinung nach nicht zu, ein ganzes Pfund in der Tasche zu haben oder gar den Mut zu besitzen, einen Ring zu erwerben. Als Ma senior zögerte, zog Mrs. Winter ihn wieder am Ärmel. Beide gingen zusammen hinaus. Der Verkäufer packte die Ringe wieder weg und notierte sich eiligst Aussehen, Körpergröße, Kleidung des älteren Herrn Ma, um der Polizei, falls ein Überfall passieren sollte, eine Beschreibung liefern zu können.

Mrs. Winter war vor Zorn ganz benommen. Sie zog den älteren Herrn Ma weg und wiederholte ständig: »Wir lassen es, wir lassen es!«

»Nicht ärgern, nur nicht ärgern!« Herr Ma versuchte sie zu beruhigen: »Das war nur ein billiger Laden, also gehen wir woandershin.«

»Ich will keinen mehr. Wir gehen nach Hause, ich halte das nicht aus!« Während sie das hervorstieß, rannte sie auf die Straße, packte den Griff eines vorbeifahrenden Busses und flog wie eine Schwalbe davon. Der ältere Herr Ma mußte mit ansehen, wie der Bus davonbrauste; er stampfte mit dem Fuß auf und murmelte vor sich hin: »Diese ausländischen Frauenzimmer – hochnäsig sind sie!«

Er wurde schwermütig. Die Frau hochnäsig, der Sohn trieb Unfug, mit einem Beamtenposten klappte es nicht, die Autos brausten chaotisch herum ... Was konnte man als älterer Mann machen, gar nichts, rein gar nichts ... Man mußte es ertragen ... Mit gesenktem Kopf murmelte er vor sich hin: »Am besten, ich gehe fürs erste gar nicht nach Hause und beachte sie nicht, denn je mehr ich mir gefallen lasse, desto launischer wird sie! Ja, richtig, ich gehe nicht nach Hause!«

Er nahm sich ein Taxi und fuhr zu Pastor Eden.

»Ich weiß, warum Sie gekommen sind, Mr. Ma.« Der Pastor schüttelte ihm die Hand. »Sie brauchen sich nicht zu entschuldigen; junge Burschen prügeln sich eben mal, das kommt vor!«

Ma senior hatte sich im Auto gute Worte zurechtgelegt, um sich in aller Form zu entschuldigen; ihm war es gar nicht recht, als er Pastor Eden jetzt so reden hörte. Er lachte gezwungen.

Der Pastor war schmaler geworden, Tag und Nacht wälzte er chinesische Bücher. Er hatte bereits zwei Wörterbücher zerlesen, verstand aber noch immer nicht, was er las. In seinen kleinen braunen Augen lag schon ein wenig Hoffnungslosigkeit.

»Pastor Eden, ich weiß wirklich nicht, was ich tun

soll!« rief der ältere Herr Ma gleich bei seinem Eintritt aus. »Sehen Sie, ich habe nur Ma Wei. Mit Strenge komme ich ihm nicht bei und mit Milde ebensowenig. Daß er sich mit Paul ge . . .«

»Setzen Sie sich doch, Mr. Ma!« sagte Pastor Eden. »Reden wir nicht mehr davon. Die Burschen haben sich geprügelt, und basta! Als Paul noch zur Schule ging, hat er sich oft geprügelt, da konnte ich auch nichts machen, ich hatte aber auch keine Lust, mich einzumischen. Was ich sagen wollte: Waren Sie in der Kirche?«

Der ältere Herr Ma wurde rot, er wußte nicht gleich, wie er antworten sollte. Nach einer Weile sagte er: »Nächsten Sonntag gehe ich . . . Nächsten Sonntag!«

Der Pastor hatte keine Lust, weiter in ihn zu dringen. Er schob die Brille hoch und sagte: »Übrigens, Mr. Ma, ich brauche nach wie vor Ihre Hilfe! Mein Chinesisch ist nicht gut, wenn Sie mir nicht helfen, weiß ich einfach nicht, wie . . .«

»Aber ich helfe Ihnen mit Vergnügen!« rief der ältere Herr Ma aus und dachte: Ma Wei hat Paul verprügelt, wenn ich jetzt Pastor Eden helfe, gleicht sich das aus, und keiner ist dem anderen mehr etwas schuldig . . .

»Mr. Ma . . .« Pastor Eden schien Mr. Mas Gedanken erraten zu haben. »Ihre Hilfe für mich und die Prügel mit Paul, das sind zweierlei Dinge. Wenn sie sich schlagen, ist das ihre Sache, mit uns hat das nichts zu tun. Wenn Sie bereit sind, mir zu helfen, muß ich auch etwas für Sie tun. Zeit ist Geld, keiner kann die Zeit des andern umsonst in Anspruch nehmen, stimmt's?«

»Ja.« Der ältere Herr Ma nickte, dachte aber insgeheim: Verdammt, was sind diese ausländischen Teufel doch hartnäckig – er muß einen unbedingt festnageln!

Pastor Eden blinzelte und fragte lächelnd: »Mr. Ma, wann haben Sie Zeit für mich, und wobei kann ich Ihnen helfen? Wir müssen das heute entscheiden und dann schnell anfangen!«

»Ich könnte jeden Tag, ich bin nicht sehr beschäftigt!« Mr. Ma haßte das Wort »beschäftigt«.

Als der Pastor antworten wollte, trat Mrs. Eden mit ihrem wirren Baumwollschopf ein. Die beiden Furchen neben ihrer Nase wirkten besonders tief, die Lider waren dick geschwollen. Sie blickte einfältig, aber böse drein.

»Mr. Ma, was ist denn in Ma Wei gefahren?« fragte sie scharf.

»Ich bin ja deshalb . . .«

Ohne Mr. Ma ausreden zu lassen, steifte sie den Nakken und drang weiter in ihn: »Was ist denn mit ihm los? Das eine sage ich Ihnen, Mr. Ma, sind bei Ihnen in China die Kinder schon so aufsässig, daß sie sich trauen, die unseren zu verprügeln? Vor zwanzig Jahren habt ihr gezittert, wenn ihr Ausländer gesehen habt, jetzt traut ihr euch schon, Hand an uns zu legen! Mal so zur Probe jemanden totschlagen, was? Hier ist nicht China, wo man ohne Recht und ohne Gesetz einfach Leute totschlagen oder verprügeln kann! In England herrscht Ordnung!«

Der ältere Herr Ma schluckte mehrmals, sagte aber kein Wort.

Pastor Eden bedauerte ihn und fand seine Frau fürchterlich; er hätte gern den Mund aufgemacht, tat es jedoch nicht.

Ma Wei hatte Paul keine nennenswerten Verletzungen zugefügt. Mrs. Eden liebte ihren Sohn zwar, aber allein wegen einer kleinen Zerrung der Nackenmuskulatur wäre sie nicht so in Zorn geraten. Sie war wütend über die Tatsache an sich, daß Ma Wei, ein kleiner Chinese, die Stirn gehabt hatte, sich mit Paul zu prügeln. Wann immer ein Engländer – gleich, ob männlich oder weiblich – die Augen öffnete, sah er die Welt zu seinen Füßen liegen – Hongkong, Indien, Ägypten, Afrika . . . dies gehörte ihm, dies waren seine Kolonien. Er war nicht nur stolz auf sich selbst, er verlangte auch von allen anderen Nationen die Einsicht, daß sie weit unter den Engländern rangierten. Mrs. Eden konnte diese Beleidigung nicht ertragen, obwohl ihrem Paul überhaupt nichts passiert war. Niemand konnte das ertragen, außer ihrem Mann, und sie haßte ihn dafür.

»Mama«, rief Kate durch den Türspalt.

»Was ist denn los?« Mrs. Eden drehte sich um. Es sah aus, als wende eine Gebirgskanone ihr Rohr.

»Miss Winter möchte dich kurz sprechen.«

»Sie soll hereinkommen!« donnerte Mrs. Eden.

Kate öffnete die Tür, und Mary trat ein. Mrs. Eden ging auf sie zu und sagte lächelnd: »Mary, wie geht's?« Sie schien Mr. Ma und ihren Mann vergessen zu haben.

Pastor Eden trat näher und fragte ebenfalls: »Wie geht's?«

Mary gab keine Antwort. Sie hielt ihren Hut in der Hand und drehte an dem Blumenbukett. Ihre Stirn war gerötet, Gesicht und Lippen waren bleich, in ihren Augenwinkeln hingen Tränen. Sie reckte den Hals vor, mit den Füßen scharrte sie leicht auf dem Boden.

»Setzen Sie sich doch, Mary!« sagte Mrs. Eden, noch immer lächelnd.

Pastor Eden holte einen Stuhl heran, und Mary setzte sich plumpsend hin; sie zog nicht einmal den Rock gerade, so daß ihre drallen Beine zu sehen waren. Mrs. Eden verzog den Mund.

Kate war ebenfalls bleich, aber sehr ruhig. Nur ihre Augen blickten besorgt. Sie sah zu ihrer Mutter hinüber, dann wieder zu Mary. Den älteren Herrn Ma hatte sie gar nicht begrüßt.

»Was gibt's denn, Mary?« Mrs. Eden legte ihr die Hand auf die Schulter und tat sehr gütig. Dann wandte sie den Kopf und warf dem alten Ma böse Blicke zu.

»Fragen Sie doch Ihre Tochter, sie weiß es!« Mary wies zitternd auf Kate.

Mrs. Eden wandte sich zu ihrer Tochter um, sie sagte nichts, aber ihre Augen stellten Fragen.

»Mary behauptet, ich hätte ihr ihren Washington weggenommen!« sagte Miss Eden langsam.

»Wer ist Washington?« Mrs. Edens Kopf beschrieb einen Kreis in der Luft.

»Der motorradfahrende Bursche, der eines Tages noch mal verunglücken wird!« erklärte der ältere Herr Ma Pastor Eden leise.

»Mein Verlobter!« sagte Mary und biß sich auf die Unterlippe.

»Warum hast du ihr den weggenommen? Und wie?« fragte Mrs. Eden.

»Warum sollte ich das tun?« antwortete Kate ruhig, aber bestimmt.

»Wenn du ihn mir nicht weggenommen hast, warum kommt er dann nicht mehr zu mir? Du hast mir doch eben gesagt, daß du oft mit ihm ausgehst – hast du das gesagt oder nicht?« beharrte Mary.

»Das hab ich. Ich wußte nicht, daß er dein Geliebter ist; ich weiß nur, daß er mein Freund ist, und daß Freunde mal zusammen ausgehen, ist doch ganz normal.« Kate lächelte.

Mrs. Eden wurde ungehalten. Sie mußte ständig alles beurteilen und konnte sich dieses Geschwätz doch nicht einfach so anhören. Mit vorgerecktem Nacken sagte sie: »Kate, kennst du diesen Washington wirklich?«

»Ich kenne ihn, Ma.«

Mrs. Eden runzelte die Stirn.

»Mrs. Eden, Sie müssen mir helfen, mich retten!« Mary war aufgestanden und wandte sich an Mrs. Eden. »Mein Glück, mein Leben hängt davon ab! Kate soll ihn freigeben, er gehört mir . . . mir!«

Mrs. Eden lächelte kühl. »Mary, überlegen Sie, was Sie da reden. Meine Tochter raubt keine Männer einfach so von der Straße weg! Mary, Sie irren! Wenn Kate wirklich so schlecht wäre, wie Sie annehmen, würde ich sie schon erziehen!« Sie holte tief Luft und sagte zu ihrer Tochter: »Kate, hol einen Kaffee – Mary, Sie trinken doch einen?«

Mary antwortete nicht.

»Kommen Sie, wir gehen nach Hause!« warf der ältere Herr Ma ein, als er bemerkte, daß alle betreten schwiegen.

Mary nickte.

Herr Ma gab Pastor Eden die Hand, wagte aber keinen Blick auf Mrs. Eden. Er ging auf Mary zu und nahm sie bei der Hand. Die war eiskalt.

Die beiden jungen Mädchen wechselten einen Blick, Kate war noch immer sehr ruhig. Sie lächelte dem älteren Herrn Ma zu und sagte dann zu Mary: »Auf Wiedersehen, Mary. Wir sind doch gute Freunde, nicht wahr? Denk nichts Falsches von mir. Auf Wiedersehen!«

Mary schüttelte den Kopf und setzte sich mit einem Ruck den Hut auf.

»Moment, Mary, ich rufe ein Taxi!« sagte der ältere Herr Ma.

10

Beim Frühstück zogen alle einen Flunsch. Der ältere Herr Ma fand, daß sein Sohn im Unrecht war, und diesem ging der Anblick des Vaters auf die Nerven; aber keiner wagte, dem anderen die Meinung zu sagen. So saßen sie sich nur grollend von Angesicht zu Angesicht gegenüber. Mrs. Winter bedauerte ihre Tochter, und mehr noch bedauerte sie sich selbst. Mary fand die Mutter ziemlich lächerlich; sie hätte gern gelacht, vermochte es aber nicht. Napoleon hatte darunter zu leiden, er wurde von niemandem beachtet. Er versuchte, an Marys drallen Beinen zu lecken, aber sie zog sie zurück. Dann begann er, an den großen Lederschuhen des älteren Herrn Ma zu schnuppern, aber der zog sie beiseite. Niemand beachtete ihn. Napoleon war so beleidigt, daß er sich in den Garten zurückzog und ein paar Rosen anschmollte. Bei sich dachte er: Ich weiß gar nicht, warum diese lächerlichen Menschen alle einen Flunsch ziehen . . . Aber es ergeht den Hunden wie den Menschen – wenn sie einen Flunsch ziehen, wirken sie noch lächerlicher.

Nach dem Frühstück stieg der ältere Herr Ma langsam die Treppe hinauf, steckte sich eine Pfeife in den Mund, hatte aber keine Lust, sie anzuzünden. Mary gab der Mutter einen eiskalten Kuß, setzte sich den Hut auf und ging zur Arbeit. Ma Wei zog sich den Mantel an, um sich in den Laden zu begeben.

»Ma Wei«, rief Mrs. Winter, »kommen Sie doch mal her!«

Ma Wei folgte ihr in die Küche. Mit zwei vertrockneten Tränen in den Augen sagte sie leise: »Ma Wei, Sie müssen umziehen!«

»Warum denn, Mrs. Winter?« Er zwang sich zu einem Lächeln.

Sie stieß einen langen Seufzer aus: »Ma Wei, das kann ich Ihnen nicht sagen! Es gibt keinen Grund, also versuchen Sie einfach, etwas anderes zu finden. Es tut mir leid, es tut mir sehr leid!«

»Haben wir uns etwas zuschulden kommen lassen?« fragte Ma Wei.

»Nein, überhaupt nichts, das ist es ja gerade. Sie haben sich nichts zuschulden kommen lassen, müssen aber trotzdem umziehen!« Mrs. Winter lächelte gequält.

»Hat Vater . . .«

»Fragen Sie nicht weiter. Ihr Vater hat sich ebensowenig zuschulden kommen lassen. Ich mag Sie alle beide – aber wir können hier nicht mehr weiter zusammen wohnen. Ma Wei, sagen Sie es Ihrem Vater, ich kann das nicht!«

Zwei Tränen rollten an der Nase hinab.

»In Ordnung, Mrs. Winter, ich sag's ihm«, erklärte Ma Wei und ging hinaus. Sie nickte und wischte sich mit ihrem kleinen Taschentuch die Augen.

»Vater, Mrs. Winter möchte, daß wir umziehen«, sagte Ma Wei absichtlich unvermittelt, um ihn auf die Probe zu stellen.

»Ach . . .« Der ältere Herr Ma warf ihm einen kurzen Blick zu.

»Wir müssen uns also umgehend nach etwas anderem umsehen . . .«

»Moment mal, Moment mal – warte ab, bis ich dir Bescheid sage!« Der ältere Herr Ma nahm die Pfeife aus dem Mund.

»In Ordnung. Ich gehe erst mal in den Laden, Vater. Bis heute abend!« Ma Wei verschwand.

Der ältere Herr Ma grübelte über eine halbe Stunde, kam aber zu keinem Entschluß. Hinunterzugehen und offen mit ihr darüber zu sprechen wagte er nicht, aber einfach auszuziehen, ohne ein Wort zu verlieren, das fand er auch nicht angemessen. Er konnte zu Pastor Eden gehen und ihn bitten, mit ihr zu sprechen, aber der würde sich wohl kaum um diese Dinge scheren. Diese ausländischen Teufel kümmerten sich nicht gern um Angelegenheiten anderer Leute.

»Es heißt nicht umsonst, daß freie Liebe nichts einbringt«, murmelte er vor sich hin. »Gäbe es einen Heiratsvermittler, wäre alles ganz leicht – man könnte ihn bitten, die Leute ein paarmal aufzusuchen und mit ihnen zu reden, und schon wäre alles in bester Ordnung! Aber hier. . . wie kompliziert das alles ist! Keinen kann man um Hilfe bitten, und unsereiner kann das doch nicht selbst regeln!«

Nachdem Herr Ma senior eine weitere halbe Stunde gegrübelt und noch immer keine Lösung gefunden hatte, versuchte er es einmal damit, sich Mrs. Winters wirkliche Absichten vorzustellen: Warum bläst sie so plötzlich zum Rückzug? Ich kann's nicht begreifen! Findet sie, daß ich zu arm bin? Ich hab doch den Laden! Findet sie mich alt? Sie ist ja auch nicht mehr die Jüngste! Liegt es daran, daß ich Chinese bin? Chinesen sind doch zivilisierte Menschen, oder? Findet sie mich häßlich? Wer Augen hat zu sehen, der sieht doch, wie vornehm unsereins ist, nicht krank und ohne jeden Makel, ein Gentleman von Kopf bis Fuß! Das wäre ja ganz neu, daß sie mich nicht mehr will . . . Sein Bärtchen richtete sich auf, er wurde böse. Sollte sich unsereins überhaupt dazu herablassen, *sie* zu wollen? Das ist die Frage! Diese ausländischen Frauenzimmer mit ihren spitzen kleinen Nasen, klug und raffiniert! Die können mich mal! Wer wird sich schon mit so einer streiten? Es ist aus – wir ziehen um, und zwar gleich! Der gnädige Herr tut überhaupt nicht dergleichen, er beachtet sie gar nicht ... Die Gefahr, daß Herr Ma auch äußerlich in Harnisch geriet, wuchs. Lippen und Bart zitterten bereits vereint. Plötzlich erhob er sich und stürmte, auf der Pfeife kauend, die Treppe hinunter.

Ich gehe einen trinken! hämmerte es in ihm. Jetzt wird der gnädige Herr sich erst mal nach Herzenslust besaufen! Das geht keinen etwas an, nur ihn persönlich ... Er schlug sich an die Brust und schwenkte den erhobenen Daumen.

Als Mrs. Winter ihn herunterkommen hörte, trat sie aus der Küche und blickte ihn an. Herr Ma warf aus schrägen Augen nur einen kurzen Blick auf sie, setzte den Hut auf, zog den Mantel über und ging zur Tür hinaus. Als er draußen war, wandte er sich um und sagte zum Türklopfer: »Habe die Ehre!«

Wieder allein in der Küche, begann Mrs. Winter zu weinen.

Ma Wei saß in dem kleinen Büroraum und blickte auf die Preissenkungszettel, Postkarten und Verzeichnisse, die sich auf dem Tisch türmten. Er verspürte nicht die geringste Lust, die Papiere auch nur zu berühren.

Manchmal nimmt sich eine Sache sehr einfach aus, doch denkt man darüber nach, erscheint sie einem gar nicht mehr so einfach. Die Probleme, die Ma Wei auf dem Herzen lagen, konnte er an den Fingern einer Hand abzählen, aber danach war er genau so ratlos wie zuvor. Sollte er den Umzug zum Anlaß nehmen, einmal frei und offen mit dem Vater zu reden und notfalls sogar zu streiten? Nach dem Streit könnte man mit einem Tusch neu beginnen, sich richtig ins Zeug legen. Leicht gedacht, aber versuche das mal! Da ging nichts! Sollten sie überhaupt umziehen? Sollte er sich überhaupt mit dem Vater anlegen? und schließlich, sollte er Mary überhaupt vergessen? Leicht gesagt ... Große wie kleine Leute haben die gleichen Schwierigkeiten und Nöte, aber groß werden die Leute erst durch Entschlossenheit. Ma Wei hatte eine Menge Ideen und Vorstellungen, aber keine Entschlußkraft.

Untätig saß er da. Seine Gedanken waren so finster wie der schlimmste Londoner Nebel, seine Seele schien in einer kleinen Schachtel eingesperrt zu sein, in der es kein Fünkchen Licht gab, so daß sie zu ersticken drohte. Das bißchen Liebe in seinem Herzen war durch Mary, durch den Vater, durch Li Zirong nach und nach verpulvert worden. Übriggeblieben war nur der Körper, der hier hockte. Es war die Hölle!

Er hoffte, daß irgendein Kunde käme, aber es zeigte sich keine Menschenseele; auch der Vater nicht, der kam nie so früh.

Schließlich kam Li Zirong.

Er schien ein ganzes Bündel Sonnenstrahlen mitgebracht zu haben; Ma Wei fühlte sich am ganzen Körper erwärmt.

»Warum hast du denn die Sachen noch nicht abgeschickt, Lao Ma?« fragte er und deutete auf die Papiere.

»Nur die Ruhe, Lao Li, das geht heute alles noch raus.« Ma Wei blickte Li Zirong an, aus seinen Augen sprach echte Freude: »Was hast du denn in den letzten Tagen getrieben?«

»Ich? Ich war wie ein Topf mit brodelndem Brei!« Er nahm den Hut ab und wischte sich mit dem Ärmel über die Krempe, dann legte er ihn bedeutungsvoll auf den Tisch und sagte: »Ich muß dir eine Hochzeit ankündigen, Lao Ma!«

»Wessen Hochzeit?« fragte Ma Wei.

»Meine!« antwortete Li Zirong und tippte sich, leicht errötend, an die Nase: »Meine eigene – ich hab mich verlobt!«

»Du? Das glaub ich nicht! Ich hab dich doch noch nie mit 'nem Mädchen gesehen!« entgegnete Ma Wei und packte Li Zirong bei den Schultern.

»Du glaubst es nicht? Ich veralbere dich nicht, ehrlich!

Meine Mutter hat die Verlobung geschlossen!« Li Zirong war über und über rot geworden. »Sie ist einundzwanzig, kann kochen, nähen und sieht nicht schlecht aus.«

»Du hast Sie noch gar nicht gesehen?« fragte Ma Wei mit langem Gesicht.

»Na klar. Als Kinder haben wir täglich zusammen gespielt!« erwiderte Li Zirong sehr überzeugt und kratzte sich das Haar.

»Lao Li, du denkst doch sonst so modern, wie kannst du so was tun? Denk doch mal an dein zukünftiges Glück! Überleg doch mal! Wie kannst du mit deiner Bildung nur so was tun? Ein simples Dorfmädchen? Eine, die nicht lesen und schreiben kann, sondern nur kochen und nähen? Lao Li, überleg doch mal!«

»Sie kann lesen und schreiben. . . ein bißchen . . . Sie kennt ein paar Schriftzeichen!« In dem Bemühen, sie zu verteidigen, sagte er die Wahrheit.

»Ein bißchen!« wiederholte Ma Wei stirnrunzelnd. »Lao Li, ich kann deine Haltung nicht gutheißen. Ich bin durchaus nicht der Meinung, daß wir etwas Besseres sind und auf einfache Mädchen herabschauen sollten. Ich meine nur, daß du an dein zukünftiges Glück denken solltest, das solltest du ernster nehmen! Überleg doch mal, wie kann sie dir denn helfen, wenn sie nicht mal lesen und schreiben . . .«

»Sie kann ein bißchen!« suchte Li Zirong einzuwenden.

»Na gut – angenommen, sie kennt ein paar Schriftzeichen, meinst du, daß sie dich damit unterstützen kann? Du mit deinen Ideen, deiner Bildung, und sie mit ihrem Denken und ihren paar Schriftzeichen, ihr paßt doch überhaupt nicht zusammen!«

»Lao Ma, du hast ja recht.« Nach einer Weile setzte Li Zirong hinzu: »Aber du mußt auch mich anhören, ich hab auch so meine simplen Gründe, nicht wahr? Setzen wir uns doch!«

Als sie einander gegenüber saßen, fragte Li Zirong: »Du findest also, daß ich zu altmodisch denke?«

»Wenn nicht sogar total konfus!« platzte Ma Wei dazwischen, um die Andeutung eines Lächelns bemüht.

»Ich bin keineswegs total konfus. Ich finde, daß Heiraten notwendig ist, weil die Beziehungen zwischen Mann und Frau . . .« Li Zirong kratzte sich den Kopf, ihm fiel kein entsprechendes Wort ein. Er warf einen Blick zur Decke und fuhr fort: »Das Problem ist heutzutage nur schwer zu lösen. Ich weiß, daß man normalerweise aus Liebe heiraten sollte, aber sieh dir doch mal die chinesischen Frauen an, da bist du gleich ernüchtert. Meinst du, Mittelschülerinnen und Studentinnen verfügen über eine leidliche Bildung? Oder geh noch einen Schritt zurück – meinst du, sie könnten Wäsche waschen und Essen kochen? Liebe ist gut, aber sie beruht auf gegenseitiger Hilfe, auf Verständnis und Verantwortung! Ich kann kein Mädchen lieben, das nicht auch Verantwortung für mich übernehmen kann, wie gut sie auch aussehen mag und wie modern ihre Einstellung ist.«

»Du findest also, daß Kochen und Waschen die einzige Verantwortung der Frau ist?« fragte Ma Wei.

»Genau, vollkommen richtig, für das heutige China!« antwortete Li Zirong. »Das heutige China bietet den Frauen keine Arbeitsmöglichkeit, Tausende und aber Tausende von Männern haben nicht einmal Arbeit! Wenn alle Männer arbeiten, können die Frauen ihnen helfen, die häuslichen Angelegenheiten zu besorgen. Nur dort, wo es glückliche, stabile Familien gibt, kann die Gesellschaft Fortschritte machen, können die Menschen ein erfülltes Leben genießen! Am gefährlichsten ist Halbwissen – das genau ist der Mangel, an dem die heutigen Studenten und Studentinnen leiden. Mit Halbwissen kann die Realität ganz leicht beiseite geschoben werden. Sich nach der Lektüre von zwei Liebesromanen wie verrückt in die freie Liebe zu stürzen führt letztendlich nur dazu, daß alles beim alten bleibt – Mann und Frau schlafen eine Nacht zusammen, danach ist alles aus! An gegenseitige Verantwortung ist nicht zu denken. Glück kann es gar nicht geben! Ich will nicht sagen, daß ich diese Leute hasse, aber ich heirate lieber ein simples Dorfmädchen, das kochen und waschen kann, als mich mit irgendeinem Mädchen abzugeben, das über ›ein bißchen Bildung‹ verfügt, weil sie ein paar Romane gelesen hat!«

»Schon gut, hör auf, Lao Li!« rief Ma Wei lachend. »Erzähle das mal meinem Vater, dem gefällt das bestimmt sehr gut! Du brauchst gar nicht mehr weiterzureden, mich kannst du nicht überzeugen, und ich wiederum kann mich dir nicht verständlich machen. Wir reden am besten von etwas anderem, sonst fangen wir noch an, uns zu prügeln!«

»Ich weiß, daß du mich verachtest«, sagte Li Zirong, »daß du mich für vulgär hältst. Du findest, daß ich das neue Denken nicht begreife. Ich weiß schon, Lao Ma.«

»Außer der Tatsache, daß du zu praktisch bist, finde ich nichts Verachtenswertes an dir, Lao Li!«

»Außer dem Umstand, daß du zuviel spinnst und daß du zu unpraktisch bist, finde ich nichts Verachtenswertes an dir, Lao Ma!«

Die beiden brachen in Lachen aus.

»Wir verstehen uns, stimmt's?« meinte Li Zirong.

»In Wirklichkeit sind wir gefühlsmäßig sehr weit voneinander entfernt, weiter als die Sonne von der Erde!« antwortete Ma Wei.

»Aber wir sollten versuchen, uns zu verstehen, nicht wahr?«

»Unbedingt!«

»Na gut, dann könntest du mir ja zu meiner Verlobung gratulieren!«

Ma Wei erhob sich, schüttelte dem Freund die Hand, sagte aber nichts.

»Was ich sagen wollte, Lao Ma, ich bin aber nicht hergekommen, um mit dir über meine Verlobung zu reden. Ich hab darüber völlig vergessen, weshalb ich eigentlich gekommen bin . . . Ich wollte dich einladen!«

»Zum Essen? Um deine Verlobung zu feiern?« fragte Ma Wei.

»Aber nein, nein! Zum Essen? Da kannst du lange warten! Erst wenn du hörst, daß Lao Li ein Kapitalist geworden ist, kannst du darauf hoffen, von mir eingeladen zu werden.« Li Zirong lachte, denn er hielt seine Worte für sehr witzig.

»Also folgendes: Mrs. Simon gibt heute abend eine Party mit allen Schikanen – Essen, Trinken, Tanz, Musik. Der Abend kostet sie einige hundert Pfund. Du, ich sage dir, Lao Ma, die reichen Ausländer verstehen es, Geld auszugeben! Weißt du, wofür die Party heute abend veranstaltet wird? Um ein Krankenhaus zu errichten. Rate mal, für wen? Ein Krankenhaus für Hunde und Katzen! Ein Krankenhaus für die Armen gibt es bereits, aber was machen die armen Leute, wenn ihre Hunde und Katzen erkranken? Mit dieser Frage lag Mrs. Simon Sir Simon in den Ohren. Nun sammeln sie Spenden für ein Hunde- und Katzenhospital! Sir Simon hat ihr das geraten. Da siehst du's wieder, Lao Ma, die Ideen haben immer die Männer. Was wollte ich doch sagen?« Li Zirong klopfte sich an die Stirn und dachte nach.

»Ach ja, richtig – Mrs. Simon hat mich gestern abend gebeten, einen Chinesen zu finden, der irgend etwas vorführen oder ein Lied singen könnte. Erst hat sie mich gefragt, ob ich singen könnte. Ich hab ihr geantwortet: ›Mrs. Simon, wenn Sie keine Angst haben, daß Ihnen die Gäste weglaufen, dann singe ich.‹ Da hat sie gelacht und gesagt, daß sie ihre Gäste keineswegs vertreiben möchte. So bin ich auf dich gekommen, du beherrschst doch ein paar Arien aus Kun-Opern. Wenn du heute abend singst, tust du ihr einen großen Gefallen, sie wird es dir bestimmt lohnen! Meine Erfahrungen besagen, daß die englischen Arbeiter sehr viel Selbstbeherrschung und Anstand besitzen und daß die englischen Adligen sehr großzügig sind. Die englische Mittelschicht dagegen kann ich nicht ausstehen . . . Kommst du mit? Du könntest den ganzen Abend umsonst essen und trinken und ganz nebenbei mal mit ansehen, wie die Oberschicht in

England lebt. Alle Gäste heute abend sind reiche Leute. Kommst du?«

»Ich hab keinen Frack . . .« Ma Weis Antwort ließ erkennen, daß er nicht abgeneigt war.

»Hast du nicht irgend etwas Chinesisches?«

»Nur eine gefütterte Seidenjacke. Vater besitzt noch eine Mandarinjacke aus Satin.«

»Das ist ja prima! Komm damit zu Sir Simon ins Arbeitszimmer, ich warte dort auf dich. Du kannst dich dort umziehen, und dann gehen wir zu Mrs. Simon. Wenn du in chinesischer Kleidung dort erscheinst und noch dazu ein chinesisches Lied singst, freut sie sich bestimmt sehr. Ich sag dir, erinnerst du dich noch an den langen gestickten chinesischen Rock, den Sir Simon vor dem Fest hier bei uns gekauft hat? Den trägt Mrs. Simon heute abend. Ich hab ihr erst vorgestern noch ein dunkelblaues, mit Eichhörnchenfell abgesetztes Obergewand besorgt. Sie wird also heute abend ganz chinesisch gekleidet erscheinen. Sie macht das, weil die Ausländer Exotisches lieben, aber auch, weil chinesische Kleidung ja wirklich schön ist. Sollte ich eines Tages Präsident werden, erlasse ich sofort einen Befehl, der den Chinesen verbietet, westliche Kleidung zu tragen! Es gibt auf der ganzen Welt keine vornehmere, schönere Kleidung als die chinesische!«

»Chinesen ziehen westliche Kleidung ja auch aus exotischen Gründen an!« entgegnete Ma Wei.

»Das ist aber eine sehr vulgäre Exotik! Da ist nichts Ästhetisches!« meinte Li Zirong.

»Die westliche Kleidung ist bequem und praktisch«, beharrte Ma Wei.

»Bei der Arbeit eine kurze chinesische Jacke zu tragen ist genauso bequem! Es gibt nichts Praktischeres als ein chinesisches Hemd aus Seide oder Leinen! Und nichts Schöneres!« beharrte Li Zirong.

»Du bist ein konservativer Sturkopf, Lao Li!«

»Und du ein Neuheitenjäger, Lao Ma!«

»Schon gut, hör auf, gleich prügeln wir uns wieder!«

»Also dann, bis heute abend um sieben im Haus Simon! Iß vorher kein Abendbrot, heute gibt's französische Küche. Bis dann!« Li Zirong nahm seinen Hut und sagte wie nebenbei: »Lao Ma, diese Ankündigungen und Briefe mußt du schnellstens rausschicken. Wenn ich die noch einmal hier rumliegen sehe, dann prügeln wir uns aber wirklich!«

»Soll ich der angehenden Frau Li auch eine schicken?« fragte Ma Wei lachend.

»Kannst du machen, sie kennt ein paar Schriftzeichen!«

»Das hier ist Englisch, mein Herr!«

Li Zirong setzte sich den Hut auf und versetzte Ma Wei einen leichten Faustschlag in die Seite. Dann rannte er los.

11

Der Wind wehte schon ein wenig Wärme heran, und er spielte so mit dem dünnen Regen, daß dieser alle Kraft verlor und sich treiben lassen mußte. Die Blumenverkäuferinnen auf den Straßen boten schon Narzissen und ein paar andere Frühlingsblumen an. Sie schmückten das graue London mit einigen Hoffnungsschimmern. Die zu Weihnachten und Neujahr aufgeführten Theaterstücke und Zirkusvorstellungen wurden nach und nach vom Spielplan abgesetzt; jetzt interessierten nur noch die Fußballendspiele und die Wetten im Ruderduell der Universitäten Cambridge und Oxford. Die Vorliebe der Engländer für das Wetten und für Spiele war ebenso tief verwurzelt wie die für das Beefessen und Pfeiferauchen.

An den alten Bäumen im Park hingen Wasserperlen, und die Zweige zeigten bereits die ersten rötlichen Knospen. Die nasse, weiche Erde an den Baumwurzeln verströmte eine solche Feuchtigkeit, daß bereits ein paar wilde Narzissen ihre weißen Köpfchen durch die Erde steckten. Das Gras war grüner als im Sommer, und wenn der Wind darüber strich und die Gräser hin und her bewegte, fielen die Wassertropfen nach und nach herab. London war lärmend und chaotisch, aber in den Parks herrschte immer eine herrliche Ruhe, in der die Menschen in duftender, reiner Luft verweilen konnten.

Der ältere Herr Ma spazierte mit auf dem Rücken verschränkten Armen über den Rasen. Er trat sehr leicht auf, um nur nicht die im Gras versteckten Regenwürmer zu zertreten. Da er keinen Schirm mitgenommen hatte, war seine Hutkrempe voller Tropfen. Auch die Schuhe waren durchnäßt, aber er lief immer weiter. Er hatte es nicht eilig, aber er war fest entschlossen, seinen Weg fortzusetzen. Er gelangte auf eine Straße, auf der, vor einer weiteren Grünfläche, ein Denkmal für im Kriege gefallene Artilleristen stand. Dem älteren Herrn Ma kam die Skulptur irgendwie bekannt vor, andererseits wußte er nicht, wo er sich befand. Er merkte sich Straßennamen grundsätzlich nicht und pflegte schon gar nicht nach dem Weg zu fragen. Er wollte die Straße überqueren und sich den anderen Teil des Parks ansehen, aber von den vielen Autos auf der Straße schwamm es ihm vor den Augen. So trat er sich nur die Erde von den Schuhen ab und machte kehrt.

Er suchte eine Bank und setzte sich. Eine alte Dame mit einem Hündchen, das einen sehr langen Kopf, aber einen sehr kurzen Hals hatte, setzte sich neben ihn. Er warf aus schrägen Augen böse Blicke erst zu ihr, dann zu dem Hündchen, stand auf und ging weiter.

So ein Pech! Früh am Morgen einem alten Weib zu begegnen, und dann noch einem mit 'ner Hündin! Er spuckte zweimal auf den Rasen.

Nach einer Weile kam er abermals an eine Straße, aber es war eine andere – Autos in Massen, aber ein Denkmal gab es nicht. Was ist denn das nun wieder für eine Straße? fragte er sich. In einiger Entfernung sah er an einer Mauer ein Schild, aber eingedenk seiner Würde hatte er keine Lust hinzulaufen. Wo gibt's denn so was, daß der Edle auf der Straße nach Ortsnamen sucht! Unsereins macht so etwas nicht! Eigentlich wollte er durch den Park zurückgehen, aber ihm taten schon die Beine weh, und die Schuhsohlen waren eiskalt. Er durfte sich nicht erkälten, damit war nicht zu spaßen, also nach Hause, auf dem kürzesten Weg!

Nach Hause? Zurückkehren, ohne eine einzige der Fragen, mit denen er morgens losgegangen war, gelöst zu haben? Also nicht? Weiter so im Park rumlaufen, drei Wochen, vielleicht auch drei Jahre lang – würde ihm dabei etwas einfallen? Nicht unbedingt... Schwierig, schwierig, schwierig! Er hatte nie Schwierigkeiten gehabt, nie war ihm etwas Schlimmes widerfahren, also hatte er keinerlei Erfahrungen. Wie sollte ihm nun eine Lösung einfallen?

Also nach Hause, doch nach Hause! Und sofort mit ihr reden!

Er nahm sich ein Taxi.

Mrs. Winter war gerade dabei, das Arbeitszimmer sauberzumachen, als der ältere Herr Ma eintrat.

»Hallo! Wie war es draußen?« fragte sie.

»Sehr schön, sehr schön!« antwortete er. »Im Park war es sehr interessant. Die kleinen Narzissen sind schon so ein Stückchen« – er reckte den kleinen Finger – »aus der Erde gekrochen. Ist Mary zur Arbeit gegangen? Ist sie heute ein wenig besser gestimmt?«

»Sie ist in bester Laune!« Während sie redete, putzte sie weiter das Fenster und blickte ihn nicht an. »Ihre Tante Dorey ist gestorben und hat ihr hundert Pfund hinterlassen. Die arme Dorey! Mary ist ganz durcheinander, sie möchte sich einen Hut kaufen, ein gutes Grammophon, eine Pelzjacke, und außerdem will sie noch was zur Bank tragen, damit es Zinsen bringt! Aber entweder etwas kaufen oder das Geld auf die Bank bringen, beides geht ja nicht, nicht wahr? Die kleine Mary, sie weiß gar nicht, was sie tun soll vor Freude...«

»War Washington noch immer nicht da?« wollte der ältere Herr Ma wissen.

»Nein!« Sie schüttelte den Kopf.

»Auf die jungen Burschen ist eben kein Verlaß ... Kein Verlaß!« setzte er seufzend hinzu.

Sie wandte den Kopf und blickte ihn an, in ihren Augen saß ein Lachfünkchen.

»Auf junge Burschen ist kein Verlaß. Ihre Liebe ist ein kurzes Aufflackern, sie wissen nicht, wie es weitergehen soll und wie man eine Familie gründet!« Der ältere Herr Ma hatte in seinem ganzen Leben noch nie so etwas Schönes gesagt; so natürlich und aufrichtig hatte er sich niemals ausgedrückt. Als er fertig war, schüttelte er den Kopf, um seine grenzenlose innere Bewegung auszudrücken. Der Morgenspaziergang durch den Park war also nicht umsonst gewesen, hatte er doch tatsächlich so etwas empfangen wie eine poetische Inspiration. Ernst blickte er Mrs. Winter an. In seinen Augen lag ein starker bittender, flehender Ausdruck.

Sie hatte ihn wohl verstanden. Schweigend drehte sie sich um und putzte weiter an dem Fenster.

Er trat mutig und entschlossen zwei Schritte vor und sagte sich: Heute ist heute, ich setze alles auf eine Karte!

»Mrs. Winter, Mrs. Winter!« Er rief nur zweimal ihren Namen, aber sein Ton drückte alles aus, was ihm auf dem Herzen lag. Er streckte eine Hand aus, seine Finger zitterten.

»Mr. Ma!« Sie drehte sich um und hielt sich am Fensterbrett fest. »Zwischen uns ist es aus, reden Sie bitte nicht mehr davon!«

»Bloß weil der Verkäufer im Juwelierladen so ein dummes Zeug geredet hat?« fragte er.

»Aber nein, es gibt viele Gründe, das war nur das auslösende Moment. Als ich nach Hause kam, hab ich alles bedacht. Es gibt viele Gründe, und nicht einer gibt mir den Mut weiterzumachen. Ich liebe Sie . . .«

»Die Liebe ist das Wichtigste, um das andere brauchen wir uns nicht zu kümmern!« hakte er ein.

»Die Gesellschaft, die Gesellschaft – sie kann jede Liebe zunichte machen! Politisch gesehen, sind wir Engländer gleichberechtigt, aber in sozialer Hinsicht existieren bei uns Klassen. Unsere Freiheit der Ehe ist stets auf die gleiche Klasse beschränkt. Nur wer in der gleichen Position ist, gleiches Vermögen besitzt, wagt es, über eine Ehe zu reden; und nur eine solche Ehe kann glücklich machen. Die Romanschreiber faseln zwar gern davon, wie ein Prinz ein Mädchen vom Lande heiratet, aber so was gibt es in Wirklichkeit nicht. Angenommen, es käme wirklich einmal vor, dann würde das Mädchen vom Lande niemals glücklich werden, denn es käme in eine völlig andere Umgebung, völlig andere Sitten und Gebräuche, von der Sprache gar nicht zu reden. All das wäre ihr fremd, wie sollte sie da glücklich werden!« Sie seufzte, fuhr sich mit dem Lappen über die kleine Nase und sprach weiter:

»Was Sie und mich betrifft, da gibt es zwar keine Klassenschranken, aber dafür Rassenunterschiede, und die wirken sich furchtbar aus! Eine andere Rasse ist noch schlimmer als eine andere Klasse! Ich habe überlegt, reiflich überlegt – glauben Sie mir, wir sollten dieses Risiko nicht eingehen! Sehen Sie, Marys Pläne haben sich so gut wie zerschlagen. Schon weil ich an meine Tochter denken muß, kann ich Sie nicht heiraten. Wenn sich ein junger, kräftiger Bursche in sie verliebte, würde er sie um keinen Preis heiraten, sobald er erführe, daß sie einen Chinesen zum Stiefvater hat. Vorurteile lassen sich nicht beseitigen! Als Sie hier ankamen, habe ich Sie anfangs auch für Ungeheuer und Teufel gehalten, weil alle sagten, daß Chinesen minderwertig sind. Jetzt weiß ich, daß das durchaus nicht der Fall ist, aber die Menschen in der Gesellschaft wissen es nicht. Nach unserer Heirat müßten wir doch weiter in dieser Gesellschaft leben, ihre Vorurteile würden uns binnen drei Tagen töten! Daß englische Männer Ausländerinnen heiraten, kommt häufig vor. Die Menschen mißtrauen ihnen zwar, verabscheuen sie aber nicht. Nimmt sich jedoch eine englische Frau einen Ausländer zum Mann, so ist das etwas ganz anderes. Sie wissen ja, Mr. Ma, daß die

Engländer eine sehr stolze Nation sind. Sie verachten Frauen, die Ausländer heiraten, und Ausländer, die sich englische Frauen nehmen. Ich habe die Leute oft sagen hören, Orientalinnen seien ein Juwel in der Familie, weil sie sich Außenstehenden nicht zeigen und erst recht nicht bereit sind, einen Ausländer zu heiraten. Genau so sind die Engländer; sie hassen es, wenn Ausländer ihre Frauen anrühren. Gegen Rassenvorurteile, Mr. Ma, kommen wir beide nicht an, und wir sollten erst recht nicht riskieren, gegen sie zu verstoßen. Sie und ich, wir können weiter gute Freunde bleiben, nur gute Freunde!«

Der ältere Herr Ma war wie gelähmt, er brachte nicht einen Satz heraus. Nach einer sehr langen Pause fragte er leise: »Kann ich denn weiter hier wohnen?«

»Oh, aber natürlich, wir sind doch gute Freunde! Vor ein paar Tagen habe ich zu Ma Wei gesagt, daß Sie umziehen sollten, das geschah in der Aufregung! Wenn ich wirklich gewollt hätte, daß Sie ausziehen, dann hätte ich Sie doch gedrängt ... Sie können hier wohnen, selbstverständlich!« Sie lächelte ein wenig.

Er sagte nichts, setzte sich nur mit gesenktem Kopf hin.

»Ich rufe Napoleon, damit er ein wenig mit Ihnen spielt«, sagte sie verlegen und ging hinaus.

FÜNFTES KAPITEL

1

Mitte März erlebte London unvermittelt strahlend klaren, blauen Himmel. Die Bäume, nicht länger von Wolken und Nebel verdeckt, wirkten ungewöhnlich hoch und schlank. Die Ulmenzweige verloren ihre rötlich-gelben Schuppen, und die Weiden kleideten sich in ein dünnes Gelb. Emsig steckten die wilden Blumen in den Parks ihre zarten Keime aus der feuchten Erde. Das Lächeln in den Gesichtern der Menschen wurde breiter. Fett gewordene Hunde tollten lustig durch die Straßen und bellten die Schatten der Bäume an. Die Autos wirkten bunter als sonst; sie rasten im Sonnenlicht die Straßen entlang, so daß die Rauchwolken hinter ihnen regelrecht blau wirkten. Die goldbeschrifteten Schilder über den Läden und die buntgeschmückten Schaufenster strahlten so verlockend, daß es den Menschen vor den Augen flimmerte. Sie fühlten sich wohl.

Obwohl das Wetter so ausnehmend schön war, gab es im Hause Eden, wo sich die Familie im Wohnzimmer versammelte, nicht die Spur eines Lächelns. Paul kaute mit gerunzelter Stirn an seiner Pfeife. Pastor Eden hatte den Hinterkopf an die Stuhllehne gedrückt und blickte von Zeit zu Zeit verstohlen zu Mrs. Eden. Deren Haar hatte gar nichts Frühlingshaftes an sich; es lag vertrocknet wie ein Haufen abgestorbener Wurzeln auf ihrem Haupt. Ihren Nacken hielt sie immer noch steif, die Augen blickten giftig, die Furchen beiderseits der Nase waren wieder sehr tief und trocken wie ein zugefrorener Stadtmauergraben.

»Wir müssen Kate unbedingt zurückholen! Ich gehe zu ihr, ich gehe!« stieß sie zähneknirschend hervor.

»Ich will sie nicht mehr sehen . . . Hol sie ja nicht zurück, Ma!« erwiderte Paul entschieden.

»Wenn wir das nicht tun und wenn Mary Washington anzeigt, sind wir alle erledigt! Dann kann keiner mehr in

Ruhe leben! Ich kann nicht mehr in der Gemeinde wirken, du kannst nicht mehr in der Bank bleiben! Wenn sie Anzeige erstattet, sind wir vernichtet, das Gezeter der Zeitungen stehen wir nicht durch. Wir müssen sie zurückholen, es gibt keinen anderen Ausweg!« Mrs. Eden sagte das sehr nachdrücklich, sie betonte jedes Wort.

»Wenn sie freiwillig mit jemandem durchbrennt, haben wir keine Möglichkeit, sie zurückzuholen!« sagte Paul erbost. »Ich hab sie längst durchschaut – sie ist egoistisch, impulsiv und kennt keine Scham! Ich weiß Bescheid!«

»Du brauchst dich nicht unnütz zu ereifern, das ist sinnlos. Denk lieber nach, was zu tun ist. Du haßt sie, aber mir bricht das Herz! Von klein an ist kein Tag vergangen, wo ich ihr nicht etwas aus der Bibel beigebracht habe. Nicht einen Tag habe ich sie aus den Augen gelassen. Du haßt sie? Ich habe wirklich Grund, sie zu hassen, aber das bringt uns nicht weiter. Wir sollten sie durch Liebe erweichen. Sie ist uns weggelaufen, aber wir verstoßen sie nicht – Hauptsache, sie erkennt und bereut ihre Fehler; Hauptsache, sie begreift die Lehre Jesu, Hauptsache, sie ist bereit, von diesen Irrlehren abzugehen! Ich gehe sie suchen – und wenn ich bis ans Ende der Welt gehen müßte, ich hole sie zurück! Ich weiß, daß sie jetzt nicht glücklich sein kann; ich hole sie zurück, dann kann sie hier wieder so glücklich sein wie früher. Ich weiß, daß sie in meiner Nähe am glücklichsten ist. Meine Tochter glücklich zu wissen ist meine Verantwortung, ganz gleich, wie sehr sie mich enttäuscht hat!« Mrs. Eden stieß das alles in einem Atemzug hervor, als handele es sich um ein auswendig gelerntes Manuskript. Ihre Augen waren feucht, es schienen Tränen zu sein, aber sie unterschieden sich sehr von den Tränen gewöhnlicher Leute.

»Sie kommt ganz bestimmt nicht zurück. Wenn sie an uns gedacht hätte, wäre sie nicht mit diesem Washington durchgebrannt! Mach, was du für richtig hältst, ich gehe weg! Ich bitte die Bank, daß sie mich nach Indien, Ägypten, Japan oder wohin auch immer versetzt, ich kann sie nicht mehr sehen. Wenn England eines Tages untergeht, dann nur wegen dieser Horde egoistischer Männer und Frauen, die weder ihre Familie noch ihr Land, noch den lieben Gott lieben!« schrie Paul. Er stand auf und ging hinaus.

Im Ergebnis des großen europäischen Krieges war nicht nur die ökonomische Basis der Völker aller Länder erschüttert worden, auch das Denken war in Bewegung geraten. Die Menschen bewerteten und definierten alle Moralnormen und Begriffe neu. Sie wollten die alten Kräfte, die sie behinderten, mit einer Handbewegung beiseite schieben und eine neue, friedliche Welt ohne Krieg aufbauen. Unter dem Einfluß der neuen Ideen waren die Vorstellungen über Ehe, Familie, Moral, Religion, Politik auf den Kopf gestellt worden und gerieten nun in Gefahr, mit Stumpf und Stiel ausgerottet zu werden. Diese Welle erfaßte auch die gewöhnlichen Leute; die großzügigen, weitherzigen unter ihnen fanden darin viele Freiheiten für sich; die engstirnigen und kleinmütigen, die mit aller Kraft gegen den Strom schwammen, versuchten die kläglichen Überreste des Alten, die auf den Wellen dieses Stroms trieben, krampfhaft festzuhalten. Beide Gruppen wurden hin- und hergerissen, keiner verstand den anderen, keiner interessierte sich für den anderen, man mißtraute und haßte sich gegenseitig, sogar zwischen Vätern und Söhnen und unter Brüdern kam es zu unversöhnlichen Tragödien.

Engländer sind konservativ, aber selbst sie wurden von dieser Woge erfaßt.

Zwischen dem Denken von Kate und Paul lag ein Abstand von mindestens hundert Jahren – sie war für Frieden und Freiheit, für die Abschaffung der Ehe, der Religion, gegen engstirnigen Patriotismus, gegen einen Parlamentarismus nach den Vorstellungen des Adels. Paul dagegen war für Krieg und Vaterlandsliebe, sogar für die Erhaltung der herkömmlichen Form der Ehe und der

Religion. Für Kate war der letzte Krieg schrecklich gewesen und alles, was vor dem Kriege passiert war, betrachtete sie als furchtbar. Für Paul dagegen war der Krieg ruhmreich, und die Zeit davor war eine goldene gewesen! Sie hatte ihr Wissen aus Büchern, seine Ansichten dagegen erwuchsen ganz selbstverständlich aus seinem Instinkt und seiner Natur. Er war jung und sie war jung, aber beide waren ganz und gar unterschiedliche junge Leute der Nachkriegszeit. Sie grübelte und zweifelte ständig, blieb aber stets freundlich; er dagegen fällte, beständig auf seiner Pfeife kauend, Urteile. Sie strebte nach Wissen, Verständnis – er nach Ergebnissen und Wirkung. Sie folgte ihrem Verstand, er seinen Eingebungen. Keiner verstand den anderen, er haßte sie, weil er sie nach seinen impulsiven, emotionalen und vererbten Maßstäben beurteilte.

Sie lebte ganz selbstverständlich mit Washington zusammen, weil sie ihn liebte. Wozu brauchte sie Ringe? Wozu sollte sie in die Kirche gehen, die Hand auf die Bibel legen, seinen Namen führen . . .? Für alle diese Fragen hatte Kate nur ein Lächeln übrig.

Mary dagegen – ganz wie Paul – mußte unbedingt einen Ring haben, unbedingt in die Kirche gehen, die Hand auf die Bibel legen, den Namen ihres Mannes führen. In ihren Bewegungen ähnelte sie einer Wildkatze, in ihrem Denken jedoch einem sturen Ochsen. Sie zeigte gern ihre weißen Beine, damit die Männer sie betrachteten, aber immer nur bis zum Knie; sobald der Wind ihren Rock hob, zog sie ihn schnell herunter, was dumm und lächerlich wirkte. Ihr ganzes Verhalten, ihre Aufmachung war darauf gerichtet, von den Männern beachtet zu werden, allerdings aus gebührender Entfernung. Ihre letzte Waffe war stets ihre Schönheit. Damit hoffte sie, einen Mann an sich zu fesseln und eine kleine Familie zu gründen. Die Ambitionen ihres ganzen Lebens richteten sich lediglich darauf. Kinder wollte sie nicht – auch eine von den neuen Ideen, aber Mary hing ihr nur aus Bequemlichkeit an. Kinder könnten ihre gute

Figur zerstören, außerdem waren sie schrecklich unbequem. Allerdings hätte sie nie zugegeben, irgendwelchen Ideen, die sich auf Geburtenbeschränkung bezogen, anzuhängen.

Washington hatte die beiden verglichen und sich für ein Leben mit Kate entschieden. Er liebte Mary weiterhin und hatte sie nicht vergessen, aber seine Beziehung zu Kate schien sich irgendwo oberhalb der Liebe zu bewegen. Dieser Zustand »oberhalb der Liebe« war eine neue Entdeckung im Nachkriegseuropa; keiner wußte so recht, was das eigentlich war. Dieser Zustand ließ sich in keine Form pressen, er war sehr frei, sehr flexibel. Mary vermochte ihn weder zu verstehen noch zu genießen, denn ihre Vorstellungen von Liebe waren durch Begriffe wie Ehe, Ehepaar, Familie geprägt.

Kate und Washington genierten sich nicht, Hand in Hand vor Mrs. Eden zu erscheinen, sie hatten auch keine Angst, vor Mary hinzutreten; aber das Unverständnis von Mrs. Eden und Mary hemmte sie. Vor Menschen fürchteten sich die beiden nicht, doch vor dem alten Denken schreckten sie zurück. Das lag nicht etwa an ihrer Schwäche, es war kein individuelles Problem – es war der Aufeinanderprall weltweiter Strömungen, eine Frage historischer Veränderungen. Ihr Gewissen war ruhig, ließ sich jedoch nicht mit dem von Mrs. Eden oder von Mary auf die gleiche Waage legen; die Maßstäbe waren allzu verschieden. Also war es das beste, sich nicht zu zeigen, nicht vor Mrs. Eden und Mary zu erscheinen.

»Armer, ehrgeiziger Paul – ich verstehe seine schwierige Lage!« murmelte Mrs. Eden vor sich hin, als der Sohn gegangen war.

Pastor Eden blickte sie kurz an, er begriff, daß es an der Zeit war, das Wort zu nehmen. Er hüstelte kurz und begann dann langsam: »Kate ist kein schlechtes Mädchen, du darfst ihr nicht unrecht tun.«

»Du trittst natürlich immer für sie ein – hättest du sie nicht so verzogen, wäre sie nie auf so skandalöse Gedanken gekommen!«

Der Pastor haßte sie regelrecht, getraute sich aber nicht, dies zu zeigen.

»Ich gehe sie suchen. Mit den Worten Jesu Christi werde ich sie zur Rückkehr bewegen!« Mrs. Eden lachte krampfhaft und so gütig wie der Teufel höchstpersönlich.

»Du brauchst sie gar nicht erst zu suchen, sie kommt doch nicht zurück!« Und leise fuhr Pastor Eden fort: »Sie ist bestimmt sehr glücklich mit ihm, aber selbst wenn das nicht der Fall wäre, käme sie nicht zurück, denn sie kann sich selbst ernähren. Natürlich wünsche ich ihre Rückkehr, sie ist diejenige, die mich am meisten liebt und die ich am meisten liebe ...« Seine Augen wurden feucht. »Aber ich möchte sie nicht dazu zwingen. Sie hat ihre Ansichten, ihre Meinung – wenn sie die verwirklichen kann, fühlt sie sich glücklich. Ich möchte ihr dieses Glück nicht rauben. Jetzt liegt ohnehin alles bei Mary. Wenn sie Anzeige erstattet, sind wir erledigt; wenn sie die Hände hebt und darauf verzichtet, geht der Kelch an uns vorüber. Alles liegt bei ihr. Geh du lieber nicht zu Kate – ich werde sie aufsuchen und hören, was sie vorhat. Danach gehe ich zu Mary und flehe sie an, keine Anzeige zu erstatten.«

»Sie anflehen ...!« Mrs. Eden zeigte empört mit dem Finger auf seine Nase. Nur im Hinblick auf Gott ließ sie dieses Wort gelten.

»Jawohl, anflehen!« Auch der Pastor geriet in Rage; er sprach leise, aber sehr entschieden.

»Deine Tochter ist durchgebrannt, und du willst so ein grünes Ding anflehen! Denk an deine Position, Pastor« schrie Mrs. Eden.

»Ich hab keine ›Position‹! Du und Paul, ihr habt eine, aber ich nicht! Du willst deine Tochter nur zurückholen, um dein Gesicht zu wahren, ihr Glück ist dir gleichgültig! Und an Mary, an ihren Schmerz, denkst du auch nicht. Ich habe keine ›Position‹, ich kann sie durchaus um etwas bitten. Wenn sie auf mich hört, heißt das, daß sie sich opfert, damit Kate glücklich wird. Hört sie aber nicht auf mich, dann ist das ihr gutes Recht, und ich kann sie zu nichts zwingen. Die arme Mary!«

Mrs. Eden hätte ihm am liebsten irgendeinen Gegenstand an den Kopf geschleudert, aber sie dachte an Gott und unterließ das. Sie warf ihm einen bitterbösen Blick zu, hob trotzig ihr Haupt mit dem Wattebausch-Chaos und ging hinaus.

Pastor Eden und Mrs. Winter saßen sich gegenüber, Mary hockte mit Napoleon auf dem Schoß vor dem Klavier. Im Schein der Lampe wirkte das Gesicht des Pastors leichenblaß.

»Mary, Mary!« sagte er. »Kate ist im Unrecht, Washington ebenfalls. Das Unrecht haben sie Ihnen angetan. Natürlich können Sie ernsthaft gegen ihn vorgehen, aber so wie die Sache jetzt steht, würden Sie damit ihn und auch mich vernichten! Juristisch gesehen sind Sie im Recht; wenn Sie Schadenersatz fordern, wird er Ihnen sicher gewährt, doch Schadenersatz und Gerichtskosten würden ihn todsicher ruinieren. Sobald die Zeitungen das verbreiten, ist meine ganze Familie mit betroffen und erledigt. Sie haben allen Grund, eine Klage anzustreben und Schadenersatz zu fordern – ich kann Sie nur bitten, Milde walten zu lassen! Washington ist kein schlechter Kerl, und auch Kate ist kein schlechtes Mädchen; nur ist eben ihr Verhalten eine Zumutung für Sie. Wenn Sie Nachsicht üben könnten, hätten die beiden ihr Lebensglück Ihnen zu verdanken. Wenn Sie ihnen nicht verzeihen können, kann ich Ihnen keinerlei Vorwurf machen, denn Sie hätten allen Grund dazu. Ich bin gekommen, Sie zu bitten, Gnade walten zu lassen; den beiden entgegenzukommen und damit auch uns entgegenzukommen! Juristisch gesehen, haben die beiden Strafe verdient, vom Gefühl her aber kann man ihnen manches verzeihen. Liebe hat die beiden zu diesem falschen Schritt bewogen, sie hatten wirklich nicht die Absicht, Sie zum besten zu halten oder Ihnen Unrecht zu tun,

Mary! Ein Wort von Ihnen, Mary, kann ihnen vergeben oder sie verdammen. Sagen Sie dieses Wort!«

Mary antwortete nicht, ihre Tränen tropften auf Napoleon herab.

»Meiner Meinung nach ist eine juristische Lösung das Normale in diesem Fall, nicht wahr?« bemerkte Mrs. Winter mit bebenden Lippen.

Der Pastor sagte nichts, er stützte den Kopf auf beide Hände.

»Nein!« rief Mary und stand auf. »Ich hasse ihn, hasse ihn und... liebe ihn! Ich kann ihn nicht strafen, kann ihn nicht ruinieren! Aber er muß herkommen und mit mir sprechen! Ich gebe nichts auf Dinge, die andere sagen. Du brauchst dich nicht einzumischen, Ma! Pastor Eden, Sie auch nicht! Ich muß ihn sehen, ich muß auch sie sehen! Ich will sie nur mal sehen, nur mal sehen... Haha! Haha!« Mary lachte hysterisch los.

»Mary!« rief Mrs. Winter, ging zu ihr und legte den Arm um sie.

Pastor Eden saß wie erstarrt da.

»Haha, haha!« Mary lachte noch immer. Ihr Gesicht war gerötet. Schließlich legte sie den Kopf aufs Klavier und begann zu weinen.

Napoleon rannte zu Pastor Eden, setzte sich neben seine Beine und blickte ihn mit schräggeneigtem Kopf an.

2

Ma Wei und Li Zirong hatten vereinbart, am Sonntag gemeinsam nach Welwyn hinauszufahren, einer neuen Gartenstadt im Norden Londons. Sie war erst nach dem Kriege angelegt worden, im Stil eines Parks. Im Sommer konnte man hier auf jeder beliebigen Straße Blumenduft atmen. Es gab nur ein großes Geschäft, das jedoch alles anbot. In der Stadt gab es nur Elektrizität; Kohle durfte nicht verwendet werden, um die Reinheit der Luft zu erhalten. Fahrzeugverkehr war nur auf wenigen Straßen gestattet, damit die Menschen Tag und Nacht in Ruhe leben konnten. In der Stadt war alles möglichst natürlich erhalten, aber diese »Natürlichkeit« beruhte auf den Erkenntnissen der Wissenschaft – Elektrizität, neue Formen der Architektur, des Pflanzenschutzes, des Straßenbaus. Dank der Wissenschaft erhöhte sie die Schönheit der Natur um ein Vielfaches. Für Leute, die über diese Kenntnisse nicht verfügten, war all dies einfach nicht vorstellbar.

Auch wenn die Wissenschaft den Drang nach absoluter Wahrheit voraussetzt, bringt sie der Menschheit in praktischen Dingen eine Menge Erleichterungen. Wer die Wissenschaft falsch anwendet, versteht nichts von ihr. Wer sie attakiert, weil sie mitunter falsch angewendet wird, versteht ebenfalls nichts von ihr. Das menschliche Leben kennt nur zwei Freuden – die Suche nach der Wahrheit und die Suche nach dem Vergnügen. Nur die Wissenschaft ist imstande, einem beides zu geben.

Ma Wei und Li Zirong fuhren mit dem Zug bis nach Bannet; von dort liefen sie zu Fuß in die Stadt. Den ganzen Weg entlang der Bahnlinie eröffneten sich ihnen ständig neue Aussichten. Vor ihnen erstreckten sich Wiesen, Hügel und Täler, dazwischen Wälder, mal licht, mal dicht. Ringsum lagen Gehöfte verstreut, mal hinter Bäumen versteckt, dann wieder einzeln am Wege. In manchen Gärten gab es Hühner, in manchen hingen weiße Hemden auf der Leine – alles wirkte sehr ländlich. Auf den Straßen und in den Wäldern, überall waren Menschen unterwegs – alte Frauen mit reich dekorierten Hüten gingen, auf ihre Sonnenschirme gestützt, zum Gottesdienst. Junge Mädchen und Burschen spazierten Schulter an Schulter durch den Wald, andere waren mit Fahrrädern unterwegs. Männer in mittleren Jahren im Sonntagsstaat bestaunten mit ihren Kindern Rinder, Hühner, Schweine, Vögel und was es sonst noch gab. Schüler spielten in Grüppchen Fußball oder balgten sich auf dem Rasen.

Arbeiter, fast alle mit einer Tonpfeife im Mund, saßen vor ihrer Haustür und lasen das Sonntagsblättchen.

Manchmal gingen sie auch auf die Wiesen und schäkerten mit den Rindern und Schafen. Englische Dörfer waren in der Tat sehr schön – erstens über und über grün, zweitens sehr natürlich und drittens überaus friedlich.

»Lao Li«, begann Ma Wei, »was sagst du zu Miss Eden? Du findest doch auch, daß das nicht in Ordnung ist, was sie tut?«

Li Zirong war in den Anblick eines immergrünen Baumes vertieft, der rote Beeren trug. Er schien nicht gehört zu haben, was Ma Wei gesagt hatte.

»Was ...? Ach, Miss Eden. Ich hab nichts an ihr auszusetzen ... Sieh doch mal, wie schön die Beeren aussehen!«

»Ja, schön«, antwortete Ma Wei gleichgültig. »Findest du ihr Benehmen nicht seltsam?«

»Wieso denn seltsam?« sagte Li Zirong lachend. »So was kommt doch vor! Ich allerdings würde so ein Risiko nicht eingehen. Sie dagegen kann eine Menge, und sie weiß genau, was sie will! Wenn sie mit einem Mann zusammenleben will, dann tut sie's. Sie hat ihre Freiheit. Und wenn es ihr eines Tages nicht mehr paßt, mit ihm zusammenzuleben, dann trennt sie sich eben; sie kann sich ihr Brot durchaus allein verdienen. Sieh mal, sie schreibt ein sehr gutes Englisch, kann Maschine schreiben, kann Stenographie, sie ist geschickt, sieht nicht schlecht aus – die hat nichts zu befürchten! Wer es wagt, die neuen Ideen in die Tat umzusetzen, der muß schon etwas drauf haben! Wer nicht wirklich was kann, sondern nur blind herumschreit, bringt es zu nichts ... Ich will dir mal was sagen, Lao Ma, eins bewundere ich an den Ausländern – sie verstehen es, Geld zu machen! Selbst Mrs. Eden, dieses Satansweib, bringt es im Jahr auf drei- bis vierhundert Pfund. Und sieh mal Mary an, dieses Püppchen, sie versteht es glänzend, Hüte zu verkaufen. Oder denk mal an Alexander, den ungehobelten Burschen, der macht Kulissen für ein Filmstudio. Und sieh dir Lincoln an, den kleinen Dichter, der im Museum arbeitet – er übersetzt chinesische Gedichte ins Englische. Als ich eines Tages zu ihm sagte, chinesische Gedichte seien sicher sehr wertvoll, warum sollte er sie sonst übersetzen – weißt du, was er mir da geantwortet hat? ›Heutzutage ist alles Chinesische modern, da kann man mit der Übersetzung von chinesischen Gedichten ein gutes Geschäft machen!‹ Ihre Fähigkeiten, Geld zu machen, sind wirklich groß, sie sind enorm. Erst auf der Grundlage dieser Fähigkeiten kann sich auch ihre Kunst, ihre Musik, ihre Literatur entfalten; geistige Luxusartikel sind ohne Geld nicht zu machen. Bedenk doch, was allein die Antiquitäten in einem einzigen Raum von Sir Simon wert sind! Er hat gesagt, alle diese Dinge vermacht er dem Londoner Museum. Meinst du, es gibt einen Chinesen, der ein ganzes Zimmer voller Antiquitäten einem Museum vermachen würde? Wer nicht einmal Hirsebrot zu knabbern hat, denkt der vielleicht an Antiquitäten? Ein Witz! Nur wer Geld hat, kann großzügig sein, nur der interessiert sich für Kunst und für Wohltätigkeit. Wenn der Mensch sein Geld für edle Zwecke verwendet, ist Geld gar nichts Schlechtes. Wenn ich Millionär wäre, würde ich Unsummen darauf verwenden, Bibliotheken, Zeitungen, Museen, Kunstgalerien, Theater und noch vieles mehr einzurichten. Viel mehr noch könnte man tun!« Li Zirong atmete tief durch, die Luft war wunderbar.

Ma Wei dachte noch immer über Miss Eden nach; er hatte gar nicht verstanden, was Li Zirong gesagt hatte.

»Arme Mary«, seufzte er.

»Du hast mir wohl überhaupt nicht zugehört, Lao Ma?« fragte Li Zirong erregt.

»Doch, doch, ich hab alles gehört.« Und lächelnd setzte er hinzu: »Arme Mary!«

»Nun laß doch mal Mary und Kate beiseite. Die sollen bedauernswert sein? Ich bin bedauernswert! Ich rackere von morgens bis abends und werde trotzdem nicht reich!« Li Zirong gestikulierte mit Händen und Füßen, so daß die Vögel von den Bäumen aufflogen.

Ma Wei schwieg und schritt kräftig aus. Er hielt den Kopf gesenkt, von seinen Gedanken niedergedrückt.

Li Zirong sagte auch nichts mehr, sondern lief mit Ma Wei um die Wette. So legten sie im Nu drei Meilen zurück. Ihr Atem ging keuchend, ihre Gesichter waren hochrot, sogar die Finger waren geschwollen. Keiner wollte nachgeben; sie marschierten ohne ein Wort und kamen immer mehr in Fahrt. Als sich Ma Wei einmal zu Li Zirong umdrehte, reckte der nur die Brust vor und schritt noch kräftiger aus.

»Arme Mary . . .« Li Zirong ahmte den Freund nach.

Ma Wei blieb stehen, blickte ihn an und sagte: »Du willst mich zum besten halten, Lao Li . . . Was soll denn das?«

»Du sagst doch dauernd, daß ich zu praktisch bin, also versuche ich es mal etwas romantischer«, gab Li Zirong zurück.

Die beiden gingen langsamer.

»Lao Li, du verstehst mich nicht . . .« Ma Wei ergriff Li Zirongs Arm. »Um ehrlich zu sein, ich kann Mary noch immer nicht vergessen, ich kann einfach nichts dagegen tun. Manchmal liege ich die halbe Nacht wach, wirklich, die halbe Nacht! Ich denke über alles mögliche nach – über deine Vorhaltungen, über Vaters trübe Aussichten, über meine Vorhaben, mein Studium. . . aber woran ich auch denke, ich kann sie nicht vergessen! Sie ist schöner als eine Himmelsfee und zugleich schlimmer als ein Teufel!«

»Lieber Lao Ma, da wir beide fast wie zwei leibliche Brüder sind, muß ich dir sagen, verrenne dich nicht!« Li Zirong sprach sehr aufrichtig. »Ich nehme an, daß sie Washington verklagt und mindestens fünf- bis sechshundert Pfund Schadenersatz verlangt. Wenn sie das Geld hat, putzt sie sich fein heraus, und sobald die Zeitungen ihr Bild drucken, garantiere ich dir, daß sie binnen drei Monaten einen anderen Mann heiratet. Die Ausländer fürchten die Presse, aber sie finden es gleichzeitig sehr schön, wenn ihr Name und ihr Bild veröffentlicht werden. Auch das ist Reklame. Wer kennt schon die kleine Mary? Niemand! Aber sobald sie durch die Zeitungen geistert, du sollst mal sehen, kriegt sie täglich einige hundert Briefe mit Heiratsanträgen. Dann hast du nicht mal mehr den Schimmer einer Chance! Mach dir also keine Illusionen, Lao Ma!«

»Du kennst Mary nicht, so was tut sie nicht!« sagte Ma Wei überzeugt.

»Abwarten! Damit kommt sie zu Geld, wird bekannt und erreicht alles – sie ist doch nicht dumm! Außerdem hat Washington das Heiratsversprechen gebrochen, das Gesetz muß Mary schützen!«

»Besteht für mich gar keine Hoffnung mehr?« fragte Ma Wei kläglich.

Li Zirong schüttelte den Kopf.

»Ich versuche es trotzdem noch mal. Wenn sie mich wieder zurückstößt, dann gebe ich auf«, sagte Ma Wei.

»Na gut«, sagte Li Zirong mißbilligend.

»Weißt du, Lao Li, ich red noch einmal mit ihr, und dann spreche ich auch noch mal mit dem Vater ganz offen über das Geschäft. Wenn sie mich abweist, kann ich nichts machen, und wenn Vater nicht auf mich hört, gehe ich weg! Er kümmert sich um nichts und gibt nur laufend Geld aus. Ich komme nicht mehr mit ihm aus. Ich muß studieren – ich kann doch nicht den lieben langen Tag im Laden hocken! Von all dem, was ich in der letzten Zeit durchgemacht habe, hat er überhaupt nichts gemerkt. Ich weiß genau, daß man mit ihm ohne jede Rücksicht im Klartext reden muß, sonst versteht er einen beim besten Willen nicht. Ich werde mit ihm reden!«

»Natürlich ist ein offenes Wort etwas Gutes, nur ...« Li Zirong blickte auf den Meilenstein am Straßenrand. »Oh, wir sind ja gleich da, nur noch eine halbe Meile ... Was ich sagen wollte, es ist gleich eins, wohin gehen wir essen? In dieser neuen Stadt gibt's bestimmt kein Restaurant!«

»Das macht nichts, am Bahnhof gibt's vielleicht 'ne

Kneipe. Ein Bier, ein paar Scheiben Brot, das würde schon reichen«, meinte Ma Wei.

Ganz in der Nähe des Bahnhofs zog sich eine Hügelkette hin, auf der junge Kiefern wuchsen. Die beiden erstiegen den Hügel und sahen die Stadt unter sich liegen. Die Häuser, in ganz unterschiedlicher Höhe, standen im Tal. Jenseits der Gebäude zog sich ein schimmerndes Band hin, die Hauptstraße nach Cambridge. Die Autos, die in beide Richtungen brausten, glichen kleinen schwarzen Webschiffchen. Der Himmel war bewölkt, da es aber nicht neblig war, konnte man in der Ferne sogar noch das alte Welwyn sehen. Die Kirchturmspitzen überragten die Baumwipfel und stachen hervor wie Bambusspitzen. Zwischen den beiden Ortschaften lag hügeliges Wiesenland, auf dem in Koppeln Kühe und Schafe weideten. Wenn die Schafe sich bewegten, sah es aus, als wehe der Wind Schneehäufchen hin und her.

Die beiden konnten sich lange nicht von dem Anblick trennen. Eine Kirchturmuhr schlug leise. Es war ein Uhr.

Nach seiner Rückkehr suchte Ma Wei lange vergeblich nach einer Gelegenheit, mit Mary zu reden.

Eines Abends war Mrs. Winter, weil sie Kopfschmerzen hatte, früher schlafen gegangen. Der ältere Herr Ma war nach dem Abendbrot ausgegangen, ohne jemandem zu sagen, wohin. Mary saß allein mit Napoleon im Wohnzimmer und klagte ihm ihr Leid.

Ma Wei hüstelte draußen vor der Tür, dann klopfte er und trat ein.

»Hallo, Ma Wei . . .«

»Mary, Sie sind nicht ausgegangen?« fragte Ma Wei und ging hinüber, um mit Napoleon zu schäkern.

»Ma Wei, würden Sie mir helfen?« fragte Mary.

»Wie denn?« fragte er und trat näher.

»Verraten Sie mir, wo Washington wohnt?« bat sie mit einem falschen Lächeln.

»Ich weiß es nicht, wirklich nicht!«

»Es ist ja auch nicht weiter wichtig. Macht nichts, wenn Sie es nicht wissen.« Enttäuscht verzog sie den Mund.

»Mary«, sagte er und kam ein Stückchen näher. »Mary, lieben Sie denn Ihren Washington noch immer? Geben Sie einem, der Sie wirklich liebt, gar keine Chance?«

»Ich hasse ihn!« stieß Mary hervor und rückte ein wenig ab. »Ich hasse euch Männer!«

»Es gibt auch gute darunter«, sagte Ma Wei errötend, sein Herz schlug heftig.

Mary lachte, es klang sehr unnatürlich. »Ma Wei, lassen Sie uns was trinken, ja? Könnten Sie nicht eine Flasche besorgen? Mir ist elend zumute. Ich glaub, ich werde noch verrückt!«

»Na gut, ich hole eine, was soll's denn sein?«

»Irgendwas Starkes, ich verstehe nichts von Alkohol.«

Ma Wei nickte, griff nach seinem Hut und ging.

»Ma Wei, mein Gesicht ist ganz rot, ganz heiß! Fassen Sie mal an!«

Ma Wei berührte ihre Wange, sie war wirklich sehr heiß.

»Ich will mal sehen, ob Ihr Kopf auch so glüht . . .« Marys Augen glänzten ungewöhnlich stark, ihr Gesicht war rot wie eine Haitang-Apfelblüte in der Morgensonne.

Er hielt ihre Hand, sein ganzer Körper zitterte, eine heiße Welle strömte seinen Rücken entlang. Er führte ihre Hand, die weich wie Watte war, an seinen Mund, legte einen Arm um ihren Rücken und führte seine Lippen an ihren Mund. Die Wärme ihres Gesichtes, ihres Rückens umfing ihn so, daß er nichts mehr wahrnahm, nur noch das Schlagen seines Herzens. Er legte die ganze Kraft seines Körpers in seine Lippen. Auch sie umarmte ihn fest. Es war, als seien beide in eins verschmolzen. Er drückte seine Lippen heiß und kraftvoll auf die ihren, und sie kamen ihm duftend und geschmeidig entgegen. Er beugte sich unbewußt vor und preßte seinen Mund noch fester, noch heißer auf den ihren. Seine

Hände und Füße waren kalt. Sie schmiegte sich mit geschlossenen Augen und hocherhobenem Kopf an ihn.

Dann öffnete sie die Augen und schob ganz leicht seinen Mund weg. Er wankte ein paar Schritte zurück.

Sie kippte ein weiteres Glas hinunter, trank hastig, beängstigend hastig. Dann leckte sie sich die Lippen, stand auf und blickte Ma Wei an.

»Oh, Sie sind es, Ma Wei! Ich hielt Sie für Washington, aber das macht nichts. Küssen Sie mich noch mal. Hierher!« Sie hielt ihm die rechte Wange hin.

Wie vor den Kopf geschlagen, taumelte Ma Wei einige Schritte zurück und sagte zitternd: »Mary, sind Sie betrunken?«

»Ich bin nicht betrunken . . . Sie sind es!« Schwankend ging sie auf ihn zu. »Sie wagen es, mich zu beleidigen, mich zu küssen?«

»Mary . . .« Er griff nach ihrer Hand.

Unter seinem Griff senkte sie den Kopf und begann zu lachen. Sie lachte und lachte, bis ihr Ton plötzlich umschlug und sie zu weinen anfing.

Napoleon hatte die beiden die ganze Zeit über beobachtet und nicht verstanden, was da vor sich ging. Jetzt richtete er plötzlich die kleinen Ohren auf und bellte kurz. Der ältere Herr Ma kam zur Tür herein.

Als er ihre Gesichter sah, erstarrte er, dann wurde er böse. »Ma Wei, was ist denn hier los?« fragte er voller Empörung.

Ma Wei gab keine Antwort, sagte aber zu Mary: »Gehen Sie schlafen.«

Schweigend ließ sie sich von ihm nach unten führen.

Ma Wei hatte das Gefühl, als drehe ihm jemand ein Messer in der Brust herum. Er bereute, daß er mit Mary getrunken hatte. Ihn schmerzte ihr Schicksal. Er war böse, daß sie seine Liebe überhaupt nicht zur Kenntnis nahm, zugleich aber hingerissen von ihren warmen, weichen Lippen. Er erinnerte sich an die Süße der soeben durchlebten Minuten und wurde tief traurig. Ohne auf den Vater zu achten, ging er nach oben.

Der ältere Herr Ma hegte einen gewaltigen Zorn. Seit Mrs. Winter ihn abgewiesen hatte, hatte er seinem Zorn nirgendwo Luft machen können. Jetzt bot sich eine Gelegenheit, deshalb wollte er den Sohn nicht ungeschoren davonkommen lassen. Er trank den Rest, der noch in der Flasche war, und fühlte sich noch stärker. Er ging nach oben, um Ma Wei aufzusuchen.

Der aber war gewitzt – er hatte die Tür von innen abgeschlossen. Der ältere Herr Ma stampfte ratlos mit dem Fuß auf. »Warte ab, Ma Wei, morgen früh, da kannst du was erleben! Morgen früh reden wir weiter! Das Mädchen betrunken machen, nur so aus Langeweile, und es dann noch an der Hand fassen! Hast du gar kein Schamgefühl? Na warte, bis morgen!«

Ma Wei gab keinen Ton von sich.

3

Nachdem der ältere Herr Ma eine Nacht gut durchgeschlafen hatte, war all sein Zorn verraucht. Am Morgen spürte er lediglich eine große Leere in der Magengegend und wollte so schnell wie möglich frühstücken. Daß er mit Ma Wei abrechnen wollte, hatte er vergessen. Als er sich nach dem Frühstück zum Rauchen niederließ, suchte Ma Wei ihn auf. Er kam mit gerunzelter Stirn und langem Gesicht, in seinen Augen lag kein Fünkchen Wärme.

Der ältere Herr Ma rief sich seine Wut wieder ins Gedächtnis zurück und dachte: »Ich hab's vergessen, und er kommt tatsächlich zu mir . . . Auch gut, also reden wir, Bursche!«

Ma Wei fand alles an seinem Vater hassenswert, und der wiederum war überzeugt, daß sein Sohn mindestens dreihundert Stockhiebe nach Armeevorschrift verdient hätte. Sie wußten beide, daß sie einander noch nie so gehaßt hatten. Von irgendwoher mußte eine atmosphärische Störung herangeweht worden sein, die sie immer mehr in Wut aufeinander geraten ließ.

»Vater«, begann Ma Wei, »wir haben miteinander zu reden, ja?«

»Also gut«, preßte der ältere Herr Ma, an seiner Pfeife kauend, zwischen den Zähnen hervor.

»Reden wir zuerst übers Geschäft?« fragte Ma Wei.

»Nein, zuerst über die junge Dame!« Der ältere Herr Ma musterte seinen Sohn belustigt.

Ma Wei wurde blaß, er sagte mit einem höhnischen Lachen: »Ob über die junge oder über die weniger junge, das bleibt sich gleich. Was Frauen betrifft, sollten wir einander lieber nichts vorwerfen!«

Der ältere Herr Ma hüstelte. Er sagte nichts, wurde aber rot.

»Also reden wir übers Geschäft?« fragte Ma Wei.

»Geschäft, Geschäft! Als ob ich einen Kaufmannsschädel hätte!« sagte der ältere Herr Ma ungehalten.

»Und warum sollten wir nicht darüber reden?« fragte Ma Wei zurück und blickte den Vater böse an. »Schließlich leben wir davon! Heute müssen wir endlich mal darüber sprechen, unbedingt!«

»Du Bengel wagst es, mir so frech ins Gesicht zu sehen, mit dem Finger auf mich zu zeigen und mich zu belehren? Ich bin dein Vater! Das ist mein Laden, der geht dich gar nichts an, du brauchst dich überhaupt nicht um ihn zu kümmern!« Der ältere Herr Ma war ernstlich böse.

»Er geht mich nichts an? Um so besser! Da wollen wir doch mal sehen, wen er etwas angeht. Wer sich also um ihn kümmert, ist ein elender . . .« Ma Wei wollte das Schimpfwort nicht aussprechen, er stieß die Tür auf und stürmte hinaus.

Als er aus der Haustür trat, wußte er nicht, wohin er gehen sollte. Ginge er nicht in den Laden, wäre der ganze Tag fürs Geschäft verloren, und ginge er doch, so würde er sich noch mehr über die Worte des Vaters ärgern. Aber er mußte seinen Ärger bezwingen, er mußte in den Laden. Es war sein Vater, daran war nichts zu ändern, und das Geschäft war durchaus nicht nur dessen

Sache, denn wenn es bankrott ging, mußten sie beide hungern. Da war nichts zu machen; warum hatte er auch so einen Vater ...

London war groß, aber Ma Wei fühlte sich einsam und verlassen. Sieben Millionen Einwohner lebten hier, aber keiner kannte ihn, keiner fühlte mit ihm. Nicht einmal sein Vater verstand ihn, der beschimpfte ihn sogar ... Mary hatte ihn abgewiesen; er hatte niemanden, der ihn verstand. Er fühlte sich schrecklich verlassen. Er konnte nirgends hingehen, obwohl es in dieser Stadt vierhundert Kinos gab, einige Dutzend Theater, eine Unmenge Museen, Galerien, zigtausend Geschäfte und so viele Familien. Alles, was er sah, erschien ihm traurig, alles, was er hörte, erschien ihm zum Weinen. Er hatte das Wertvollste verloren – die Liebe.

Er saß im Laden. Der Autolärm von der Straße, der Glockenschlag von St. Paul's Cathedral – all dies machte ihm zwar bewußt, daß er sich inmitten der geschäftigen, belebten Millionenstadt befand, dennoch fühlte er sich verlassen wie ein einsamer Wanderer in der Wüste Gobi oder wie auf einer einsamen Insel, wo es nur wilde Vögel gab.

Er redete sich zu, seinen Zorn zu unterdrücken und hinauszugehen, zum Tanz, ins Theater, zum Fußball, ins Kino; aber er konnte den Laden nicht verlassen. Mir hilft keiner, der Vater schon gar nicht, aber ich bringe es nicht fertig, mit ihm zu brechen! Ich sollte ihn einfach nicht beachten, aber mich auch nicht amüsieren. Statt dessen sollte ich studieren, arbeiten, um mich zu bilden und Erfahrungen zu sammeln ... Leicht gesagt, Gefühlsregungen sind nicht selten stärker als alle Vernunft. Wer innerlich aufgewühlt ist, ist nicht imstande, den Kopf in die Bücher zu stecken und zu studieren.

Ma Wei stellte sich vor, wie es wäre, wenn Mary ihn liebte, wenn er sie täglich küssen, ihre Hand nehmen, vertraut mit ihr reden könnte. Dann würde ich mich um nichts anderes mehr kümmern, sondern nur arbeiten und studieren; alles Schöne, das mir widerführe, würde ich mit ihr teilen. Vielleicht geht es dem Vater genauso, wenn er an Mrs. Winter denkt. Ach, was schert mich der! Arme Mary, sie denkt an Washington, so wie ich an sie denke ... Das Leben und die Liebe, all das ist ungewiß, unsicher. Die Welt ist ein einziges großes Netz – wer durch die Maschen schlüpfen will, stirbt in seinen Fängen. Nichts zu machen, der Mensch ist schwach, all sein Wille unnütz ...

Nein! Der Wille ist das Größte, er ist stählern! Jeder, der es schafft, mit dem stählernen Messer des Willens die Fäden des Gefühls zu zerhacken, kann ein Held werden! Ma Wei schlug sich mit der Faust an die Brust. Stürz dich in die Arbeit! Stürz dich hinein! Was ist denn Einsamkeit? Nur ein Gefühl! Was ist denn Feigheit? Mangel an Willenskraft!

Eine alte Frau trat ein und fragte nach chinesischem Tee. Ma Wei rang sich ein Lächeln ab und komplimentierte sie hinaus.

Ist das vielleicht eine Beschäftigung – kein Wunder, daß der Vater den Laden haßt. Verkaufen Sie Tee? Wer, verdammt noch mal, verkauft denn hier Tee!

Nur Li Zirong ist ein glücklicher Mensch, dachte er. Er sieht immer nur das, was unmittelbar vor ihm liegt; über andere Dinge denkt er nicht nach. Deshalb kennt er auch keinen Kummer. Er gleicht einem Löwen, der einen Hirsch mit der gleichen Kraft und der gleichen Freude reißt wie einen Hasen. Hauptsache, er erbeutet etwas, wie groß die Beute ist, spielt keine Rolle. Li Zirong ist ein Held, weil er sich seine eigene Welt schaffen kann! In seiner Welt gibt es nur Arbeit, keine Ideale; nur Männer und Frauen, keine Liebe; nur Materielles, keine Träume; nur Farben, keine Kunst ... Aber er ist glücklich; und wer es schafft, glücklich zu sein, ist ein Held ...

Er war durchaus nicht mit Li Zirong einverstanden, bewunderte ihn aber und achtete ihn. Gern hätte er ihm nachgeeifert, doch das schaffte er nicht.

»Hallo, Ma Wei!« schrie von draußen Alexander so

laut, daß das Schaufenster bebte. »Ist Ihr Vater da?« Er kam herein; um ein Haar hätte er die ganze Tür aus den Angeln gehoben. Seine Nase war rot, aus seinem Munde roch es wie aus einem Bierfaß ohne Deckel. In seinem rot-grauen Mantel sah er aus wie ein kleiner Fels in der Abendsonne.

»Vater ist noch nicht wieder da, was gibt's denn?« Ma Wei legte seine Hand in Alexanders Pranke und ließ sie schütteln. Alexanders Daumen war so dick wie Ma Weis Handgelenk.

»Na gut, dann gebe ich es Ihnen.« Alexander zog zehn Einpfundnoten heraus. Während er sie Ma Wei überreichte, erklärte er: »Ich sollte für ihn auf zwei Pferde setzen. Das eine hat gewonnen, das andere verloren. Ich habe den Verlust vom Gewinn abgezogen, also bekommt er das hier von mir zurück.«

»Wettet mein Vater oft?« fragte Ma Wei.

»Ist doch klar, ihr Chinesen wettet doch alle gern. Verstehen Sie, was ich meine?« sagte Alexander und fuhr dann fort: »Was ich sagen wollte, Ma Wei, will Ihr Vater wirklich Mrs. Winter heiraten? Neulich, nach ein paar Gläschen, hat er mir gesagt, daß er einen Ring kaufen will, stimmt das?«

»Ach was, keine Spur, wie könnte denn eine Engländerin einen Chinesen heiraten – verstehen Sie, was ich meine?« antwortete Ma Wei lachend, aber sehr spöttisch und nicht gerade freundlich.

Alexander blickte Ma Wei kurz an, riß den Mund auf und lachte. Dann sagte er: »Um so besser für beide. Was ich fragen wollte – hat er Ihnen gesagt, ob er heute ins Filmstudio geht?«

»Nein, was soll er denn dort?« fragte Ma Wei.

»Na, da sehen Sie's wieder, Chinesen machen aus allem ein Geheimnis! Ihr Vater hat versprochen, mir bei einem Film zu helfen. Heute müßte er hingehen, hoffentlich hat er's nicht vergessen!«

Ma Wei haßte den Vater noch mehr.

»Ist er zu Hause?« erkundigte sich Alexander.

»Keine Ahnung!« antwortete Ma Wei kurz und unfreundlich.

»Auf Wiedersehen dann, Ma Wei!« sagte Alexander und schob sich wie ein kleiner Berg nach draußen.

»Von all dem sagt er mir kein Wort – wetten, trinken, Ring kaufen, Film drehen. . . kein Wort!« schimpfte Ma Wei vor sich hin. »Na gut, soll er's bleibenlassen. Aber darüber reden wir noch!«

4

Der Nieselregen im April, der so plötzlich verschwand, wie er gekommen war, hatte die Luft gereinigt und abgekühlt. Die zarten Blattsprossen waren zwar noch klein, begannen aber schon zu grünen. Die verschämte Frühlingssonne sandte nur ein leichtes, weiches Licht durch die dünnen Wolken; die Schatten von Menschen und Bäumen zeichneten sich nur ganz schwach auf der Erde ab. Die wilden Pfirsiche blühten zuerst, ihr zartes Rosa schwankte in Wind und Regen; sie sahen aus wie ein bezauberndes kleines Mädchen vom Lande, das sich sehr einfach, aber sehr lieblich herausgeputzt hatte.

Die Zeit der Fußballspiele war vorüber, jetzt kam die Frühjahrssaison auf den Rennplätzen. In England sind sportliche Spiele der wichtigste Teil der Erziehung; auch im täglichen Leben dürfen sie nicht fehlen. Diese Spiele stellten zugleich ein vielfältiges Training dar – man lernt, sich unterzuordnen, Geduld zu üben, Disziplin zu halten, in der Gemeinschaft zu leben . . .

Ma Wei kam wieder ab von seinen sportlichen Aktivitäten; er ging nicht mehr rudern und stellte auch seine Dauerläufe ein. Er saß jeden Tag mit gerunzelter Stirn zu Hause oder im Laden und blies Trübsal. Miss Eden ließ sich nicht mehr sehen, sie beachtete ihn kaum. Er hatte immer ein Buch bei sich, brachte es aber nicht fertig, wirklich darin zu lesen. Schon wenn er die goldenen Lettern auf dem Einband sah, packte ihn Abneigung gegen sich selbst. Auch Li Zirong kam nicht oft, und wenn er doch mal erschien, stritten sie sich meistens. Der ältere Herr Ma wollte das Geschäft auflösen und das Geld bei Inhaber Fan in das Zhuangyuan-Restaurant investieren, der sich vergrößern wollte. Auf diese Weise wäre der ältere Herr Ma Teilhaber geworden, brauchte sich um nichts mehr zu kümmern und nur auf seinen Gewinnanteil zu warten. Ma Wei war mit diesem Vorhaben nicht einverstanden, und so lagen Vater und Sohn ständig im Streit.

Zu diesen praktischen Sorgen gesellte sich bei Ma Wei seelischer Kummer. Je wärmer die Frühlingstage wurden, desto trauriger wurde er. Ihn drückte eine unaussprechliche Niedergeschlagenheit, die Leib und Seele erfaßte, ein Schmerz, der von den Anfängen der Menschheit herrührte und seine Triebe aus der Erde steckte, wie es die Blumen tun.

Der Wintermantel war ihm zu schwer, er ging stets nur im Regenmantel in den Laden. Vor der Kathedrale starrte er verloren auf die goldene Spitze des Glockenturms. Die gefiel ihm so, daß er sie ewig betrachten konnte.

»Lao Ma!« Li Zirong zog ihn am Arm.

Als sich Ma Wei umblickte, bemerkte er, daß der Freund sehr erregt war.

»Lao Ma«, rief Li Zirong, »geh nicht in den Laden!«

»Was ist denn los?« fragte Ma Wei.

»Geh nach Hause, gib mir den Ladenschlüssel!« sagte Li Zirong hastig und eindringlich.

»Was ist?«

»Arbeiter aus East London wollen euern Laden demolieren! Geh schnell nach Hause, ich werde schon fertig mit ihnen!« Li Zirong hielt die Hand hin, damit Ma Wei ihm den Schlüssel gab.

»Das trifft sich gut!« Ma Wei wurde munter, »ich bin gerade in der richtigen Stimmung, mich zu prügeln! Den Laden wollen sie demolieren? Na gut, nur zu, wir werden schon sehen!«

»Nein, Lao Ma! Geh du nach Hause und überlaß das mir! Wir sind doch Freunde? Du vertraust mir doch?« Li Zirong sprach sehr eindringlich.

»Ich vertraue dir, du bist mein Bruder. Aber ich kann dich doch hier nicht allein zurücklassen. Wenn sie dich nun tatsächlich verprügeln?« fragte Ma Wei.

»Das werden sie schon nicht tun! Aber wenn du dabei bist, wird die ganze Sache viel schwieriger. Geh, geh! Du mußt gehen, Ma Wei!« Li Zirong hielt ihm immer noch die Hand hin.

Ma Wei schüttelte den Kopf und sagte zähneknirschend: »Ich kann nicht, Lao Li! Ich kann nicht zulassen, daß dir etwas passiert. Das ist unser Laden, und ich trage die Verantwortung! Die sollen nur kommen! Ich hab's sowieso satt; ich bin richtig versessen darauf, mich mal nach Herzenslust zu prügeln!«

Li Zirong war in heller Aufregung, aber Ma Wei ließ sich durch nichts zum Gehen bewegen. »Du willst mich wohl zur Verzweiflung bringen, Ma Wei!«

»Hör mal, warum wollen sie denn unsern Laden demolieren?« fragte Ma Wei mit einem höhnischen Lächeln.

»Das kann ich dir jetzt nicht erklären. Sie sind schon von East London hierher unterwegs!« entgegnete Li Zirong händeringend.

»Ich hab keine Angst, red schon!« sagte Ma Wei sehr entschieden.

»Dafür ist jetzt keine Zeit, geh jetzt!«

»Wenn du's nicht sagst, dann geh du, Lao Li! Dann nehme ich's allein mit ihnen auf!«

»Ich kann nicht, Lao Ma! Soll ich dir vielleicht in der Gefahr nicht beistehen? Wofür hältst du mich eigentlich?« Li Zirong sagte das sehr nachdrücklich und ehrlich, was Ma Wei schließlich überzeugte. In diesen wenigen Minuten erkannte Ma Wei, daß Li Zirong nicht nur ein ganz gewöhnlicher Mensch war, der zu arbeiten und Geld zu verdienen verstand, sondern auch ein Held mit kerngesundem Geist. Er glaubte in diesem Moment in

Li Zirongs Herz zu blicken, in ein blutrotes Herz, das so warm und aufrichtig war wie seine Worte.

»Lao Li, laß uns beide hierbleiben, ja?«

»Unter einer Bedingung: Du mußt mir versprechen, nicht herauszukommen, was auch geschehen mag! Erst wenn ich dich rufe, darfst du kommen und zuschlagen. Vorher tust du keinen Schritt aus dem Büroraum! Bist du mit dieser Bedingung einverstanden?«

»In Ordnung, ich richte mich nach dir. Lao Li, ich weiß gar nicht, was ich sagen soll, du nimmst so viel für uns auf dich . . .«

»Geh schon, jetzt ist keine Zeit für Geschwätz!« Li Zirong schob Ma Wei in die Gasse: »Schnell, schließ auf und nimm die Fensterläden ab!«

»Wie denn, machen wir alles schön für sie zurecht, damit sie's besser demolieren können?« fragte Ma Wei erbost.

»Laß die Fragerei, tu, was ich dir sage! Dreh das Licht an, aber nicht im Büroraum. Gut so . . . Geh jetzt rein und denk dran: Bevor ich dich nicht rufe, kommst du nicht raus! Du bleibst neben dem Telefon sitzen, und sobald du mich in die Hände klatschen hörst, rufst du die Polizei an und meldest den Überfall! Verlange keine Nummer, sondern direkt das Polizeirevier, hast du verstanden?« Kaum daß er zu Ende gesprochen hatte, raffte er einige wertvolle Stücke aus dem Laden zusammen und packte sie in den Tresor. Dann setzte er sich neben die Regale und gab keinen Ton mehr von sich; er sah aus wie ein Feldherr, der eine Stadt verteidigt.

Ma Wei saß im Hinterzimmer. Er fürchtete sich nicht vor der Prügelei, nur vor dem Warten. Leise stand er auf und sah nach Li Zirong. Als er diesen reglos wie einen alten, ins Gebet versunkenen Mönch dasitzen sah, beruhigte er sich. Mit so einem Freund in der Nähe hat man nichts zu befürchten! dachte er.

»Setz dich, Lao Ma!« befahl Li Zirong. Ma Wei setzte sich mechanisch wieder hin.

Wenige Minuten später tauchte vor dem Schaufenster

ein Chinese mit einer kleinen Mandarinmütze auf, der verstohlen in den Laden blickte. Li Zirong stand auf und tat, als ordne er etwas im Regal. Nach einer Weile zeigten sich mehrere mandarinbemützte Burschen vor dem Fenster; sie alle gestikulierten und schrien. Li Zirong konnte nicht verstehen, was sie brüllten; er hörte immer nur die Nachsilben »ou« und »lou«, die im Kantonesischen die Sätze beschließen.

Krach! Ein Ziegelstein schlug ein großes Loch ins Schaufenster. Li Zirong klatschte in die Hände, Ma Wei griff zum Telefonhörer.

Krach! Wieder ein Ziegelstein.

Li Zirong warf einen Blick auf Ma Wei und ging langsam nach vorn.

Krach! Zwei Ziegelsteine flogen herein und führten, wie zwei Meteore, einen ganzen Schwarm Glassplitter mit sich. Einer schlug direkt vor Li Zirongs Füßen auf, der andere traf das Regal und zerschmetterte eine Vase.

Li Zirong ging an die Tür und hielt mit aller Kraft die Klinke fest. Draußen entstand ein Gedränge. Als er urplötzlich losließ, stürzten die unmittelbar vor der Tür Stehenden herein und purzelten übereinander.

Li Zirong sprang vor und setzte sich rittlings auf einen der Eindringlinge, einen Fuß stellte er einem anderen auf den Nacken. Die da am Boden Liegenden jammerten in allen Tonlagen. Li Zirong drückte sie mit aller Kraft nach unten, sie wiederum versuchten mit aller Kraft, sich aufzurichten. Li Zirong rief: »A Chou! A Hong! Li Sanxing! Pan Gelai! Was ist mit euch los? Das hier ist mein Laden, mein Geschäft!« Er sprach kantonesisch.

Er kannte sie, er war ihr Dolmetscher, und alle Chinesen in East London kannten ihn.

Als die draußen hörten, daß Li Zirong ihre Namen rief, drängten sie nicht weiter nach vorn, sondern wechselten fragende Blicke. Sie wußten nicht, was sie tun sollten. Li Zirong gab dem Gegendruck des unter ihm Liegenden nach und richtete sich urplötzlich auf. Dabei fiel er um. Sie standen auf, er tat das gleiche, und zwar so, daß er direkt vor ihnen stand und ihnen den Weg versperrte.

»Haut ab, haut ab!« rief Li Zirong. »Die Polizei ist gleich da – lauft weg!«

Sie blickten zum Eingang der Gasse. Dort waren schon einige Leute zu sehen. Da es noch früh am Morgen war, waren es zum Glück noch nicht viele. Sie blickten sich wieder an, und als sie noch zögerten, rief Li Zirong noch einmal: »Haut ab!«

Als einer losrannte, nahmen auch die übrigen die Beine in die Hand.

In diesem Moment erreichte die Polizei die Gasse. Sie verhaftete zwei der Täter; alle übrigen entkamen.

Die Mittagsausgabe aller Abendblätter druckte es in großen Lettern: »East Londoner Chinesen stürmten Antiquitätenladen.« – »Frevelhaftes Treiben der East Londoner Chinesen!« – »Schockierende Plünderung.« – »Regierung sollte Gesetze gegen Chinesen erlassen!« Alle Zeitungen veröffentlichten auf der ersten Seite Bilder vom Antiquitätenladen der Familie Ma und von Ma Wei; im »Evening Star« stand unter Ma Weis Photo: »Der Held, der die Banditen in die Flucht schlug.« Reporter kamen scharenweise mit ihren Kameras, um Ma Wei zu interviewen und zu knipsen, einige drangen sogar bis in die Gordon Street zum älteren Herrn Ma vor; sie zitierten ihn wie folgt: »Me no say, me no speak«, obwohl der ältere Herr Ma das gar nicht gesagt hatte. Das Englisch der Chinesen wurde stets auf so alberne Weise verstümmelt, andernfalls hätte man behauptet, es sei nicht wahrheitsgetreu wiedergegeben. Unter den Engländern gab es keine Sprachtalente, daher kamen sie auch nicht die Idee, Ausländer seien imstande, ein gutes Englisch zu sprechen.

Das Ereignis erschütterte die ganze Stadt. Auf den Straßen East Londons wurden zwei Polizeitrupps zur Verstärkung eingesetzt, die das Kommen und Gehen der Chinesen überwachten. Am gleichen Abend richteten Abgeordnete im Parlament eine Anfrage an den Innenminster, warum er nicht einfach alle Chinesen abschiebe. Vom Mittag bis spät in die Nacht drängte sich eine dichte Menge vor dem Laden der Mas, so daß Ma Wei innerhalb von drei Stunden fünfzig Pfund Umsatz machte.

Der ältere Herr Ma war so verschreckt, daß er sich den ganzen Tag nicht aus dem Hause wagte. Er fieberte der Rückkehr Ma Weis entgegen, um endlich zu erfahren, ob dem Sohn bei der Prügelei etwas passiert war. Gleichzeitig beschloß er, den Laden unbedingt zu schließen, damit man ihm nicht eines Tages noch den Kopf mit Ziegelsteinen einschlug.

5

Die chinesischen Arbeiter in London teilten sich in zwei Parteien – die eine verrichtete alles, was anfiel, ganz gleich, ob ehrenrührig oder nicht. Wenn ein Filmstudio Chinesen brauchte, die in einem Film verprügelt werden sollten, gingen sie zu diesen Leuten. Die zweite Gruppe bestand aus Schwerarbeitern ohne jede Bildung und Ausbildung, die kein Wort englisch sprachen; dafür liebten sie ihr Land und wären lieber verhungert, als ihm Schande zu bereiten. Das Wissen beider Gruppen war sehr begrenzt, ihr Vorgehen war gleichermaßen ungeschlacht, ihr Leben bedauernswert. Der Unterschied bestand nur darin, daß die einen sich nur um ihr Brot kümmerten, während die anderen es auf anständige Weise verdienen wollten. Die beiden Parteien vertrugen sich nicht, sie prügelten sich, wo sie sich begegneten. Denen, die stur ihr Land liebten, und denen, die ihm ebenso stur Schande bereiteten, blieb keine Wahl – sie mußten sich einfach prügeln, und sobald sie das taten, lieferten sie den Ausländern ausreichend Stoff zum Lachen. Die Patrioten wurden von ihnen ebenso verunglimpft wie die anderen.

Sie alle hatten sich nichts zuschulden kommen lassen; die Schuld lag einzig und allein bei der chinesischen Regierung, die sich nicht um sie kümmerte. Ein Volk, das von seiner Regierung im Stich gelassen wird, kann jedermann beschimpfen.

Auch die in England lebenden chinesischen Studenten waren in zwei Fraktionen geteilt – die eine kam unmittelbar aus China, die andere bestand aus Nachkommen von Auslandschinesen. Sie alle liebten ihr Land, aber sie hatten keine Vorstellung von der Situation dort. Die Nachkommen der Auslandschinesen, schon im Ausland geboren, verstanden absolut nichts von den Dingen in China. Die aus China Gekommenen versuchten zwar ständig, den Ausländern China verständlich zu machen, doch sie bedachten eines nicht – die Schwäche Chinas konnte den Ausländern keine Hochachtung für die Chinesen einflößen. Länder verkehren untereinander Schulter an Schulter wie Brüder; eine Maus sollte nicht versuchen, mit einem Tiger Freundschaft zu pflegen.

Daß die Ausländer in Filmen, Theaterstücken, Romanen die Chinesen verunglimpfen, ist bereits zu einer historischen Gewohnheit geworden, gerade so, wie die Gestalt des Kanzlers Cao Cao auf der chinesischen Bühne stets mit einem weißbemalten Gesicht als Bösewicht auftritt. So, wie es auf der chinesischen Bühne keinen Cao Cao mit schwarzbemalten Gesicht geben kann, kann es auf einer ausländischen Bühne keinen guten Chinesen geben. Das hat nichts mit Emotionen zu tun, nur mit Geschichte. Das ist kein absichtliches Beschimpfen, sondern es geschieht aus dem Bemühen heraus, etwas zu schreiben, was ankommt. Würde ein chinesischer Dramatiker ein Stück verfassen, in dem Cao Cao mit schwarzbemaltem Gesicht als positiver Held auftritt, würde man ihn auslachen und sagen, er verstünde seine Sache nicht; genauso würde man einen Ausländer auslachen, der ein Stück über China schriebe, in dem nicht gemordet und gebrandschatzt würde. Cao Cao hat keine Chance – wahrscheinlich wird sich die Gesichtsfarbe für ihn auch nach Jahren noch nicht ändern. Aber China hat noch eine Chance – wenn die Chinesen es stark machen, dann werden auch die Ausländer nicht mehr auf diese Art über dieses Land schreiben. Die Menschheit ist schwach, sie fürchtet das Starke.

Der Film, für den Alexander Herrn Ma als Darsteller gewonnen hatte, stammte von einem der bekanntesten Literaten Englands. Dieser Herr wußte natürlich sehr gut, daß die Chinesen zivilisierte Menschen sind. Um aber dem Geschmack der Leute und dem gängigen literarischen Klischee zu entsprechen, stellte er die Chinesen trotzdem als grausam und hinterhältig dar, die sich gegenseitig abschlachten. Andernfalls wäre er beim Publikum nicht angekommen.

Der Film spielte in Shanghai, Alexander hatte die gesamte Ansicht der Stadt ins Bild gesetzt. Eine Straße stellte die Ausländer-Konzession, eine andere die Chinesenstadt dar. In der ersten war es sauber, gepflegt und ordentlich, in der anderen schmutzig, chaotisch, finster.

Der Film schilderte die Liebe zwischen einem chinesischen Mädchen und einem Engländer. Ihr Vater will sie umbringen, aber aus unerfindlichen Gründen schluckt er das für sie bestimmte Gift selbst. Seine Verwandten und Freunde wollen ihn rächen. Sie ergreifen das Mädchen und begraben es bei lebendigem Leibe. Danach ziehen sie zu dem jungen Engländer, aber der verprügelt sie gemeinsam mit englischen Soldaten nicht nur ordentlich, sondern außerordentlich. Erst als sie auf den Knien um Gnade flehen, läßt er sie laufen. Diese geprügelten Kreaturen wurden von den Arbeitern aus East London dargestellt. Der ältere Herr Ma spielte einen reichen Händler mit Zopf, der Maulaffen feilhält, während die anderen verprügelt werden.

Als der Inhalt des Streifens bekannt wurde, gerieten die chinesischen Studenten in ganz London in Wut. Sie tagten ohne Unterbrechung und forderten die Botschaft auf, gegen das Machwerk zu protestieren. Die Botschaft protestierte, und am nächsten Tag wetterte besagter Literat in der Zeitung gegen die chinesische Botschaft. Die Verunglimpfung einer Botschaft verdiente normalerweise wenigstens eine ernsthafte Demarche, aber China nahm ja auch sonst nicht den Kampf auf, warum sollte es also jetzt Einspruch erheben. Als die Studenten sahen, daß der Protest der Botschaft wirkungslos blieb und diese sogar noch beschimpft wurde, hielten sie wieder Versammlungen ab und berieten. Vorsitzender des Studentenkomitees war jener Herr Mao, der im Zhuangyuanlou Prügel bezogen hatte. Herr Mao war der Meinung, daß ein Protest keinen Sinn habe; man solle passiv reagieren, indem man die Chinesen auffordere, nicht länger mitzuspielen. Man wählte Herrn Mao zum Abgesandten, der mit den Leuten in East London reden sollte. Die Arbeiter hatten bereits Verträge unterschrieben, von denen sie nicht mehr zurücktreten konnten, deshalb verbündete sich Herr Mao mit den sturen Patrioten und erklärte denen, die im Film auftraten, den Krieg. Der ältere Herr Ma war selbstverständlich auch ein Feind, denn er besaß einen Laden, hatte also genug zu essen und zu trinken, machte aber trotzdem bei so einer schändlichen Sache mit. Das fanden sie besonders verabscheuungswürdig. Daher waren sie dafür, zuerst seinen Laden zu demolieren und ihm eine ordentliche Tracht Prügel zu verabreichen. Die Studenten hatten die Idee, und die Arbeiter waren bereit, sie in die Tat umzusetzen. So kam es, daß der Laden der Familie Ma von den Ziegelsteinen heimgesucht worden war.

Li Zirong hatte lange vorher davon gehört, sich aber nicht getraut, Ma Wei etwas zu sagen. Er wußte genau, daß der ältere Herr Ma das nicht wegen der paar Pfund machte, sondern weil Alexander ihn dazu aufgefordert hatte und er es nicht ablehnen konnte, weil er meinte, als Chinese immer auf das Gesicht des anderen Rücksicht nehmen zu müssen (er wußte nicht, daß sich Herr Ma von dem Geld einen Ring kaufen wollte). Er ahnte auch, daß sich, sobald er Ma Wei davon erzählte, Vater und Sohn wieder streiten würden. Er wollte mit den Arbeitern reden, wußte aber auch genau, daß er, wenn er sie nicht überzeugen könnte, wahrscheinlich als erster Prügel bezöge. Mit den Studenten zu reden hatte auch keinen Sinn, sie liebten zwar ihr Land, waren aber außerstande, das Kräfteverhältnis einzuschätzen. Deshalb unterließ er es.

Erst kurz bevor es passierte, hatte er eine Idee: Die beiden Mas sollten gar nicht in Erscheinung treten, er würde es allein mit ihnen aufnehmen, das würde nicht allzu gefährlich werden. Sollten die Arbeiter ruhig ein paar Scheiben zertrümmern und ihrem Zorn Luft machen. Für das, was dabei zerschlagen wurde, käme selbstverständlich die Versicherung auf. Dabei würde der Laden der Familie Ma bekannt, und das konnte dem Geschäft nur zuträglich sein. Denn heutzutage war Klingeln das Wichtigste beim Geschäft. Er hatte nicht die Absicht, die Arbeiter ins Gefängnis zu bringen und büßen zu lassen. Sie handelten zwar falsch, aber ihre Beweggründe waren nicht schlecht. Deshalb sollte Ma Wei erst die Polizei rufen, wenn sie bereits im Laden waren, um ihnen Zeit zu lassen, die Scheiben einzuschlagen und danach wegzulaufen.

Er hatte nicht erwartet, daß die Polizei zwei Chinesen fassen würde.

Er hatte auch nicht erwartet, daß der ältere Herr Ma so in Panik geraten würde, daß er beschloß, den Laden sofort zu verkaufen.

Desgleichen hatte er nicht erwartet, daß die Studenten Ma Wei belästigen und daß die Arbeiter aus Rache für die beiden Verhafteten mit dem älteren Herrn Ma einen Kampf auf Leben und Tod austragen würden. Nicht voraussehen konnte er auch, daß der Film so schnell herauskommen würde, daß die Presse die Exotik der Handlung so hochspielen und daß sie den Protest der chinesischen Botschaft derart verunglimpfen würde.

Nachdem all dies passiert war, hielt er sich absichtlich zurück, damit Ma Weis Foto in der Zeitung erscheinen sollte (als Reklame), aber wer hätte gedacht, daß die Chinesen, als sie es sahen, mit den Zähnen knirschen und Ma Wei verfluchen würden!

Die Dinge des Lebens sind nun einmal kompliziert, wer hätte das alles voraussehen können! Li Zirong indes war sehr von sich überzeugt; deshalb haderte er nun schrecklich mit sich.

Ma Wei hatte ihn schon richtig verstanden und war entschlossen, das Geschäft weiterzuführen, egal, wer ihn beschimpfen oder gar verprügeln würde. Wenn die Gelegenheit günstig war, mußte man sie beim Schopfe pakken. Das von seinem Vater wußte er nicht. Und daß die Arbeiter verhaftet worden waren, war auch nicht seine Schuld. Er hatte ein reines Gewissen, er wollte alle Kraft zusammennehmen und sich in die Arbeit stürzen. Nur so würde er Li Zirong nicht enttäuschen.

Er hatte nicht erwartet, daß sich sein Vater als so kleinmütig, so feige erweisen würde und den Laden unbedingt verkaufen wollte. Verkaufen? Niemand konnte ihn daran hindern, denn er gehörte ihm.

Der ältere Herr Ma begriff nicht; warum man ihn verprügeln wollte. Er saß den ganzen Tag mit gesträubtem Bart da, seufzte und dachte an die Ungerechtigkeit der Welt. Er begriff nicht, wie Ma Wei ausgerechnet jetzt dazu imstande war, alle Kraft anzuspannen und sich dem Geschäft zu widmen. Li Zirong mußte ihn behext haben. Er machte sich Sorgen um Ma Weis Sicherheit und haßte Li Zirong unbändig. Er begriff nicht, warum Mrs. Winter ihm zu seinem Geschäft gratulierte und ihm eine große Zukunft prophezeite. Er schimpfte insgeheim: Der verdammte Laden ist demoliert worden – wie kann man da von Zukunft faseln? Möchte bloß wissen, wo bei den Ausländern das Herz sitzt . . .

Gern wäre er zu Pastor Eden gegangen, um ihm sein Leid zu klagen, aber tagsüber traute er sich nicht aus dem Haus, weil er fürchtete, den Arbeitern in die Hände zu fallen, und abends hatte er Angst, Mrs. Eden anzutreffen.

Einmal besuchte ihn Alexander; der redete auch so:

»Old Ma, Sie sind jetzt gut dran. Die zerschlagenen Stücke ersetzt Ihnen die Versicherung! Ihr Laden ist jetzt bekannt, also müssen sie schleunigst Waren besorgen! Verpassen Sie die Gelegenheit nicht – verstehen Sie, was ich meine?«

Der ältere Herr Ma verstand überhaupt nichts.

Am Abend ging er heimlich ins Zhuangyuanlou zu Inhaber Fan, einmal, um mit ihm den Verkauf des Antiquitätenladens zu besprechen, zum anderen, um ihn zu bitten, mit den Arbeitern aus East London zu reden, sie zu beschwichtigen. Er war bereit, den beiden Verhafteten Geld zu geben. Meister Fan sicherte ihm Hilfe zu und wärmte ihm außerdem eine Portion Teigbeutelchen Shaomai; dazu öffnete er eine Flasche Wein. Herr Ma trank den Wein, verspeiste die Teigbeutelchen, die von besonders dünnem Teig und dicker Füllung waren, und vergoß ein paar Tränen der Erleichterung.

Als er nach Hause kam, fand er Ma Wei im angeregten Gespräch mit Mutter und Tochter Winter vor; er war direkt ein wenig eifersüchtig. Sie betrachteten Ma Wei jetzt als einen Helden, und an ihrem Gesichtsausdruck war zu erkennen, daß sie ein wenig auf Ma senior herabsahen. Dieser spürte deshalb etwas Haß auf die beiden, vor allem auf Mrs. Winter. Er hätte sie am liebsten herübergezogen und ihr ein paar Fußtritte versetzt, aber er bezweifelte, ob er mit ihr fertig werden würde; die ausländischen Frauen waren ja alle so stark. Noch ärgerlicher war, daß Napoleon ihn in den letzten Tagen nicht mehr groß beachtete. Seit er sich tagsüber nicht mehr auf die Straße traute, konnte er auch das Hündchen nicht mehr ausführen. Immer wenn Napoleon ihn sah, verdrehte er die Augen.

Da war nichts zu machen, da blieb einem nur übrig, schlafen zu gehen. Im Traum weinte er sich bei seiner verstorbenen Frau aus. Er hatte lange nicht mehr von ihr geträumt.

6

Ma Wei stand auf dem Fußweg am Marble Arch, die Sonne war bereits untergegangen, und die Menschen hatten sich längst verstreut. Er sah immer nur drei Schatten vor sich – den hoffnungslosen Vater, den treuergebenen Li Zirong, die geliebte Mary. Mit dem Vater konnte er nicht mehr auskommen, Mary hatte ihn abgewiesen, also blieb ihm nur übrig, zu gehen und Li Zirong zu enttäuschen. Er mußte gehen, mußte sie alle verlassen.

Im Zimmer war es noch dunkel. Er stand schweigend vor Li Zirongs Bett. Li Zirong atmete sehr regelmäßig, er schlief wie ein unschuldiges Kind. Er stand lange so da, dann rief er leise: »Zirong!« Aber der erwachte nicht. Zwei heiße Tränen fielen auf die Bettdecke.

»Auf Wiedersehen, Zirong!«

Wie düster London doch war, solange die Menschen tief schliefen. Die elektrischen Lampen und Gaslaternen brannten noch, einsam, leichenblaß. London war wie ein toter Geist, nur dieses schwache Licht leuchtete. Was aber beleuchtete es? Nichts war zu sehen! London war tot, es hatte nicht einmal eine Seele.

In ein, zwei Stunden würde die Stadt zu neuem Leben erwachen, aber Ma Wei würde das nicht abwarten. »Auf Wiedersehen, London!«

»Auf Wiedersehen!« schien ihm irgend jemand zu antworten. Wer?

ANMERKUNGEN

8 *Papierfiguren für die Begräbniszeremonie* Bei der Begräbniszeremonie wurden aus Papier geklebte Figuren verbrannt, die menschliche Begleiter, Wagen, Sänften, Kleidung, Geld usw. darstellten, die dem Verstorbenen die Reise in die Unterwelt und den Aufenthalt dort erleichtern sollten. Sie wurden von Papierklebern (Tapezierern) angefertigt und verkauft, deren Werkstätten deshalb auch »Laden für Unterweltkleidung« hieß

14 *Fuxi* in der chines. Mythologie Urahn des Menschengeschlechts (gemeinsam mit seiner Schwester Nüwa) und Schöpfer der acht Trigramme (Symbole der wichtigsten Naturerscheinungen), aus denen wahrgesagt wurde

Yuan Shikai (1859–1916), Haupt der Nördlichen Militärmachthaber und Kanzler der Qing-Dynastie, riß nach dem Sturz der Dynastie durch die Xinhai-Revolution (1911) das Amt des Präsidenten der Republik an sich und versuchte die Monarchie zu restaurieren und sich zum Kaiser zu erklären

23 *Kantoner Nationalregierung* in der Revolution von 1924–27 während der Einheitsfront zwischen der Kommunistischen Partei Chinas und der Guomindang in Kanton am 1. 7. 1925 errichtete Chinesische Nationalregierung; scheiterte nach knapp zwei Jahren am Verrat durch den rechten Flügel der Guomindang

Sun Yatsens drei Volksprinzipien Sun Yatsen (Sun Zhongshan, 1866–1924), Führer der bürgerlich-demokratischen Revolution in China, Begründer der Guomindang (1912) und erster (provisorischer) Präsident der Republik China. Seine drei Volksprinzipien: Nationalismus (nat. Souveränität), Volksherrschaft (demokratische Republik), Volkswohlstand

26 *die kanonischen »Vier Bücher«* die für die konfuzianische Bil-

dung grundlegenden »Vier Bücher« (»Si Shu«) sind »Daxue« (»Die große Lehre«), »Zhongyong« (»Weg der Mitte«), »Lunyu« (»Gespräche«) und »Mengzi« (»Menzius«) – nicht zu verwechseln mit den nachfolgenden »Fünf kanonischen Büchern« (»Wu Jing«)

26 *europäischer Krieg* der erste Weltkrieg

39 *De Quincey* (1785–1859), engl. Erzähler und Essayist, stand Wordworth und der romantischen »Lake School« nahe, »Die Bekenntnisse eines Opiumessers« entstanden 1821/22, sie tragen autobiografische Züge

49 *xiangpian* Duftblätter

56 *pailou* Bogen auf vier Säulen mit reichverzierten, buntbemalten Schnitzereien, der die Straße überspannt

61 *Gaoliang* hirseartiges Getreide, dessen Stengel so hoch wie Mais wachsen; die hochwertigen Körner werden auch zur Herstellung von Branntwein verwendet

81 *kuai* chines. Währungseinheit

89 *Zhuangzi* chines. Philosoph des Altertums, lebte im 3./4. Jh. v. u. Z., propagierte eine Haltung des Nicht-Tuns

109 *der alte Zhang Zuolin* Zhang Zuolin (1875–1928), Nördlicher Militärmachthaber, beherrschte seit 1916, später mit Hilfe der Japaner die drei Nordostprovinzen Chinas; 1926 Oberbefehlshaber der vereinigten Armeen der Militaristen, Ausdehnung seiner Macht auf Peking, wo er blutigen Terror gegen alle fortschrittlichen Kräfte ausübte (1927 Ermordung des führenden Kommunisten Li Dazhao), kam 1928 selbst bei einem Mordanschlag der Japaner um

115 *gebundene Füße* Im feudalen China wurden den Mädchen im frühen Kindesalter die Füße bandagiert, um ein normales Wachstum zu verhindern und sie klein zu halten – kleine Füße waren nicht nur das weibliche Schönheits-

ideal, sondern auch Symbol der unterdrückten Stellung der Frau, deren Radius dadurch entscheidend eingeengt wurde

160 *Wells* Herbert George Wells (1866–1946), engl. Schriftsteller und Sozialreformer, schrieb techn.-wiss. und gesellschaftliche utopische Romane (»Die Zeitmaschine«, 1885; »Jenseits des Sirius«, 1905). »The History of Mr. Polly« (1910) gehört zu seinen sozialkritischen Romanen über das Kleinbürgertum seiner Zeit

168 *Offizier der mandschurischen Bannerarmee* Die Armee der mandschurischen Qing-Dynastie war nach farblich unterschiedlichen Bannern eingeteilt und benannt, in sie wurden nur Angehörige der mandschurischen Minderheit aufgenommen

Zhu Geliang (181–234), Politiker und Militärstratege der späten Han-Zeit und der Zeit der Drei Reiche, s. auch den Roman »Die drei Reiche« von Luo Guanzhong

170 *Dreiköstlichkeitsnudeln* Die drei Köstlichkeiten, die zu dem Nudelgericht gehören, sind Krabben, Eier, Holzohren (eine Pilzart)

172 *Yixing-Kanne* Porzellan aus Yixing, einer Kreisstadt in Jiangsu am westlichen Ufer des Taihu-Sees

200 *Shaoxing-Wein* aus Reis oder Hirse gegorener Wein von gelblichbrauner Farbe, wird meist erwärmt getrunken; kommt aus Shaoxing, Provinz Zhejiang

245 *Longjing-Tee* berühmte Sorte des chines. grünen Tees aus Longjing (»Drachenbrunnen«) bei Hangzhou, Provinz Zhejiang

248 *jiaozi* mit Fleisch und Gemüse gefüllte Teigtäschchen

276 *Kun-Oper* Stil des traditionellen chines. Musiktheaters, der vom 16. bis ins 19. Jh. als der sog. höfisch-vornehme do-

minierte, entstand in der Gegend von Kunshan, Provinz Jiangsu

312 *Kanzler Cao Cao* (155–220), Staatsmann der Östlichen Han-Dynastie (25–220), der dem wirtschaftlichen und politischen Zerfall des Han-Reiches Einhalt zu gebieten suchte, dabei aber mit großer Härte gegen aufständische Bauern und putschende Militärs vorging und große persönliche Macht errang

I. F.-H.

NEUERSCHEINUNG ’88

Anita Desai
Spiele im Zwielicht

Kurzgeschichten
Aus dem Englischen von Reinhild Böhnke
176 Seiten · Leinen · 6,80 M

In elf Kurzgeschichten fängt die 1937 geborene, englisch schreibende Inderin Anita Desai die farbige Vielfalt indischen Lebens auf subtile Weise ein. Sie erzählt von einem Vater, der zum Asketen wird; von einem Musiker, der einen berühmten Sitarvirtuosen wie einen Guru verehrt; von einem Lehrer, der widerspenstigen Schülern Sanskrit und Bengali beibringen muß. Oft gestaltet sie Konflikte Heranwachsender, die erste schmerzhafte Erfahrungen im Umgang miteinander machen oder die mit kritischem Blick die doppelte Moral der Erwachsenenwelt registrieren. Zwischenmenschliche Beziehungen werden von Anita Desai in vielen Nuancen mit leisem, freundlichem Humor geschildert, der uns viele Gemeinsamkeiten mit der Situation indischer Menschen entdecken läßt und die Fremdartigkeit mancher Details verständlicher macht.

VERLAG VOLK UND WELT
BERLIN

NEUERSCHEINUNG '88

Louise Erdrich
Liebeszauber

Roman
Aus dem Amerikanischen von Helga Pfetsch
304 Seiten · Leinen · 9,00 M

Schauplatz dieses Debütromans der jungen Halbindianerin Louise Erdrich, Jahrgang 1954, ist die Reservation der Chippewa in North Dakota. Zusammengepfercht auf unfruchtbarem Land, führen die Ureinwohner Nordamerikas noch heute ein hoffnungsloses Dasein zwischen unwürdiger folkloristischer Zurschaustellung, Not und Alkohol. Am Schicksal zweier durch Liebe und Haß verketteter Familien entwirft die Autorin ein erregendes Panorama indianischen Lebens in den USA während der letzten fünfzig Jahre. Louise Erdrichs Buch ist kein landläufiger „Indianerroman", es erzählt von der Lebenskraft einfacher Menschen, für die sie die zugleich einprägsame wie poetische Formel vom „Liebeszauber" gefunden hat.